纪念老舍诞辰115周年、从事文学创作
90周年暨寓居青岛80周年

我的经验中有你：我想起自己，必须想起来你，朋友！

——礼物 老舍

老舍

《老舍青岛文集》编委会 编

老舍青岛文集

【第五卷】

◎ 老牛破车
◎ 讲演稿与评论
◎ 讲义
◎ 附录
　老舍青岛年谱

文物出版社

在国立山东大学任教时的老舍，1936年

1934年秋老舍接许地山电报『接黑衫人』，此即邮电局之阁楼

舒乙为《老舍青岛文集》绘，2014年8月

老舍先生曾收到许地山先生发自北平的电报，让老舍某日前往青岛火车站"接黑衫人"（许夫人）此处所绘系青岛邮电局的阁楼。

舒乙

二〇一四·八

国立山东大学的物质与精神光影

初剑为《老舍青岛文集》绘，2014年9月

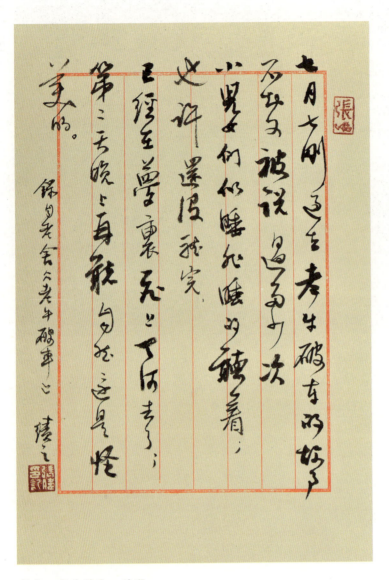

老舍《老牛破车》片段
张伟为《老舍青岛文集》书，2014年12月

第五卷目录

【老牛破车】

序　　　　　　　　　　　003

我怎样写《老张的哲学》　　007

我怎样写《赵子曰》　　　　015

我怎样写《二马》　　　　　018

我怎样写《小坡的生日》　　023

我怎样写《大明湖》　　　　031

我怎样写《猫城记》　　　　035

我怎样写《离婚》　　　　　041

我怎样写短篇小说　　　　　047

我怎样写《牛天赐传》　　　055

谈幽默　　　　　　　　　　061

景物的描写　　　　　　　　071

人物的描写　　　　　　　　077

事实的运用　　　　　　　　083

言语与风格　　　　　　　　089

我怎样写《骆驼祥子》　　　095

【讲演稿与评论】

诗与散文——在国立山东大学的讲演　　105

我的创作经验（讲演稿）　　　109

我的创作经验——在市立中学的讲演　　115

怎样认识文学　　　　　　　117
　　——在市立李村中学的讲演

文艺中的典型人物   123
——在国立山东大学1935～1936学年
下学期第十七次总理纪念周上的讲演

闲话创作——在北京大学的讲演   127

读巴金的《电》   133

《芭蕉集》序   135

一个近代最伟大的境界与人格的创造者   137
——我最爱的作家——康拉得

ＡＢ与Ｃ   149

"幽默"的危险   151

没法不"差不多"   155

【讲义】

文艺思潮讲义（第卅一 立体主义及其他）   161

世界文学史讲义   167
（第五章 希腊的历史和历史家）

【附录】

老舍青岛年谱   173

参考文献   299

篇目索引   301

跋：走向文学澄明与文化自觉   307

编后记   313

老舍青岛文集 ◎ 第五卷

老牛破车

序

书名《老牛破车》，在第一段开头有简单说明，即不再叨唠。从（一）到（九）都是照原来计划，自评作品——打《老张的哲学》说到《牛天赐传》。作品只有此数，本当就此打住，哪知还得出书，相应凑些字儿。所以又写了（十）至（十四）。不能预评将来的书，勉强谈点作小说的技巧。对否不敢说，有用不呢，您瞧着办。是为序。

本篇原载1937年4月人间书屋版《老牛破车》。

1935年秋天，老舍开始与自己的作品对话，陆续写下了一系列谈创作体会的文章，其中包括《我怎样写〈老张的哲学〉》《我怎样写〈赵子曰〉》《我怎样写〈二马〉》《我怎样写〈小坡的生日〉》《我怎样写〈大明湖〉》《我怎样写〈猫城记〉》《我怎样写〈离婚〉》《我怎样写短篇小说》《我怎样写〈牛天赐传〉》《谈幽默》《景物的描写》《人物的描写》《事实的运用》及《言语与风格》等，统一在"老牛破车"总题下，自1935年9月16日至1936年12月16日陆续发表于《宇宙风》。1937年4月，《老牛破车》单行本由上海人间书屋出版，为此特加序文一篇。

《老牛破车》是老舍文学创作经验与方法领域的代表之作，对从伦敦到青岛十几年来的文学创作历程做了一次精彩的概括，并对文学描写的几个关键方法问题进行了理论阐述。书名缘起于七夕，因此文字和情感也就与那个古老的鹊桥会传说有关，寄情于遥远时空的跨越。虽然老舍自言为"迎时当令"之故，在《我怎样写〈老张的哲学〉》一文中，他交代了本书的缘起："七月七刚过去，老牛破车的故事不知又被说过多少次；小儿女们似睡非睡的听着；也许还没有听完，已经在梦里飞上天河去了；第二天晚上再听，自然还是怪美的。但是我这个老牛破车，却与'天河配'没什么关系，至多也不过是迎时当令的取个题目而已；即使说我贴'谎报'，我也犯不上生气。最合适的标题似乎应当是'创作的经验'，或是'创作十本'，因为我要说的都是关系过去几年中写作的经验，而截至今日，我恰恰发表过十本作品。是的，这俩题目都好。可是，比上老牛破车，它们显然的缺乏点儿诗意。再一说呢，所谓创作，经验，等等都比老牛多着一些'吹'；谦虚是不必要的，但好吹也总得算个毛病。那末，咱们还是老牛破车吧。"后来，合于这一体例，老舍还陆续就其它作品的写作情况予以总结，写了《我怎样写〈骆驼祥子〉》等文章。时光回转，天河的光辉撒满道路，老舍的文学真言在熠熠闪烁。

序

　　书名《老牛破车》[1]，在第一段开头有简单说明，即不再叨唠。从（一）到（九）都是照原来计划，自评作品——打《老张的哲学》说到《牛天赐传》。作品只有此数，本当就此打住，哪知还得出书，相应凑些字儿。所以又写了（十）至（十四）。不能预评将来的书，勉强谈点作小说的技巧。对否不敢说，有用不呢，您瞧着办。是为序。

老　舍

一九三六年秋，青岛

---

[1]　《老牛破车》书名的缘起见《我怎样写〈老张的哲学〉》开篇部分。

《我怎样写〈老张的哲学〉》
（老牛破车之一）原发表页
1935年9月16日《宇宙风》第1期

图为"老牛破车系列"之第一篇《我怎样写〈老牛破车〉》在《宇宙风》的原发表页。老舍在为《老牛破车》所作序中所言："书名《老牛破车》，在第一段开头有简单说明。"见之于此。

老牛破车　老舍

（一）我怎样写老张的哲学

《老牛破车》
晨光出版公司，1948

我怎样写《老张的哲学》

七月七刚过去，老牛破车的故事不知又被说过多少次；小儿女们似睡非睡的听着；也许还没有听完，已经在梦里飞上天河去了；第二天晚上再听，自然还是怪美的。但是我这个老牛破车，却与「天河配」没什么关系，至多也不过是迎时当令的取个题目而已；即便说我贴「谎报」，我也犯不上生气。最合适的标题似乎应当是「创作的经验」，或是「创作十本」，因为我要说的都是关系过去几年中写作的经验，而截至今日，我恰恰发表过十本作品。是的，这俩题目都好。可是，比上老牛破车，它们显然的缺乏点儿诗意。再一说呢，所谓创作，经验，等等都比老牛多着一些「吹」；谦虚是不必要的，但好吹也总得算个毛病。那末，咱们还是老牛破车吧。

　　本篇原载1935年9月16日《宇宙风》创刊号。编者在《编辑后记》中介绍说："老牛破车为老舍先生的创作经验谈，共六篇。本期所登的一篇，对幽默有重要的切当解释。"从本期开始，老舍的十四篇"老牛破车系列"创作自述连续刊登。

　　这是文学创作经验与方法论"老牛破车系列"的开题之作，以"七月七刚过去，老牛破车的故事不知又被说过多少次"的诗意调子起笔，娓娓道来，回顾了自己的文学基础以及踏上文学创作之路的初始情况，交代了1925年在伦敦写《老张的哲学》的缘起，总结了相关的创作体会。作者申明"我决定不取中国小说的形式"，入现代小说而非传统章回式的理路。

　　《老张的哲学》是老舍的第一部长篇小说，标志着其文学创作历程的正式起步，在异域提供了一个"原点"。1926年7月10日在《小说月报》第17卷第7号开始连载，至当年12月10日第12号续毕。1928年1月由商务印书馆出版单行本。小说对20世纪20年代的北京各阶层市民生活进行了较为广泛而十分精彩的描述，主人公"老张"是一个无赖恶棍，身兼兵、学、商三种角色，信仰回、耶、佛三种宗教，尊奉的是"钱本位而三位一体"的人生哲学，所谓"老张哲学"的实质就是赤裸裸的市侩逻辑和拜金主义。作者对所谓的"老张哲学"进行了辛辣讽刺，内中隐含着对当时中国诸多社会问题的思考，为此后较长时期内老舍文学创作的主题和风格定了调，一种"老舍式"满含苦趣的幽默开始为读者所知晓，成为老舍小说的一个特殊标识，许多人也开始将他视为幽默作家。从比较文学的视角观察，这部作品在一定程度上受到了英国作家狄更斯的影响。

我怎样写《老张的哲学》

七月七刚过去，老牛破车的故事不知又被说过多少次；小儿女们似睡非睡的听着；也许还没有听完，已经在梦里飞上天河去了；第二天晚上再听，自然还是怪美的。但是我这个老牛破车，却与"天河配"[1]没什么关系，至多也不过是迎时当令的取个题目而已；即使说我贴"谎报"，我也犯不上生气。最合适的标题似乎应当是"创作的经验"，或是"创作十本"，因为我要说的都是关系过去几年中写作的经验，而截至今日，我恰恰发表过十本作品。是的，这俩题目都好。可是，比上老牛破车，它们显然的缺乏点儿诗意。再一说呢，所谓创作，经验，等等都比老牛多着一些"吹"；谦虚是不必要的，但好吹也总得算个毛病。那末，咱们还是老牛破车吧。

除了在学校里练习作文作诗，直到我发表《老张的哲学》以前，我没写过什么预备去发表的东西，也没有那份儿愿望。不错，我在南开中学教书的时候曾在校刊上发表过一篇小说[2]；可是那不过是为充个数儿，连"国文教员当然会写一气"的骄傲也没有。我一向爱文学，要不然也当不上国文教员；但凭良心说，我教国文只为吃饭；教国文不过是且战且走，骑马找马；我的志愿是在作事——那时候我颇自信有些作事的能力，有机会也许能作作国务总理什么的。我爱文学，正如我爱小猫小狗，并没有什么精到的研究，也不希望成为专家。设若我继续着教国文，说不定二年以后也许被学校辞退；这虽然不足使我伤心，可是万一当时补不上国务总理的缺，总该有点不方便。无论怎说吧，一直到我活了二十七岁的时候，我作梦也没想到我可以写点东西去发表。这也就是我到如今还不自居为"写家"的原因，现在我还希望去作事，哪怕先作几年部长呢，也能将就。

二十七岁出国。为学英文，所以念小说，可是还没想起来写作。到异乡的新鲜劲儿渐渐消失，半年后开始感觉寂寞，也就常常想家。从十四岁就不住在家里，此处所谓"想家"实在是想在国内所知道的一切。那些事既都是过去的，想起来便像一些图画，大概那色彩不甚浓厚的根本就想不起来了。这些图画常在心中来往，每每在读小说的时候使我忘了读的是什么，而呆呆的忆及自己的过去。小说中是些图画，记忆中也是些图画，为什么不可以把自己的图画用文字画下来呢？我想拿笔了。

但是，在拿笔以前，我总得有些画稿子呀。那时候我还不知道世上有小说作法这类的书，怎办呢？对中国的小说我读过唐人小说[3]和《儒林外史》[4]什么的，对外国小说我才念了不多，而且是东一本西一本，有的是名家的著作，有的是女招待嫁皇太子的梦话。后来居上，新读过的自然有更大的势力，我决定不取中国小说的形式，可是对外国小说我知道的并不多，想选择也无从选择起。好吧，随便写吧，管它像样不像样，反正我又不想发表。况且呢，我刚读了 *Nicholas Nickleby*[5] 和 *Pickwick Papers*[6] 等杂乱无章的作品，更足以使我大胆放野；写就好，管它什么。这就决定了那想起便使我害羞的《老张的哲学》的形式。

形式是这样决定的；内容呢，在人物与事实上我想起什么就写什么，简直没有个中心；这是初买来摄影机的办法，到处照像，热闹就好，谁管它歪七扭八，哪叫作取光选景！浮在记忆上的那些有色彩的人与事都随手取来，没等把它们安置好，又去另拉一批，人挤着人，事挨着事，全喘不过气来。这一本中的人与事，假如搁在今天写，实在够写十本的。

在思想上，那时候我觉得自己很高明，所以毫不客气的叫作"哲学"。哲学！现在我认明白了自己：假如我有点长处的话，必定不在思想上。我的感情老走在理智前面，我能是个热心的朋友，而不能给人以高明的建议。感情使我的心跳得快，因而不加思索便把最普通的，浮浅的见解拿过来，作为我判断一切的准则。在一方面，这使我的笔下常常带些感情；在另一方面，我的见解总是平凡。自然，有许多人以为文艺中感情比理智更重要，可是感情不会给人以远见；它能使人落泪，眼泪可有时候是非常不值钱的。故意引人落泪只足招人讨厌。凭着一点浮浅的感情而大发议论，和醉鬼借着点酒力瞎叨叨大概差不很多。我吃了这个亏，但在十年前我并不这么想。

假若我专靠着感情，也许我能写出有相当伟大的悲剧，可是我不澈底；我一方面用感情哂摸世事的滋味，一方面我又管束着感情，不完全以自己的爱憎判断。这种矛盾是出于我个人的性格与环境。我自幼便是个穷人，在性格上又深受我母亲的影响——她是个愣挨饿也不肯求人的，同时对别人又是很义气的女人[7]。穷，使我好骂世；刚强，使我容易以个人的感情与主张去判断别人；义气，使我对别人有点同情心。有了这点分析，就很容易明白为什么我要笑骂，而又不赶尽杀绝。我失了讽刺，而得到幽默。据说，幽默中是有同情的。我恨坏人，可是坏人也有好处；我爱好人，而好人也有缺点。"穷人的狡猾也是正义"，还是我近来的发现；在十年前我只知道一半恨一半笑的去看世界。

有人说，《老张的哲学》并不幽默，而是讨厌。我不完全承认，也不完全否认，这个。有的人天生的不懂幽默；一个人一个脾气，无须再说什么。有的人急于救世救国救文学，痛恨幽默；这是师出有名，除了太专制一些，尚无大毛病。不过这两种人说我讨厌，我不便为自己辩护，可也不便马上抽自己几个嘴巴。有的人理会得幽默，而觉得我太过火，以至于讨厌。我承认这个。前面说过了，我初写小说，只为写着玩玩，并不懂何为技巧，哪叫控制。我信口开河，抓住一点，死不放手，夸大了还要夸大，而且津津自喜，以为自己的笔下跳脱畅肆。讨厌？当然的。

大概最讨厌的地方是那半白半文的文字。以文字耍俏本来是最容易流于耍贫嘴的，可是这个诱惑不易躲避；一个局面或事实可笑，自然而然在描写的时候便顺手加上了招笑的文字，以助成那夸张的陈述。适可而止，好不容易。在发表过两三本小说后，我才明白了真正有力的文字——即使是幽默的——并不在乎多说废话。虽然如此，在实际上我可是还不能完全除掉那个老毛病。写作是多么难的事呢，我只能说我还在练习；过勿惮改，或者能有些进益；拍着胸膛说，"我这是杰作呀！"我永远不敢，连想一想也不敢。"努力"不过足以使自己少红两次脸而已。

够了，关于《老张的哲学》怎样成形的不要再说了。

写成此书，大概费了一年的工夫。闲着就写点，有事便把它放在一旁，所以滴滴拉拉的延长到一年；若是一气写下，本来不需要这么多的时间。写的时候是用三个便士[8]一本的作文簿，钢笔横书，写得不甚整齐。这些小事足以证明我没有大吹大擂的通电全国——我在著作；还是那句话，我只是写着玩。写完了，许地山兄来到伦敦；一块儿谈得没有什么好题目了，我就掏出小本给他念两段。他没给我什么批评，只顾了笑。后来，他说寄到国内去吧。我倒还没有这个勇气；即使寄去，也得先修改一下。可是他既不告诉我哪点应当改正，我自然闻不见自己的脚臭；于是马马虎虎就寄给了郑西谛兄——并没挂号，就那么卷了一卷扔在邮局。两三个月后，《小说月报》居然把它登载出来，我到中国饭馆吃了顿"杂碎"，作为犒赏三军。欲知后事如何，且听下回分解。

---

[1] 天河配，民间神话传说，讲的是牛郎与织女相隔银河，唯每年农历七月初七可沿鹊桥相会的浪漫故事。老舍写"老牛破车系列"之时，孩子尚小，晚上常要缠着他讲讲牛郎织女的故事方入睡。于是，在海滨小楼中，这样的天伦情景就日复一日地重复着，这是青岛生活中诗意而温馨的一刻。

[2] 1922年9月，老舍到天津任南开中学语文教员。其间，应校刊之邀写短篇小说《小铃儿》，1923年1月发表于《南开季刊》第2、3合刊，署名舍予。

[3] 唐人小说，指唐代章回体传奇小说，多讲神仙鬼怪、灵异爱情和历史奇闻等内容，有《离魂记》《莺莺传》《李娃传》《霍小玉传》等名篇。

[4] 《儒林外史》，清代吴敬梓（1701～1754）著，长篇讽刺小说，以古代文人为主要描写对象。

[5] *Nicholas Nickleby*，《尼考拉斯·尼柯尔贝》。

31. St. James's Square.
Holland Park.
W 11.
6 June 1926.

Replied——

Dear Miss Clegg,

Would you be kind enough to furnish me with certain information regarding the contract between the school and myself. Before I started for England from Peking in 1924, I signed it at Miss Wood's school, but I have never had an acknowledgement of it and I do not know whether she sent it to the school or to Dr. Rees. In the latter case, it is very probable that it was never delivered to the school, as the death of Dr. Rees occurred at that time. It is, I believe, the English custom for a contract to be signed by both parties, and a copy kept by each with the other's signature. Since I do not know whether Miss Wood returned the copy with my signature to the school or not, I have delayed asking the school to give me the copy with the signature of the authority of the school. Now, I beg you to tell me, firstly, whether Miss Wood returned the contract, and secondly, I wish to have a copy signed by the school. Although I still remember all the conditions of my contract, yet I wish to have a copy in my possession. I should be much obliged if you would be kind enough to accomplish my request.

Yours sincerely,
C. C. Shu

老舍在伦敦大学东方学院
任教期间的英文书信手迹

老舍早期三部长篇小说《老张的哲学》《赵子曰》和《二马》均为1924~1929年在伦敦大学东方学院任教时所写。图为当时老舍的英文书信手迹。

---

[6] *Pickwick Papers*，《匹克威克外传》，英国作家狄更斯的长篇小说，流浪汉小说的代表作。

[7] 老舍在《我的母亲》中曾经这样描述过他母亲的形象："有客人来，无论手中怎么窘，母亲也要设法弄一点东西去款待。舅父与表哥们往往是自己掏钱买酒肉食，这使她脸上羞得飞红，可是殷勤的给他们温酒调面，又给她一些喜悦。遇上亲友家中有喜丧事，母亲必把大褂洗得干干净净，亲自去贺吊——份礼也许只是两吊小钱。""母亲活到老，穷到老，辛苦到老，全是命当如此。她最会吃亏。给亲友邻居帮忙，她总跑在前面：她会给婴儿洗三——穷朋友们可以因此少花一笔"请姥姥"钱——她会刮痧，她会给孩子们剃头，她会给少妇们绞脸……凡是她能作的，都有求必应。但是吵嘴打架，永远没有她。她宁吃亏，不逗气。"

[8] 便士，英国货币单位。

我怎样写《赵子曰》 我怎样写《二马》

此中的人物只有一两位有个真的影子，多数的是临时想起来的；好的坏的都是理想的，而且是个中年人的理想，虽然我那时候还未到三十岁。我自幼贫穷，作事又很早，我的理想永远不和目前的事实相距很远，假如使我设想一个地上乐园，大概也和那初民的满地流蜜，河里都是鲜鱼的梦差不多。贫人的空想大概离不开肉馅馒头，我就是如此。明乎此，才能明白我为什么有说有笑，好讽刺而并没有绝高的见解。因为穷，所以作事早；作事早，碰的钉子就特别的多；不久，就成了中年人的样子。不应当如此，但事实上已经如此，除了酸笑还有什么办法呢？！

现在是文学创作经验与方法论"老牛破车系列"的第2篇和第3篇

《我怎样写〈赵子曰〉》原载1935年10月1日《宇宙风》第2期。主要介绍了长篇小说《赵子曰》创作过程及其发表后的基本情况。文中，作者还特别交代了自己与"五四运动"的关系，言："'五四'把我与'学生'隔开。我看见了五四运动，而没在这个运动里面。"《赵子曰》是继《老张的哲学》之后老舍的第二部长篇小说，1926年写于伦敦，1927年2月在《小说月报》第18卷第3号开始连载，至当年11月10日第11号续毕。1928年4月，商务印书馆出版单行本。小说通过大学生赵子曰的经历及其生命转变，以幽默笔触表现了新派学生醉生梦死的生活，揭示了那个时代的青年心理与生活真相，在后来所写的《猫城记》和《文博士》中，似乎依旧可发现"赵子曰"的影子存在。"《赵子曰》写北洋时代北京的大学生公寓生活，一群在黑暗政治下乱闯乱撞的年轻人，叫你看了笑痛肚皮，但却以严肃的悲剧收场。"（黄苗子：《老舍之歌——老舍的生平和创作》，载《新文学史料》1979年第3辑）

《我怎样写〈二马〉》原载1935年10月16日《宇宙风》第3期。以介绍《二马》的创作经历为主，指出这部作品与此前已经创作发表的《老张的哲学》《赵子曰》的异同，对作品中的人物及其性格特征予以提示。《二马》是老舍继《老张的哲学》和《赵子曰》之后，于1928年至1929年在伦敦写的第三部长篇小说，就此构成了其早期长篇小说的三部曲。1929年5月，作品在《小说月报》第20卷第5号开始连载，至当年12月10日第12号续毕。1931年4月，商务印书馆出版单行本。较前两部，这部小说写得更为细腻了一些，以老马和小马父子两人的生活为线索，表现了旅居英国的中国人的生存状况，讽刺了陈旧、畸形的封建小生产心态，形成了对国民劣根性的一次有意义的剖析。自新文化运动以来，发现、认识和改造国民性就成为中国现代文学的一大主题，鲁迅等作家已对此进行过普遍而深刻的思考并取得了重大收获，然而从域外视角来透视国民性，把人物放在西方文化背景上予以考察，深刻揭示因观念不适而造成的人格变异，透过不同文化之间的心理冲突进行跨文化思考，对不同文化的适应性与差异性进行艺术化揭示，这是老舍的一个发明，因而确立了文学创新价值。当时老舍本人正在伦敦大学东方学院执教，广泛接触和研究了大量欧洲小说，这是作品成功的一大机缘，从这部小说中，不难看到康拉德、詹姆斯等欧洲作家的影响痕迹。

我怎样写《赵子曰》

我只知道《老张的哲学》在《小说月报》上发表了，和登完之后由文学研究会[1]出单行本。至于它得了什么样的批评，是好是坏，怎么好和怎么坏，我可是一点不晓得。朋友们来信有时提到它，只是提到而已，并非批评；就是有批评，也不过三言两语。写信问他们，见到什么批评没有，有的忘记回答这一点，有的说看到了一眼而未能把所见到的保存起来，更不要说给我寄来了。我完全是在黑暗中。

不过呢，自己的作品用铅字印出来总是件快事，我自然也觉得高兴。《赵子曰》便是这点高兴的结果，也可以说《赵子曰》是"老张"的尾巴。自然，这两本东西在结构上，人物上，事实上，都有显然的不同；可是在精神上实在是一贯的。没有"老张"，绝不会有"老赵"。"老张"给"老赵"开出了路子来。在当时，我既没有多少写作经验；又没有什么指导批评，我还没见到"老张"的许多短处。它既被印出来了，一定是很不错，我想。怎么不错呢？这很容易找出；找自己的好处还不容易么！我知道"老张"很可笑，很生动；好了，照样再写一本就是了。于是我就开始写《赵子曰》。

材料自然得换一换："老张"是讲些中年人们，那么这次该换些年轻的了。写法可是不用改，把心中记得的人与事编排到一处就行。"老张"是揭发社会上那些我所知道的人与事，"老赵"是描写一群学生。不管是谁与什么吧，反正要写得好笑好玩；一回吃出甜头，当然想再吃；所以这两本东西是同窝的一对小动物。

可是，这并不完全正确。怎么说呢？"老张"中的人多半是我亲眼看见的，其中的事多半是我亲身参加过的；因此，书中的人与事才那么拥挤纷乱；专凭想像是不会来得这么方便的。这自然不是说，此书中的人物都可以一一的指出，"老张"是谁谁，"老李"是某某。不，绝不是！所谓"真"，不过是大致的说，人与事都有个影子，而不是与我所写的完全一样。它是我记忆中的一个百货店，换了东家与字号，即使还卖那些旧货，也另经摆列过了。其中顶坏的角色也许长得像我所最敬爱的人；就是叫我自己去分析，恐怕也没法作到一个萝卜一个坑儿。不论怎样吧，为省事起见，我们暂且笼统的说"老张"中的人与事多半是真实的。赶到写《赵子曰》的时节，本想还照方抓一剂，可是材料并不这么方便了。所以只换换材料的话不完全正确。这就是说：在动机上相同，而在执行时因事实的困难使它们不一样了。

在写"老张"以前，我已作过六年事，接触的多半是与我年岁相同和中年人。我虽没想到去写小说，可是时机一到，这六年中的经验自然是极有用的。这成全了"老张"，但委屈了《赵子曰》，因为我在一方面离开学生生活已六七年，而在另一方面这六七年中的学生已和我作学生时候的情形大不相同了，即使我还清楚地记得自己的学校生活也无补于事。"五四"把我与"学生"隔开。我看见了五四运动，而没在这个运动里面，我已作了事。是的，我差不多老没和教育事业断缘，可是到底对于这个大运动是个旁观者。看戏的无论如何也不能完全明白演戏的，所以《赵子曰》之所以为《赵子曰》，一半是因为我立意要幽默，一半是因为我是个看戏的。我在"招待学员"的公寓里住过，我也极同情于学生们的热烈与活动，可是我不能完全把自己当作个学生，于是我在解放与自由的声浪中，在严重而混乱的场面中，找到了笑料，看出了缝子。在今天想起来，我之立在五四运动外面使我的思想吃了极大的亏，《赵子曰》便是个明证，它不鼓舞，而在轻搔新人物的痒痒肉！

有了这点说明，就晓得这两本书的所以不同了。"老张"中事实多，想象少；《赵子曰》中想象多，事实少。"老张"中纵有极讨厌的地方，究竟是与真实相距不远；有时候把一件很好的事描写得不堪，那多半是文字的毛病；文字把我拉了走，我收不住脚。至于《赵子曰》，简直没多少事实，而只有些可笑的体态，像些滑稽舞。小学生看了能跳着脚笑，它的长处止于此！我并不是幽默完又后悔；真的，真正的幽默确不是这样，现在我知道了，虽然还是眼高手低。

此中的人物只有一两位有个真的影子，多数是临时想起来的；好的坏的都是理想的，而且是个中年人的理想，虽然我那时候还不到三十岁。我自幼贫穷，作事又很早，我的理想永远不和目前的事实相距很远，假如使我设想一个地上乐园，大概也和那初民的满地流蜜，河里都是鲜鱼的梦差不多。贫人的空想大概离不开肉馅馒头，我就是如此。明乎此，才能明白我为什么有说有笑，好讽刺而并没有绝高的见解。因为穷，所以作事早；作事早，碰的钉子就特别的多；不久，就成了中年人的样子。不应当如此，但事实上已经如此，除了酸笑还有什么办法呢？！

前面已经提过，在立意上，《赵子曰》与"老张"是鲁卫之政[2]，所以《赵子曰》的文字还是——往好里说——很挺拔利落。往坏里说呢，"老张"所有的讨厌，"老赵"一点也没减少。可是，在结构上，从《赵子曰》起，一步一步的确是有了进步，因为我读的东西多了。《赵子曰》已比"老张"显着紧凑了许多。

这本书里只有一个女角，而且始终没露面。我怕写女人；平常日子见着女人也老觉得拘束。在我读书的时候，男女还不能同校；在我作事的时候，终日与些中年人在一处，自然要假装出稳重。我没机会交女友，也似乎以此为荣。在后来的作品中虽然有女角，大概都是我心中想出来的，而加上一些我所看到的女人的举动与姿态；设若有人问我：女子真是这样么？我没法不摇头，假如我不愿撒谎的话。《赵子曰》中的女子没露面，是我最诚实的地方。

这本书仍然是用极贱的"练习簿"写的，也经过差不多一年的工夫。写完，我交给宁恩承[3]兄先读一遍，看看有什么错儿；他笑得把盐当作了糖，放到茶里，在吃早饭的时候。

---

[1] 文学研究会，文学社团，1921年成立于北京，由周作人、郑振铎、沈雁冰、郭绍虞、朱希祖、瞿世瑛、蒋百里、孙伏园、耿济之、王统照、叶绍钧、许地山等十二人发起，其宗旨是"研究介绍世界文学，整理中国旧文学，创造新文学"。经过革新后的《小说月报》为文学研究会的机关刊物，初由沈雁冰（茅盾）主编，后由郑振铎等人相继主编，此外还陆续出刊了《文学旬刊》（《文学旬刊》有北京和上海各自编辑的两种、《诗》月刊以及文学研究会丛书。）

[2] 鲁卫之政，语出《论语·子路》："鲁卫之政，兄弟也。"鲁是周公的封国，卫是周公之弟康叔的封国，两国的政情如兄弟般相似。

[3] 宁恩承（1901～2000），辽宁辽中人，1920年被推荐给时任南开大学校长的张伯苓进入南开大学学习，1925年秋留学伦敦大学经济学院。其间，结识了当时在伦敦大学教授中文的老舍，成为至交，看到老舍的小说《赵子曰》手稿。三年后，宁恩承考入牛津大学攻读经济财政银行学，获博士学位。1929年学成回国，被张学良委任为边业银行总稽核。1950年，赴香港创办书院，数年后移居美国旧金山。

我怎样写《二马》

《二马》中的细腻处是在《老张的哲学》与《赵子曰》里找不到的，"张"与"赵"中的泼辣恣肆处从《二马》以后可是也不多见了。人的思想不必一定随着年纪而往稳健里走，可是文字的风格差不多是"晚节渐于诗律细"[1]的。读与作的经验增多，形式之美自然在心中添了分量，不管个人愿意这样与否。《二马》是我在国外的末一部作品：从"作"的方面说，已经有了些经验；从"读"的方面说，我不但读得多了，而且认识了英国当代作家的著作。心理分析与描写工细是当代文艺的特色；读了它们，不会不使我感到自己的粗劣，我开始决定往"细"里写。

《二马》在一开首便把故事最后的一幕提出来，就是这"求细"的证明：先有了结局，自然是对故事的全盘设计已有了个大概，不能再信口开河。可是这还不十分正确；我不仅打算细写，而且要非常的细，要像康拉德那样把故事看成一个球，从任何地方起始它总会滚动的。我本打算把故事的中段放在最前面，而后倒转回来补讲前文，而后再由这里接下去讲——讲马威逃走以后的事。这样，篇首的两节，现在看起来是像尾巴，在原来的计画中本是"腰眼儿"。为什么把腰眼儿变成了尾巴呢？有两个原因：第一个是我到底不能完全把幽默放下，而另换一个风格，于是由心理的分析又走入了姿态上的取笑，笑出以后便没法再使文章萦回逗宕；无论是尾巴吧，还是腰眼吧，放在前面乃全无意义！第二个是时间上的关系：我应在一九二九年的六月离开英国，在动身以前必须把这本书写完寄出去，以免心中老存着块病。时候到了，我只写了那么多，马威逃走以后的事无论如何也赶不出来了，于是一狠心，就把腰眼当作了尾巴，硬行结束。那么，《二马》只是比较的"细"，并非和我的理想一致；到如今我还是没写出一部真正细腻的东西，这或者是天才的限制，没法勉强吧。

在文字上可是稍稍有了些变动。这不能不感激亡友白涤洲[2]——他死去快一年了！已经说过，我在"老张"[3]与《赵子曰》里往往把文言与白话夹裹在一处；文字不一致多少能帮助一些矛盾气，好使人发笑。涤洲是头一个指出这一个毛病，而且劝我不要这样讨巧。我当时还不以为然，我写信给他，说我这是想把文言溶解在白话里，以提高白话，使白话成为雅俗共赏的东西。可是不久我就明白过来，利用文言多少是有点偷懒；把文言与白话中容易用的，现成的，都拿过来，而毫不费力的作成公众讲演稿子一类的东西，不是偷懒么？所谓文艺创作不是兼思想与文字二者而言么？那么，在文字方面就必须努力，作出一种简单的，有力的，可读的，而且美好的文章，才算本事。在《二马》中我开始试验这个。请看看那些风景的描写就可以明白了。《红楼梦》的言语是多么漂亮，可是一提到风景便立刻改腔换调而有诗为证了；我试试看：一个洋车夫用自己的言语能否形容一个晚晴或雪景呢？假如他不能的话，让我代他来试试。什么"潺湲"咧，"凄凉"咧，"幽径"咧，"萧条"咧……我都不用，而用顶俗浅的字另想主意。设若我能这样形容得出呢，那就是本事，反之则宁可不去描写。这样描写出来，才是真觉得了物境之美而由心中说出；用文言拼凑只是修辞而已。论味道，英国菜——就是所谓英法大菜的菜——可以算天下最难吃的了；什么几乎都是白水煮或楞烧。可是英国人有个说法——记得好像 George Gissing[4]也这么说过——英国人烹调术的主旨是不假其他材料的帮助，而是把肉与蔬菜的原味，真正的香味，烧出来。我以为，用白话著作倒须用这个方法，把白话的真正香味烧出来；文言中的现成字与辞虽一时无法一概弃斥，可是用在白话文里究竟是有些像酱油与味之素什么的；放上去能使菜的色味俱佳，但不是真正的原味儿。

在材料方面，不用说，是我在国外四五年中慢慢积蓄下来的。可是像故事中那些人与事全是想象的，几乎没有一个人一件事曾在伦敦见过或发生过。写这本东西的动机不是由于某人某事的值得一写，而是在比较中国人与英国人的不同处，所以一切人差不多都代表着些什么；我不能完全忽略了他们的个性，可是我更注意他们所代表的民族性。因此，《二马》除了在文字上是没有多大的成功的。其中的人与事是对我所要比较的那点负责，而比较根本是种类似报告的东西。自然，报告能够新颖可喜，假若读者不晓得这些事；但它的取巧处只是这一点，它缺乏文艺的伟大与永久性，至好也不过是一种还不讨厌的报章文学而已。比较是件容易作的事，连个小孩也能看出洋人鼻子高，头发黄；因此也就很难不浮浅。注意在比较，便不能不多取些表面上的差异作资料，而由这些资料里提出判断。脸黄的就是野蛮，与头发卷着的便文明，都是很容易说出而且说着怪高兴的；越是在北平住过一半天的越敢给北平下考语，许多污辱中国的电影，戏剧，与小说，差不多都是仅就表面的观察而后加以主观的判断。《二马》虽然没这样坏，可是究竟也算上了这个当。

老马代表老一派的中国人，小马代表晚一辈的，谁也能看出这个来。老马的描写有相当的成功：虽然他只代表了一种中国人，可是到底他是我所最熟识的；他不能普遍的代表老一辈的中国人，但我最熟识的老人确是他那个样子。他不好，也不怎么坏；他对过去的文化负责，所以自尊自傲，对将来他茫然，所以无从努力，也不想努力。他的希望是老年的舒服与有所依靠；若没有自己的子孙，世界是非常孤寂冷酷的。他背后有几千年的文化，面前只有个儿子。他不大爱思想，因为事事已有了准则。这使他很可爱，也很可恨；很安详，也很无聊。至于小马，我又失败了。前者我已经说过，五四运动时我是个旁观者；在写《二马》的时节，正赶上革命军北伐，我又远远的立在一旁，没机会参加。这两个大运动，我都立在外面，实在没有资格去描写比我小十岁的青年。我们在伦敦的一些朋友天天用针插在地图上：革命军前进了，我们狂喜；退却了，懊丧。虽然如此，我们的消息只来自新闻报，我们没亲眼看见血与肉的牺牲，没有听见枪炮的响声。更不明白的是国内青年们的思想。那时在国外读书的，身处异域，自然极爱祖国；再加上看着外国国民如何对国家的尽职尽责，也自然使自己想作个好国民，好像一个中国人能像英国人那样作国民便是最高的理想了。个人的私事，如恋爱，如孝悌，都可以不管，自要能有益于国家，什么都可以放在一旁。这就是马威所要代表的。比这再高一点的理想，我还没想到过。先不用管这个理想高明不高明吧，马威反正是这个理想的产儿。他是个空的，一点也不像个活人。他还有缺点，不尽合我的理想，于是另请出一位李子荣来作补充；所以李子荣更没劲！

对于英国人，我连半个有人性的也没写出来。他们的褊狭的爱国主义决定了他们的罪案，他们所表现的都是偏见与讨厌，没有别的。自然，猛一看过去，他们确是有这种讨厌而不自觉的地方，可是稍微再细看一看，他们到底还不这么狭小。我专注意了他们与国家的关系，而忽略了他们其他的部分。幸而我是用幽默的口气述说他们，不然他们简直是群可怜的半疯子了。幽默宽恕了他们，正如宽恕了马家父子，把褊狭与浮浅消解在笑声中，万幸！

最危险的地方是那些恋爱的穿插，它们极容易使《二马》成为《留东外史》[5]一类的东西。可是我在一动笔时就留着神，设法使这些地方都成为揭露人物性格与民族成见的机会，不准恋爱情节自由的展动。这是我很会办的事，在我的作品中差不多老是把恋爱作为副笔，而把另一些东西摆在正面。这个办法的好处是把我从三角四角恋爱小说中救出来，它的坏处是使我老不敢放胆写这个人生最大的问题——两性间的问题。我一方面在思想上失之平凡，另一方面又在题材上不敢摸这个禁果，所以我的作品即使在结构上文字上有可观，可是总走不上那伟大之路。三角恋爱永不失为好题目，写得好还是好。像我这样一碰即走，对打八卦拳倒许是好办法，对写小说它使我轻浮，激不起心灵的震颤。

这本书的写成也差不多费了一年的工夫。写几段，我便对朋友们去朗读，请他们批评，最多的时候是找祝仲谨兄去，他是北平人，自然更能听出句子的顺当与否，和字眼的是否妥当。全篇写完，我又托郦堃厚兄给看了一遍，他很细心的把错字都给挑出来。把它寄出去以后——仍是寄给《小说月报》——我便向伦敦说了"再见"。

---

[1] 诗出杜甫《遣闷戏呈路十九曹长》，意思是说，人到老年，越来越追求诗律的工整。全诗如下："江浦
雷声喧昨夜，春城雨色动微寒。黄鹂并坐交愁湿，白鹭群飞太剧干。晚节渐于诗律细，谁家数去酒杯
宽。惟吾最爱清狂客，百遍相看意未阑。"

[2] 白涤洲，老舍的发小。见老舍：《记涤洲》和《哭白涤洲》（收本书第一卷）。

[3] "老张"，指老舍的长篇小说《老张的哲学》。

[4] George Gissing，乔治·吉辛（1857～1903），英国作家，主要作品有《新穷士街》《在流放中诞生》
《四季随笔》等。

[5] 《留东外史》，民国初期流行小说，作者是平江不肖生，描写一批官费留日学生花天酒地的颓废生活。
包天笑为不肖生作传时言："据说向君为留学而到日本，但并未进学校，却日事浪游，因此于日本伎寮
下宿颇多娴熟，而日语亦工。留学之所得，仅写成这洋洋数十万言的《留东外史》而已。"

老牛破车　老舍

（二）我怎样写赵子曰

老牛破车　老舍

（三）我怎样写二马

《我怎样写〈赵子曰〉》
（老牛破车之二）原发表页
1935年10月1日《宇宙风》第2期

《我怎样写〈二马〉》
（老牛破车之三）原发表页
1935年10月16日《宇宙风》第3期

丁聪绘《二马》插图，1981年　　　　　　丁聪绘《二马》插图，1981年

我怎样写《小坡的生日》

我也想写这样的小说，可是以中国人为主角，康拉德有时候把南洋写成白人的毒物——征服不了自然便被自然吞噬，我要写的恰与此相反，事实在那儿摆着呢：南洋的开发设若没有中国人行么？中国人能忍受最大的苦处，中国人能抵抗一切疾痛：毒蟒猛虎所盘据的荒林被中国人铲平，不毛之地被中国人种满了菜蔬。中国人不怕死，因为他晓得怎样应付环境，怎样活着。中国人不悲观，因为他懂得忍耐而不惜力气。他坐着多么破的船也敢冲风破浪往海外去，赤着脚，空着拳，只凭那口气与那点天赋的聪明，若能再有点好运，他便能在几年之间成个财主。自然，他也有好多毛病与缺欠，可是南洋之所以为南洋，显然的大部分是中国人的成绩。

本篇原载1935年11月1日《宇宙风》第4期。

这是文学创作经验与方法论"老牛破车系列"的第4篇，介绍长篇小说《小坡的生日》的历史背景、写作渊源并总结了相关体会，对作品的童话性质做出了说明，并追述了先前在伦敦大学东方学院图书馆研究欧洲文学的相关情况。

《小坡的生日》是1929年老舍在新加坡开始创作的一部长篇小说，1931年1月在《小说月报》第22卷第1号开始连载，1934年7月由上海生活书店出版单行本。1929年，老舍结束旅欧岁月，自法国马赛起航东归，中途驻留新加坡半年，目的是切身感受那曾在康拉德（老舍在不同文章中亦写作"康拉得"）小说中数度闪光的南洋。对此，老舍说道："他的笔上魔术使我渴想闻到那咸的海，与从海岛上浮来的花香；使我渴想亲眼看到他所写的一切。"（老舍：《一个近代最伟大的境界与人格的创造者——我最爱的作家——康拉得》）置身于华人之城，触摸着先辈筚路蓝缕、开拓南洋的历史荣光，深为华人的拓荒精神和东方民族的不屈意志所感动，内心一个神奇的南洋之梦萦绕不去。于是，南洋某日，他动笔写起了《小坡的生日》，翌年春归国后完成于上海郑振铎家中。这是一篇长篇童话小说，表现了弱小民族的小伙伴们联合反抗殖民压迫的故事，在梦境与现实之间把握着历史意志和文学精神。作为南洋岁月的纪念，这部作品也寄托着作者的海洋视野和文化理想。作者自言："有了《小坡的生日》，我才明白了白话的力量。"说明这部小说在其创作历程的特殊意义。关于小说的背景、主题及创作心境，特别是作品所涉及的南洋主题的渊源，可参照老舍的散文《还想着它》、讲演稿《中国民族的力量——在国立山东大学1934年上学期第五次总理纪念周上的讲演》以及论文《一个近代最伟大的境界与人格的创造者——我最爱的作家——康拉得》等文章。

我怎样写《小坡的生日》

离开伦敦[1]，我到大陆[2]上玩了三个月，多半的时间是在巴黎。在巴黎，我很想把马威调过来，以巴黎为背景续成《二马》的后半。只是想了想，可是：凭着几十天的经验而动笔写像巴黎那样复杂的一个城，我没那个胆气。我希望在那里找点事作，找不到；马威只好老在逃亡吧，我既没法在巴黎久住，他还能在那里立住脚么！

离开欧洲，两件事决定了我的去处：第一，钱只够到新加坡的；第二，我久想看看南洋。于是我就坐了三等舱到新加坡下船。为什么我想看看南洋呢？因为想找写小说的材料，像康拉德的小说中那些材料。不管康拉德有什么民族高下的偏见没有，他的著作中的主角多是白人；东方人是些配角，有时候只在那儿作点缀，以便增多一些颜色——景物的斑斓还不够，他还要各色的脸与服装，作成个"花花世界"。我也想写这样的小说，可是以中国人为主角，康拉德有时候把南洋写成白人的毒物——征服不了自然便被自然吞噬，我要写的恰与此相反，事实在那儿摆着呢：南洋的开发设若没有中国人行么？中国人能忍受最大的苦处，中国人能抵抗一切疾痛：毒蟒猛虎所盘据的荒林被中国人铲平，不毛之地被中国人种满了菜蔬。中国人不怕死，因为他晓得怎样应付环境，怎样活着。中国人不悲观，因为他懂得忍耐而不惜力气。他坐着多么破的船也敢冲风破浪往海外去，赤着脚，空着拳，只凭那口气与那点天赋的聪明，若能再有点好运，他便能在几年之间成个财主。自然，他也有好多毛病与缺欠，可是南洋之所以为南洋，显然的大部分是中国人的成绩。国内人只知道在南洋容易挣钱，而华侨都是胖胖的财主，所以凡有点势力的人就派个代表在那儿募捐。只知道要钱，不晓得华侨所受的困苦，更想不到怎样去帮忙。另有一些人以为华侨是些在国内无法生存而到国外碰运气的，一伸手也许摸着个金矿，马上便成百万之富。这样的人是因为轻视自己所以也忽略了中国人能力的伟大。还有些人以为华侨漫无组织，所以今天暴富而富得不得其道，明天忽然失败又正自理当如此；说这样现成话的人是只看见华侨的短处，而忘了国家对这些在海外冒险的人可曾有过帮助与指导没有。华侨的失败也就是国家的失败。无论怎样吧，我想写南洋，写中国人的伟大；即使仅能写成个罗曼司，南洋的颜色也正是艳丽无匹的。

可是，这有三件必须预备的事：第一，得在城市中研究经济的情形。第二，到内地观察老华侨的生活，并探听他们的历史。第三，得学会广东话，福建话，与马来话。哎呀，这至少须花费几年的工夫呀！我恰巧花费不起这么多的工夫。我找不到相当的事作。只能在中学里去教书，而教书就把我拴了一个地方，时间与金钱都不许我到各处去观察。我的心慢慢凉起来。我是在新加坡教书，假若我想到别的地方去看看，除非是我能在别处找到教书的机会，机会哪能那么容易得呢。即使有机会，还不是仍得教书，钱不够花而时间不属于我？我没办法。我的梦想眼看着将永成为梦想了。

打了个大大的折扣，我开始写《小坡的生日》。我爱小孩，我注意小孩子们的行动。在新加坡，我虽没工夫去看成人的活动，可是街上跑来跑去的小孩，各种各色的小孩，是有意思的，可以随时看到的。下课之后，立在门口，就可以看到一两个中国的或马来的小儿在林边或路畔玩耍。好吧，我以小人儿们作主人翁来写出我所知道的南洋吧——恐怕是最小最小的那个南洋吧！

上半天完全消费在上课与改卷子上。下半天太热。非四点以后不能作什么。我只能在晚饭后写一点。一边写一边得驱逐蚊子，而老鼠与壁虎的捣乱也使我心中不甚太平，况且在热带的晚间独抱一灯，低着头写字，更彷佛有点说不过去：屋外的虫声，林中吹来的湿而微甜的晚风，道路上印度人的歌声，妇女们木板鞋的轻响，都使人觉得应到外边草地上去，卧看星天，永远不动一动。这地方的情调是热与软，它使人从心中觉到不应当作什么。我呢，一气写出一千字已极不容易，得把外间的一切都忘了才能把笔放在纸上。这需要极大的注意与努力，结果，写一千来字已是筋疲力尽，好似打过一次交手仗。朋友们稍微点点头，我就放下笔，随他们去到林边的一间门面的茶馆去喝咖啡了。从开始写直到离开此地，至少有四个整月，我一共才写成四万字，没法儿再快。这本东西通体有六万字，那末后两万是在上海郑西谛[3]兄家中补成的。

以小孩为主人翁，不能算作童话。可是这本书的后半又全是描写小孩的梦境，让猫狗们也会说话，彷佛又是个童话。此书的形式因此极不完整：非大加删改不可。前半虽然是描写小孩，可是把许多不必要的实景加进去；后半虽是梦境，但也时时对南洋的事情作小小的讽刺。总而言之，这是幻想与写实夹杂在一处，而成了个四不像了。这个毛病是因为我是脚踩两只船：既舍不得小孩的天真，又舍不得我心中那点不属于儿童世界的思想。我愿与小孩们一同玩耍，又忘不了我是大人。这就糟了。所谓不属于儿童世界的思想是什么呢？是联合世界上弱小民族共同奋斗。此书中有中国小孩，马来小孩，印度小孩，而没有一个白色民族的小孩。在事实上，真的，在新加坡住了半年，始终没见过一回白人的小孩与东方小孩在一块玩耍。这给我很大的刺激，所以我愿把东方小孩全拉到一处去玩，将来也许立在同一战线上去争战！同时，我也很明白广东与福建人中间的冲突与不合作，马来与印度人间的愚昧与散漫。这些实际上的缺欠，我都在小孩们一块玩耍时随手儿讽刺出。可是，写着写着我又似乎把这个忘掉，而沉醉在小孩的世界里，大概此书中最可喜的一些地方就是这当我忘了我是成人的时候。现在看来，我后悔那时候我是那么拿不定主意；可是我对这本小书仍然最满意，不是因为别的，是因为我深喜自己还未全失赤子之心——那时我已经三十多岁了。

最使我得意的地方是文字的浅明简确。有了《小坡的生日》，我才真明白了白话的力量；我敢用最简单的话，几乎是儿童的话，描写一切了。我没有算过，《小坡的生日》中一共到底用了多少字；可是它给我一点信心，就是用平民千字课的一千个字也能写出很好的文章。我相信这个，因而越来越恨"迷惘而苍凉的沙漠般的故城哟"这种句子。有人批评我，说我的文字缺乏书生气，太俗，太贫，近于车夫走卒的俗鄙；我一点也不以此为耻！

在上海写完了，就手儿便把它交给了西谛，还在《小说月报》[14]发表。登完，单行本已打好底版，被"一二八"的大火烧掉；所以在去年才又交给生活书店印出来。

希望还能再写一两本这样的小书，写这样的书使我觉得年轻，使我快活；我愿永远作"孩子头儿"。对过去的一切，我不十分敬重；历史中没有比我们正在创造的这一段更有价值的。我爱孩子，他们是光明，他们是历史的新页，印着我们所不知道的事儿——我们只能向那里望一望，可也就够痛快的了，那里是希望。

得补上一些。在到新加坡以前我还写过一本东西呢。在大陆上写了些，在由马赛到新加坡的船上写了些，一共写了四万多字。到了新加坡，我决定抛弃了它，书名是"大概如此"。

为什么中止了呢？慢慢的讲吧。这本书和《二马》差不多，也是写在伦敦的中国人。内容可是没有《二马》那么复杂，只有一男一女。男的穷而好学，女的富而遭了难。穷男人救了富女的，自然喽跟着就得恋爱。男的是真落于情海中，女的只拿爱作为一种应酬与报答，结果把男的毁了。文字写得并不错，可是我不满意这个题旨。设若我还住在欧洲，这本书一定能写完。可是我来到新加坡，新加坡使我看不起这本书了。在新加坡，我是在一个中学里教几点钟国文。我教的学生差不多都是十五六岁的小人儿们。他们所说的，和他们在作文时所写的，使我惊异。他们在思想上的激进，和所要知道的问题，是我在国外的学校五年中所未遇到过的。不错，他们是很浮浅；但是他们的言语行动都使我不敢笑他们，而开始觉到新的思想是在东方，不是在西方。在英国，我听过最激烈的讲演，也知道有专门售卖所谓带危险性书籍的铺子。但是大概的说来，这些激烈的言论与文字只是宣传，而且对普通人很少影响。学校里简直听不到这个。大学里特设讲座，讲授政治上经济上的最新学说与设施；可是这只限于讲授与研究，并没成为什么运动与主义；大多数的将来的硕士博士还是叼着烟袋谈"学生生活"，几乎不晓得世界上有什么毛病与缺欠。新加坡的中学生设若与伦敦大学的学生谈一谈，满可以把大学生说得瞪了眼，自然大学生可别刨根问底的细问。

有件小事很可以帮助说明我的意思：有一天，我到图书馆里去找本小说念，找到了本梅·辛克来（May Sinclair）[5]的 *Arnold Waterlow*[6]。别的书都带着"图书馆气"，污七八黑的；只有这本是白白的，显然的没人借读过。我很纳闷，馆中为什么买这么一本书呢？我问了问，才晓得馆中原是去买大家所知道的那个辛克来（Upton Sinclair）[7]的著作，而错把这位女写家的作品买来，所以谁也不注意它。我明白了！以文笔来讲，男辛克来的是低等的新闻文学，女辛克来的是热情与机智兼具的文艺。以内容言，男辛克来的是作有目的的宣传，而女辛克来只是空洞的反抗与破坏。女辛克来在西方很有个名声，而男辛克来在东方是圣人。东方人无暇管文艺，他们要炸弹与狂呼。西方的激烈思想似乎是些好玩的东西，东方才真以它为宝贝。新加坡的学生差不多都是家中很有几个钱的，可是他们想打倒父兄，他们捉住一些新思想就不再松手，甚至于写这样的句子："自从母亲流产我以后"——他爱"流产"，而不惜用之于己身，虽然他已活了十六七岁。

在今日而想明白什么叫作革命，只有到东方来，因为东方民族是受着人类所有的一切压迫；从哪儿想，他都应当革命。这就无怪乎英国中等阶级的儿女根本不想天下大事，而新加坡中等阶级的儿女除了天下大事什么也不想了。虽然光想天下大事，而永远不肯交作文与算术演草簿的小人儿们也未必真有什么用处，可是这种现象到底是应该注意的。我一遇见他们，就没法不中止写"大概如此"了。一到新加坡，我的思想猛的前进了好几丈，不能再写爱情小说了！这个，也就使我决定赶快回国来看看了。

---

[1] 1929年6月底，老舍结束了在伦敦大学东方学院的任教生涯，离开英国，在游历欧洲大陆之后，于当年10月抵达新加坡，留住5个月后回国。

[2] 大陆，此处指欧洲大陆。1929年6月底告别伦敦后，老舍登临欧洲大陆，在法国巴黎逗留3个月，寻访古迹名胜。其间，前往德国、比利时、意大利等国作短期旅行，于当年9月自法国马赛乘船东归。1936年夏，在青岛写的《想北平》一文中，老舍将巴黎与北平的格调做了比较，说巴黎固然很好，然北平更好，在繁华与宁静的均衡状态中显现着家园的美感，更适宜。

[3] 郑振铎（1898～1958），字西谛，福建长乐人，生于浙江永嘉，现代作家、学者、收藏家和编辑家，文学研究会发起人之一，曾主编《小说月报》《公理日报》《世界文库》等。1927年旅居英法，回国后

《我怎样写〈小坡的生日〉》
（老牛破车之四）原发表页
1935年11月1日《宇宙风》第4期

《小坡的生日》初版
上海生活书店，1934年8月

历任北京燕京大学、清华大学、上海暨南大学教授。1930年4月，老舍自新加坡归来在上海登岸后，到郑振铎家中小住半月，写完了《小坡的生日》。

[4] 《小说月报》，1910年7月创刊于上海，商务印书馆刊行，1921年1月改刊后成为文学研究会的机关刊物，先后由沈雁冰、郑振铎、叶圣陶主编。1926年，老舍的第一部长篇小说《老张的哲学》在《小说月报》17卷第7号上开始连载。1931年夏，得到老舍新作《大明湖》原稿，拟于"新年特大号"开始连载，当年12月发预告："《大明湖》心理的刻画，将要代替了行动表态的逼肖，为老舍先生创作的特点，全文约二十万字。"然未及刊出，即烧毁于"一二八"战火。

[5] 梅·辛克来（May Sinclair，1870～1946），英国小说家，1924年著小说《阿诺德·沃特洛》。

[6] Arnold Waterlow，《阿诺德·沃特洛》。

[7] 辛克来（Upton Sinclair），现通译厄普顿·辛克莱（1878～1968），美国小说家。

1930年，老舍初到山东时留影

我怎样写《大明湖》

由这点简要的述说可以看出来《大明湖》里实在包含着许多问题，在思想上似乎是有些进步。可是我并不满意这本作品，因为文字太老实。前面说过了：此书中没有一句幽默的话，而文字极其平淡无奇，念着很容易使人打盹儿。我是个爽快的人，当说起笑话来，我的想象便能充分的活动，随笔所至自然然的就有趣味。教我哭丧着脸讲严重的问题与事件，我的心沉下去，我的话也不来了！

本篇原载1935年11月16日《宇宙风》第5期。

这是文学创作经验与方法论"老牛破车系列"的第5篇，主要叙述了长篇小说《大明湖》的创作过程及其所关涉的历史背景，对手稿、纸型以及被"一·二八"战火焚毁情况给出了具体说明，并反思了作品在文学上存在的一些不成熟的问题。

《大明湖》是老舍在济南写的一部以1928年济南"五三惨案"为背景的长篇小说，描述了一对母女为生活所迫而沦为娼妓，最后母亲投湖而死的故事，揭露了日军侵华暴行，映射出时局之危难。1931年暑假期间收笔，随即将底稿寄往上海《小说月报》杂志社。当年，该刊曾登载如下预告："《大明湖》心理的刻画，将要代替了行动表态的逼肖，为老舍先生创作的特点，全文约二十万字。"然未想，小说就像其中的主人公一样命运多舛，竟未及问世，等待发排过程中即遭遇重大变故，在1932年上海爆发"一·二八"事变中随着商务印书馆的被炸毁而葬身于战火。故此，除了老舍夫妇以及齐大同人张西山以外，世上也只有《小说月报》的编审者郑振铎、徐调孚等少数几个人目睹过它的真面目，再无其他人读过它，留下了一个斯芬克斯之谜。从这一角度看，本篇创作自述也就染上了一丝文学安灵仪式的色彩。多年以后在青岛，作者进行了记忆复原，应读者要求，将小说中的精华部分予以重写，遂有中篇小说《月牙儿》（见本书第三卷所收《樱海集》）的问世。

我怎样写《大明湖》

在上海把《小坡的生日》交出，就跑回北平；住了三四个月；什么也没写。

被约到济南去教书[1]。到校后，忙着预备功课，也没工夫写什么。可是我每走在街上，看见西门与南门的炮眼，我便自然的想起"五三"惨案[2]；我开始打听关于这件事的详情；不是那些报纸登载过的大事，而是实际上的屠杀与恐怖的情形。有好多人能供给我材料，有的人还保存着许多像片，也借给我看。半年以后，济南既被走熟，而"五三"的情形也知道了个大概，我就想写《大明湖》了。

《大明湖》里没有一句幽默的话，因为想着"五三"。可是"五三"并不是正题，而是个副笔。设若全书都是描写那次的屠杀，我便不易把别的事项插进去了，而我深怕笔力与材料都不够写那么硬的东西。我需要个别的故事，而把战争与流血到相当的时机加进去，既不干枯，又显着越写越火炽。我很费了些时间去安置那些人物与事实：前半的本身已像个故事，而这故事里已暗示出济南的危险。后半还继续写故事，可是遇上了"五三"，故事与这惨案一同紧张起来。在形式上，这本书有些可取的地方。

故事的进展还是以爱情为联系，这里所谓爱情可并不是三角恋爱那一套。痛快着一点来说，我写的是性欲问题。在女子方面，重要的人物是很穷的母女两个。母亲受着性欲与穷困的两重压迫，而扔下了女儿不再管。她交结过好几个男人，全没有所谓浪漫故事中的追求与迷恋，而是直截了当的讲肉与钱的获得。读书的青年男女好说自己如何苦闷，如何因失恋而想自杀，好像别人都没有这种问题，而只有他们自己的委屈很值钱似的。所以我故意的提出几个穷男女，说说他们的苦处与需求。在她所交结的几个男人中，有一个是非常精明而有思想的人。他虽不是故事中的主要人物，可是由他口中说出许多现在应当用××画出来的话语。这个女的最后跳了大明湖。她的女儿呢，没有人保护着，而且没有一个钱，也就走上她母亲所走的路——在《樱海集》所载的《月牙儿》便是这件事的变形。可是在《大明湖》里，这个孤苦的女儿到了也要跳湖的时候，被人救出而结了婚。救她的人是兄弟三个，老大老二是对双生的弟兄，也就是故事中的男主角。

在这一对男主角身上，爱情的穿插没有多少重要，主要的是在描写他俩的心理上的变动。他们是双生子，长得一样，而且极相爱，可是他们的性格极不相同。他们想尽方法去彼此明白与谅解，可是不能随心如意；他们到底有个自己，这个自己不会因爱心与努力而溶解在另一个自己里。他俩在外表上是一模一样，而在内心上是背道而驰。老大表现着理智的能力，老二表现着感情的热烈。一冷一热，而又不肯公然冲突。这象征着"学问呢，还是革命呢？"的不易决定。老大是理智的，可是被疾病征服的时候，在梦里似的与那个孤女发生了关系，结果非要她不可——大团圆。

可是这个大团圆是个悲剧的——假如这句话可以说得通——"五三"事件发生了，老三被杀。剩下老大老二，一个用脑，一个用心，领略着国破家亡的滋味。

由这点简要的述说可以看出来《大明湖》里实在包含着许多问题，在思想上似乎是有些进步。可是我并不满意这本作品，因为文字太老实。前面说过了：此书中没有一句幽默的话，而文字极其平淡无奇，念着很容易使人打盹儿。我是个爽快的人，当说起笑话来，我的想象便能充分的活动，随笔所至自自然然的就有趣味。教我哭丧着脸讲严重的问题与事件，我的心沉下去，我的话也不来了！

在暑假后把它写成，交给张西山[3]兄看了一遍，还是寄给《小说月报》。因为刚登完了《小坡的生日》，所以西谛[4]兄说留到过了年再登吧。过了年，稿子交到印工手里去，"一二八"的火[5]把它烧成了灰。没留副稿。我向来不留副稿。想好就写，写完一大段，看看，如要不得，便扯了另写；如能要，便只略修改几个字，不作更大的更动。所以我的稿子多数是写得很清楚。我雇不起书记给另钞一遍，也不愿旁人代写。稿子既须自己写，所以无论故事多么长，总是全篇写完才敢寄出去，没胆子写一点发表一点。全篇寄出去，所以要烧也就都烧完；好在还痛快！

有好几位朋友劝我再写《大明湖》，我打不起精神来。创作的那点快乐不能在默写中找到。再说呢，我实在不甚满意它，何必再写。况且现在写出，必须用许多××与……[6]，更犯不着了。

到济南后，自己印了稿纸，张大格大，一张可写九百多字。用新稿纸写的第一部小说就遭了火劫，总算走"红"运！

---

[1] 1930年夏，老舍到齐鲁大学任教，开设《文学概论》等课程，还参加了《齐大月刊》的编辑工作。

[2] "五三"惨案，见《文博士》注1。

[3] 张西山，即张维华（1902~1987），字西山，山东寿光人，历史学家。老舍在齐鲁大学工作期间的同事和邻居。曾任齐鲁大学文学院院长兼历史系主任，1952年后改任山东大学教授。

[4] 西谛，即郑振铎。见《怀友》注16。

[5] 一二八，指"一·二八"事变。1932年1月28日，日本军队突袭上海，位于宝山路584号的商务印书馆及东方图书馆均被炸毁。在军长蔡廷锴、总指挥蒋光鼐的率领下，十九路军奋起抵抗。

[6] 暗指当时国民党政府对书报刊物的检查制度。

我怎样写《猫城记》

猫人的糟糕是无可否认的。我之揭露他们的坏处原是出于爱他们也是无可否认的。可惜我没给他们想出办法来。

我也糟糕！可是，我必须说出来：即使我给猫人出了最高明的主意，他们一定会把这个主意弄成个五光十色的大笑话；猫人的糊涂与聪明是相等的。我爱他们，惭愧！我到底只能讽刺他们了！

况且呢；我和猫人相处了那么些日子，我深知道我若是直言无隐的攻击他们，而后再给他们出好主意，他们很会把我偷偷的弄死。我的怯懦正足以暗示出猫人的勇敢，何等的勇敢！算了吧，不必再说什么了！

本篇原载1935年12月1日《宇宙风》第6期。

这是文学创作经验与方法论"老牛破车系列"的第6篇，回顾了长篇小说《猫城记》的创作情况，陈述了相关体会，特别是反思了作品失败的原因。除此之外，作者还介绍了自己与几家出版社的关系，言明这是他在商务印书馆之外出的第一部作品。

《猫城记》是老舍在济南写的一部长篇小说，完成于1932年6月。当年8月1日在《现代》第1卷第4期开始连载，至次年4月1日第2卷第6期续毕。1933年8月20日，单行本由现代书局首度出版，1947年晨光出版公司出版改订本。作者以科幻小说的形式表现了对当时中国社会的失望，深含讽喻之意，在主题结构、场景设置及话语方式上均有其独特性，然"既不能有积极的领导，又不能精到的搜出病根，所以只有讽刺的弱点，而没得到它的正当效用。"因此作者自认为这是一部失败的作品。何谓"猫城"？这是作者想象中的火星上的一座城市，因而这部小说的独特价值还在于科幻上的预见性，它首度以文学作品的形式想象了中国人的火星探险。1932年7月1日《现代》杂志第1卷第3期登载了老舍致该刊编者信的摘要，预告了作品的内容："中国人——就是我呀——到火星上探险。飞机碎了，司机也死了，只剩得我一个人——火星上的漂流者。来到猫城，参观一切。"客观地看，在老舍的小说中，属《猫城记》最特别，而在当时中国文坛上也未出现过这样的作品。在结构外壳上，可能受到了英国小说家威尔斯（Herbert George Wells）的《月亮上的第一个人》的影响。它一改作者一贯的幽默风格，给作品中的主人公"我"以直言形象，激愤乃至于叫骂，从而表现出了异乎寻常的冷峻色彩，冷得令人发抖。正是出于对当时中国社会的极度绝望，作者进行了大胆的尝试，将视线投向了火星，在火星上的猫城重置了一重中国社会现实，于是就给读者提供了一个远距离观察自身所处社会生活的机会，从而引出了新的思考维度。作品既是在写现实，亦是在预言未来，在特殊视角的观察中进行着奇特而深刻的思考，缘此而寄托着一位爱国知识分子的忧患意识，表达了对国家前途命运的深深焦虑。这是特别深刻的一点，《猫城记》不是一部普通意义上的科幻小说，而是一部严肃的社会政治小说，一部反乌托邦小说。

我怎样写《猫城记》

自《老张的哲学》到《大明湖》，都是交《小说月报》发表，而后由商务印书馆印单行本。《大明湖》的稿子烧掉，《小坡的生日》的底版也殉了难；后者，经过许多日子，转让给生活书店[1]承印。《小说月报》停刊。施蛰存[2]兄主编的《现代》杂志为沪战后唯一的有起色的文艺月刊，他约我写个"长篇"，我答应下来；这是我给别的刊物——不是《小说月报》了——写稿子的开始。这次写的是《猫城记》。登完以后，由现代书局[3]出书，这是我在别家书店——不是"商务"了——印书的开始。

《猫城记》，据我自己看，是本失败的作品。它毫不留情地揭显出我有块多么平凡的脑子。写到了一半，我就想收兵，可是事实不允许我这样作，硬把它凑完了！有人说，这本书不幽默，所以值得叫好，正如梅兰芳反串小生那样值得叫好。其实这只是因为讨厌了我的幽默，而不是这本书有何好处。吃厌了馒头，偶尔来碗粗米饭也觉得很香，并非是真香。说真的，《猫城记》根本应当幽默，因为它是篇讽刺文章：讽刺与幽默在分析时有显然的不同，但在应用上永远不能严格的分隔开。越是毒辣的讽刺，越当写得活动有趣，把假托的人与事全要精细的描写出，有声有色，有骨有肉，看起来头头是道，活像有此等人与此等事；把讽刺埋伏在这个底下，而后才文情并懋，骂人才骂到家。它不怕是写三寸丁的小人国，还是写酸臭的君子之邦，它得先把所凭借的寓言写活，而后才能彷佛把人与事玩之股掌之上，细细的创造出，而后捏着骨缝儿狠狠的骂，使人哭不得笑不得。它得活跃，灵动，玲珑，和幽默。必须幽默。不要幽默也成，那得有更厉害的文笔，与极聪明的脑子，一个巴掌一个红印，一个闪一个雷。我没有这样厉害的手与脑，而又舍去我较有把握的幽默，《猫城记》就没法不爬在地上，像只折了翅的鸟儿。

在思想上，我没有积极的主张与建议。这大概是多数讽刺文字的弱点，不过好的讽刺文字是能一刀见血，指出人间的毛病的：虽然缺乏对思想的领导，究竟能找出病根，而使热心治病的人知道该下什么药。我呢，既不能有积极的领导，又不能精到的搜出病根，所以只有讽刺的弱点，而没得到它的正当效用。我所思虑的就是普通一般人所思虑的，本用不着我说，因为大家都知道。眼前的坏现象是我最关切的；为什么有这种恶劣现象呢？我回答不出。跟一般人相同，我拿"人心不古"——虽然没用这四个字——来敷衍。这只是对人与事的一种惋惜，一种规劝；惋惜与规劝，是"阴骘文"[4]的正当效用——其效用等于说废话。这连讽刺也够不上了。似是而非的主张，即使无补于事，也还能显出点讽刺家的聪明。我老老实实的谈常识，而美其名为讽刺，未免太荒唐了。把讽刺改为说教，越说便越腻得慌：敢去说教的人不是绝顶聪明的，便是傻瓜。我知道我不是顶聪明，也不肯承认是地道傻瓜；不过我既写了《猫城记》，也就没法不叫自己傻瓜了。

自然，我为什么要写这样一本不高明的东西也有些外来的原因。头一个就是对国事的失望，军事与外交种种的失败，使一个有些感情而没有多大见解的人，像我，容易由愤恨而失望。失望之后，这样的人想规劝，而规劝总是妇人之仁的。一个完全没有思想的人，能在粪堆上找到粮食；一个真有思想的人根本不将就这堆粪。只有半瓶子醋的人想维持这堆粪而去劝告苍蝇："这儿不卫生！"我吃了亏，因为任着外来的刺激去支配我的"心"，而一时忘了我还有块"脑子"。我居然去劝告苍蝇了！

不错，一个没有什么思想的人，满能写出很不错的文章来；文学史上有许多这样的例子。可是，这样的专家，得有极大的写实本领，或是极大的情绪感诉能力。前者能将浮面的观感详实的写下来，虽然不像显微镜那么厉害，到底不失为好好的一面玻璃镜，映出个真的世界。后者能将普通的感触，强有力的道出，使人感动。可是我呢，我是写了篇讽刺。讽刺必须高超，而我不高超。讽刺要冷静，于是我不能大吹大擂，而扭扭捏捏。既未能悬起一面镜子，又不能向人心掷去炸弹，这就很可怜了。

失了讽刺而得到幽默，其实也还不错。讽刺与幽默虽然是不同的心态，可是都得有点聪明。运用这点聪明，即使不能高明，究竟能见出些性灵，至少是在文字上。我故意的禁止幽默，于是《猫城记》就一无可取了。《大明湖》失败在前，《猫城记》紧跟着又来了个第二次。朋友们常常劝我不要幽默了，我感谢，我也知道自己常因幽默而流于讨厌。可是经过这两次的失败，我才明白一条狗很难变成一只猫。我有时候很想努力改过，偶尔也能因努力而写出篇郑重、有点模样的东西。但是这种东西总缺乏自然的情趣，像描眉擦粉的小脚娘。让我信口开河，我的讨厌是无可否认的，可是我的天真可爱处也在里边，Aristophanes[5]的撒野正自不可及；我不想高攀，但也不必因谦虚而抹杀事实。

自然，这两篇东西——《大明湖》与《猫城记》——也并非对我全无好处：它们给我以练习的机会，练习怎样老老实实的写述，怎样瞪着眼说谎而说得怪起劲。虽然它们的本身是失败了，可是经过一番失败总多少增长些经验。

《猫城记》的体裁，不用说，是讽刺文章最容易用而曾经被文人们用熟了的。用个猫或人去冒险或游历，看见什么写什么就好了。冒险者到月球上去，或到地狱里去，都没什么关系。他是个批评家，也许是个伤感的新闻记者。《猫城记》的探险者分明是后一流的，他不善于批评，而有不少浮浅的感慨；他的报告于是显着像赴宴而没吃饱的老太婆那样回到家中瞎叨唠。

我早就知道这个体裁。说也可笑，我所以必用猫城，而不用狗城者，倒完全出于一件家庭间的小事实——我刚刚抱来个黄白花的小猫。威尔思的 *The First Man in the Moon* [6]，把月亮上的社会生活与蚂蚁的分工合作相较，显然是有意的指出人类文明的另一途径。我的猫人之所以为猫人却出于偶然。设若那天我是抱来一只兔，大概猫人就变成兔人了；虽然猫人与兔人必是同样糟糕的。

猫人的糟糕是无可否认的。我之揭露他们的坏处原是出于爱他们也是无可否认的。可惜我没给他们想出办法来。我也糟糕！可是，我必须说出来：即使我给猫人出了最高明的主意，他们一定会把这个主意弄成个五光十色的大笑话；猫人的糊涂与聪明是相等的。我爱他们，惭愧！我到底只能讽刺他们了！况且呢；我和猫人相处了那么些日子，我深知道我若是直言无隐的攻击他们，而后再给他们出好主意，他们很会把我偷偷的弄死。我的怯懦正足以暗示出猫人的勇敢，何等的勇敢！算了吧，不必再说什么了！

---

[1] 生活书店，1925年10月，肇始于上海，1932年7月，在邹韬奋主编的《生活》周刊社基础上成立了"生活出版合作社"，对外称生活书店。

[2] 施蛰存（1905～2003），浙江杭州人，著名作家、翻译家、编辑家和学者。1930年主编《现代》杂志，1937年起在云南、福建、江苏、上海等地多所大学任教，1952年起任教于华东师范大学。主要文学作品有《上元灯》《将军底头》《梅雨之夕》等。

[3] 现代书局，1927年由洪雪帆、张静庐、沈松泉出资创办于上海，1932年创办《现代》杂志。曾出版过郭沫若、田汉、郁达夫、老舍、巴金等作家的作品，1933年8月20日，出版老舍的长篇小说《猫城记》。

[4] "阴骘文"，全称《文昌帝君阴骘文》，以文昌帝君降笔的名义编纂而成。"阴骘"为积阴德的意思，"阴骘文"就是以通俗语言和形式劝人积阴德。

[5] Aristophanes，阿里斯多芬（约前450～前380），古希腊剧作家。

[6] *The First Man in the Moon*，《月亮上的第一个人》。

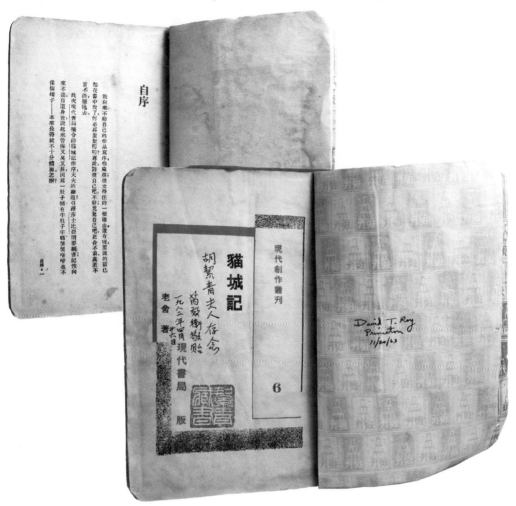

《猫城记》

现代书局，1933年8月

图为1933年8月20日现代书局刊行的《猫城记》初版本，列为"现代创作
丛刊"第6种推出。1982年4月26日，美国汉学家芮效卫题"胡絜青夫人
存念"等赠语，托人将该书转交老舍长女舒济。关于赠书的相关情况，
舒济在给本文集编者的信中说："《猫城记》赠书者芮效卫，是美国著
名的汉学家，英文名David Tod Roy，这本书是通过中国社会科学院文学
研究所吴晓铃先生转送的。封二的英文名即芮的本人签名。"扉页钤有
"絜青藏书"印。现藏北京老舍纪念馆。

我怎样写《离婚》

文艺或者也如此。这么一想，我对《离婚》似乎又不能满意了，它太小巧，笑得带着点酸味！受过教育的与在生活上处处有些小讲究的人，因为生活安适平静，而且以为自己是风流蕴藉，往往提到幽默便立刻说：幽默是含着泪的微笑。其实据我看呢，微笑而且得含着泪正是『装蒜』之一种。哭就大哭，笑就狂笑，不但显出一点真挚的天性，就是在文学里也是很健康的。唯其不敢真哭真笑，所以才含泪微笑；也许这是件很难作到与很难表现的事，但不必就是非此不可。我真希望我能写出些震天响的笑声，使人们真痛快一番，虽然我一点也不反对哭声震天的东西。说真的，哭与笑原是一事的两头儿；而含泪微笑却两头儿都不站。

本篇原载1935年12月16日《宇宙风》第7期。

这是文学创作经验与方法论"老牛破车系列"的第7篇，介绍长篇小说《离婚》的创作过程及相关体会，言明当时有意要"返归幽默"。另外，作者还重分析了"北平"在其创作中的特殊意义，认为只要看到北平，笔下就会有人物，有故事，这也正是文学创作中的地域精神的标识。

《离婚》是老舍应良友图书印刷公司之约，于1933年夏在济南写的一部长篇小说，当年8月列为"良友文学丛书"第8种出版发行。1947年9月，晨光出版公司推出改订本。小说写的是北平几个小科员的家庭存在状态，表现了几对普通男女日常生活中如影随形、挥之不去的种种烦恼，往往于言不由衷的笑声中透露出了对生活的无奈，而其中无论是正派的还是不那么正派的，有文化的还是没什么文化的，都在试图与婚姻走马灯，在灰色生活中不停地演绎着闹离婚的悲喜剧，结果是闹来闹去，谁也没有离得成。其实，"闹离婚"的心理动因是所谓的"面子"与"良心"问题，敷衍、苟且、安命等生活哲学掌控着他们的行为，滞碍着他们的抉择，生活就是一场毫无意义的"闹剧"，局中的每个人都在徒然面对着无法摆脱的烦恼和无法改写的命运。就此，在平淡的尘世生活表象下揭穿了生活中那些"近乎无事的悲剧"，展开了灵魂被慢慢侵蚀的过程。在创作手法、艺术表现力特别是幽默艺术的地道性上，这是老舍济南时期所写最为成功的一部长篇小说。按照作者自己的说法，《猫城记》在艺术上的"失败"，让他重新审视自我，回归幽默。从语言组织到叙事流程，这部小说都是"老舍式"的，乃至于被认为是"最老舍"的。读之，可感到契科夫式的"发现"与陀思妥耶夫斯基式的"审判"皆有所体现，而对生活意义的省思则达到了与存在主义哲学共振的层面，预示着老舍文学的新起点和新高度。

我怎样写《离婚》

也许这是个常有的经验吧：一个写家把他久想写的文章撂在心里，撂着，甚至于撂一辈子，而他所写出的那些倒是偶然想到的。有好几个故事在我心里已存放了六七年，而始终没能写出来；我一点也不晓得它们有没有能够出世的那一天。反之，我临时想到的倒多半在白纸上落了黑字。在写《离婚》以前，心中并没有过任何可以发展到这样一个故事的"心核"，它几乎是忽然来到而马上成了个"样儿"的。在事前，我本来没打算写个长篇，当然用不着去想什么。邀我写个长篇与我临阵磨刀去想主意正是同样的仓促。是这么回事：《猫城记》在《现代》[1]杂志登完，说好了是由良友公司[2]放入"良友文学丛书"[3]里。我自己知道这本书没有什么好处，觉得它还没资格入这个"丛书"。可是朋友们既愿意这么办，便随它去吧，我就答应了照办。及至事到临期，现代书局又愿意印它了，而良友扑了个空。于是良友的"十万火急"来到，立索一本代替《猫城记》的。我冒了汗！可是我硬着头皮答应下来；知道拼命与灵感是一样有劲的。

这我才开始打主意。在没想起任何事情之前，我先决定了：这次要"返归幽默"。《大明湖》与《猫城记》的双双失败使我不得不这么办。附带的也决定了，这回还得求救于北平。北平是我的老家，一想起这两个字就立刻有几百尺"故都景象"在心中开映。啊！我看见了北平，马上有了个"人"。我不认识他，可是在我廿岁至廿五岁之间我几乎天天看见他。他永远使我羡慕他的气度与服装，而且时时发现他的小小变化：这一天他提着条很讲究的手杖，那一天他骑上自行车——稳稳的溜着马路边儿，永远碰不了行人，也好似永远走不到目的地，太稳，稳得几乎像凡事在他身上都是一种生活趣味的展示。我不放手他了。这个便是"张大哥"。

叫他作什么呢？想来想去总在"人"的上面，我想出许多的人来。我得使"张大哥"[4]统领着这一群人，这样才能走不了板，才不至于杂乱无章。他一定是个好媒人，我想；假如那些人又恰恰的害着通行的"苦闷病"呢？那就有了一切，而且是以各色人等揭显一件事的各种花样，我知道我捉住了个不错的东西。这与《猫城记》恰相反：《猫城记》是但丁[5]的游"地狱"，看见什么说什么，不过是既没有但丁那样的诗人，又没有但丁那样的诗。《离婚》在决定人物时已打好主意：闹离婚的人才有资格入选。一向我写东西总是冒险式的，随写随着发现新事实；即使有时候有个中心思想，也往往因人物或事实的趣味而唱荒了腔。这回我下了决心要把人物都拴在一个木桩上。

这样想好，写便容易了。从暑假前大考的时候写起，到七月十五，我写得了十二万字。原定在八月十五交卷，居然能早了一个月，这是生平最痛快的一件事。天气非常的热——济南的热法是至少可以和南京比一比的——我每天早晨七点动手，写到九点；九点以后便连喘气也很费事了。平均每日写两千字。所余的大后半天是一部分用在睡觉上，一部分用在思索第二天该写的二千来字上。这样，到如今想起来，那个热天实在是最可喜的。能写入了迷是一种幸福，即使所写的一点也不高明。

在下笔之前，我已有了整个计划；写起来又能一气到底，没有间断，我的眼睛始终没离开我的手，当然写出来的能够整齐一致，不至于大嘟噜小块的。匀净是《离婚》的好处，假如没有别的可说的。我立意要它幽默，可是我这回把幽默看住了，不准它把我带了走。饶这么样，到底还有"滑"下去的地方，幽默这个东西——假如它是个东西——实在不易拿得稳，它似乎知道你不能老瞪着眼盯住它，它有机会就跑出去。可是从另一方面说呢，多数的幽默写家是免不了顺流而下以至野调无腔的。那么，要紧的似乎是这个：文艺，特别是幽默的，自要"底气"坚实，粗野一些倒不算什么。Dostoevsky[6]的作品——还有许多这样伟大写家的作品——是很欠完整的，可是他的伟大处永不被这些缺欠遮蔽住。以今日中国文艺的情形来说，我倒希望有些顶硬顶粗莽顶不易消化的作品出来，粗野是一种力量，而精巧往往是种毛病。小脚是纤巧的美，也是种文化病，有了病的文化才承认这种不自然的现象，而且称之为美。文艺或者也如此。这么一想，我对《离婚》似乎又不能满意了，它太小巧，笑得带着点酸味！受过教育的与在生活上处处有些小讲究的人，因为生活安适平静，而且以为自己是风流蕴藉，往往提到幽默便立刻说：幽默是含着泪的微笑。其实据我看呢，微笑而且得含着泪正是"装蒜"之一种。哭就大哭，笑就狂笑，不但显出一点真挚的天性，就是在文学里也是很健康的。唯其不敢真哭真笑，所以才含泪微笑；也许这是件很难作到与很难表现的事，但不必就是非此不可。我真希望我能写出些震天响的笑声，使人们真痛快一番，虽然我一点也不反对哭声震天的东西。说真的，哭与笑原是一事的两头儿；而含泪微笑却两头儿都不站。《离婚》的笑声太弱了。写过了六七本十万字左右的东西，我才明白了一点何谓技巧与控制。可是技巧与控制不见得就会使文艺伟大。《离婚》有了技巧，有了控制；伟大，还差得远呢！文艺真不是容易作的东西。我说这个，一半是恨自己的藐小，一半也是自励。

《离婚》精装本初版
良友图书印刷公司，1933年8月

《离婚》普及本初版
良友图书印刷公司，1940年4月

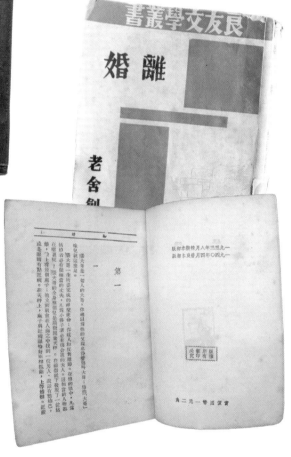

---

[1]	《现代》，大型文学期刊，1932年5月创刊于上海，施蛰存主编，第3卷开始由施蛰存与杜衡合编，1935年4月终刊，共出版34期。

[2]	良友公司，即良友图书公司，1925年在上海成立。1932年设文艺书籍出版部，聘赵家璧为主编，编辑出版《中国新文学大系》《良友文学丛书》和《一角丛书》等文学系列丛书和单行本，结集鲁迅、茅盾、巴金、老舍等人的作品。

[3]	良友文学丛书，良友图书公司组织出版的现代文学丛书，赵家璧主编，始于1933年1月。

[4]	张大哥，老舍小说《离婚》中的主要人物。

[5]	但丁，意大利诗人。见本书第1卷《又是一年芳草绿》注2。

[6]	Dostoevsky，即俄国作家陀思妥夫斯基（1821～1881），主要作品有《穷人》《卡拉马佐夫兄弟》《被侮辱与被损害的》《罪与罚》等。

老牛破车　老舍

（七）我怎样写《离婚》

《我怎样写〈离婚〉》
（老牛破车之七）原发表页
1935年12月16日《宇宙风》第7期

韩羽作《离婚》插图

我怎样写短篇小说

《月牙儿》是由《大明湖》中抽出来而加以修改，所以一气到底，没有什么生硬勉强的地方；《阳光》呢，本也是写长篇的材料，可是没在心中储蓄过多久，所以虽然是在写短篇，而事实上是把临时想起的事全加进去，结果便显着生硬而不自然了。有长时间的培养，把一件复杂的事翻过来掉过去的调动，人也熟了，事也熟了，而后抽出一节来写个短篇，就必定成功，因为一下笔就是地方，准确产出调匀之美。写完《月牙儿》与《阳光》我得到这么点觉悟。附带着要说的，就是创作得有时间。这也就是说，写家得有敢尽量花费时间的准备，才能写出好东西。这个准备就是最伟大的一个字——「饭」。我常听见人家喊：没有伟大的作品啊！每次听见这个呼声，我就想到在这样呼喊的人的心中，写家大概是只喝点露水的什么小生物吧？

　　本篇原载1936年1月1日《宇宙风》第8期。本期为"新年特大号",刊载了林语堂、陶亢德、周作人、郁达夫、俞平伯、陈子展、何容等的作品,以写新年、过年之事为多。编辑在《编辑后记》中特别提及本篇:"过去七期中我们特别感谢的是知堂、老舍和子恺三先生,他们给宇宙风每一期写文和作画。现在呢,老舍先生在一口气写完八篇创作经验谈之后,要略为休息一会了。在这短期的休息中我们已经跟他约定写一个长篇,在长篇写成发表之前,随时给我们写些散文随笔。"

　　这是文学创作经验与方法论"老牛破车系列"的第8篇,介绍了短篇小说方面的创作体会。首先,老舍申明了其文学创作活动的缘起,自言1922年写于天津南开中学的童话小说《小铃儿》不足为道,故而将1925年写于伦敦大学东方学院的《老张的哲学》界定为自己文学创作活动的正式起点。关于短篇小说,提及《赶集》和《樱海集》中的作品,将其分组分类,介绍了《微神》与《黑白李》等几篇写于济南的作品,重点分析了《月牙儿》《断魂枪》及《新时代的旧悲剧》等几篇写于青岛的作品,对《月牙儿》与《阳光》进行了比较。1944年春,作者对本篇予以增订,"补加了一段文字,记述了抗日战争时期出版的短篇小说集《火车集》和《贫血集》"的情况。(胡絜青:《〈老舍论创作〉后记》,上海文艺出版社1980年2月第1版)

我怎样写短篇小说

我最早的一篇短篇小说[1]还是在南开中学教书时写的；纯为敷衍学校刊物的编辑者，没有别的用意。这是十二三年前的事了。这篇东西当然没有什么可取的地方，在我的写作经验里也没有一点重要，因为它并没引起我的写作兴趣。我的那一点点创作历史应由《老张的哲学》算起。

这可就有了文章：合起来，我在写长篇之前并没有写短篇的经验。我吃了亏。短篇想要见好，非拚命去作不可。长篇有偷手。写长篇，全篇中有几段好的，每段中有几句精彩的，便可以立得住。这自然不是理应如此，但事实上往往是这样；连读者彷彿对长篇——因为是长篇——也每每格外的原谅。世上允许很不完整的长篇存在，对短篇便不很客气。这样，我没有一点写短篇的经验，而硬写成五六本长的作品；从技巧上说，我的进步的迟慢是必然的。短篇小说是后起的文艺，最需要技巧，它差不多是仗着技巧而成为独立的一个体裁。可是我一上手便用长篇练习，很有点像练武的不习"弹腿"而开始便举"双石头"，不被石头压坏便算好事；而且就是能够力举千斤也是没有什么用处的笨劲。这点领悟是我在写了些短篇后才得到的。

上段末一句里的"些"字是有作用的。《赶集》与《樱海集》里所收的二十五篇，和最近所写的几篇——如《断魂枪》与《新时代的旧悲剧》等——可以分为三组。第一组是《赶集》里的前四篇和后边的《马裤先生》与《抱孙》。第二组是自《大悲寺外》以后，《月牙儿》以前的那些篇。第三组是《月牙儿》，《断魂枪》，与《新时代的旧悲剧》等。第一组里那五六篇是我写着玩的：《五九》最早，是为给《齐大月刊》凑字数的。《热包子》是写给《益世报》的《语林》，因为不准写长，所以故意写了那么短。写这两篇的时候，心中还一点没有想到我是要练习短篇；"凑字儿"是它们唯一的功用。赶到"一·二八"以后，我才觉得非写短篇不可了，因为新起的刊物多了，大家都要稿子，短篇自然方便一些。是的，"方便"一些，只是"方便"一些；这时候我还有点看不起短篇，以为短篇不值得一写，所以就写了《抱孙》等笑话。随便写些笑话就是短篇，我心里这么想。随便写笑话，有了工夫还是写长篇，这是我当时的计划。可是，工夫不容易找到，而索要短篇的越来越多；我这才收起"写着玩"，不能老写笑话啊！《大悲寺外》与《微神》开始了第二组。

第二组里的《微神》与《黑白李》等篇都经过三次的修正；既不想再闹着玩，当然就得好好的干了。可是还有好些篇是一挥而就，乱七八糟的，因为真没工夫去修改。报酬少，少写不如多写；怕得罪朋友，有时候就得硬挤；这两桩决定了我的——也许还有别人——少而好不如多而坏的大批发卖。这不是政策，而是不得不如此。自己觉得很对不起文艺，可是钱与朋友也是不可得罪的。有一次，王平陵兄跟我要一篇东西，我随写随放弃，一共写了三万多字而始终没能成篇。为怕他不信，我把那些零块儿都给他寄去了。这并不是表明我对写作是怎样郑重，而是说有过这么一回，而且只能有这么"一"回。假如每回这样，不累死也早饿死了。累死还倒干脆而光荣，饿死可难受而不体面。每写五千字，设若，必扔掉三万字；而五千字只得二十元钱或更少一些，不饿死等什么呢？不过，这个说得太多了。

第二组里十几篇东西的材料来源大概有四个：第一，我自己的经验或亲眼看见的人与事。第二，听人家说的故事。第三，摹仿别人的作品。第四，先有了个观念而后去撰构人与事。列个表吧：

第一类：《大悲寺外》《微神》《柳家大院》《眼镜》《牺牲》《毛毛虫》《邻居们》

第二类：《也是三角》《上任》《柳屯的》《老年的浪漫》

第三类：《歪毛儿》

第四类：《黑白李》《铁牛和病鸭》《末一块钱》《善人》

第三类——摹仿别人的作品——的最少，所以先说它。《歪毛儿》是摹仿F．D．Beresford[2]的 *The Hermit*[3]。因为给学生讲小说，我把这篇奇幻的故事翻译出来，讲给他们听。经过好久，我老忘不了它，也老想写这样的一篇。可是我始终想不出旁的路儿来，结果是照样摹了一篇；虽然材料是我自己的，但在意思上全是抄袭的。

第一类里的七篇，多数是亲眼看见的事实，只有一两篇是自己作过的事。这本没有什么可说的，假若不是《牺牲》那篇得到那么坏的批评。《牺牲》里的人与事是千真万确的，可凡是批评过我的短篇小说的全拿它开刀，甚至有的说这篇是非现实的。乍一看这种批评，我与一般人一样的拿这句话反抗："这是真事呀！"及至我再去细看它，我明白了：它确是不好。它摇动，后边所描写的不完全帮助前面所立下的主意。它破碎，随写随补充，像用旧棉花作褥子似的，东补一块西补一块。真事原来靠不住，因为事实本身不就是小说，得看你怎么写。太信任材料就容易忽略了艺术。反之，在第二类中的几篇倒都平稳，虽然其中的事实都是我听朋友们讲的。正因为是听来的，所以我才分外的留神，小心是没有什么坏处的。同样，第四类中的几篇也有很像样子的，其实其中的人与事全是想象的，全是一个观念的子女。《黑白李》与《铁牛和病鸭》都是极清楚的由两个不同的人代表两个不同的意思。先想到意思，而后造人，所以人物的一切都有了范围与轨道；他们闹不出圈儿去。这比乱七八糟一大团好，我以为。经验丰富想象，想象确定经验。

这些篇的文字都比我长篇中的老实，有的是因为屡屡修改，有的是因为要赶快交卷；前者把火气扇去，后者根本就没劲。可是大致的说，我还始终保持着我的"俗"与"白"。对于修辞，我总是第一要清楚，而后再说别的。假若清楚是思想的结果，那么清楚也就是力量。我不知道自己的文字是否清楚而有力量，不过我想这么作就是了。

该说第三组的了。这一组里的几篇——如《月牙儿》，《阳光》，《断魂枪》，与《新时代的旧悲剧》——并没有什么特别的好处。一个事实，一点觉悟，使我把它们另作一组来说说。前面说过了，第一组的是写着玩的，坏是当然的，好也是碰巧劲。第二组的虽然是当回事儿似的写，可还有点轻视短篇，以为自己的才力是在写长篇。到了第三组，我的态度变了。事实逼得我不能不把长篇的材料写作短篇了，这是事实，因为索稿子的日多，而材料不那么方便了，于是把心中留着的长篇材料拿出来救急。不用说，这么由批发而改为零卖是有点难过。可是及至把十万字的材料写成五千字的一个短篇——像《断魂枪》——难过反倒变成了觉悟。经验真是可宝贵的东西！觉悟是这个：用长材料写短篇并不吃亏，因为要从够写十几万字的事实中提出一段来，当然是提出那最好的一段。这就是楞吃仙桃一口，不吃烂杏一筐了。再说呢，长篇虽也有个中心思想，但因事实的复杂与人物的繁多，究竟在描写与穿插上是多方面的。假如由这许多方面之中挑选出一方面来写，当然显着紧凑精到。长篇的各方面中的任何一方面都能成个很好的短篇，而这各方面散布在长篇中就不易显出任何一方面的精彩。长篇要匀调，短篇要集中。拿《月牙儿》说吧，它本是《大明湖》中的一片段。《大明湖》被焚之后，我把其他的情节都毫不可惜的忘弃，可是忘不了这一段。这一段是，不用说，《大明湖》中最有意思的一段。但是，它在《大明湖》里并不像《月牙儿》这样整齐，因为它是夹在别的一堆事情里，不许它独当一面。由现在看来，我楞愿要《月牙儿》而不要《大明湖》了。不是因它是何等了不得的短篇，而是因它比在《大明湖》里"窝"着强。

《断魂枪》也是如此。它本是我所要写的"二拳师"中的一小块。"二拳师"是个——假如能写出来——武侠小说。我久想写它，可是谁知道写出来是什么样呢？写出来才算数，创作是不敢"预约"的。在《断魂枪》里，我表现了三个人，一桩事。

这三个人与这一桩事是我由一大堆材料中选出来的，他们的一切都在我心中想过了许多回，所以他们都能立得住。那件事是我所要在长篇中表现的许多事实中之一，所以它很利落。拿这么一件小小的事，联系上三个人，所以全篇是从从容容的，不多不少正合适。这样，材料受了损失，而艺术占了便宜；五千字也许比十万字更好。文艺并非肥猪，块儿越大越好。不过呢，十万字可以得到三五百元，而这五千字只得了十九块钱，这恐怕也就是不敢老和艺术亲热的原因吧。为艺术而牺牲是很好听的，可是饿死谁也是不应当的，为什么一定先叫作家饿死呢？我就不明白！

设若没有《月牙儿》，《阳光》也许显着怪不错。有人说，《阳光》的失败在于题材。在我自己看，《阳光》所以被《月牙儿》比下去的原因是这个：《月牙儿》是由《大明湖》中抽出来而加以修改，所以一气到底，没有什么生硬勉强的地方；《阳光》呢，本也是写长篇的材料，可是没在心中储蓄过多久，所以虽然是在写短篇，而事实上是把临时想起的事全加进去，结果便显着生硬而不自然了。有长时间的培养，把一件复杂的事翻过来掉过去的调动，人也熟了，事也熟了，而后抽出一节来写个短篇，就必定成功，因为一下笔就是地方，准确产出调匀之美。写完《月牙儿》与《阳光》我得到这么点觉悟。附带着要说的，就是创作得有时间。这也就是说，写家得有敢尽量化费时间的准备，才能写出好东西。这个准备就是最伟大的一个字——"饭"。我常听见人家喊：没有伟大的作品啊！每次听见这个呼声，我就想到在这样呼喊的人的心中，写家大概是只喝点露水的什么小生物吧？我知道自己没有多么高的才力，这一世恐怕没有写出伟大作品的希望了。但是我相信，给我时间与饭，我确能够写出较好的东西，不信咱们就试试！

《新时代的旧悲剧》有许多的缺点。最大的缺点是有许多人物都见首不见尾，没有"下回分解"。毛病是在"中篇"。我本来是想拿它写长篇的，一经改成中篇，我没法不把精神集注在一个人身上，同时又不能不把次要的人物搬运出来，因为我得凑上三万多字。设若我把它改成短篇，也许倒没有这点毛病了。我的原来长篇计划是把陈家父子三个与宋龙云都看成重要人物；陈老先生代表过去，廉伯代表七成旧三成新，廉仲代表半旧半新，龙云代表新时代。既改成中篇，我就减去了四分之三，而专去描写陈老先生一个人，别人就都成了影物，只帮着支起故事的架子，没有别的作用。这种办法是危险的，当然没有什么好结果。不过呢，陈老先生确是有个劲头；假如我真是写了长篇，我真不敢保他能这么硬梆。因此，我还是不后悔把长篇材料这样零卖出去，而反觉得武戏文唱是需要更大的本事的，其成就也绝非乱打乱闹可比。

这点小小的觉悟是以三十来个短篇的劳力换来的。不过，觉悟是一件事，能否实际改进是另一件事，将来的作品如何使我想到便有点害怕。也许呢"老牛破车"是越走越起劲的，谁晓得[4]。

在抗战中，因为忙，病，与生活不安定，很难写出长篇小说来。连短篇也不大写了，这是因为忙，病，与生活不安定之外，还有稍稍练习写话剧及诗等的缘故。从一九三八年到一九四三年，我只写了十几篇短篇小说，收入《火车集》与《贫血集》。《贫血集》这个名字起得很恰当，从一九四〇年冬到现在（一九四四年春），我始终患着贫血病。每年冬天只要稍一劳累，我便头昏；若不马上停止工作，就必由昏而晕，一抬头便天旋地转。天气暖和一点，我的头昏也减轻一点，于是就又拿起笔来写作。按理说，我应当拿出一年半载的时间，作个较长的休息。可是，在学习上，我不肯长期偷懒；在经济上，我又不敢以借债度日。因此，病好了一点，便写一点；病倒了，只好"高卧"。于是，身体越来越坏，作品也越写越不像话！在《火车》与《贫血》两集中，惭愧，简直找不出一篇像样子的东西！

既写不成样子，为什么还发表呢？这很容易回答。我一病倒，就连坏东西也写不出来哇！作品虽坏，到底是我的心血啊！病倒即停止工作；病稍好时所写的坏东西再不拿去换钱，我怎么生活下去呢？《火车》与《贫血》两集应作如是观。

---

[1] 此即老舍的处女作《小铃儿》，是一篇儿童文学作品，写于1922年底，载1923年1月《南开季刊》第2、3期合刊。作品透过少年视角来透视世界，描写了传统文化和外来文明大碰撞环境下的社会现实，在表现爱国主义精神的同时，也对军阀混战时期的国民劣根性予以了批判。

[2] F. D. Beresford，约翰·戴维斯·贝雷斯福特（1873～1947），英国小说家。

[3] *The Hermit*，贝雷斯福特的小说《隐者》。

[4] 初稿原文至此结束。1944年春，作者曾重编《老牛破车》集，对本文作了增补。下面的文字就是据手稿录入的增补部分。

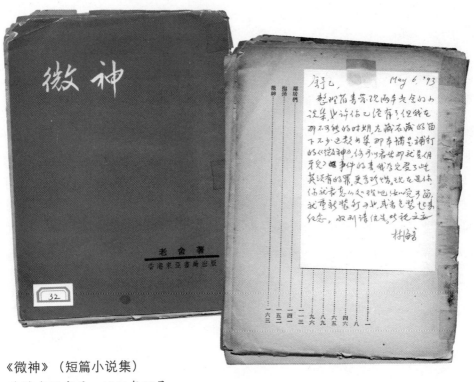

《微神》（短篇小说集）
香港东亚书局，1961年10月

《微神》原为老舍写于1933年的一篇小说，初收短篇小说集《赶集》，代表了老舍来青岛以前短篇小说创作的艺术水准。1961年，香港东亚书局刊行以《微神》为名的老舍小说集，所收作品包括老舍写于济南和青岛的短篇小说佳作。图为林海音赠舒乙的《微神》一书，目录页贴有他的手书便签，对该书的收藏情况及赠书意图做出了说明，具体内容如次："舒乙，整理旧书发现两本老舍的小说集，也许你已经有了，但我在那不可能的时期，左藏右藏的留下不少这类书籍，那本满是补丁的《微神》，你可以看出那就是《月牙儿》事件的书，我为它受了些莫须有的罪，更为珍惜。现在送给你，你就看怎么处理吧！如果可留，就重新装订可也，或者包装起来纪念。收到请信告。此祝文安。林海音"右上角注明了便签的书写时间：1993年5月6日。林海音（1918～2001），台湾著名女作家，有《城南旧事》等名作传世。20世纪60年代在台湾编《纯文学》刊物，经与梁实秋商议，在该刊登载了老舍1935年写于青岛的中篇小说《月牙儿》，违反了国民党严禁刊登大陆作者作品的禁令，因此而遭受磨难。此即林海音所言《月牙儿》事件。2010年，舒乙将该书捐赠予青岛骆驼祥子博物馆。

我怎样写《牛天赐传》

书中的主人公——按老话儿说，应当叫作「书胆」——是个小孩儿。一点点的小孩儿没有什么思想，意志，与行为。这样的英雄全仗着别人来捧场，所以在最前的几章里我几乎有点和个小孩子开玩笑的嫌疑了。其实呢，我对小孩子是非常感觉趣味，而且最有同情心的。我的脾气是这样：不轻易交朋友，但是只要我看够个朋友，便完全以朋友相待。至于对小孩子，我就一律的看待，小孩子都可爱。世界上有千千万万的受压迫的人，其中的每一个都值得我们替他呼冤，代他想方法。可是小孩子就更可怜，不但是无衣无食的，就是那打扮得马褂帽头像小老头的也可怜。牛天赐是属于后者的，因为我要写得幽默，就不能拿个顶穷苦的孩子作书胆——那样便会成了悲剧。自然，我也明知道照我那么写一定会有危险的——幽默一放手便会成为瞎胡闹与开玩笑。

　　本篇原载1936年8月1日《宇宙风》第22期，原题为《我怎样写的〈牛天赐传〉》

　　这是文学创作经验与方法论"老牛破车系列"的第9篇，介绍了长篇小说《牛天赐传》的创作过程并总结了相关体会，同时还特别说明了当时（1934年夏）的职业思考。正当此际，老舍辞去了齐鲁大学的教职，尝试作"职业写家"无望，正式接受了山东大学的聘书，遂东来青岛。写作本篇时，老舍业已辞去了山东大学的教职，专心做起了"职业写家"，开始创作长篇小说《骆驼祥子》。本期《编辑后记》中，编者在交代《老牛破车》的写作进程的同时，也特别透露了老舍最近的小说之为，引出了早已预约好的即将在该刊第25期刊露的长篇小说《骆驼祥子》，表示了热情期待并发出了"其成功必定空前"的预言，录备如次："老舍先生一口气给本刊写了八篇《老牛破车》后休息了一阵，现在暑假已到，就把全部工夫放在给本刊写作上面。除了随笔之外，更有一个长篇在创作中，名曰《骆驼祥子》，决定在本刊二十五期刊起。老舍先生是中国特出的长篇小说家，《骆驼祥子》就是这长长时间中构思成功的作品，写作时又在长闲的暑假期，写作地正在避暑地的青岛，其成功必定空前。本刊得此杰作，喜不自胜，就急急忙忙地报告读者诸君。"

　　《牛天赐传》是老舍在济南写的最后一部长篇小说，结笔于来青岛之前的1934年8月10日。同时，这也是在青岛发表的第一部长篇小说，1934年9月16日在《论语》第49期开始连载，至1935年10月16日《论语》第74期续毕。1936年1月，人间书屋出版发行单行本。小说写的是一个名叫"牛天赐"的孩子的成长史，切断他的遗传因素，单写发育、成长特别是受教育的过程，是一部典型的中国式的"成长小说"。这是关注中国人当下处境的一部作品，对"中国人的性格是如何养成的"这一命题作出了有深度的文学探讨，其中包含着对中国人性之"优根性"与"劣根性"及其渊源所自的思考。从中可以感受到，作者对中国在现代世界的命运忧思深切。

我怎样写《牛天赐传》

　　《牛天赐传》，就是和我自己的其他作品比较起来，也没有什么可吹的地方。一篇东西的好坏，有许多使它好或使它坏的原因。在这许多原因里，作家当时的生活情形是很要紧的。《牛天赐传》吃亏在这个上不少。我记得，这本东西是在一九三四年三月廿三日动笔的，可是直到七月四日才写成两万多字。三个多月的工夫只写了这么点点，原因是在学校到六月尾才能放暑假，没有充足的工夫天天接着写。在我的经验里，我觉得今天写十来个字，明天再写十来个字，碰巧了隔一个星期再写十来个字，是最要命的事。这是向诗神伸手乞要小钱，不是创作。

　　七月四日以后，写得快了；七月十九已有了五万多字。忽然快起来，因为已放了暑假。八月十号，我的日记上记着："《牛天赐传》写完，匆匆赶出，无一是处！"

　　单是快，也还好。还有别的不得劲的事呢：自从一入七月门，济南就热起，那年简直热得出奇；那就是我"避暑床下"的那一回。早晨一睁眼，屋里——是屋里——就九十多度！小孩拒绝吃奶，专门哭号；大人不肯吃饭，立志喝水！可是我得赶文章，昏昏忽忽，半睡半醒，左手挥扇与打苍蝇，右手握笔疾写，汗顺着指背流到纸上。写累了，想走一走，可不敢出去，院里的墙能把人身炙得像叉烧肉——那廿多天里，每天街上都热死行人！屋里到底强得多，忍着吧。自然，要是有个电扇，再有个冰箱，一定也能稍好一些。可是我的财力还离设置电扇与冰箱太远。一连十五天，我没敢出街门。要说在这个样的暑天里，能写出怪像回事儿的文章，我就有点不信。

　　天气是那么热，心里还有不痛快的事呢。我在老早就想放弃教书匠的生活，到这一年我得到了辞职的机会。六月廿九日我下了决心，就不再管学校里的事。不久，朋友们知道了我这点决定，信来了不少。在上海的朋友劝我到上海去，爽性以写作为业。在别处教书的朋友呢，劝我还是多少教点书，并且热心的给介绍事。我心中有点乱，乱就不痛快。辞事容易找事难，机会似乎不可都错过了。另一方面呢，且硬试试职业写家的味儿，倒也合脾味。生活，创作，二者在心中大战三百几十回合。寸心已成战场，可还要假装没事似的写《牛天赐传》，动中有静，好不容易。结果，我拒绝了好几位朋友的善意，决定到上海去看看。八月十九日动了身。在动身以前，必须写完《牛天赐传》，不然心中就老存着块病。这又是非快写不可的促动力。

热，乱，慌，是我写《牛天赐传》时生活情形的最合适的三个形容字。这三个字似乎都与创作时所需要的条件不大相合。"牛天赐"产生的时候不对，八字根本不够格局！

此外，还另有些使它不高明的原因。第一个是文字上的限制。它是《论语》半月刊的特约长篇，所以必须幽默一些。幽默与伟大不是不能相容的，我不必为幽默而感到不安；《吉诃德先生传》[1]等名著译成中文也并没招出什么"打倒"来。我的困难是每一期只要四五千字，既要顾到故事的连续，又须处处轻松招笑。为达到此目的，我只好抱住幽默死啃；不用说，死啃幽默总会有失去幽默的时候；到了幽默论斤卖的地步，讨厌是必不可免的。我的困难至此乃成为毛病。艺术作品最忌用不正当的手段取得效果，故意招笑与无病呻吟的罪过原是一样的。

每期只要四五千字，所以书中每个人，每件事，都不许信其自然的发展。设若一段之中我只详细的描写一个景或一个人，无疑的便会失去故事的趣味。我得使每期不落空，处处有些玩艺。因此，一期一期的读，它倒也怪热闹；及至把全书一气读完，它可就显出紧促慌乱，缺乏深厚的味道了。

书中的主人公——按老话儿说，应当叫作"书胆"[2]——是个小孩儿。一点点的小孩儿没有什么思想，意志，与行为。这样的英雄全仗着别人来捧场，所以在最前的几章里我几乎有点和个小孩子开玩笑的嫌疑了。其实呢，我对小孩子是非常感觉趣味，而且最有同情心的。我的脾气是这样：不轻易交朋友，但是只要我看谁够个朋友，便完全以朋友相待。至于对小孩子，我就一律的看待，小孩子都可爱。世界上有千千万万的受压迫的人，其中的每一个都值得我们替他呼冤，代他想方法。可是小孩子就更可怜，不但是无衣无食的，就是那打扮得马褂帽头像小老头的也可怜。牛天赐是属于后者的，因为我要写得幽默，就不能拿个顶穷苦的孩子作书胆——那样便成了悲剧。自然，我也明知道照我那么写一定会有危险的——幽默一放手便会成为瞎胡闹与开玩笑。于此，我至今还觉得怪对不起牛天赐的！

就在这儿附带声明一下吧。前些日子，我与赵少侯兄商议好，合写"天书代存"——用书信体写《牛天赐续传》。可是，这个暑假里，我俩的事情大概要有些变动，说不定也许不能再在一块儿了。合写一个长篇而不能常常见面商议就未免太困难了，所以我俩打了退堂鼓，虽然每人已经写了几千字。事实所迫，我们俩只好向牛天赐与喜爱他的人们道歉了！以后也许由我，也许由少侯兄，单独的去写；不过这是后话，顶好不提了。

《牛天赐传》初版
人间书屋，1936年3月

老牛破車

老舍

車破牛老 舍老

（九）我怎樣寫的牛天賜傳

人間書屋出版 每部實價六角

牛天賜，就是和我自己的其他作品比較起來，也沒有什麼可吹的地方。一篇東西的好壞，有許多使牠還壞的原因。在這許多原因裏，作家當時的生活情形是很要緊的。牛天賜吃虧在這一個上不少。我記得，這本東西是在一九三四年三月廿三日動筆的，可是直到七月四日纔寫成兩萬多字。三個多月的工夫只寫了這麼點點。原因是在學校裏纔能放暑假，我沒有充足的工夫天天接著寫。在我的經驗裏，我覺得今天寫十來個字，明天再寫十來個字，是最要命的事。這是向詩神伸手乞要小錢，不是創作。

七月四日以後，寫得快了。七月十九已有了五萬多字。八月十號，我的日記上記著："牛天賜寫完，匆知怎出一無是處！"字。忽然快起來。那年濟南就熱，那年簡直熱得出奇，還有別的不得勁的事呢：自徙一入七月門，濟南就熱，早是一睜眼，屋裏——是屋裏——就九十多度！小孩拒絕吃奶，專門哭號；大人不肯吃飯，立志喝水。可是我得過文章，昏昏忽忽，半睡半醒，左手揮扇奧打蒼蠅，右手振筆疾書。汗順著指背流到紙上。寫畢，三個形容字，熱，鬧，不然心中就覺

了，想走一走，可不敢出去。院裏的驕陽把人身炙得像叉燒肉——那廿多天裏，每天街上辣熱死行人！屋裏熱到底還得多，忍著吧。自然，要是有個電扇，再有個冰箱，一定也能稍好一些，可是我的財力還置設電扇與冰箱太遠。一連十五天，我沒敢出街門。要說在這倒樣的暑天裏，能寫出怪像問事兒的文章，我就有點不信。

天氣是那麼熱，心裏還有不痛快的事呢。我在老早就想放棄敎書匠的生活，到這一年我得到了辭職的機會呢。六月廿八日我寫了我這辭職的信，信不少，朋友們知道了我這點決心，爽不再管學校裏的事。在別處敎書的朋友呢，勸我到上海去，爽以作寫業。在上海的朋友呢，勸我還是多少敎點書，並且熱心的給介紹事——亂就不痛快。寸心已成戰場，可還要假裝沒事似的寫牛天賜，勉中有靜，好不容易。結果，八月十九勤了一身，決定到上海去看看。八月十九勤了一身，必須寫完牛天賜，不然心中都錯過了。

另一方面呢，二者在心中大戰三百幾十回合，且硬試試職業寫家的味兒，倒也合脾味。生活，創作，機會似乎不可都錯過了。

《我怎样写〈牛天赐传〉》
（老牛破车之九）原发表页
1936年8月1日《宇宙风》第22期

---

[1] 西班牙作家塞万提斯作品《堂·吉诃德》的另一译本，傅东华译，上海商务印书馆出版。

[2] 书胆，过去评书艺人说书时的术语，指一部书中贯穿始终的人物。

老舍在书房，约1933年

这是老舍在济南南新街寓所的写作照。在此，他写出了许多作品，其中包括长篇小说《大明湖》《猫城记》《离婚》《牛天赐传》、短篇小说集《赶集》以及大量散文等，还编成了在齐鲁大学开课用的《文学概论》讲义。也正是在这里，他不止一次此沉思着历史和未来去向。书房的场所精神是特殊的，作家的心灵与文学的记忆在此闪烁。这是书房中的一瞬，目光所及，从时间那无边际的额头上书写着尘世之谜与幻境之梦。

谈幽默

所谓幽默的心态就是一视同仁的好笑的心态。有这种心态的人虽不必是个艺术家，他还是能在行为上言语上思想上表现出这个幽默态度。这种态度是人生里很可宝贵的，因为它表现着心怀宽大。一个会笑，而且能笑自己的人，决不会为件小事而急躁怀恨。往小了说，他决不会因为自己的孩子挨了邻儿一拳，而去打邻儿的爸爸。往大了说，他决不会因为战胜政敌而去请清兵。褊狭，自是，是「四海兄弟」这个理想的大障碍；幽默专治此病。嬉皮笑脸并非幽默；和颜悦色，心宽气朗，才是幽默。一个幽默写家对于世事，如入异国观光，事事有趣。他指出世人的愚笨可怜，也指出那可爱的小古怪地点。世上最伟大的人，最有理想的人，也许正是最愚而可笑的人，吉珂德先生即一好例。

本篇原载1936年8月16日《宇宙风》第23期。

这是文学创作经验与方法论"老牛破车系列"的第10篇，着重阐述了幽默与反语、讽刺、机智、滑稽等概念的关系与区别，对幽默的存在与表现方式进行了权威诠释，特别强调了幽默是一种心态，言："所谓幽默的心态就是一视同仁的好笑的心态。"这是老舍论幽默的一篇重要文献，具有很高的学术价值，对于理解其幽默艺术本质具有重要意义。未提及自己作品中的幽默细节以及相关幽默作品的写作情况，因而这篇文章应被视为研究幽默艺术及其与人类心理关系的学术论文，而非创作自述。《老牛破车》自本篇以下的作品都属于这种情况，从而与前面几篇"自评作品"的文章有所区别，构成了学术专论系列。关于这一点，在1936年所写的《老牛破车·序》中，老舍已经作出了说明。

谈幽默

"幽默"这个字在字典上有十来个不同的定义。还是把字典放下，让咱们随便谈吧。据我看，它首要的是一种心态。我们知道，有许多人是神经过敏的，每每以过度的感情看事，而不肯容人。这样人假若是文艺作家，他的作品中必含着强烈的刺激性，或牢骚，或伤感；他老看别人不顺眼，而愿使大家都随着他自己走，或是对自己的遭遇不满，而伤感的自怜。反之，幽默的人便不这样，他既不呼号叫骂，看别人都不是东西，也不顾影自怜，看自己如一活宝贝。他是由事事中看出可笑之点，而技巧的写出来。他自己看出人间的缺欠，也愿使别人看到。不但仅是看到，他还承认人类的缺欠；于是人人有可笑之处，他自己也非例外；再往大处一想，人寿百年，而企图无限，根本矛盾可笑。于是笑里带着同情，而幽默乃通于深奥。所以 Thackeray[1]说："幽默的写家是要唤醒与指导你的爱心，怜悯，善意——你的恨恶不实在，假装，作伪——你的同情与弱者，穷者，被压迫者，不快乐者。"

Walpole[2]说："幽默者'看'事，悲剧家'觉'之。"这句话更能补证上面的一段。我们细心"看"事物，总可以发现些缺欠可笑之处；及至钉着坑儿去咂摸，便要悲观了。

我们应再进一步的问，除了上面这点说明，能不能再清楚一些的认识幽默呢？好吧，我们先拿出几个与它相近，而且往往与它相关的几个字，与它比一比，或者可以稍微的使我们清楚一点。反语（irony），讽刺（satire），机智（wit），滑稽剧（farce），奇趣（whimsicality），这几个字都和幽默有相当的关系。我们先说那个最难讲的——奇趣。这个字在应用上是很松泛的，无论什么样子的打趣与奇想都可以用这个字来表示，《西游记》的奇事，《镜花缘》[3]中的冒险，《庄子》[4]的寓言，都可以叫作奇趣。可是，在分析文艺品类的时候，往往以奇趣与幽默放在一处，如《现代小说的研究》的著者 Marble[5]便把 Whimsicality and humour[6]作为一类。这大概是因为奇趣的范围很广，为方便起见，就把幽默也加了进去。一般的说，幻想的作品——即使是别有目的——不能不利用幽默，以便使文字生动有趣；所以这二者——奇趣与幽默——就往往成了一家人。这个，简直不但不能帮忙我们看明何为幽默，反倒使我更糊涂了。不过，有一点可是很清楚：就是文字要生动有趣，必须利用幽默。在这里，我们没弄清幽默是什么，可是明白幽默很重要的一个效用。假若干燥，晦涩，无趣，是文艺的致命伤；幽默便有了很大的重要；这就是它之所以成为文艺的因素之一的缘故吧。

至于反语，便和幽默有些不同了；虽然它俩还是可以联合在一处的东西。反语是暗示出一种冲突。这就是说，一句中有两个相反的意思，所要说的真意却不在话内，而是暗示出来的。《史记》[7]上载着这么回事：秦始皇要修个大园子，优旃对他说："好哇，多多搜集飞禽走兽，等敌人从东方来的时候，就叫麋鹿去挡一阵，满好！"这个话，在表面上，是顺着始皇的意思说的。可是咱们和始皇都能听出其中的真意；不管咱们怎样吧，反正始皇就没再提造园的事。优旃的话便是反语。它比幽默要轻妙冷静一些。它也能引起我们的笑，可是得明白了它的真意以后才能笑。它在文艺中，特别是小品文中，是风格轻妙，引人微笑的助成者。据会古希腊语的说：这个字原意便是"说"，以别于"意"。因此，这个字还有个较实在的用处——在文艺中描写人生的矛盾与冲突，直以此字的含意用之人生上，而不只在文字上声东击西。在悲剧中，或小说中，聪明的人每每落在自己的陷阱里，聪明反被聪明误；这个，和与此相类的矛盾，普通被称为Sophoclean irony[8]。不过，这与幽默是没什么关系的。

现在说讽刺。讽刺必须幽默，但它比幽默厉害。它必须用极锐利的口吻说出来，给人一种极强烈的冷嘲；它不使我们痛快的笑，而是使我们淡淡的一笑，笑完因反省而面红过耳。讽刺家故意的使我们不同情于他所描写的人或事。在它的领域里，反语的应用似乎较多于幽默，因为反语也是冷静的。讽刺家的心态好似是看透了这个世界，而去极巧妙的攻击人类的短处，如《海外轩渠录》[9]，如《镜花缘》中的一部分，都是这种心态的表现。幽默者的心是热的，讽刺家的心是冷的；因此，讽刺多是破坏的。马克·吐温[10]（Mark Twain）可以被人形容作："粗壮，心宽，有天赋的用字之才，使我们一齐发笑。他以草原的野火与西方的泥土建设起他的真实的罗曼司，指示给我们，在一切重要之点上我们都是一样的。"这是个幽默者。让咱们来看看讽刺家是什么样子吧。好，看看Swift[11]这个家伙；当他赞美自己的作品时，他这么说："好上帝。我写那本书的时候，我是何等的一个天才呀！"在他廿六岁的时候，他希望他的诗能够："每一行会刺，会炸，像短刃与火。"是的，幽默与讽刺二者常常在一块儿露面，不易分划开；可是，幽默者与讽刺家的心态，大体上是有很清楚的区别的。幽默者有个热心肠儿，讽刺家则时常由婉刺而进为笑骂与嘲弄。在文艺的形式上也可以看出二者的区别来：作品可以整个的叫作讽刺，一出戏或一部小说都可以在书名下注明a satire[12]。幽默不能这样。"幽默的"至多不过是形容作品的可笑，并不足以说明内容的含意如何。"一个讽刺"——a satire——则分明是有计划的，整本大套的讥讽或嘲骂。一本讽刺的戏剧或小说，必有个道德的目的，以笑来矫正或诛伐。幽默的作品也能有道德的目的，但不必一定如此。讽刺因道德目的而必须毒辣不留情，幽默则宽泛一些，也就宽厚一些，它可以讽刺，也可以不讽刺，一高兴还可以什么也不为而只求和大家笑一场。

机智是什么呢？它是用极聪明的，极锐利的言语，来道出像格言似的东西，使人读了心跳。中国的老子庄子都有这种聪明。讽刺已经很厉害了，可到底要设法从旁面攻击；至于机智则是劈面一刀，登时见血。"圣人不死，大盗不止！"这才够味儿。不论这个道理如何，它的说法的锐敏就够使人跳起来的了。有机智的人大概是看出一条真理，便毫不含糊的写出来；幽默的人是看出可笑的事而技巧的写出来；前者纯用理智，后者则赖想象来帮忙。Chesterton[13]说："在事物中看出一贯的，是有机智的。在事物中看出不一贯的，是个幽默者。"这样，机智的应用，自然在讽刺中比在幽默中多，因为幽默者的心态较为温厚，而讽刺与机智则要显出个人思想的优越。

滑稽戏——farce——在中国的老话儿里应叫作"闹戏"，如《瞎子逛灯》[14]之类。这种东西没有多少意思，不过是充分的作出可笑的局面，引人发笑。在影戏的短片中，什么把一套碟子都摔在头上，什么把汽车开进墙里去，就是这种东西。这是幽默发了疯；它抓住幽默的一点原理与技巧而充分的去发展，不管别的，只管逗笑，假若机智是感诉理智的，闹戏则仗着身体的摔打乱闹。喜剧批评生命，闹戏是故意招笑。假若幽默也可以分等的话，这是最下级的幽默。因为它要摔打乱闹的行动，所以在舞台上较易表现；在小说与诗中几乎没有什么地位。不过，在近代幽默短篇小说里往往只为逗笑，而忽略了——或根本缺乏——那"笑的哲人"的态度。这种作品使我们笑得肚痛，但是除了对读者的身体也许有点益处——笑为化食糖呀——而外，恐怕任什么也没有了。

有上面这一点粗略的分析，我们现在或者清楚一些了：反语是似是而非，借此说彼；幽默有时候也有弦外之音，但不必老这个样子。讽刺是文艺的一格，诗，戏剧，小说，都可以整篇的被呼为a satire；幽默在态度上没有讽刺这样厉害，在文体上也不这样严整。机智是将世事人心放在X光线下照透，幽默则不带这种超越的态度，而似乎把人都看成兄弟，大家都有短处。闹戏是幽默的一种，但不甚高明。

拿几句话作例子，也许就更能清楚一些：

今天贴了标语，明天中国就强起来——反语。

君子国的标语："之乎者也"——讽刺。

标语是弱者的广告——机智。

张三把"提倡国货"的标语贴在祖坟上——滑稽；

再加上些贴标语时怎样摔跟头等等招笑的行动，就成了闹戏。

张三把"打倒帝国主义走狗"贴成"走狗打倒帝国主义"——幽默：这个张三贴一天的标语也许才挣三毛小洋，贴错了当然要受罚；我们笑这种贴法，可是很可怜张三。

这几个例子摆在纸面上也许能帮助我们分别的认清它们，但在事实上是不易这样分划开的。从性质上说，机智与讽刺不易分开，讽刺也有时候要利用闹戏；至于幽默，就更难独立。从一篇文章上说，一篇幽默的文字也许利用各种方法，很难纯粹。我们简直可以把这些都包括在幽默之内，而把它们看成各种手法与情调。我们这样分析它们与其说是为从形式上分别得清楚，还不如说是为表明幽默——大概的说——有它特具的心态。

所谓幽默的心态就是一视同仁的好笑的心态。有这种心态的人虽不必是个艺术家，他还是能在行为上言语上思想上表现出这个幽默态度。这种态度是人生里很可宝贵的，因为它表现着心怀宽大。一个会笑，而且能笑自己的人，决不会为件小事而急躁怀恨。往小了说，他决不会因为自己的孩子挨了邻儿一拳，而去打邻儿的爸爸。往大了说，他决不会因为战胜政敌而去请清兵。褊狭，自是，是"四海兄弟"这个理想的大障碍；幽默专治此病。嬉皮笑脸并非幽默；和颜悦色，心宽气朗，才是幽默。一个幽默写家对于世事，如入异国观光，事事有趣。他指出世人的愚笨可怜，也指出那可爱的小古怪地点。世上最伟大的人，最有理想的人，也许正是最愚而可笑的人，吉珂德先生[15]即一好例。幽默的写家会同情于一个满街追帽子的大胖子，也同情——因为他明白——那攻打风磨的愚人[16]的真诚与伟大。

---

[1] Thackeray，萨克雷（1811~1863），英国作家。1848年完成第一部长篇小说《名利场》，随后又完成了《潘丹尼斯的历史》《亨利·艾斯芒德》《弗吉尼亚人》等作品。

[2] Walpole，沃波尔（1717~1797），英国作家，有《奥特朗托堡》等作品。

[3] 《镜花缘》，清代小说家李汝珍所著百回长篇小说。

[4] 《庄子》，战国时期庄子及其后学的著作，分内、外、杂篇，原有五十二篇。以"寓言"、"重言"、"卮言"为主要表现形式，留下大量的寓言故事。

[5] Marble，马布尔。

[6] Whimsicality and humour，奇趣和幽默。

[7] 《史记》，亦称《太史公书》，西汉历史学家司马迁著，中国的第一部纪传体通史，记载了上迄黄帝时代下至汉武帝元狩元年（前122年）共三千多年的历史。

[8] Sophoclean irony，索福克勒斯的反语。索福克勒斯（约前496~前406），雅典三大悲剧作家之一，代表作为悲剧《俄底浦斯王》。

《谈幽默》（老牛破车之十）原发表页

1936年8月16日《宇宙风》第23期

老牛破车（十） 谈幽默

老舍

「幽默」這個字在字典上有十來個不同的定義。還是把字典放下，讓咱們隨便談談吧。

我們知道，有許多人是神經過敏的，每每過度的感情用事，而不肯容人。這樣人假若是文藝作家，他的作品中必含着強烈的刺激性，或牢騷，或傷感……他老看別人不順眼，而顧使大家都隨着他走，或是對自己不諒解。反之，幽默的人便不這樣。他是由事事中看出可笑之點，而技巧的寫出來。他既不呼號吶喊，也願使人看到，他自己也承認人類的缺欠，於是人人有可笑之點，他自己也非例外……再往大處一想，人壽百年，而企圖無限，幻想與現實常不能一致，於是乎矛盾可笑。Walpole 說：「幽默的『看』事，悲劇家『覺』之。」

Thackeray 說：「幽默的寫者是要喚醒與指導你的愛心，憐憫，善意；你的很恨不實在，假裝，作偽……總可以發現些缺欠可笑之處；及至釘着玩兒去瞄撲，便要悲觀了。」

我們願再進一步的問，除了上面這點說明，能不能再清楚一些的解讀幽默呢？好吧，我們先拿出幾個與他相近，而且往往與他相關的幾個字，與他比一比，或者可以稍微的使我們清楚一點。反語（irony），奇趣（whimsicality），諷刺（satire），機智（wit），滑稽劇（farce）……這幾個字都和幽默有相當的關係。我們先說那個最難講的奇趣。這個字在應用上是很鬆泛的，西遊記的奇事，莊子的寓言，都可以當作奇趣。可是，在分析文藝品類的時候，往往以奇趣與幽默並為一談。道大概是因為奇趣的範圍很廣，為方便起見，就把奇趣與幽默也加到一類去。一般的說，幻想的作品，往往以奇趣見勝……

小說的研究的著者 Marble 便把 whimsicality and humour 作過……即使是別有目的，就往往成了一家。所以這個，倘若不能幫忙我們看明白何為幽默，為趣……這個，倘這裏，有一點可是很糊塗了。不過，有一點可是很清楚：就是文字藝生勤有趣，必須利用幽默。反倒使我更明白幽默很重要。這就是他之所以成為文藝的因素之一的原故吧。

至於反語，倘和幽默有些不同了……雖然他倆還是可……

—547—

---

[9] 即《格理佛游记》，英国和爱尔兰作家乔纳森·斯威夫特（Jonathan Swift）的作品。

[10] 马克·吐温（Mark Twain，1835～1910），美国作家和演说家。代表作有《哈克贝利·费恩历险记》《汤姆索亚历险记》和《百万英镑》等。

[11] Swift，斯威夫特。见本卷《言语与风格》注4。

[12] a satire，一个讽刺。

[13] Chesterton，G·K·切斯特顿（Gilbert Keith Chesterton，1874～1936），英国小说家、诗人。主要作品有：长篇小说《诺廷山上的拿破仑》《星期四的男人》及系列侦探小说《布朗神父》等。

[14] 流传于民间的艺术表演节目，以说书人的表演为主，是一个幽默、风趣传统的书目，与《错中错》《小寡妇上坟》属于同类性质的为平民百姓喜欢的民间艺术。

[15] 吉珂德先生，即堂·吉诃德，西班牙作家塞万提斯的小说《堂·吉诃德》中的主人公。他以一个未受正式封号的骑士身份出去找寻冒险事业，完全失掉对现实的感觉而沉入了漫无边际的幻想之中。

[16] 那攻打风磨的愚人，指堂·吉诃德。

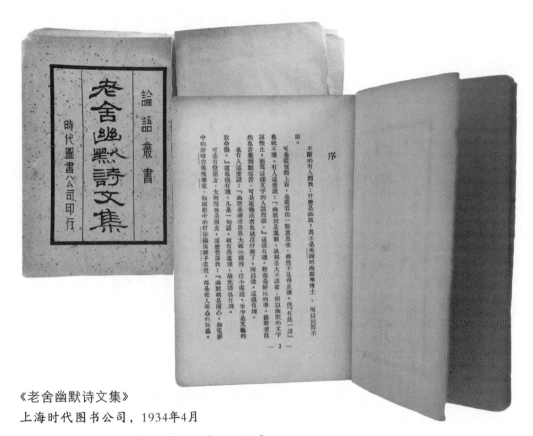

《老舍幽默诗文集》
上海时代图书公司，1934年4月

1934年4月，《老舍幽默诗文集》列为"论语丛书"
之一由上海时代图书公司刊行，这是老舍本人结撰
的第一部也是唯一一部冠以"幽默"二字的作品
集。内收《救国难歌》《致富神咒》《贺〈论语〉周
岁》《痰迷新格》《勉"舍"弟"舍"妹》等10首诗
歌，《祭子路岳母文》《当幽默变成油抹》《天下
太平》《买彩票》《有声电影》《科学救命》《一九
三四年计划》《抬头见喜》《为被拒迁入使馆区八百
余人上外交总长文》《到了济南》等25篇杂文。

景物的描写
人物的描写

最伟大的作家都是这样，他们在一个主题下贯串起来全部的人生经验。这并不是说，他们总是乌烟瘴气的把所知道的都写进去，不是！他们是在描写一景一事的时候，随时随地的运用着一切经验，使全部故事没有落空的地方。中国电影，因为资本小，人才少，所以总是那么简陋没劲。美国的电影，即使是瞎胡闹一回，每个镜头总有些花样，有些特别的布置，绝不空空洞洞。写小说也是如此，得每个镜头都不空。精确的比拟是最有力的小花样，处处有这种小花样，故事便会不单调，不空洞。写一件事需要一千件事作底子，因为一个人的鼻子可以像一头蒜，林中的小果在叶儿一动光儿一闪之际可以像个猛兽的眼睛，作家得上自绸缎，下至葱蒜，都预备好呀！

现在是文学创作经验与方法论"老牛破车系列"的第11篇和第12篇，一者言景，一者言人，其实说的就是一回事。

《景物的描写》原载1936年9月1日《宇宙风》第24期。论述景物描写对文学创作的重要性，分析了莫泊桑、康拉德、狄更斯、笛福等外国作家作品中的景物描写艺术，系统诠释了创作过程中可靠的景物描写方法及其在各种风格作品中所表现出来的审美效力，并揭示了景物与时间的关系。未提及自己作品中的景物描写细节，因而这篇文章应被视为关于文学作品中景物描写艺术及其审美效应的学术论文，而非创作自述。

《人物的描写》原载1936年11月1日《宇宙风》第28期。着重阐述了人物在作品中的地位，介绍了多种文学流派中的人物描写艺术，就人物描写在创作中的作用以及人物描写的方法等问题给出了分析。未提及自己作品中的人物描写的相关问题与实例，因而这篇文章应被视为关于文学作品中人物描写方法及其审美价值的学术论文，而非创作自述。关于文学作品中人物的典型意义，可与《文艺中的典型人物——在国立山东大学1935～1936学年上学期第十七次总理纪念周上的讲演》一文对读。

景物的描写

在民间故事里，往往拿"有那么一回"起首，没有特定的景物。这类故事多数是纯朴可爱的，但显然是古代流传下来的，把故事中的人名地点与时间已全磨了去。近代小说就不同了，故事中的人物固然是独立的，它的背景也是特定的。背景的重要不只是写一些风景或东西，使故事更鲜明确定一点，而是它与人物故事都分不开，好似天然长在一处的。背景的范围也很广：社会，家庭，阶级，职业，时间等等都可以算在里边。把这些放在一个主题之下，便形成了特有的色彩。有了这个色彩，故事才能有骨有肉。到今日而仍写些某地某生者，就是没有明白这一点。

这不仅是随手描写一下而已，有时候也是写小说的动机。我没有详明的统计为证，只就读书的经验来说，回忆体的作品可真见到过不少。这种作品里也许是对于一人或一事的回忆，可是地方景况的追念至少也得算写作动机之一。"我们最美好的希望是我们最美好的记忆。"我们幼时所熟习的地方景物，即一木一石，当追想起来，都足以引起热烈的情感。正如莫泊桑在《回忆》[1]中所言：

"你们记得那些在巴黎附近一带的浪游日子吗？我们的穷快活吗，我们在各处森林的新绿下面的散步吗，我们在塞因河边的小酒店里的晴光沉醉吗，和我们那些极平凡而极隽美的爱情上的奇遇吗？"

许多好小说是由这种追忆而写成的；假若这里似乎缺乏一二实例来证明，那正是因为例子太容易找到的缘故。我们所最熟习的社会与地方，不管是多么平凡，总是最亲切的。亲切，所以能产生好的作品。到一个新的地方，我们很能得一些印象，得到一些能写成很好的旅记的材料。但印象终归是印象，至好不过能表现出我们观察力的精确与敏锐；而不能作到信笔写来，头头是道。至于我们所熟习的地点，特别是自幼生长在那里的地方，就不止于给我们一些印象了，而是它的一切都深印在我们的生活里，我们对于它能像对于自己分析得那么详细，连那里空气中所含的一点特别味道都能一闭眼还想象的闻到。所以，就是那富于想象力的迭更司[2]与威尔斯[3]，也时常在作品中写出他们少年时代的经历，因为只有这种追忆是准确的，特定的，亲切的，真能供给一种特别的境界。这个境界使全个故事带出独有的色彩，而不能用别的任何景物来代替。在有这种境界的作品里，换了背景，就几乎没了故事；哈代[4]与康拉得[5]都足以证明这个。在这二人的作品中，景物与人物的相关，是一种心理的，生理的，与哲理的解析，在某种地方与社会便非发生某种事实不可，人始终逃不出景物的毒手，正如蝇的不能逃出蛛网。这种悲观主义是否合理，暂且不去管；这样写法无疑的是可效法的。这就是说，他们对于所要描写的景物是那么熟悉，简直的把它当作个有心灵的东西看待，处处是活的，处处是特定的，没有一点是空泛的。读了这样的作品，我们才能明白怎样去利用背景，即使我们不愿以背景辖束人生，至少我们知道了怎样去把景物与人生密切的联成一片。

至于神秘的故事，便更重视地点了，因为背景是神秘之所由来。这种背景也许是真的，也许是假的，但没有此背景便没有此故事。Algernon Blackwood[6]，是离不开山，水，风，火的，坡[7]便喜欢由想象中创构出像 *The House of Usher*[8] 那样的景物。在他们的作品中，背景的特质比人物的个性更重要得多。这是近代才有的写法，是整个的把故事容纳在艺术的布景中。

有了这种写法，就是那不专重背景的作品也会知道在描写人的动作之前，先去写些景物，并不为写景而写景，而是有意的这样布置，使感情加厚。像劳伦司[9]的《白孔雀》中的描写山殡，就是先以鸟啼引起妇人的哭声："小山顶上又起啼声。"而后，一具白棺材，后面随着个高大不像样的妇人，高声的哭叫。小孩扯着她的裙，也哭。人的哭声吓飞了鸟儿。何等的凄凉！

康拉得就更厉害，使我们读了之后，不知是人力大，还是自然的力量更大。正如他说："青春与海！好而壮的海，苦咸的海，能向你耳语，能向你吼叫，能把你打得不能呼吸。"是的，能耳语，近代描写的功夫能使景物对人耳语。写家不但使我们感觉到他所描写的，而且使我们领会到宇宙的秘密。他不仅是精详的去观察，也彷佛捉住天地间无所不在的一种灵气，从而给我们一点启示与解释。哈代的一阵风可以是："一极大的悲苦的灵魂之叹息，与宇宙同阔，与历史同久。"

这样看来，我们写景不要以景物为静止的；不要前面有人，后面加上一些不相干的田园山水，作为装饰，像西洋中古的画像那样。我们在设想一个故事的全局时，便应打算好要什么背景。我们须想好要这背景干什么，否则不用去写。人物如花草的子粒，背景是园地，把这颗子粒种在这个园里，它便长成这个园里的一棵花。所谓特定的色彩，便是使故事有了园地。

有人说，古希腊与罗马文艺中，表现自然多注意它的实用的价值，而缺乏纯粹的审美。浪漫运动[10]无疑的是在这个缺陷上予以很有力的矫正，把诗歌和自然的崇高与奥旨联结起来，在诗歌的节奏里感到宇宙的脉息。我们当然不便去摹拟古典文艺[11]的只看加了人工的田园之美，可是不妨把"实用价值"换个说法，就是无论我们要写什么样的风景，人工的园林也好，荒山野海也好，我们必须预定好景物对作品的功用如何。真实的地方色彩，必须与人物的性格或地方的事实有关系，以助成故事的完美与真实。反之，主观的，想象的，背景，是为引起某种趣味与效果，如温室中的热气，专为培养出某种人与事，人与事只是为作足这背景的力量而设的。Pitkin[12]说："在司悌芬孙[13]，自然常是那主要的女角；在康拉得，哈代，和多数以景物为主体的写家，自然是书中的恶人；在霍桑[14]，它有时候是主角的黑影。"这是值得玩味的话。

写景在浪漫的作品中足以增高美的分量，真的，差不多没有再比写景能使文字充分表现出美来的了。我们读了这种作品，其中有许多美好的诗意的描写，使我们欣喜，可是谁也有这个经验吧——读完了一本小说，只记得些散碎的事情，对于景物几乎一点也不记得。这个毛病就在于写得太空泛，只是些点缀，而与故事没有顶亲密的关系。天然之美是绝对的，不是比较的。一个风景有一个特别的美，永远独立。假若在作品中随便的写些风景，即使写得很美，也不能给读者以深刻的印象。还有，即使把特定的景物写得很美妙，而与故事没有多少关系，仍然不会有多少艺术的感诉力。我们永忘不了《块肉余生》[15]里 Ham[16]下海救人那段描写，为什么？写得好自然是一个原因，可是主要的还是因为这段描写恰好足以增高故事中的戏剧的力量；时候，事情，全是特异的，再遇上这特异的景物，所以便永不会被人忘记。设若景阳岗[17]上来的不是武二，而是武大，就是有一百条老虎也不会有什么惊人的地方。

为增高故事中的美的效力，当然要设法把景物写得美好了，但写景的目的不完全在审美上。美不美是次要的问题，最要紧的是在写出一个"景"来。我们一提到"景"这个字，彷佛就联想到"美景良辰"。其实写家的本事不完全在能把普通的地点美化了，而在乎他把任何地点都能整理得成一个独立的景。这个也许美，也许丑。假如我们要写下等妓女所居留的窄巷中，除非我们是"恶之花"[18]的颓废人物，大概总不会发疯似的以臭为香。我们必须把这窄巷中的丑恶写出来，才能把它对人生的影响揭显得清楚。我们的责任就在于怎样使这丑恶成为一景。这就是说，我们当把这丑陋的景物扼要的，经济的，净炼的，提出，使它浮现在纸面上，以最有力的图像去感诉。把田园木石写美了是比较容易的，任何一个平凡的文人也会编造些"天朗气清，惠风和畅"这类的句子。把任何景物都能恰当的，简要的，准确的，写成一景，使人读到马上能似身入其境，就不大容易了。这也就是我们所应当注意的地方。

写景不必一定用很生的字眼去雕饰，但须简单的暗示出一种境地。诗的妙处不在它的用字生僻，"只在此山中，云深不知处"，是诗境的暗示，不用生字，更用不着细细的描画。小说中写景也可以取用此法。贪用生字与修辞是想以文字讨好，心中也许一无所有，而要专凭文字去骗人；许多写景的"赋"恐怕就是这种冤人的玩艺。真本事是在用几句浅显的话，写成一个景——不是以文字来敷衍，而是心中有物，且找到了最适当的文字。看莫泊桑的《归来》：

"海水用它那单调和轻短的浪花，拂着海岸。那些被大风推送的白云，飞鸟一般在蔚蓝的天空斜刺里跑也似的经过；那村子在向着大洋的山坡里，负着日光。"

一句话便把村子的位置说明白了，而且是多么雄厚有力：那村子在向着大洋的山坡里，负着日光。这是一整个的景，山，海，村，连太阳都在里边。我们最怕心中没有一种境地，而硬要配上几句，纵然用上许多漂亮的字眼，也无济于事。心中有了一种境地，而不会扼住要点，枝节的去叙述，也不能讨好。这是实写的作家常爱犯的毛病。因为力求细腻，所以逐一描写，适足以招人厌烦——像巴尔扎克[19]的《乡医》的开首那种描写。我们观察要详尽，不错；但是观察之后而找不出一些意义来，便没有什么用处。一个地方的邮差比谁知道的街道与住户也详细吧，可是他未必明白那个地方。详细的观察，而后精确的写述，只是一种报告而已。文艺中的描绘，须使读者身入其境的去"觉到"。我们不能只拿读者当作旁观者，有时候也应请读者分担故事中人物的感觉；这样，读者才能深受感动，才能领会到人在景物中的动作与感情。

"比拟"是足以给人以鲜明印象的。普通的比拟，可是适足以惹人讨厌，还不如简单的直说。要用比拟，便须惊人；不然，就干脆不用。空洞的修辞是最要不得的。在这里，我们应当提出"观察"这个字，加以解释。一般的总以为观察便是要写山就去观山，要写海便去看海。这自然是该有的事，可是这还不够。我们须更进一步，时时刻刻的留心，对什么也感到趣味；然后到写作的时候，才能把不相干的东西联想到一处，而创出顶好的比喻。夜间火山的一明一灭，与吕宋烟的烧燃，毫无关系。可是以烟头的燃烧，比拟夜间火山口的明灭，便非常的出色。吕宋烟头之小，火山之大，都在我们心中，才能到时候发生妙用。所谓观察便是无时无地不在留心，而到描写的时候，随时的有美妙的联想，把一切东西都写得活泼泼的，就好像一个健壮的人，全身的血脉都那么鲜净流畅。小说家的本事就在这里。辛克莱与其他的热心揭发人世黑暗的写家们，都犯了一个毛病：真下功夫去观察所要揭发的事实，可是忘记了怎样去把它们写成文艺作品。他们的叙述是力求正确详细，可是只限于这一点，他们没能随手的表现出人生更大更广的经验。他们的好处是对于某一地一事的精确，他们的缺点是局面太小。设若托尔司太[20]生在现时，也写《屠场》[21]那类的东西，他一定不仅写成怪好的报告，而也能像《战争与和平》[22]那样的真实与广大。《战争与和平》的伟大不在乎人多事多，穿插复杂，而在乎处处亲切活现，使人真想拿托尔司太当个会创造世界的一位神仙。最伟大的作家都是这样，他们在一个主题下贯串起来全部的人生经验。这并不是说，他们总是乌烟瘴气的把所知道的都写进去，不是！他们是在描写一景一事的时候，随时随地的运用着一切经验，使全部故事没有落空的地方。中国电影，因为资本小，人才少，所以总是那么简陋没劲。美国的电影，即使是瞎胡闹一回，每个镜头总有些花样，有些特别的布置，绝不空空洞洞。写小说也是如此，得每个镜头都不空。精确的比拟是最有力的小花样，处处有这种小花样，故事便会不单调，不空洞。写一件事需要一千件事作底子，因为一个人的鼻子可以像一头蒜，林中的小果在叶儿一动光儿一闪之际可以像个猛兽的眼睛，作家得上自绸缎，下至葱蒜，都预备好呀！

可是，有的人根本不会写景，怎办呢？有一个办法，不写。狄福[23]在《鲁滨孙飘流记》中自然是景物逼真了，可是他的别的作品往往是一直的说下去，并不细说景物，而故事也还很真切。他有个本事，能借人物的活动暗示出环境来，因而可以不大去管景物的描述。这个，说真的，可实在不易学。我们只须记住这个，不善写景就不必勉强，而应当多注意到人物与事实上去；千万别拉扯上一些不相干的柳暗花明，或菊花时节什么的。

时间的利用，也和景物一样，因时间的不同，故事的气味也便不同了。有个确定的时间，故事一开首便有了特异的味道。在短篇小说里，这几乎比写景还重要。

故事中所需用的时间，长短是不拘的，一天也可以，十年也可以；这全依故事中的人物与事实而定。不过，时间越长，越须注意到季节描写的正确。据我个人的经验，想利用一个地点作背景，作者至少须在那里住过一年；我觉得把一地的四时冷暖都领略过，对于此地才能算有了相当的认识。地方的气候季节如个人的喜怒哀乐，知道了它的冷暖阴晴才摸到它的脾气。

对于一个特别的时间，也很好利用，如大跳舞会，赶集，庙会等。假使我们描写有钱有闲的社会，开首就利用大跳舞会，便很有力量。同样，描写农村而利用赶集，庙会，也是有不少便宜的。依此类推，一件事必当有个特别时间，唯有在此时间内事实能格外鲜明，如雨后的山景。还有，最好利用的是人们所忽视的时间，如天快亮了的时候。这时候，跳舞会完了，妇女们已疲倦得不得了，而仍狂吸着香烟。这时候，打牌的人们脸上已发绿，可把眼还瞪着那些小长方块。这时候，穷人们为避免巡警的监视，睬眼巴睬的去拾煤核儿。简单的说，这可以叫作时间的隙缝，在隙缝之间，人们把真形才显露出来。时间所给的感情，正如景物，夜间与白天不同，春天与秋天不同，雨天与晴天不同；这个不难利用。在这个之外，我们还须去找缝子，学校闹风潮，或绅士家里半夜三更的妻妾哭吵，是特别有价值的一刻。

[1] 居伊·德·莫泊桑（Guy de Maupassant, 1850～1893），法国作家，1880年完成了《羊脂球》的创作，《回忆》为其短篇小说之一。

[2] 迭更斯，现通译狄更斯（Charles Dickens, 1812～1870），英国小说家，主要作品有《艰难时代》《双城记》《雾都孤儿》等。

[3] 威尔斯（Herbert George Wells, 1866～1946），英国科幻小说家，有《时间机器》《莫洛博士岛》《隐身人》《星际战争》等作品。

[4] 托马斯·哈代（Thomas Hardy, 1840～1928），英国诗人、小说家，主要作品有《德伯家的苔丝》《无名的裘德》《还乡》《卡斯特桥市长》以及诗集《韦塞克斯诗集》《早期与晚期抒情诗》等。

[5] 康拉得，现译为康拉德（Joseph Józef Teodor Conrad Korzeniowski, 1857～1924），波兰裔英国作家。主要作品有《阿尔迈耶的愚蠢》《白水仙号上的黑水手》《台风》《诺斯特罗莫》等。

[6] 阿尔杰农·布莱克伍德（Algernon Blackwood, 1869～1951），英国作家，迷恋印度哲学和神秘主义，以创作鬼怪等恐怖小说为主，有《空屋子与鬼故事》《人首马身怪》《柳树》《琼斯的疯狂》等作品。

[7] 爱伦·坡（Edgar Allan Poe, 1809～1849），美国作家、诗人，主要作品有小说《黑猫》《厄舍府的倒塌》，诗《乌鸦》《安娜贝尔·丽》等。

[8] *The House of Usher*，爱伦·坡的《厄谢尔的房子》。

[9] 现通译劳伦斯。戴维·赫伯特·劳伦斯（David Herbert Lawrence, 1885～1930），英国小说家，作品《儿子与情人》引起关于"恋母情结"的巨大争议，另有《查泰来夫人的情人》。

[10] 浪漫主义运动是18世纪晚期至19世纪早期席卷欧洲的思想文化运动，是法国大革命、欧洲民主运动和民族解放运动高涨时期的产物，反映了资产阶级上升时期对个性解放的要求，是政治上对封建领主和基督教会联合统治的反抗，也是文艺上对法国新古典主义的反抗。代表人物有卢梭、歌德、席勒、华滋华斯、雪莱、济慈、拜伦、夏多布里昂等。

[11] 古典文艺，17世纪欧洲的主要文艺思潮，形成和繁荣于法国，随后扩展到欧洲其他国家。

[12] Pitkin，皮特金。

[13] 司悌芬孙，现通译为史蒂文森。罗伯特·路易斯·史蒂文森（Robert Louis Stevenson, 1850～1894），英国小说家、诗人与旅游作家，代表作品有《沃尔特·斯特特爵士》《金银岛》等。

[14] 纳撒尼尔·霍桑（Nathaniel Hawthorne, 1804～1864），美国作家，代表作为长篇小说《红字》。

[15] 《块肉余生》，见本书第1卷《檀香扇》注4。

[16] Ham，汉姆，狄更斯小说《大卫·科波菲尔》（即《块肉余生》）中的人物，是个孤儿，被辟果提收养，曾与大卫·科波菲尔共同生活。后来为救一艘遇险客轮上濒死的旅客不幸溺水身亡。

[17] 景阳岗位于山东阳谷县张秋镇景阳岗村东，因《水浒传》小说中"景阳岗武松打虎"故事而闻名。

[18] 《恶之花》为法国诗人波德莱尔（Charles Pierre Baudelaire, 1821～1867）的代表作，写巴黎的阴暗、丑恶与神秘，分"忧郁与理想"等六部分。

[19] 巴尔扎克（Honoré de Balzac, 1799～1850），19世纪法国作家，欧洲批判现实主义文学的奠基人和杰出代表，写出91部小说，合称《人间喜剧》。

[20] 托尔司太，即列夫·托尔斯泰（Лев Николаевич Толстой, 1828～1910），19世纪末20世纪初俄国最伟大的文学家，代表作有《安娜·卡列尼娜》《战争与和平》《复活》等。

[21] 《屠场》，美国作家厄普顿·辛克莱以自然主义艺术手法创作的一部小说，写了芝加哥不卫生的肉类加工业，并由此引起美国人的震惊，致使美国于1906年通过肉类检验和纯净食品法案。

[22] 《战争与和平》，列夫·托尔斯泰的长篇小说，具有史诗般的宏大性。

[23] 狄福，即丹尼尔·笛福（Daniel Defoe, 1660～1731），英国启蒙主义作家，《鲁滨孙漂流记》作者。

人物的描写

按照旧说法，创作的中心是人物。凭空给世界增加了几个不朽的人物，如武松，黛玉等，才叫作创造。因此，小说的成败，是以人物为准，不仗着事实。世事万千，都转眼即逝，一时新颖，不久即归陈腐；只有人物足垂不朽。此所以十续《施公案》[1]，反不如一个武松的价值也。

可是，近代文艺受了两个无可避免的影响——科学与社会自觉。受着科学的影响，不要说文艺作品中的事实须精确详细了，就是人物也须合乎生理学心理学等等的原则。于是佳人才子与英雄巨人全渐次失去地盘，人物个性的表现成了人物个性的分析。这一方面使人物更真实更复杂，另一方面使创造受了些损失，因为分析不就是创造。至于社会自觉，因为文艺想多尽些社会的责任，简直的就顾不得人物的创造，而力求罗列事实以揭发社会的黑暗与指导大家对改进社会的责任。社会是整个的，复杂的，从其中要整理出一件事的系统，找出此事的意义，并提出改革的意见，已属不易；作者当然顾不得注意人物，而且觉得个人的志愿与命运似乎太轻微，远不及社会革命的重大了。报告式的揭发可以算作文艺；努力于人物的创造反被视为个人主义的余孽了。

说到将来呢，人类显然的是朝着普遍的平均的发展走去；英雄主义在此刻已到了末一站，将来的历史中恐怕不是为英雄们预备的了。人类这样发展下去，必会有那么一天，各人有各人的工作，谁也不比谁高，谁也不比谁低，大家只是各尽所长，为全体的生存努力。到了这一天，志愿是没了用；人与人的冲突改为全人类对自然界的冲突。没争斗没戏剧，文艺大概就灭绝了。人物失去趣味，事情也用不着文艺来报告——电话电报电影等等不定发展到多么方便与巧妙呢。

我们既不能以过去的办法为金科玉律，而对将来的推测又如上述，那么对于小说中的人物似乎只好等着受淘汰，没有什么可说的了。这却又不尽然。第一，从现在到文艺灭绝的时期一定还有好多好多日子，我们似乎不必因此而马上搁笔。第二，现在的文艺虽然重事实而轻人物，但把人物的创造多留点意也并非是吃亏的事；假若我们现在对荷马与莎士比亚等的人物还感觉趣味，那也就足以证明人物的感诉力确是比事实还厚大一些。说真的，假若不是为荷马[2]与莎士比亚等那些人物，谁肯还去读那些野蛮荒唐的事儿呢？第三，文艺是具体的表现。真想不出怎样可以没有人物而能具体的表现出！文艺所要揭发的事实必须是人的事实，《封神榜》[3]虽很热闹，无论如何也比不上好汉被迫上梁山[4]的亲切有味。再说呢，文艺去揭发事实，无非为是提醒我们，指导我们；我们是人，所以文艺也得用人来感动我们。单有葬花，而无黛玉；或有黛玉而她是"世运"的得奖的女运动员，都似乎不能感人。赞诵个人的伟大与成功，于今似觉落伍；但茫茫一片事实，而寂无人在，似乎也差点劲儿。

那么，老话当作新话来说，对人物的描写还可以说上几句。

描写人物最难的地方是使人物能立得起来。我们都知道利用职业，阶级，民族等特色，帮助形成个特有的人格；可是，这些个东西并不一定能使人物活跃。反之，有的时候反因详细的介绍，而使人物更死板。我们应记住，要描写一个人必须知道此人的一切，但不要作相面式的全写在一处；我们须随时的用动作表现出他来。每一个动作中清楚的有力的表现出他一点来，他便越来越活泼，越实在。我们虽然详知他所代表的职业与地方等特色，可是我们彷彿更注意到他是个活人，并不专为代表一点什么而存在。这样，人物的感诉力才能深厚广大。比如说吧，对于一本俄国的名著，一个明白俄国情形的读者当然比一个还不晓得俄国在哪里的更能亲切的领略与欣赏。但是这本作品的伟大，并不在乎只供少数明白俄国情形的人欣赏，而是在乎它能使不明白俄国事的人也明白了俄国人也是人。再看《圣经》中那些出色的故事，和莎士比亚所借用的人物，差不多都不大管人物的背景，而也足以使千百年后的全人类受感动。反之，我们看 Anne Douglas Sedgwick[5]的 *The Little French Girl*[6]的描写法国女子与英国女子之不同；或 "Elizabeth"[7]的 *Caravaners*[8]之以德人比较英人；或 Margaret Kennedy[9]的 *The Constant Nymph*[10]之描写艺术家与普通人的差别；都是注意在揭发人物的某种特质。这些书都有相当的趣味与成功，但都够不上伟大。主旨既在表现人物的特色，于是人物便受他所要代表的那点东西的管辖。这样，人物与事实似乎由生命的中心移到生命的表面上去。这是揭发人的不同处，不是表现人类共同具有的欲望与理想；这是关于人的一些知识，不是人生中的根本问题。这种写法是想从枝节上了解人生，而忘了人类的可以共同奋斗的根源。这种写法假若对所描写的人没有深刻的了解，便很容易从社会上习俗上抓取一点特有的色彩去敷衍，而根本把人生忘掉。近年来西洋有许多描写中国人的小说，十之八九是要凭借一点知识来比较东西民族的不同；结果，中国人成为一种奇怪好笑的动物，好像不大是人似的。设若一个西洋写家忠诚的以写人生的态度来描写中国人，即使背景上有些错误也不至于完全失败吧。

与此相反的，是不管风土人情，而写出一种超空间与时间的故事，只注意艺术的情调，不管现实的生活。这样的作品，在一个过着梦的生活的天才手里，的确也另有风味。可是它无论怎好，也缺乏着伟大真挚的感动力。至于才力不够，而专赖小小一些技巧，创制此等小玩艺，就更无可观了。在浪漫派[111]与唯美派[112]的小说里，分明的是以散文侵入诗的领域。但是我们须认清，小说在近代之所以战胜了诗艺，不仅是在它能以散文表现诗境，而是在它根本足以补充诗的短处——小说能写诗所不能与不方便写的。Sir Walter Raligh[113]说过："一个大小说家根本须是个幽默家，正如一个大罗曼司家根本必须是诗人。"这里所谓的幽默家，倒不必一定是写幽默文字的人，而是说他必洞悉世情，能捉住现实，成为文章。这里所谓的诗人，就是有幻想的，能于平凡的人世中建造起浪漫的空想的一个小世界。我们所应注意的是"大小说家"必须能捉住现实。

人物的职业阶级等之外，相貌自然是要描写的，这需要充分的观察，且须精妙的道出，如某人的下巴光如脚踵，或某人的脖子如一根鸡腿……这种形容是一句便够，马上使人物从纸上跳出，而永存于读者记忆中。反之，若拖泥带水的形容一大片，而所以形容的可以应用到许多人身上去，则费力不讨好。人物的外表要处，足以烘托出一个单独的人格，不可泛泛的由帽子一直形容到鞋底；没有用的东西往往是人物的累赘：读者每因某项叙述而希冀一定的发展，设只贪形容得周到，而一切并无用处，便使读者失望。我们不必一口气把一个人形容净尽，先有个大概，而后逐渐补充，使读者越来越知道得多些，如交友然，由生疏而亲密，倒觉有趣。也不必每逢介绍一人，力求有声有色，以便发生戏剧的效果，如大喝一声，闪出一员虎将……此等形容，虽刺激力大，可是在艺术上不如用一种浅淡的颜色，在此不十分明显的颜色中却包蕴着些能次第发展的人格与生命。

以言语，面貌，举动来烘托出人格，也不要过火的利用一点，如迭更司的次要人物全有一种固定的习惯与口头语——*Bleak House*[114]里的Bagnet[115]永远用军队中的言语说话，而且脊背永远挺得笔直，即许多例子中的一个。这容易流于浮浅，有时候还显着讨厌。这在迭更司手中还可原谅，因为他是幽默的写家，翻来覆去的利用一语或一动作都足以招笑；设若我们不是要得幽默的效果，便不宜用这个方法。只凭一两句口头语或一二习惯作人物描写的主力，我们的人物便都有成为疯子的危险。我们应把此法扩大，使人物的一切都与职业的家庭的等等习惯相合；不过，这可就非有极深刻的了解与极细密的观察不可了。这个教训是要紧的：不冒险去写我们所不深知的人物！

还有个方法，与此不同，可也是偷手，似应避免：形容一男或一女，不指出固定的容貌来，而含糊其词的使读者去猜。比如描写一个女郎，便说：正在青春，健康的脸色，金黄的发丝，带出金发女子所有的活泼与热烈——这种写法和没写一样：到底她是什么样子呢？谁知道！

在短篇小说中，须用简净的手段，给人物一个精妥的固定不移的面貌体格。在长篇里宜先有个轮廓，而后顺手的以种种行动来使外貌活动起来；此种活动适足以揭显人格，随手点染，使个性充实。譬如已形容过二人的口是一大一小，一厚一薄，及至述说二人同桌吃饭，便宜利用此机会写出二人口的动作之不同。这样，二人的相貌再现于读者眼前，而且是活动的再现，能于此动作中表现出二人个性的不同。每个小的动作都能显露出个性的一部分，这是应该注意的。

景物，事实，动作，都须与人打成一片。无论形容什么，总把人放在里面，才能显出火炽。形容二人谈话，应顺手提到二人喝茶，及出汗——假若是在夏天。如此，则谈话而外，又用吃茶补充了二人的举动不同，且极自然的把天气写在里面。此种写法是十二分的用力，而恰好不露出用力的痕迹。

最足以帮忙揭显个性的恐怕是对话了。一个人有一个说话方法，一个人的话是随着他的思路而道出的。我们切不可因为有一段精彩的议论而整篇的放在人物口中，小说不是留声机片。我们须使人物自己说话。他的思路决不会像讲演稿子那么清楚有条理；我们须依着他心中的变动去写他的话语。言谈不但应合他的身分，且应合乎他当时的心态与环境。

以上的种种都是应用来以彰显人物的个性。有了个性，我们应随时给他机会与事实接触。人与事相遇，他才有用武之地。我们说一个人怎好或怎坏，不如给他一件事作作看。在应付事情的时节，我们不但能揭露他的个性，而且足以反映出人类的普遍性。每人都有一点特性，但在普遍的人情上大家是差不多的。当看一出悲剧的时候，大概大家都要受些感动，不过有的落泪，有的不落泪。那不落泪的未必不比别人受的感动更深。落泪与否是个性使然，而必受感动乃人之常情；怪人与傻子除外；自然我们不愿把人物都写成怪人与傻子。我们不要太着急，想一口气把人物作成顶合自己理想的；为我们的理想而牺牲了人情，是大不上算的事。比如说革命吧，青年们只要有点知识，有点血气，哪个甘于落后？可是，把一位革命青年写成一举一动全为革命，没有丝毫弱点，为革命而来，为革命而去，像一座雕像那么完美；好是好了，怎奈天下并没有这么完全的人！艺术的描写容许夸大，但把一个人写成天使一般，一点都看不出他是由猴子变来的，便过于骗人了。我们必须首先把个性建树起来，使人物立得牢稳；而后再设法使之在普遍人情中立得住。个性引起对此人的趣味，普遍性引起普遍的同情。哭有多种，笑也不同，应依个人的特性与情形而定如何哭，如何笑；但此特有的哭笑须在人类的哭笑圈内。用张王李赵去代表几个抽象的观念是写寓言的方法，小说则首应注意把他们写活了，每个人都有他自己的思想与感情，不是一些完全听人家调动的傀儡。

[1] 《施公案》，晚清通俗小说。见《怀友》注11。

[2] 荷马，古希腊诗人。见《又是一年芳草绿》注1。

[3] 《封神榜》，中国神魔小说。见《断魂枪》注14。

[4] 出自明朝施耐庵的《水浒传》。

[5] Anne Douglas Sedgwick，安妮·道格拉斯·塞奇威克（1873～1935），女作家，生在美国，长期居住在英法两国。1924年出版小说《法国小姑娘》。

[6] *The Little French Girl*，《法国小姑娘》。

[7] "Elizabeth"，伊丽莎白（1866～1941），英国人，原名 Mary Annette Beauchamp，因嫁给德国贵族，故作品中能写英、德人之比较。

[8] *Caravaners*，《队商》。

[9] Margaret Kennedy，马格雷特·肯尼迪（1896～1967），英国女作家。1926年与他人合作改编她的小说为剧本《恒久的宁芙》。

[10] *The Constant Nymph*，《恒久的宁芙》。

[11] 浪漫派，18世纪末至19世纪初产生于欧洲的一种文艺思潮，追求个性解放，重视热烈情感。

[12] 唯美派，西方现代文艺流派之一，出现并活跃于19世纪下半叶，信奉唯美主义思想，主张艺术应当全力追求纯美，注重形式的创制，并竭力从怪诞、颓废、丑恶、乖戾等现象中提取发掘美的要素。代表作家有法国诗人戈蒂埃、波德莱尔、英国的著名作家王尔德等。

[13] Sir Walter Raligh，沃尔特·雷利爵士（1552～1618），英国探险家、政治家、历史学家和诗人。

[14] *Bleak House*，《荒凉山庄》，或译为《萧斋》，英国作家狄更斯的长篇小说。作品以错综复杂的情节揭露英国法律制度和司法机构的黑暗。这部小说讽刺英国古老的"大法官庭"（Chancery）的作风，是司法体制颟顸、邪恶、无能的象征。《老舍全集》中将此作品译为《黑暗的房子》，疑误。

[15] Bagnet，巴格内特。疑为笔误，经查，英国作家狄更斯的小说《荒凉山庄》中有一个名字相似的人物叫 Bucket，是一位侦探，通译为巴克特。

老牛破車 （十二） 人物的描寫　　老舍

老牛破車 （十一） 景物的描寫　　老舍

《人物的描写》
（老牛破车之十二）原发表页
1936年11月1日《宇宙风》第28期

《景物的描写》
（老牛破车之十一）原发表页
1936年9月《宇宙风》第24期

事实的运用

小说中的人与事是相互为用的。人物领导着事实前进是偏重人格与心理的描写，事实操纵着人物是注重故事的惊奇与趣味。因灵感而设计，重人或重事，必先决定，以免忽此忽彼。中心既定，若以人物为主，须知人物之所思所作均由个人身世而决定；反之，以事实为主，须注意人心在事实下如何反应。前者使事实由人心辐射出，后者使事实压迫着个人。若是，故事才会是心灵与事实的循环运动。事实是死的，没有人在里面不会有生气。最怕事实层出不穷，而全无联络，没有中心。一些零乱的事实不能成为小说。

本篇原载1936年11月16日《宇宙风》29期。

这是文学创作经验与方法论"老牛破车系列"的第13篇，主要介绍小说创作中人物与事实的关系，结合中外文学作品阐明"人与事是相互为用的"的观点，事实的叙述与事实的发展在创作中决定了人物的走向，而事实要做成小说的材料，还需要作家一定的艺术处理。未提及自己作品中的人物描写细节，因而这篇文章应被视为一篇关于文学作品中"事实"之存在方式、运用方法及其与人物之关系的学术论文，而非创作自述。

事实的运用

小说中的人与事是相互为用的。人物领导着事实前进是偏重人格与心理的描写，事实操纵着人物是注重故事的惊奇与趣味。因灵感[1]而设计，重人或重事，必先决定，以免忽此忽彼。中心既定，若以人物为主，须知人物之所思所作均由个人身世而决定；反之，以事实为主，须注意人心在事实下如何反应。前者使事实由人心辐射出，后者使事实压迫着个人。若是，故事才会是心灵与事实的循环运动。事实是死的，没有人在里面不会有生气。最怕事实层出不穷，而全无联络，没有中心。一些零乱的事实不能成为小说。

大概我们平常看事，总以为它们是平面的，看过去就算了，此乃读新闻纸的习惯与态度。欲作个小说家，须把事实看成有宽广厚的东西，如律师之辩护，要把犯人在作案时的一切情感与刺激都引为免罪或减罪的证据。一点风一点雨也是与人物有关系的，即使此风此雨不足帮助事实的发展，亦至少对人物的心感有关。事实无所谓好坏，我们应拿它作人格的试金石。没有事情，人格不能显明；说一人勇敢，须在放炸弹时试试他。抓住人物与事实相关的那点趣味与意义，即见人生的哲理。在平凡的事中看出意义，是最要紧的。把事实只当作事实看，那么见了妓女便只见了争风吃醋，或虚情假义，如蝴蝶鸳鸯派[2]作品中所报告者。由妓女的虚情假义而看到社会的罪恶，便深进了一层；妓女的狡猾应由整个社会负责任，这便有了些意义。事实的新奇要在其次，第一须看出个中的深义。

我们若能这样看事实并找事实，就不怕事实不集中，因为我们已捉到事实的真义，自然会去合适的裁剪或补充。我们也不怕事实虚空了，因为这些事实有人在其中。不集中与空虚是两大弊病，必须避免。

小说，我们要记住了，是感情的纪录，不是事实的重述。我们应先看出事实中的真意义，这是我们所要传达的思想；而后，把在此意义下的人与事都赋与一些感情，使事实成为爱，恶，仇恨，等等的结果或引导物；小说中的思想是要带着感情说出的。"快乐"，巴尔扎克说，"是没有历史的，'他们很快乐'一语是爱情小说的收结。"

在古代与中古的故事里，对于感情的表现是比较微弱的，设若 Henry James[3] 的作品而放在古人们手里，也许只用"过了十年"一语便都包括了；他的作品总是在特别的一点感情下看一些小事实，不厌其细琐与平凡，只要写出由某件事所激起的感情如何。康拉德的小说中有许多新奇的事实，但是他决不为新奇而表现它们，他是要述说由事实所引起的感情，所以那些事实不止新奇，也使人感到亲切有趣。小说，十之八九，是到了后半便松懈了。为什么？多半是因为事实已不能再是感情的刺激与产物。一旦失去这个，故事便失去活跃的力量，而露出勉强堆砌的痕迹来。一下笔时不十分用力，以便有余力贯彻全体，不过是消极的办法；设若始终拿事实为感情起落的刺激物，便不怕有松懈的毛病了。康拉德之所以能忽前忽后的述说，就是因为他先决定好了所要传达的感情为何，故事的秩序虽颠倒杂陈亦不显着混乱了。

所谓事实发展的关键，逗宕与顶点者，便是感情的冲突，波浪与结束。这是个自然的步骤。假若我们没有深厚的感情，而空泛的逗宕，适足以惹人讨厌，如八股文[4]之起承转合然。

Arlo Bates[5]说："我不相信小说构成的死规则。工作的方法必随个人的性情而异。我自己的办法据我看是最逻辑的，可是我知道这是每一写家自决的问题。以我自己说，我以为小说的大体有定好的必要，而且在未动手之前就知道结局是更要紧的。"

这段话使我们放胆去运用事实。实事是事实，是死的，怎样运用它是我们自己的事。Arnold Bennett[6]在巴黎的一个饭馆里，看见一老妇，她的举止非常的可笑。他就设想她曾经有过美好的青春，由少艾而肥老，其间经过许多细小的不停的变化。于是他便决定写那《老妇们的故事》。但这本书当开始动笔的时候，主角可已不是那个老妇，因为她太老了，不足以惹起同情。杜思妥益夫斯基[7]的《罪与罚》是根据他自己的经验，但把故事放在都市里，因为都市生活的不安与犯罪空气的浓厚，更适宜于此题旨的表现。这样看，我们得到事实是随时的事，我们用什么事实是判断了许多事实之后的结果。真人真事不过是个起点，是个跳板。我们不仗着事实本身的好坏，而是仗着我们怎样去判断事实。这就是说，小说一开首的某件事实，已经是我们判断过的；在小说中，大家所见到的是事实的逐渐的发展，其实在作者心中，小说中的第一件事与第末一件事同样是预先决定好了的。自然，谁也不会把一部小说的每一段都预先想好，只等动笔一写，像填表格似的，不会。写出来才是作品，想得怎样高明不算一回事。但是，我们确能在写第一件事的时候，已经预备好末一件事，而且并不很难，因为即使我们不准知道那件是什么事，我们总会知道那是件什么样的事——我们所要传达的与激起的情绪是什么便替我们决定，替我们判断，所需要的是什么事。明乎此，在下笔的时候便能准确；我们要的是"怒"，便不会上手就去打哈哈。及至写完了，想改正，我们也知道了怎去改正——加强我们所要激起的感情，删削那阻碍或破坏此种情绪的激发的。

由事实中求得意义，予以解释，而后把此意义与解释在情绪的激动下写出来；这样，我们才敢以事实为生材料，不论是极平凡的，还是极惊奇的，都有经过锻炼的必要。我们最怕教事实给管束住：看见或听见一件奇事，我们想这必是好材料，而愿把它写出来。这有两个危险，第一是写了一堆东西，而毫无意义；第二是只顾了写事而忘记了去创造人。反之，我们知道材料是需要我们去锻炼炮制的，我们才敢大胆的自由的去运用它们，使它们成为我们手中的东西。小说中的事实所以能使人感到艺术的味道就是因为每一事实所给的效果与感力都是整个作品所要给的效果与感力的一部分，彷佛每一件事都是完全由作者调动好了的，什么事在他手下都能活动起来。硬插入一段事实，不管它本身是多么有趣，必定妨碍全体的整美。平匀是最不易作到的。要平匀，我们必须依着所要激动的情绪制造出一种空气，把一切材料都包围起来。我们所要的是"怒"，那么便可以利用声音、光线、味道，种种去包围那些材料，使它们都在这种声音、光线、味道中有了活力，有了作用，有了感力。这样，我们才能使作品各部分平匀的供给刺激，全体像一气呵成的，在最后达到"怒"的高潮。所谓小说中的逗宕便是在物质上为逻辑的排列，在精神上是情绪的盘旋回荡。小说是些图画，都用感情联串起来。图画的鲜明或暗淡，或一明一暗，都凭所要激起的情感而决定。千峰万壑，色彩各异，有明有暗，有远有近，有高有低，但是在秋天，它们便都有秋的景色，连花草也是秋花秋草。小说的事实如千峰万壑，其中主要的感情便是季节的景色。

但是，我们千万莫取巧，去用小巧的手段引起虚浮的感情。电影片中每每用雷声闪光引起恐怖，可是我们并不受多少感动，而有时反觉得可笑可厌。暗示是个好方法，它能调剂写法，使不至处处都有强烈的描画，通体只有色而无影。它也能使描写显着细腻，比直接述说还更有力。一个小孩，当故意恐吓人的时候，也会想到一种比直陈事实更有力的方法——不说出什么事，而给一点暗示。他不说屋中有鬼，而说有两只红眼睛。小说中的暗示，给人一些希冀，使人动心。说屋中有些血迹，比直说那里杀了人更多些声势；说某人的衣服上有油污，比直说他不干净强。暗示既使人希冀，又使人与作者共同去猜想，分担了些故事发展的预测。但是这不可用得过火了，虚张声势而使读者受骗是不应该的。

《事实的运用》（老牛破车之十三）原发表页
1936年11月16日《宇宙风》第29期

（270）

創作經驗談

老牛破車 （十三） 事實的運用

老舍

事實的新奇要在其次，第一須看出個中的深義。我們若能遣橫看著事實亞找事實，就不怕事實不集中。因為我們已提到事實的真義，自然會去合適的剪裁或補充。我們也不怕事虛空了，因為這些事實有人在其中。不集中與空虛是兩大弊病，必須避免。

小說，我們要記住了，是感情的紀錄，不是事實的堆積。我們應先看出事實的真意義，這是我們所要傳達的思想；而後，以在此事中的人與事都訴說一些思想，使事實成為愛，景，仇恨，等等的結果或引導物；小說中的思想是要帶著感情說出的。「他們很快樂」一語是愛情小說的收結。「快樂」巴爾紫克說「是愛情小說的收結」，對於感情的表現是最比微弱的，設者 Henry James 的作品而放在古人們的手裏，也許只用「過了十年」一語便包括了；他的作品總是在特別的一點情下看一些小事實，不厭其細瑣與平凡。只要寫出由某件事所激起的感情如何。康拉德的小說中有許多新奇的事實，但是他決不為新奇而表現牠們，他是要述說由事實所引起的感情，所以那些事實不足新奇，也使人感到親切有趣。小說，十之八九，是因為事實已不能再有或半的刺激與產物。為事實便失去活動的力量，而露出勉強堆砌的痕跡來。一下筆時不十分用力，以便有餘力應付高潮全體，不過是消極的辦法；設始終拿事實為感情起落的刺激物，便

小說中的人與事是相互為用的。人物領導著事實前進是偏重人格與心理的描寫，事實操縱著人物亞找故事的驚奇與趣味。因鑒處而設計，重人或重事，以免忽此忽彼。中心既定，若以人物為主，須知人物之所思所作均由個人身世而決定；反之，以事實為主，須注意人心在事實下如何反應。前者使事實由人心輻射出來，後者使事實壓迫著個人。前者是，故事機會是心靈與事實的循環運逃。後者是，故事會是死的，沒有人在裏面不會有生氣。最怕事實壓出不窮，而全無聯絡，沒有中心。一些零亂的事實不能成為小說。

大概我們不常看事，總以為牠們是平面的，看過去就完了，此乃讀閒報紙的習慣與態度。欲作偏冷閣厚的東西，如律師之詳證，要把犯人在此把握住人物與事實相關的那一點實也是與人物有關係的，即使此風此雨不足幫助事情的發展，亦至少對人的心或性格石。沒有事情，人格無所謂好壞，說一點風一點雨也就是幫助他。抓住人物與事實相關的那一點，我們把事實只當作事實看，那麼見了妓女便只見了爭風吃醋，或濫情假義，如蝴蝶鴛鴦恭派作品中所報告者。由妓女的遺情假義看到社會的罪惡，便深過了一層；妓女的狡猾願由整個社會負責任，遠便有了些意義，是最要緊的。故事便失去活潑的力量。而露出勉強堆砌的痕跡來；設始終拿事實為感情起落的刺激物，便

---

[1] 灵感，心理学与文艺理论术语，由英语 inspiration 翻译过来，指的是作家、艺术家的一种艺术感觉，是一种创作冲动或创造能力的表现。

[2] 蝴蝶鸳鸯派，中国现代文学流派，发端于20世纪初叶的上海。因写才子佳人成双成对有如鸳鸯蝴蝶而得名，亦称礼拜六派。全盛时期在辛亥革命至五四运动之间，代表作为徐枕亚的《玉梨魂》，延续时间甚长，直至1949年，故又称民国旧派文学。一般认为，这是一个病态的消极的文学流派，但其中不乏包天笑、周瘦鹃、张恨水等优秀作家，也曾写过有积极意义的作品。

[3] Henry James，亨利·詹姆斯（1843~1916），英国及美国作家。出身纽约的上层知识分子家庭，长期旅居欧洲。主要作品有中篇小说《黛西·密勒》及《一位女士的画像》。

[4] 八股文，明清时期科举考试所规定的一种文体，也称制义、制艺、时文、八比文，由破题、承题、起讲、入手、起股、中股、后股、束股八部分组成，形成固定格式，题目一律出自四书五经中的原文。

[5] Arlo Bates，阿洛·贝茨（1850~1918），美国作家。

[6] Arnold Bennett，阿诺尔特·贝内特（1867~1931），英国小说家、剧作家和批评家。代表作为《五镇的安娜》《五镇轶事》《五镇的严峻微笑》《克雷亨格》三部曲等。

[7] 杜思妥益夫斯基，今通译为陀思妥耶夫斯基（Фёдор Михайлович Достоевский，1821~1881），俄罗斯著名作家，代表作有《罪与罚》《白痴》《卡拉马佐夫兄弟》等。

言语与风格

风格的有无是绝对的，所以不应去摹仿别人。风格与其说是文字的特异，还不如说是思想的力量。思想清楚，才能有清楚的文字。逐字逐句的去摹写，只学了文字，而没有思想作基础，当然不会讨好。先求清楚，想得周密，写得明白；能清楚而天才不足以创出特异的风格，仍不失为清楚；不能清楚，便一切无望。

　　本篇原载1936年12月16日《宇宙风》第31期。

　　这是文学创作经验与方法论"老牛破车系列"的第14篇，也是见之于《宇宙风》的最后一篇，着重介绍了作家在创作中如何运用语言文字的经验，对"用字""比喻""句""节段""对话"以及"风格"问题进行了具体分析，特别阐明"选字要谨慎"，而说话"必须真诚"，一定要把语言文字作为"心灵的音乐"来看待，因为"好的文字是由心中炼出来的。"未提及自己作品中如何运用语言艺术的相关实例及作品的写作情况，因而这篇文章应被视为研究小说创作中语言艺术及心态的学术论文，而非创作自述。至此，老舍讲述的"老牛破车"故事告一段落，从1935年9月16日在《宇宙风》创刊号发表《我怎样写〈老张的哲学〉》一文算起到现在，持续了整整15个月，在现代文坛撒下了一路长歌，时光绵延中老舍与广大读者共同度过了文学对话之旅。

言语与风格

　　小说是用散文写的，所以应当力求自然。诗中的装饰用在散文里不一定有好结果，因为诗中的文字和思想同是创造的，而散文的责任则在运用现成的言语把意思正确的传达出来。诗中的言语也是创造的，有时候把一个字放在那里，并无多少意思，而有些说不出来的美妙。散文不能这样，也不必这样。自然，假若我们高兴的话，我们很可以把小说中的每一段都写成一首散文诗。但是，文字之美不是小说的唯一的责任。专在修辞上讨好，有时倒误了正事。本此理，我们来讨论下面的几点：

　　（一）用字：佛罗贝[1]说，每个字只有一个恰当的形容词。这在一方面是说选字须极谨慎，在另一方面似乎是说散文不能像诗中那样创造言语，所以我们须去找到那最自然最恰当最现成的字。在小说中，我们可以这样说，用字与其俏皮，不如正确；与其正确，不如生动。小说是要绘色绘声的写出来，故必须生动。借用一些诗中的装饰，适足以显出小气呆死，如蒙旦[2]所言："在衣冠上，如以一些特别的，异常的，式样以自别，是小气的表示。言语也如是，假若出于一种学究的或儿气的志愿而专去找那新词与奇字。"青年人穿戴起古代衣冠，适见其丑。我们应以佛罗贝的话当作找字的应有的努力，而以蒙旦的话为原则——努力去找现成的活字。在活字中求变化，求生动，文字自会活跃。

　　（二）比喻：约翰孙博士[3]说："司微夫特[4]这个家伙永远不随便用个比喻。"这是句赞美的话。散文要清楚利落的叙述，不仗着多少"我好比"叫好。比喻在诗中是很重要的，但在散文中用得过多便失了叙述的力量与自然。看《红楼梦》中描写黛玉："两湾似蹙非蹙笼烟眉，一双似喜非喜含情目。态生两靥之愁。娇袭一身之病。泪光点点，娇喘微微。闲静似娇花照水，行动如弱柳扶风。心较比干多一窍，病如西子胜三分。"这段形容犯了两个毛病：第一是用诗语破坏了描写的能力；念起来确有诗意，但是到底有肯定的描写没有？在诗中，像"泪光点点"，与"闲静似娇花照水"一路的句子是有效力的，因为诗中可以抽出一时间的印象为长时间的形容：有的时候她泪光点点，便可以用之来表现她一生的状态。在小说中，这种办法似欠妥当，因为我们要真实的表现，便非从一个人的各方面与各种情态下表现不可。她没有不泪光点点的时候么？她没有闹气而不闲静的时候么？第二，这一段全是修辞，未能由现成的言语中找出恰能形容出黛玉的字来。一个字只有一个形容词，我们应再给补充上：找不到这个形容词便不用也好。假若不适当的形容词应当省去，比喻就更不用了。没有比一个精到的比喻更能给予深刻的印象的，也没有比一个可有可无的比喻更累赘的。我们不要去费力而不讨好。

比喻由表现的能力上说，可以分为表露的与装饰的。散文中宜用表露的——用个具体的比方，或者说得能更明白一些。庄子最善用这个方法，像庖丁以解牛喻见道便是一例，把抽象的哲理作成具体的比拟，深入浅出的把道理讲明。小说原是以具体的事实表现一些哲理，这自然是应有的手段。凡是可以拿事实或行动表现出的，便不宜整本大套的去讲道说教。至于装饰的比喻，在小说中是可以免去便免去的。散文并不能因为有些诗的装饰便有诗意。能直写，便直写，不必用比喻。比喻是不得已的办法。不错，比喻能把印象扩大增深，用两样东西的力量来揭发一件东西的形态或性质，使读者心中多了一些图像：人的闲静如娇花照水，我们心中便于人之外，又加了池畔娇花的一个可爱的景色。但是，真正有描写能力的不完全靠着这个，他能找到很好的比喻，也能直接的捉到事物的精髓，一语道破，不假装饰。比如说形容一个癞蛤蟆，而说它"谦卑的工作着"，便道尽了它的生活姿态，很足以使我们落下泪来：一个益虫，只因面貌丑陋，总被人看不起。这个，用不着什么比喻，更用不着装饰。我们本可以用勤苦的丑妇来形容它，但是用不着；这种直写法比什么也来得大方，有力量。至于说它丑若无盐，毫无曲线美，就更用不着了。

（三）句：短句足以表现迅速的动作，长句则善表现缠绵的情调。那最短的以一二字作成的句子足以助成戏剧的效果。自然，独立的一语有时不足以传达一完整的意念，但此一语的构成与所欲给予的效果是完全的，造句时应注意此点；设若句子的构造不能独立，即是失败。以律动言，没有单句的音节不响而能使全段的律动美好的。每句应有它独立的价值，为造句的第一步。及至写成一段，当看那全段的律动如何，而增减各句的长短。说一件动作多而急速的事，句子必须多半短悍，一句完成一个动作，而后才能见出继续不断而又变化多端的情形。试看《水浒传》[5]里的"血溅鸳鸯楼"：

武松道："一不作，二不休！杀了一百个也只一死！"提了刀，下楼来。夫人问道："楼上怎地大惊小怪？"武松抢到房前。夫人见条大汉入来，兀自问道："是谁？"武松的刀早飞起，劈面门剁着，倒在房前声唤。武松按住，将去割头时，刀切不入。武松心疑，就月光下看那刀时，已自都砍缺了。武松道："可知割不下头来！"便抽身去厨房下拿取朴刀。丢了缺刀。翻身再入楼下来——

这一段有多少动作？动作与动作之间相隔多少时间？设若都用长句，怎能表现得这样急速火炽呢！短句的效用如是，长句的效用自会想得出的。造句和选字一样，不是依着它们的本身的好坏定去取，而是应当就着所要表现的动作去决定。在一般的叙述中，长短相间总是有意思的，因它们足以使音节有变化，且使读者有缓一缓气的地方。短句太多，设无相当的事实与动作，便嫌紧促；长句太多，无论是说什么，总使人的注意力太吃苦，而且声调也缺乏抑扬之致。

在我们的言语中，既没有关系代名词，自然很难造出平匀美好的复句来。我们须记住这个，否则一味的把有关系代名词的短句全变成很长很长的形容词，一句中不知有多少个"的"，使人没法读下去了。在作翻译的时候，或者不得不如此；创作既是要尽量的发挥本国语言之美，便不应借用外国句法而把文字弄得不自然了。"自然"是最要紧的。写出来而不能读的便是不自然。打算要自然，第一要维持言语本来的美点，不作无谓的革新；第二不要多说废话及用套语，这是不作无聊的装饰。

写完几句，高声的读一遍，是最有益处的事。

（四）节段：一节是一句的扩大。在散文中，有时非一气读下七八句去不能得个清楚的观念。分节的功用，那么，就是在叙述程序中指明思路的变化。思想设若能有形体，节段便是那个形体。分段清楚，合适，对于思想的明晰是大有帮助的。

在小说里，分节是比较容易的，因为既是叙述事实与行动，事实与行动本身便有起落首尾。难处是在一节的律动能否帮助这一段事实与行动，恰当的，生动的，使文字与所叙述的相得益彰，如有声电影中的配乐。严重的一段事实，而用了轻飘的一段文字，便是失败。一段文字的律动音节是能代事实道出感情的，如音乐然。

（五）对话：对话是小说中最自然的部分。在描写风景人物时，我们还可以有时候用些生字或造些复杂的句子；对话用不着这些。对话必须用日常生活中的言语；这是个怎样说的问题，要把顶平凡的话调动得生动有力。我们应当与小说中的人物十分熟识，要说什么必与时机相合，怎样说必与人格相合。顶聪明的句子用在不适当的时节，或出于不相合的人物口中，便是作者自己说话。顶普通的句子用在合适的地方，便足以显露出人格来。什么人说什么话，什么时候说什么话，是最应注意的。老看着你的人物，记住他们的性格，好使他们有他们自己的话。学生说学生的话，先生说先生的话，什么样的学生与先生又说什么样的话。看着他的环境与动作，他在哪里和干些什么，好使他在某时某地说什么。对话是小说中许多图像的联接物，不是演说。对话不只是小说中应有这么一项而已，而是要在谈话里发出文学的效果；不仅要过得去，还要真实，对典型真实，对个人真实。

一般的说，对话须简短。一个人滔滔不绝的说，总缺乏戏剧的力量。即使非长篇大论的独唱不可，亦须以说话的神气，手势，及听者的神色等来调剂，使不至冗长沈

（沉）闷。一个人说话，即使是很长，另一人时时插话或发问，也足以使人感到真像听着二人谈话，不至于像听留声机片。答话不必一定直答所问，或旁引，或反诘，都能使谈话略有变化。心中有事的人往往所答非所问，急于道出自己的忧虑，或不及说完一语而为感情所阻断。总之，对话须力求像日常谈话，于谈话中露出感情，不可一问一答，平板如文明戏的对口。

善于运用对话的，能将不必要的事在谈话中附带说出，不必另行叙述。这样往往比另作详细陈述更有力量，而且经济。形容一段事，能一半叙述，一半用对话说出，就显着有变化。譬若甲托乙去办一件事，乙办了之后，来对甲报告，反比另写乙办事的经过较为有力。事情由口中说出，能给事实一些强烈的感情与色彩。能利用这个，则可以免去许多无意味的描写，而且老教谈话有事实上的根据——要不说空话，必须使事实成为对话资料的一部分。

风格：风格是什么？暂且不提。小说当具怎样的风格？也很难规定。我们只提出几点，作为一般的参考：

（一）无论说什么，必须真诚，不许为炫弄学问而说。典故与学识往往是文字的累赘。

（二）晦涩是致命伤，小说的文字须于清浅中取得描写的力量。Meredith[6]每每写出使人难解的句子，虽然他的天才在别的方面足以补救这个毛病，但究竟不是最好的办法。

（三）风格不是由字句的堆砌而来的，它是心灵的音乐。叔本华说:，"形容词是名词的仇敌。"是的，好的文字是由心中炼制出来的；多用些泛泛的形容字或生僻字去敷衍，不会有美好的风格。

（四）风格的有无是绝对的，所以不应去摹仿别人。风格与其说是文字的特异，还不如说是思想的力量。思想清楚，才能有清楚的文字。逐字逐句的去摹写，只学了文字，而没有思想作基础，当然不会讨好。先求清楚，想得周密，写得明白；能清楚而天才不足以创出特异的风格，仍不失为清楚；不能清楚，便一切无望。

---

[1] 佛罗贝，即福楼拜（1821～1880），19世纪中期法国小说家，代表作《包法利夫人》。

[2] 蒙旦，即蒙田（1533～1592），法国作家，主要作品有《蒙田随笔全集》《蒙田意大利之旅》等。

[3] 约翰孙博士，即塞缪尔·约翰逊（Samuel Johnson，1709～1784），英国作家、文学评论家，主要作品有长诗《伦敦》《人类欲望的虚幻》《阿比西尼亚王子》等。

[4] 司微夫特，今通译斯威夫特（Jonathan Swift，1667～1745），英国作家，有《格列佛游记》等作品。

[5] 《水浒传》，中国古代章回小说名著，施耐庵作于元末明初。"血溅鸳鸯楼"出自其第31回。

[6] Meredith，即乔治·梅瑞狄斯（George Meredith，1828～1909），英国作家。

我怎样写《骆驼祥子》

这本书和我的写作生活有很重要的关系。……我不甚满意这个办法。因为它使我既不能专心一志的写作，而又终年无一日休息，有损于健康。在我从国外回到北平的时候，我已经有了去作职业写家的心意；经好友们的谆谆劝告，我才就了齐鲁大学的教职。在齐大辞职后，我跑到上海去，主要的目的是在看看有没有作职业写家的可能。那时候，正是『一二八』以后，书业不景气，文艺刊物很少，沪上的朋友告诉我不要冒险。于是，我就接了山东大学的聘书。

我不喜欢教书，时时感到不安，一来是我没有渊博的学识，教书也不能给我象写作那样的愉快。为了一家子的生活，我不敢独断独行的丢掉了月间可靠的收入，可是我的心里一时一刻也没忘掉尝一尝职业写家的滋味。

　　本篇原载1945年7月《青年知识》第1卷第2期。虽然并非见诸《宇宙风》的文学创作经验与方法论"老牛破车系列"中的一篇，但与其一脉相承，而且是对长篇巨制《骆驼祥子》的回顾与总结，故而在此一并收录。

　　写作本文时，距老舍在青岛黄县路小楼中构思和创作《骆驼祥子》已经过去9年了，距作品在《宇宙风》连载完毕也已经过去了8年了，伴随着大众阅读和传播的过程，这部刻画城市贫民生活史的巨著业已广为人知，在现代文学史上立下了一个醒目的路标，故此其创作经验也就显得弥足珍贵。于是，在重庆北碚寓所，老舍写下了这篇文章，比较详尽地回忆了作品的缘起、构思、立意、素材准备、主题框架、写作过程、人物塑造方法、故事情节、语言策略及相关体会，也谈及了当时自己的生存处境，对作品的创作经验进行了有效的总结和提炼，为理解《骆驼祥子》这部有包容力、创造力和启示力的作品提供了直接机缘，也为现代文学创作提供了一张有借鉴作用的基本路线图。

我怎样写《骆驼祥子》

　　从何月何日起，我开始写《骆驼祥子》？已经想不起来了。我的抗战前的日记已随同我的书籍全在济南失落，此事恐永无对证矣。

　　这本书和我的写作生活有很重要的关系。在写它以前，我总是以教书为正职，写作为副业，从《老张的哲学》起到《牛天赐传》止，一直是如此。这就是说，在学校开课的时候，我便专心教书，等到学校放寒暑假，我才从事写作。我不甚满意这个办法。因为它使我既不能专心一志的写作，而又终年无一日休息，有损于健康。在我从国外回到北平的时候，我已经有了去作职业写家的心意；经好友们的谆谆劝告，我才就了齐鲁大学的教职。在齐大辞职后，我跑到上海去，主要的目的是在看看有没有作职业写家的可能。那时候，正是"一二八"以后，书业不景气，文艺刊物很少，沪上的朋友告诉我不要冒险。于是，我就接了山东大学的聘书。我不喜欢教书，一来是我没有渊博的学识，时时感到不安；二来是即使我能胜任，教书也不能给我象写作那样的愉快。为了一家子的生活，我不敢独断独行的丢掉了月间可靠的收入，可是我的心里一时一刻也没忘掉尝一尝职业写家的滋味。

　　事有凑巧，在"山大"教过两年书之后，学校闹了风潮[1]，我便随着许多位同事辞了职。这回，我既不想到上海去看看风向，也没同任何人商议，便决定在青岛住下去，专凭写作的收入过日子。这是"七七"抗战的前一年。《骆驼祥子》是我作职业写家的第一炮。这一炮要放响了，我就可以放胆的作下去，每年预计着可以写出两部长篇小说来。不幸这一炮若是不过火，我便只好再去教书，也许因为扫兴而完全放弃了写作。所以我说，这本书和我的写作生活有很重要的关系。

　　记得是在一九三六年春天吧，"山大"的一位朋友跟我闲谈，随便的谈到他在北平时曾用过一个车夫。这个车夫自己买了车，又卖掉，如此三起三落，到末了还是受穷。听了这几句简单的叙述，我当时就说："这颇可以写一篇小说。"紧跟着，朋友又说：有一个车夫被军队抓了去，哪知道，转祸为福，他乘着军队移动之际，偷偷的牵回三匹骆驼回来。

　　这两个车夫都姓什么？哪里的人？我都没问过。我只记住了车夫与骆驼。这便是骆驼祥子的故事的核心。

从春到夏，我心里老在盘算，怎样把那一点简单的故事扩大，成为一篇十多万字的小说。

不管用得着与否？我首先向齐铁恨先生打听骆驼的生活习惯。齐先生生长在北平的西山，山下有许多家养骆驼的。得到他的回信，我看出来，我须以车夫为主，骆驼不过是一点陪衬，因为假若以骆驼为主，恐怕我就须到"口外"去一趟，看看草原与骆驼的情景了。若以车夫为主呢，我就无须到口外去，而随时随处可以观察。这样，我便把骆驼与祥子结合到一处，而骆驼只负引出祥子的责任。

怎么写祥子呢？我先细想车夫有多少种，好给他一个确定的地位。把他的地位确定了，我便可以把其余的各种车夫顺手儿叙述出来；以他为主，以他们为宾，既有中心人物，又有他的社会环境，他就可以活起来了。换言之，我的眼一时一刻也不离开祥子；写别的人正可以烘托他。

车夫们而外，我又去想，祥子应该租赁哪一车主的车，和拉过什么样的人。这样，我便把他的车夫社会扩大了，而把比他的地位高的人也能介绍进来。可是，这些比他高的人物，也还是因祥子而存在故事里，我决定不许任何人夺去祥子的主角地位。

有了人，事情是不难想到的。人既以祥子为主，事情当然也以拉车为主。只要我教一切的人都和车发生关系，我便能把祥子拴住，象把小羊拴在草地上的柳树下那样。

可是，人与人，事与事，虽以车为联系，我还感觉着不易写出车夫的全部生活来。于是，我还再去想：刮风云，车夫怎样？下雨天，车夫怎样？假若我能把这些细琐的遭遇写出来，我的主角便必定能成为一个最真确的人，不但吃的苦，喝的苦，连一阵风，一场雨，也给他的神经以无情的苦刑。

由这里，我又想到，一个车夫也应当和别人一样的有那些吃喝而外的问题。他也必定有志愿，有性欲，有家庭和儿女。对这些问题，他怎样解决呢？他是否能解决呢？这样一想，我所听来的简单的故事便马上变成了一个社会那么大。我所要观察的不仅是车夫的一点点的浮现在衣冠上的、表现在言语与姿态上的那些小事情了，而是要由车夫的内心状态观察到地狱究竟是什么样子。车夫的外表上的一切，都必有生活与生命上的根据。我必须找到这个根源，才能写出个劳苦社会。

由一九三六年春天到夏天，我入了迷似的去搜集材料，把祥子的生活与相貌变换过不知多少次——材料变了，人也就随着变。

到了夏天，我辞去了"山大"的教职，开始把祥子写在纸上。因为酝酿的时期相当的长，搜集的材料相当的多，拿起笔来的时候我并没感到多少阻碍。一九三七年一月，"祥子"开始在《宇宙风》上出现[2]，作为长篇连载。当发表第一段的时候，全部还没有写完，可是通篇的故事与字数已大概的有了准谱儿，不会有很大的出入。假若没有这个把握，我是不敢一边写一边发表的。刚刚入夏，我将它写完，共二十四段，恰合《宇宙风》每月要两段，连载一年之用。

当我刚刚把它写完的时候，我就告诉了《宇宙风》的编辑：这是一本最使我自己满意的作品。后来，刊印单行本的时候，书店即以此语嵌入广告中。它使我满意的地方大概是：（一）故事在我心中酝酿得相当的长久，收集的材料也相当的多，所以一落笔便准确，不蔓不枝，没有什么敷衍的地方。（二）我开始专以写作为业，一天到晚心中老想着写作这一回事，所以虽然每天落在纸上的不过是一二千字，可是在我放下笔的时候，心中并没有休息，依然是在思索；思索的时候长，笔尖上便能滴出血与泪来。（三）在这故事刚一开头的时候，我就决定抛开幽默而正正经经的去写。在往常，每逢遇到可以幽默一下的机会，我就必抓住它不放手。有时候，事情本没什么可笑之处，我也要运用俏皮的言语，勉强的使它带上点幽默味道。这，往好里说，足以使文字活泼有趣；往坏里说，就往往招人讨厌。《祥子》里没有这个毛病。即使它还未能完全排除幽默，可是它的幽默是出自事实本身的可笑，而不是由文字里硬挤出来的。这一决定，使我的作风略有改变，教我知道了只要材料丰富，心中有话可说，就不必一定非幽默不足叫好。（四）既决定了不利用幽默，也就自然的决定了文字要极平易，澄清如无波的湖水。因为要求平易，我就注意到如何在平易中而不死板。恰好，在这时候，好友顾石君先生供给了我许多北平口语中的字和词。在平日，我总以为这些词汇是有音无字的，所以往往因写不出而割爱。现在，有了顾先生的帮助，我的笔下就丰富了许多，而可以从容调动口语，给平易的文字添上些亲切，新鲜，恰当，活泼的味儿。因此，《祥子》可以朗诵。它的言语是活的。

《祥子》自然也有许多缺点。使我自己最不满意的是收尾收得太慌了一点。因为连载的关系，我必须整整齐齐的写成二十四段；事实上，我应当多写两三段才能从容不迫的刹住。这，可是没法补救了，因为我对已发表过的作品是不愿再加修改的。

《祥子》的运气不算很好：在《宇宙风》上登刊到一半就遇上"七七"抗战。《宇宙风》何时在沪停刊，我不知道；所以我也不知道，《祥子》全部登完过没有。后来，《宇宙风》社迁到广州，首先把《祥子》印成单行本。可是，据说刚刚印好，广州就沦陷了，《祥子》便落在敌人的手中。《宇宙风》又迁到桂林，《祥子》也又得到出版的机会，但因邮递不便，在渝蓉各地就很少见到它。后来，文化生活出版社把纸型买过来，它才在大后方稍稍活动开。

近来，《祥子》好象转了运，据友人报告，它已被译成俄文、日文与英文。

《骆驼祥子》的第一个版本
人间书屋，1939年

《骆驼祥子》的第一个英文版
埃文·金（Evan King），1945年，纽约

[1] 1936年初，国民政府教育部指令全国大中学校派学生代表于1月15日到南京"听训"，山东大学派出三名
    学生参加。他们返校后与反对前往南京的学生抗日救国会发生了矛盾。1936年2月29日，校长赵太侔主
    持召开第54次校务会议，决定勒令六名"破坏校纪"的学生退学并限即时离校。从而引起了学生抗日救
    国会的强烈反对，与校方矛盾冲突升级，校长办公室被封锁，布告被撕下，打上课钟的工友被看管，电
    话总机被切断，并喊出了"驱逐赵畸"的口号，于3月2日宣布全面罢课。南京政府密令青岛市长沈鸿烈
    处理山大参与闹事学生，3月8日，全副武装的军警五百多人包围了学校，当场拘捕学生32人。赵太侔于
    同日致函青岛市公安局，要求释放被捕学生。同日，赵太侔主持召开第55次校务会议，要求学生复课，
    决定将原勒令退学的学生从宽处理，3月14日，被军警管押的学生也保释回校，学生复课。1936年3月，
    赵太侔提出辞去校长职务，当年6月，教育部照准。
[2] 关于《骆驼祥子》在《宇宙风》发表的时间，老舍记忆有误，应为1936年9月16日出版的《宇宙风》第
    25期开始连载，1937年10月1日第48期连载完。

老舍青岛文集◎第五卷

讲演稿与评论

诗与散文——在国立山东大学的讲演

我的创作经验（讲演稿）

诗的言语与思想是互相萦抱的，诗之所以为言语之结晶也就在此。在散文中差不多以风格自然为最要紧，辞足达意有时比辞胜于意还好些。诗中便不然了，它的文字与思想，同属于创造的，所以它的感诉力要强烈的多。文字与思想不能分离，因而它的感诉力是直接的，极快的，如闪的忽至。中国祭文往往是用韵的，或者是利用这个道理吧？能记住内容也就够了；读诗使你非记住文字不可。谁能把『剪不断，理还乱，是离愁，别是一般滋味在心头』的意思记住，而忘了文字呢？设若忘了这文字，意思也就忘了；因文字与思想恰恰不多不少相等。没有文字也没有意思。现在白话诗的缺点，即是忽略了文字的特质，而勉强用些外国体，或累赘的官话去写，只可算作了一半的诗。

　　老舍来国立山东大学任教后，除了日常的教学工作之外，还多次应邀在校内外作讲演，这里收录了讲演稿，所谈均是文学的本质及其不同表现形式问题。

　　《诗与散文——在国立山东大学的讲演》原载1934年11月19日、26日、12月3日《国立山东大学周刊》第93、94、95期"讲演录"专栏，讲演稿由严曙明、王延琦记录整理。1934年10月3日晚7时，在国立山东大学科学馆大礼堂，老舍为中文系学生作了这次演讲，阐明诗与散文的特质，认为"诗是创造的表现，散文是构成的表现。"这是有明确记载的老舍在青岛发表的第一次学术讲演。

　　《我的创作经验（讲演稿）》原载1934年12月15日《刁斗》第1卷第4期。《刁斗》是由国立山东大学刁斗文艺社创办的不定期刊物，共出两卷6期。老舍对刁斗文艺社及其所办刊物给予了热情的关心和支持，除了本篇之外，他还提供了《读巴金的〈电〉》一文，并为学生改稿。在这篇讲辞中，老舍以一贯的幽默风格讲述了多年来自己的写作经验，从中可以看到其文学之路起步的过程以及早期部分作品的创作情况。根据讲演内容及发表刊物推断，这一次讲演应该也是在山东大学为中文系学生作的。

诗与散文

——在国立山东大学的讲演

诗与散文的分别：Arthur Symons[1]说："Coleridge[2]这样规定，散文是'有美好排列的文字'；诗是'顶好的文字有顶好的排列'。但是这并不能证明为什么散文不可以是顶好的文字有顶好的排列。一定而再现的律动，可以分别诗与散文。诗是比散文易于记诵的，因为它有重复的拍节，人们想某事值得记存下来，或为它的美好（如歌或圣诗），或因它有用（像法律），便自然把它作成韵文。……在它的起源，散文根本不带艺术的味道，严格的说，它永远没有过，也永远不能像韵文、音乐、图画那样变为艺术。它渐渐发现了它的力量；它发现了怎样将它实用之点能炼化成美的；也学到了怎样去管束它的野性，远远的追随着韵文的一些规则。慢慢的它发展了自己的法则，可是因它本身的特质，这些法则不像韵文那样固定，那样有特别的体裁。……只有一件事散文不会作，它不会唱。散文与韵文有个分别，后者的文字被律动所辖，如音乐之音节，有的时候差不多只有音乐的意思。散文的喜悦，似乎使我们落在尘埃上，因为散文的区域虽广，可是没有翅儿。"

这些话并不新奇，因为许多人是以律动的不同来分划诗与散文的。但是我们要问问，散文与韵文的律动，到底有什么绝对的不同呢？假如回答不出这个，上段的话便不算圆满。因为分别两种东西，一定要指出两者绝对不同之点，不然便无从分别起。我们再用 Herbert Read[3]的话看看吧："分别散文与韵文有两条路。（一）外表与机械的：诗是一种表现，严格的与音律相关；散文是另一种表现，不是音律的规则，但从事于极有变化的律动。但是，以诗立论，这种分别，显然的只足以说明韵语，而韵语不必是诗，是人人知道的——韵语实在只是一种形式，是，也许不是，曾受了诗的灵感。所以韵语并不是根本问题；它不过是律动的一种类而已。抽象的说，它只是死板板的，学院规法。这种规法永没有与散文对立过；所以散文与韵文没有确定的不同。我们不能不追求'诗'字的更重要的意义。诗与散文之分别，永远不能是定形的。无论怎样分析与规定韵律音节，无论怎样解释声调音量，也永远不会把诗与散文的种种变化，分入对立的两个营幕里去。我们至多也不过能说散文永远不会遵一定的音律，但这是消极的理由，而没有实在的价值。（二）心灵的分别：诗是一种心灵活动的表显，散文是另一种。诗是创造的表现，散文是构成的表现。创造的意思，即是独创的。在诗里，文字是在思想的动作中生产出或再生。这些文字是，用个柏格森[4]的字，'蜕化'；文字的发展和思想的发展是同等的。在文字与思想之间，没有时间的停隔。思想是文字，文字便是思想，思想与文字全是诗。构成的是现成的东西，文字是建筑者的四围，预备着被采用。散文是把现成的文字结构起来。它的创造功能，限于筹划与设计——诗中自然也有这个，但在诗中这个是创造功能的辅助物。"

这个主张比西蒙氏[5]的强，因为这足以说明，诗是创造的，不专以排列音韵为能事。由这我们可以看出好几点来：

一、既知诗的成功在思想与音律，而二者是分不开的，则容易看出来什么是诗，什么不是诗。假若诗中的文字音律不是创造的，而只按一定的格式填成，便不是诗，虽然有诗的形式。凡有韵律的都可以叫作韵语，而韵语不都是诗。亚里士多德说过："诗人应为神话的制造者，不是韵律的制造者。"

二、这样说明诗与韵语之别，可以免去无谓的争执——如诗的格式应如何，诗是否应用韵等。照前面的道理说，诗的成立并不在遵守格式与否。诗的进展是时时在那里解放，以中国诗说，四言后有五言，五言之后有七言，有长短句，最近有白话诗，这是打破格式的进展。好的律诗与白话诗，可以用一条原则评定，即合乎文字与思想，是否全是为创造的，而不合乎格律的相同与否。

三、据以上的理由说，诗的言语与思想是互相萦抱的，诗之所以为言语之结晶也就在此。在散文中差不多以风格自然为最要紧，辞足达意有时比辞胜于意还好些。诗中便不然了，它的文字与思想，同属于创造的，所以它的感诉力要强烈的多。文字与思想不能分离，因而它的感诉力是直接的，极快的，如闪的忽至。中国祭文往往是用韵的，或者是利用这个道理吧？散文呢？能记住内容也就够了；读诗使你非记住文字不可。谁能把"剪不断，理还乱，是离愁，别是一般滋味在心头"的意思记住，而忘了文字呢？设若忘了这文字，意思也就忘了；因文字与思想恰恰不多不少相等。没有文字也没有意思。现在白话诗的缺点，即是忽略了文字的特质，而勉强用些外国体，或累赘的官话去写，只可算作了一半的诗。

四、言语和思想既不能分开，诗的形体也便随着言语的特质而分异。中国的言语本是简单的，所以诗句也是短的。勉强去学外国的诗格便多失败。因此译诗简直是一种不可能的事。因为丢了语言之美，诗已死了一半。

说到这里，我们又遇到一问题，散文是否可以算创造呢？如小说，这个问题似应这样解决：从狭义的诗来说，小说是散文的，因为它不能全体有诗的美。但是从广义的诗来说，诗是创造的，小说也是诗的。它虽用散文为工具，可是它的思想人物，都合乎创造的条件，而且每在写景时，差不多是与诗无二。这样我们简直可以说，小说是追随诗的最力的东西。它虽不能句句是诗，可以从大体上说，它是创造的。

---

[1] Arthur Symons，阿瑟·西蒙斯是19世纪末英国唯美主义文学家，他身兼诗人、文学批评家、翻译家、期刊主编、撰稿人等多重身份，在唯美主义文学运动中发挥了巨大作用。所著的 *Symbolist Movement in Literature* （《象征主义文学运动》）（1899年）是问世较早且影响较大的象征主义专论之一。

[2] 塞缪尔·泰勒·柯尔律治（Samuel Taylor Coleridge，1772～1834），英国诗人和评论家。1798年，与华兹华斯合作出版《抒情歌谣集》，被称为"湖畔派诗人"。

[3] Herbert Read，赫伯特·里德（Sir Herbert Read，1893～1968），英国诗人、艺术和文学评论家，20世纪"构成派"和"超现实主义"的积极推动者，有《诗选》《月光农场》（*Moon's Farm*）等诗集和《今日之艺术》《艺术与社会》《现代绘画简史》等艺术评论著作。

[4] 柏格森，亨利·柏格森（Henri Bergson，1859～1941），法国哲学家，主要著作有《直觉意识的研究》《时间与自由意识》《生命与意识》《道德和宗教的两个来源》等。

[5] 西蒙氏，即前面提到的阿瑟·西蒙斯。

国立山东大学科学馆大礼堂

科学馆是国立青岛大学创校校长杨振声提议并主持营造的一座标志性建筑，由来自上海的著名建筑师董大酉设计，1932年3月开工，1933年初竣工并于4月1日举行了揭幕典礼，当时国立青岛大学已改称国立山东大学，赵太侔接任校长。建筑坐落于山大校园东部，建筑面积3289.75平方米，共三层，分别用作物理系、生物系和化学系，有大小实验室12间，结合各系的振动、光线和气味特点进行了有针对性的设计建造。大礼堂位于一楼，是一座功能设施先进的阶梯教室。在此，老舍发表了多次讲演，还于1935年2月3日（夏历除夕）主持了山东大学辞旧迎新晚宴，对此，当年1月9日天津《益世报》刊载《废年·除夕·青岛·山大一夜狂欢，笑神老舍大显身手》的报道，称老舍为"我们的'笑神'"而且"秉着和平使者的心眼儿"，他讲笑话并表演了一套剑术："最后老舍先生表演舞剑，真叫棒，掌声雷动之中，他在台上来上无数大作揖。"

老舍讲演处：国立山东大学科学馆

我的创作经验

（讲演稿）

好吧，假如我要有别的可说，我一定不说这个题目。

我敬爱学问，可是学问老不自动的搬到我的脑子里来住；科学实验室，哼，没进去过。我只好说经验。不管好坏，经验是我自己的，我要不说，别人就不知道；这或者也许有点趣味。

创作的经验，这也得解释一下。创作出什么，与创作得怎样，自然是两回事。格外的自谦是用不着的，可是板着脸吹腾自己也怪难以为情。我希望只说"什么"，不说"怎样"。不过万一我说走了嘴，而谈到我的创作怎样的好，请你别忘了这个——"不信也罢！"

在我幼年时候，我自己并没发现，别人也没看出，我有点作文的本事。真的，为作不好文章而挨竹板子倒是不短遇到的事。可是我不能不说我比一般的小学生多念背几篇古文，因为在学堂——那时候确是叫作学堂——下课后，我还到私塾去读《古文观止》[1]。《诗经》[2]我也读过，一点也不瞎吹——那时候我就很穷（不知道为什么），可是私塾的先生并不要我的钱。

我的中学是师范学校。师范学校的功课虽与中学差不多，可是多少偏重教育与国文。我对几何代数和英文好像天生有仇。别人演题或记单字的时节，我总是读古文。我也读诗，而且学着作诗，甚至于作赋。我记了不少的典故。可惜我那些诗都丢了，要是还存着的话，我一定把它们印出来！看谁不顺眼，或者谁看我不顺眼，就送谁一本，好把他气死。诗这种东西是可以使人飞起来，也可以把人气死的。除了诗文，我喜欢植物学。这并非是对这种科学有兴趣，而是因为对花草的爱好；到如今我还爱花。

我的脾气是与家境有关系的。因为穷，我很孤高，特别是在十七八岁的时候。一个孤高的人或者爱独自沉思，而每每引起悲观。自十七八到二十五岁，我是个悲观者。我不喜欢跟着大家走，大家所走的路似乎不永远高明，可是不许人说这个路不高明，我只好冷笑。赶到岁数大了一些，我觉得这冷笑也未必对，于是连自己也看不起了。这个，可以说是我的幽默态度的形成——我要笑，可并不把自己除外。

五四运动，我并没有在里面。那时候我已作事。那时候所出的书，我可都买来看。直到二十五岁我到南开中学去教书，才写过一篇小说，登在校刊上[3]。这篇东西我没留着，不能告诉诸位它的内容与文笔怎样。它只有点历史的价值，我的第一篇东西——用白话写的。

二十七岁，我到英国去[4]。设若我始终在国内，我不会成了个小说家——虽然是第一百二十等的小说家。到了英国，我就拚命的念小说，拿它作学习英文的课本。念了一些，我的手痒痒了。离开家乡自然时常想家，也自然想起过去几年的生活经验，为什么不写写呢？怎样写，一点也不知道，反正晚上有功夫，就写吧，想起什么就写什么，这便是《老张的哲学》。文字呢，还没有脱开旧文艺的拘束。这样，在故事上没有完整的设计，在文字上没有新的建树，乱七八糟便是《老张的哲学》。抓住一件有趣的事便拚命的挤它，直到讨厌了为止，是处女作的通病，《老张的哲学》便是这样的一个病鬼。现在一想到它就要脸红。可是它也有个好处，而且这个好处不容易再找到。它是个初出山的老虎，什么也不懂，什么也不怕。现在稍有些经验了，反倒怕起来。它没有使人读了再读的力量，可是能给暂时的警异与刺激。我不希望再写这种东西，或者想写也写不出了。长了几岁，精力到底差了一点。

《赵子曰》是第二部，结构上稍比《老张》强了些，可是文字的讨厌与叙述的夸张还是那样。这两部书的主旨是揭发事实，实在与《黑幕大观》相去不远。其中的理论也不过是些常识，时时发出臭味！

《二马》是在英国的末一年写的。因为已读过许多小说了，所以这本书的结构与描写都长进了一些。文字上也有了进步：不再借助于文言，而想完全用白话写。它的缺点是：第一，没有写完便收束了，因为在离开英国以前必须交卷；本来是要写到二十万字的。第二，立意太浅：写它的动机是在比较中英两国国民性的不同；这至多不过是种报告，能够有趣，可很难伟大。再说呢，书中的人差不多都是中等阶级的，也嫌狭窄一点。

《小坡的生日》，在文字上，是值得得意的：我已把白话拿定了，能以最简单的言语写一切东西了。这本小说在文字上给我回国以后的作品打定了基础，我不再怕白话了；我明白了点白话的力量。这本书是在新加坡写成四分之三，在上海写完的。里面那些写实的地方，我以为，总应该删去，可是到如今也没功夫去删改。

《大明湖》是在济南写的，幸而在"一二八"[5]被烧掉，因为内容非常的没有意思。文字有几段很好，可是光仗着文字之美是不行的。我没有留底稿，现在也不想再写它了。《猫城记》是《大明湖》的妹妹，也没多大劲。

《离婚》比较的好点，虽然幽默，可与《老张》大不相同了；我明白了怎样控制自己。

至于短篇，不过是最近两年来的试验。我知道我写不过别人，可是没法不写；大家都向我索稿，怎能一一报之以长篇呢，我又不是个打字机。这些东西——一大部分收在《赶集》里——连一篇好的也没有，勉强着写，写完了又没功夫修改，怎能好得了！希望发笔财，可以专去写东西，不教书，不必发愁衣食住，专心去写，写，写！"穷而后工"，有此一说，我不大相信。

《牛天赐传》是今年夏天赶出来的，既然是"赶办"，当然没好货；现在还在继续的刊露，我不便骂它太厉害了；何必跟自己死过不去呢。

八九年的功夫，我只有这么点成绩。在质上，在量上，都没有什么可以自满的。从各方的批评中看，有的人说我好，有的人说我不好。我的好处——据我自己看——比坏处少，所以我很愿意看人家批评我；人家说我不好，我多少得点益处。有时候我明知自己犯了毛病，可是没功夫去修正——还是得独得五十万哪！

我写的不多，也不好，可是力气卖得不少。这几本书都是在课外写的。这就是说：教书，办事之外，我还得写作。于是，年假暑假向来不休息，已经有七年了！我不能把功课或事情放在一边而光顾自己的写作，这么办对不起人。可我也不能干脆不写。那么，只好有点工夫就写；这差不多是"玩命"。我自幼身体就不强壮，快四十了还没有胖过一回；我不能胖，一年到头不休息，怎能长肉呢？可是"瘦"似乎是个警告，一照镜子便想起：谨慎点！所以我老是早睡早起，不敢随便。每天至多写两千多字，不多写；多写便得多吃烟，我不愿使肺黑得和煤一样！几时我能有三个月不写一个字，那一定比当皇上还美！

写两千多字，不多写：这可只是大概的说，有时候三天连一个字也写不出！我不知道天下还有比这更难受的事没有。我看着纸，纸看着我，彼此不发生关系！有时候呢，很顺当，字来得很快。可是一天不能把想起来的都写下来，于是心里老想着这点事，虽然一天只准自己写两千多字，但是心并没闲着，吃饭时也想，喝茶时也想——累人！就是写完一篇的时候，心中痛快一下，可是这点痛快抵不过那些苦处。说到这里，我不想劝别人也写小说了！是的，我是卖了力气。这就应了卖艺人的话："玩艺是假的，力气是真的！"就此打住。

---

[1] 《古文观止》清康熙年间，浙江绍兴人吴乘权、吴调侯选编的一部供学塾使用的古代文学读本。

[2] 《诗经》中国最早的一部诗歌总集，由"风""雅""颂"三部分组成，结集周朝305首诗歌。

[3] 指的是《小铃儿》，后来这篇小说在1923年1月《南开季刊》第2、3期合刊上被重新发现。参见《我怎样写短篇小说》注1。

[4] 1924年夏，老舍远渡重洋，到英国伦敦大学东方学院任华语教师，这一年，老舍27虚岁。

[5] "一二八"，指1932年1月28开始的淞沪会战，日本海军陆战队进攻上海，中国驻军第十九路军奋起抵抗。商务印书馆遭战火烧毁，老舍交到出版社的小说《大明湖》手稿也一同化为灰烬。

我的創作經驗（講演稿）

老舍

好吧，倘若我要有別的可說，我一定不說這個題目。

我敬愛學問，可是學問老不自動的攀到我的腦子裏來住；科學實驗是我自己的，哼，沒過去過，別人好說經驗。不管好壞，經驗是我自己的，我豖不豖，別人就不知道，這或者也許有點趣味。

創作的經驗，這也得解釋一下。創作出什麼，與創作得怎樣，自然是兩問事。格外的自謙只是用不着的，可是極怕被人吹腾以為情，我希望只說「什麼」不說「怎樣」。

別忘了這個——「不信也能！」

在我幼年時候，我自己並沒發現，別人也沒罵出，我有點作文的本事。算的，為作不好文章而換竹板子倒是不短懊到的事。可是我不能不說我比一般的小學生多念背幾篇古文，因為在學堂——那時候還是叫作學堂——下課後，我還到私塾去讀古文。那時候我有私塾的先生並不要我的文好。

我的中學是師範學校。師範學校的功課還要與中學差不多，可是多少偏重教育與國文。別人演唱或感教育單字的時節，我總是讀古文。我也讀《不知道為什麼》，可是多少偏重教育與國文。告訴諸位恰的內容與文章怎樣，可是只有願看這些書的，我都買來讀。直到二十五歲我到南開中學去教書出的書，我可都買來看，繞寫過一篇小說，到二十五歲我到南開中學去教書。

五四運動，我並沒在裏面。那時候我工作所——那時候我正教小學。五四運動我很遙遠的路但乎不永遠高明，可是不許人說那個是在十七八歲的時候。一個孤高的人或者愛鬧白按思，而每都歡跟着大家走，大家所走的路似乎不永遠高明，可是我亮得歪跟着個路走也未必對，子是蓮自己也君不起了。這個，可並不把自己除外。

我的脾氣是與家境相困促。悶悶不樂，我很孤高，特別詩文，我喜歡植物景，到給花草的愛好，到給今發遷愛花。

詩道種東西是可以人氣死，也可以把人氣死。詩道種東西是可以人氣死，詩如不順眼，或是遮存着的話，我一定把牠們印出來，好叫牠們氣死。

国立山东大学的礼堂及其周边

《我的创作经验（讲演稿）》原发表页
1934年12月15日《刁斗》第1卷第4期

我的创作经验——

在市立中学之讲演

怎样认识文学——

在市立李村中学的讲演

　　要想成为文学家，天才固然需要，工夫也是很要紧的。现在中国，无伟大的作品出现，原因很多，而一般作家，受生活的逼迫，不能安心写稿，这也是原因之一。诸位对于文学，如果有兴趣，尽可能放胆写稿，不必害怕，只要多读，采取各人的所长，多写，发展自己的本能；多改，充实文章的内容，持之以恒，不患不会成功的。

这里载录的是老舍的两篇讲演稿，所谈主题均是文学创作经验。

第一篇《我的创作经验——在市立中学的讲演》原载1934年10月9日《青岛民报》。当年10月8日上午9时，老舍应邀来到位于太平山南麓的青岛市立中学发表了这次讲演，主要介绍了自己从事文学创作的早期经历和相关体会。在青岛生活期间，老舍不止一次来这所学校讲演，1937年4月12日的日记中也曾记下了"早在市中讲演"一笔（老舍：《五天的日记》，见本书第1卷），但讲稿未见。

《怎样认识文学——在市立李村中学的讲演》原载1934年12月16日《青岛市市立李村中学校刊》第3期，文前注明"舒舍予先生讲，师二王元琏记"。这是有记载的唯一一次老舍在李村中学的讲演，从文学与文字的联系与区别、文学与科学的联系与区别的角度入手，深入浅出地阐述了文学的特点。

我的创作经验

——在市立中学[1]之讲演

在我说话以前，要声明一句，我不是文学家，在这个年头儿，说话很不容易，稍微忽略，便有得罪人的地方。今天打算用三十分钟工夫，讲讲《我的创作经验》。我以为"创作"这件事，如同小孩儿在墙上画王八一样，谁画的像，就算谁的成绩不错。我在幼小的时候，没有发现有什么特别能力。在私塾里读书[2]，而且时常挨打，十来岁的时候，才进学校，因为读过古书较多，所以国文成绩，比较好些。课余之暇，仍然读习古文。中学时期，我是学师范的[3]，那时我偏重教育和语文课。如果举行会考，一定不能毕业。我也欢喜读旧诗，"明白如话"的，并喜欢研究植物。对于栽花，特别有兴趣。自幼如是，至今未改。以上所说，是我从小到二十来岁的嗜好和倾向。我在年青的时候，脾气孤高，又不喜欢和人多说话及附和人的意见，慢慢地养成"冷笑"的态度。及至自己做事，回想以前的自己，也有些不对的。五四运动时，我已在做事，不在学生里面，那时出的新书，我也买了些看，并不觉得惊奇。二十五岁以后，我在南开中学教书[4]，因为同人中多喜欢写小说的，我也写过一篇[5]，这是十二年以前的事，那篇稿子早已丢了。觉得我会说笑话，是从天上带来的，无从师承。我的创作里面，至少有一半占着"会说笑话"的便宜。二十七岁到英国去教学，这是我的思想变化一大关键，若始终在中国，决想不起写小说。到英国之后，因读的小说较多。第一部写《老张的哲学》，因受落花生[6]的怂恿，寄登《小说月报》上，后来印成单行本，至今销数还好。该书材料太多，写得乱七八糟，自己并不满意。它的优点，只是胆大不怕。书中的人物事实，大部分都是真的，不过变化姓名而已。第二部写《赵子曰》，揭穿一些可笑的事实。以上两部书中，发议论处，究嫌太多，如能就描写人物事实表现出来，或者较好。第三部写《二马》，文字有变动，不利用文言，想用白话写。书中的人物，都是假的，写此书的动机，是想把比较中英两国国民性，一一描写出来，结果仍然不能满意。比较满意的，要算《小坡的生日》，因为我的个性，喜欢小孩，现在虽到中年，小孩子的天真，还有些保存着，天真烂漫，写得较为真切。以后对于此类作品，还多加努力。在济南时，写过一篇《大明湖》，稿寄商务印书馆，被烧掉了。去年写《离婚》，奋笔抒写，较为自然。至于《赶集》不过是些短篇稿件罢了。要想成为文学家，天才固然需要，工夫也是很要紧的。现在中国，无伟大的作品出现，原因很多，而一般作家，受生活的逼迫，不能安心写稿，这也是原因之一。诸位对于文学，如果有兴趣，尽可能放胆写稿，不必害怕，只要多读，采取各人的所长，多写，发展自己的本能；多改，充实文章的内容，持之以恒，不患不会成功的。

---

[1] 市立中学，见《五天的日记》注10。

[2] 老舍于清光绪三十一年（1905）进入私塾读《四书》《五经》。1909年，进入西直门大街第二两等小学校学习，编入三年级。在小学阶段，老舍就已经表现出擅长作文和讲演的特点。当时曾教过他的老师后来评价说："庆春文章奇才奇想，时至今日，诸生作文无有出其右者。"（高增良：《老舍与纸鸢》，《新文学史料》1981年第1期。）

[3] 1913年夏，老舍考入北京师范学校，在本科第一部第四班学习。老舍之所以进入师范学校读书，与这个学校"既免收学膳费，又供给制服与书籍"有较大关系。

[4] 1922年9月，老舍到天津南开中学担任语文教员，兼任初级二年七组的辅导员。

[5] 指的是短篇小说《小铃儿》，写于1922年，老舍应《南开季刊》编者之邀而写，1923年1月28日发表于该刊第2、3合期，署名"舍予"。这是老舍创作的第一篇小说。

[6] 落花生，作家许地山的笔名。许地山（1894～1941），祖籍广东旬阳，出生于台湾台南，著名作家和宗教学家。主要作品有《空山灵雨》《缀网劳蛛》《春桃》等。1924年9月，老舍赴伦敦大学东方学院任教，许地山在牛津大学研读宗教，两人曾合住一处。（见老舍：《我的几个房东》）

怎样认识文学

——在市立李村中学[1]的讲演

我们要想批评文学，必先认识文学。

过去一般人往往以为文字就是文学，这是一个极大的误会。这种误会致成的原因，是由于文字是文学的工具，实际讲来，文字与文学悬然不同，最明显的如《康熙字典》《辞源》等等，我们只能说它是些解析文字的书，而不说它是一种讲明文学的书，其他历史哲学等书籍，也不能称为文学书籍，虽然它们都是用文字写的，这是从书籍本身来讲的。再从作者方面来看，那些研究文字者，如研究文法、字意、字形等专家，他们也只可说是研究文字者；而不能称为文学家。那么文学到底是一种什么东西呢？须具备着什么条件呢？我虽然不敢予文学下一个定义，但可以找出几点特质来，现在让我分述如下：

（一）理智——文学可以启发我们的思想，增进我们的智识，所以说文学是含着理智的成份。文学虽含有理智的成份，但理智并不在最高地位，因为科学哲学才是最可以增进我们的理智的。不过科学书籍是有严格之时代性。例如：我们买物理化学等书，总喜其最近出版者。文学书籍则否，例如：我们去买《诗经》，并不能说要最近出版者，更没有人说要一本白话文的《离骚》[2]。所以在科学书籍中，理智占最重要的成份，因此含有严格之时代性，而文学则不然，由此可见理智在文学中的地位。

（二）道德——文学不只含有理智，而且能提高人格。换句话说，文学不只是告诉人去改造人生，而且告诉我们如何去创造人生，就是告诉我们如何去做人。儒家所说之礼义廉耻几乎把全部文学做成道德的教训。现在很多文学家也都说文学里面含有道德的成份。但事实告诉我们，很多的文学书籍，并没有什么道德的教训，也被称为巨著，而含有大量道德教训的书，也不见得称为什么大作。所以道德也不是文学的主要条件。而且道德也含有时代性，例如：林琴南[3]所译之《黑奴吁天录》，在当时本来是了不得的大作，但现在看起来，并没有什么。这种原因就是由于道德的时代性所致。

（三）感情——我们已经说过，理智道德只是文学组成的原子，而不是文学的最重要的条件。我们所要说的这感情乃是文学的唯一特质。任何书籍，尽管理智道德的价值如何高，但不能激动我们的感情，便算不得真正文学。科学书籍之不能称为文学原因就在此，随时代而转移的原因也在此。《红楼梦》在现在看起来，思想固然很旧，但人们并不因其思想旧而不读，这种原因，就是由于它含有丰富的感情。我们读一首诗，往往为之数读不倦，这就是因为它有丰富的感情。文学里面并没有什么特殊的事情，热闹的事情，但它能使人乐读不厌，这完全是感情的作用。但是感情也可以变动。例如：从前爱缠足，现在爱天足，这就是感情的变动。黑格尔说多少年以后，可以没有文学，也就是人类没有了感情，所以说感情是文学的唯一特质。哲学告诉我们真理，报纸告诉我们事实，因为没有感情的作用，所以不能称为文学。无论哪种书籍，只要它有感情，我们就称它为文学。

从上面看起来，哪是真正的文学创作，我们就可以一见了然了。我们看过《水浒传》以后，合目一想，便似乎有一个黑面大汉手持斧头的李逵，在我们的面前出现。实际上有无其人还是疑问，但读者被感情所冲动，便不顾其有无而确信其实在了，这就是真正的文学作品。

以上理智道德感情，这只可说是文学的内容，其次我们便说到文学的形式：

文学假设只有内容上感情的成份，而没有形式上的艺术的排列，这还算不了真正的文学。譬如：今天你喝醉了酒，觉得感情冲动得了不得，遂提笔写起文章来，结果感情倒是有了，但使人看了觉得乱七八糟，这就是因为缺乏形式上的排列。所谓真正的文学创作，是把你的丰富感情，将一件事的全体，用艺术的手腕，想象的排列出来，使人读了不只是感到内容上的充实，同时并感到结构上的完密。所谓文学上的艺术，是指能在茫无涯际之中，而找出它共同的一点来，这一点的结晶，使人看了能知其描写的所在。所谓想象的排列，是凭着我们的经验，把数种相同事的共同点累积起来，来说明那一件事。譬如我们描写一个体育家，一定要把我们经验里，所有种种体育家的特征，如胸部的挺出，行动的敏捷等等，来描写一个体育家。普通一般人往往以为想象的排列，是闭门造车，这是一个极大的谬误。

总括所说，内容上理智，道德，感情，形式上所谓想象，艺术，都是构成文学的要素。我们拿起一本文学书籍去批评的时候，就是要根据这几点。

最后我敢说，假设今天在座的各位同学，都能照着我所说的去检定一些文学书籍，拿来多读，进一步来多写，那么李村中学是不难出几个文学家的。完了！

[1] 市立李村中学，建于1930年，位于李村农场附近（今李沧区九水路），1936年更名为市立李村师范学校。

[2] 《离骚》，战国时期诗人屈原（约前342～前278）的代表作，古代最长的政治抒情诗。

[3] 林琴南（1852～1924），名纾，福建福州人，著名翻译家。1897年将法国小仲马的《茶花女》译为《巴黎茶花女遗事》，后陆续翻译小说超过200部，多用古文译出，遂以"林译小说"而名显文坛。1914年5月在登临泰山、拜谒孔庙之后来到青岛，与劳乃宣、刘廷琛等晚清遗老相交游。

中国民族的力量

——在国立山东大学1934～1935学年上学期第五次总理纪念周上的讲演

文艺中的典型人物

——在国立山东大学1935～1936学年下学期第十七次总理纪念周上的讲演

我们也可以这样说一句：没有了中国人，便没有了南洋；这是事实，自自然然的事实。树是我们栽的，田是我们垦的，房是我们盖的，路是我们修的，矿是我们开的，一切都是我们做的。毒蛇猛兽，荒林恶瘴，我们都不怕。我们是赤手空拳的打出一座南洋来，这是中国人开发南洋的功绩，是我们民族的伟大。

　　这里是老舍在国立山东大学总理纪念周上的两篇讲演稿，一者讲中国人开拓南洋的历史功绩，一者讲文学作品中代表历史与时代特征的"典型人物"。在老舍的视野之中，那些远航南洋、开拓文明的先驱者们何尝不是历史和文学中的典型人物？两次讲演地点均为国立山东大学科学馆大礼堂。在此前后录入，合并注释。

　　《中国民族的力量》原载1934年10月29日《国立山东大学周刊》第90期。1934年10月22日上午9时，老舍在国立山东大学1934～1935年度上学期第五次总理纪念周上发表了本次讲演，结合十年之前旅居新加坡的经历，以中国人开发南洋为主题，充满感情地赞美了几百年来"光脚到南洋的那些真正好汉"的拓荒精神，表达了坚定的民族自信心和开阔的海洋意识。

　　《文艺中的典型人物》据手稿收入，1936年1月27日《国立山东大学周刊》第142期所载《一月二十日纪念周》一文载录了部分内容。1936年1月20日上午9时，山东大学举办本学期第17次总理纪念周，老舍发表了这次讲演，他将"典型"视为一种具有足够代表性的"标准人"，并阐释了文学典型的魅力所在，说"没有文学的时代是黑暗的时代，因为它没纪录下来这标准人来。"关于这次讲演，在著名学者黄际遇的日记中有如下记载："今日舒舍予演讲'文艺中典型之人物'，出口有章，隽语累出，极博佳评，舍却人生无文艺之论者也。"（黄际遇：《不其山馆日记》）

中国民族的力量

——在国立山东大学1934～1935学年上学期
第五次总理纪念周[1]上的讲演

今天所讲的题目，是"中国民族的力量"。因为刚从北平回来[2]，一点没有预备，临时又找不着相当的题目，现在只好把以前在南洋[3]的见闻说说。想不到的，在南洋还会看见那么多的中国人，简直使人难以相信那是外国的地方，苦力是中国人，作买卖的是中国人，行医当律师的也是中国人。现在西洋人是立在中国人的头上，可是，一切事业还仗着我们中国人。中国人虽在西人之下，但在其他民族之上的。马来人什么也不干，只会懒；吃了几根香蕉就睡了。印度人也干不过中国人，他们都不如我们能耐劳吃苦。

我们也可以这样说一句：没有了中国人，便没有了南洋；这是事实，自自然然的事实。树是我们栽的，田是我们垦的，房是我们盖的，路是我们修的，矿是我们开的，一切都是我们做的。毒蛇猛兽，荒林恶瘴，我们都不怕。我们是赤手空拳的打出一座南洋来，这是中国人开发南洋的功绩，是我们民族的伟大。

中国人与其他民族相比较，的确是伟大。我们可上可下，只要努力使劲，我们只有往上，不会退下。所差者，是缺乏教育，没有组织而已。说是毫无教育也不对，学校也很好，只是那边的事业都在广东福建人手里，去教书的多是江浙与华北的人。当教员的没有地位，也打不进广东或福建人的圈里去。教员似乎是一些高等工人，雇来的；出钱办学的人们没有把他们放在心里。所以那种教育毫无感情，只是一种义务。

顶可喜的南洋各色小孩都讲着漂亮的国语，他们差不多都很活泼。因为下课后便不大穿衣，身上就黑黑的，健康色儿。他们都很爱中国。他们对先生们不大有礼貌，可不是故意的；他们爽直。先生们若能和他们以诚相见，他们便很听话。可惜事实上大家都不联合，彼此界限很深，结果得不到一种较好的教育。单说广东与福建人中间的成见与争斗便很厉害。所以我很希望将来政府能用力量去办教育，得到统一才会收效。

我们看看这几百年来，光脚到南洋的那些真正好汉，没钱，没国家保护，什么也没有。硬去干，而且真能干出事业来。他们才是真有劲的中国人。中国是他们的，南洋也是他们（的）。我们现在生活都过得很好，究竟能做出些什么工作来，实在可怜的很哪！

老舍讲演处：国立山东大学科学馆

[1] 总理纪念周，民国时期为纪念孙中山先生而举行的主题活动，自1925年3月12日孙中山逝世后不久，就在全国举行带有特殊仪式色彩的纪念周活动，按照国民党中央党部于1926年公布的《纪念周条例》，自当年2月起每周一上午9时至12时举行。国立山东大学的总理纪念周活动以学术讲演为特色，每次都会邀请本校或者来青访问的著名学者发表讲演。

[2] 1934年10月12日，老舍接到"涤洲病危"的电报，于10月14日赶回北平，然白涤洲已于12日凌晨过世。约一周后，返归青岛。参见本书第1卷《记涤洲》和《哭白涤洲》两文。

[3] 1924年10月至1925年2月，老舍自欧洲归国途中曾在新加坡逗留了5个月，对几个世纪以来中国人下南洋的历史与文明拓荒的成就有着深切感受，为此还写下了以南洋为主题的小说《小坡的生日》。参见本卷《我怎样写〈小坡的生日〉》及本书第1卷《还想着它》。

文艺中的典型人物

——在国立山东大学1935～1936学年上学期
第十七次总理纪念周上的讲演

　　假若文学只是为大学文学系所设的功课，文学便很可怜了。在实际上，文学之所以成为几种必修选修的课目的是学校中不得已的，也是很勉强的一种办法；文学自己并不就是这样。文学的分门研究给予研究一些便利，研究的结果给予对文学的了解一些帮助；文学的生命，可是，并不寄生在研究上。文学生命的营养来自人生，不来自课本与讲义。虽然课本与讲义有种行旅指南的作用，但行旅指南不就是旅行。真正的文学是人生的课本。设若不是这样，文学便失去，也应该失去，它的重要。

　　所谓人生的课本者，它包括着一切与人生有关系的东西，而其中心是人。人是大自然的良知：图画家给一片山水加以边框，音乐家给声音以解释与意义，科学家替自然找出理由与系统来；同时，文学尽它的所能道出人生的经验。文学，这样，与别种艺术及所有的科学都不同，可是至少与它们有同一的重要。它在复杂的人生里，如画家在不自觉的自然里那样，给人生加以边框。它说：人生是这样。你可以请教一位生物学家，假如你要明白某种生物的情形或能力；你要明白人，你就要请教文学。文学有种任何别的东西所不能给你的，就是它创造出些人来给你看看，它给你些活的标本。这些标本也许像你的哥，或你的朋友，甚至于是你自己。有这样亲切的关系，文学便成了生活上必不可少的东西。你一天到晚的操作，思索，受刺激或发泄感情；但是你不见得明白你自己，更不用说别人了。这也就是你的苦闷之一。文学使你知道什么是人，和人与人的关系；它所给的标本是足以代表一个团体，一个阶级，或一个时代的人物。这个人的思想，信仰，行为，举动，都有极可靠的根据，好像上帝另造出一些特别的标准人似的。没有文学的时代是黑暗的时代，因为它没纪录下来这标准人来。哲学，心理学，生理学与伦理学等等都能使你明白一些人之所以为人，但是谁也没这种标准人告诉你的这么多，这么完全，这么有趣，这么生动，这么亲切。把人解剖开来讲人，绝不会比把活人放在目前，放在心里，来琢磨更有趣味。活的人是活在社会里，和你我一样。

　　这种标准人，我们管它叫做典型。自然，文学所包含的不限于讲人，文学的效能与趣味也不都来自讲人；不过讲人的部分是最重要的。自然，文艺作品不能都达到创

123

造出典型来的目的，但这确是个写家都想着与希望达到的目的。

假冒为善是一个典型。严格的说，生活在一个没有自由的社会里，人人都至少有一点假冒为善。社会的拘束是那么多那么沉重，一个人想要成功或想要平安的与众无忤，他得至少在表面上相信别人所信的，与大家一致，不个别另样。人服从社会，社会才容纳人，不假充好人是不行的。可是，文学中的这种典型并不这样泛泛，它有更确定的根据。Tartuffe[1]觉得自己有罪，Uriah Heep[2]口口声声说自己微贱。这就有了文章。自贱自责在表面上看来是很好的欺人的工具；再细看看，这正是假冒为善的原因。因为这种人自觉的知道自己卑微，同时没有力量打破那个不平等的社会，所以他们唯一的办法是以假冒为善为个人发展的手段。他们并不相信什么，除了自己的志愿。他们不相信革命，而是拿他们所恨恶的人改为所羡慕的人，他们要由卑微而达到不卑微的地位，所以自卑自责正是一种巧妙的手段。他们在表面上是乞怜，实际上是用尽力量想打入另一环境而证明自己的本事。他们并不谦卑，他们是觉得自己委屈而应当往高处走，而且纯粹是为自己。因为这个，我们才觉得被这种人骗了的是傻瓜，而这种人本身是坏胎。假若他们不纯为自己，我们几乎就得同情于他们了。不安于卑贱而利用卑贱以期实现个人的愿望者是假冒为善。

不过，假冒为善的得有本事。另有一种骗子是没有本事，而想很容易的，不甚费力的，得到利益或美誉。这种人比假冒为善的还要多，因为不需要什么真本领。正因为没有本事，他们不像假冒为善的那样装出卑微的样子，而是以嘴为战斗的工具。他们非常的会把一个芝麻粒说成太阳那么大。他们死不要脸。因为自己无知，所以他们觉得天下尽可欺也。这种人不一定卑微或贫穷，他们的病根在没本事。他们要是没事作呢，就用嘴去找事；他们有事作呢，就用嘴去作他们的事。在都市生活里这是不可免的，因为都市文化里产生并且收养这种人。在社会正在转变的时期这是不可免的，因为社会动摇使教育失去恰合社会需要的妥定，而人人可以用嘴作事。这种人在文艺里是常见的，而在今日的社会里更多。这叫作humbug[3]，如提倡吃茶救国者即是。

以上的两种，往往是用幽默的笔调写出，可是很少得到读者对这种人的同情。有一种人，像Falstaff[4]，虽然有许多的坏处，可是因为他的幽默而使人爱他。他知道他坏，而且常常自己揭发自己的坏处。这就与前两种典型不同了。他是因为体强心壮，机智与幽默彷佛因精力的充足而自然流露。他能欣赏自己的错处与缺点，因为他十二分明白人生，与人生的种种缺欠与弱点。没有任何东西可以破坏他的自信与自私；假如他遇见阻碍，他能随时发明可以破坏的方法去维持自己。他有天才，有胆气，爱生命，不管道德。他可恶，同时也可爱，因为他不假冒为善，也不屑于作无聊的事。所以他幽默，他可爱。

另一种幽默的人是傻子：唐吉柯德[5]与狄更司[6]的 Mr. Peckwick[7] 是代表人物。他们简单，真诚，敢浪漫，有理想。他们的行为与举动非常的可笑，可是在这可笑的行动中表现着他们的伟大。他们的真诚与理想使他们成为傻子，而世界上的大艺术家大思想家大科学家都有些傻气。

反之，一个认识自己，深知世故，非常的精明而决不肯冒险的，是极不可爱的人。他遇到自己作错了事的时候，他微笑着反抗社会的道德，因此对别人的错误他也不由道德上去判断，而任着人们遭受所应得的惩罚，他毫无同情心，他老恶意的微笑。他的消极的反抗多于积极的主张，这叫做 Cynical[8]。这样的人多是有经验，有聪明，有学识的人。他能看清人情世故，可是任着自己与全人类走向禽兽的世界里去。这种只有破坏而无建设，他的幽默与机智永远是嘲弄与冷笑的。

我们还有好几个典型都是非说不可的，可是时间不允许再作详细的介绍。不过像 Hamlet[9] 这个典型彷彿无论如何也不应遗漏的，那么我们再略说几句好了。这个典型即通常被称为优柔寡断的。为什么优柔寡断呢？因为他的思想永远和他的欲望相反。他的欲望使他执行，可是理智不帮他的忙，而且阻止他对实际上的执行。他的理智时时在情感正强的时候建议给他：你再想一想，有没有更高更好的办法？他想了，把他要执行的暂时放下。及至想出更好的办法，临到执行又遇到同样的阻碍。他老要那最理想的，而计划越精密毒辣越使他害怕。他的思索使他的想象走到还没有作的事的旁边去。他恐怖，他着急，他迟迟不决，结果呢，只好疯了。……

这么点极不精到，极不完全的说明，简直不是想说这些典型的本身，而只是粗粗的拿来作些例证，证明伟大文艺中的人物是怎样有社会的，人情的，心理的根据而成。他们使我们明白了人生，从而得到一些极可宝贵的教训，假若我们能反省一下。

---

[1] 达尔杜弗，意为伪君子，法国作家莫里哀的喜剧《伪君子》中的主人公，一名教会骗子，以圣洁的仪表、谦恭的举止、满口的仁义道德骗取了商人奥尔贡的信任，阴谋勾引其妻子并夺取其财产。

[2] 英国小说家查尔斯·狄更斯的小说《大卫·科波菲尔》中的人物。

[3] Humbug，欺骗的意思。

[4] 福斯塔夫（亦译称法尔斯塔夫），莎士比亚作品中的喜剧人物，以幽默著称。

[5] 唐吉柯德，西班牙作家塞万提斯小说《堂·吉诃德》中的人物，现通译为堂·吉诃德。作品中的原名叫阿隆索·吉哈诺，在骑士早就绝迹一个多世纪以后，他却沉迷于骑士小说，时常幻想自己就是中世纪骑士，带着邻居桑丘·潘沙游走天下、行侠仗义，做出种种与时代不相符合的可笑行为。别林斯基的评价是，作品"把严肃和滑稽，悲剧性和喜剧性，生活中的琐屑和庸俗与伟大和美丽如此水乳交融。"

[6] 狄更司，即狄更斯（Charles John Huffam Dickens，1812~1870），英国著名作家，以描写近代都市中的小人物见长，主要作品有《匹克威克外传》《雾都孤儿》《艰难时世》《双城记》等。

[7] Mr. Peckwick，狄更斯小说《匹克威克外传》中的主人公匹克威克。

[8] Cynical，意为冷嘲的、玩世不恭的、愤世嫉俗的。

[9] Hamlet，莎士比亚戏剧《哈姆莱特》中的主人公哈姆莱特。

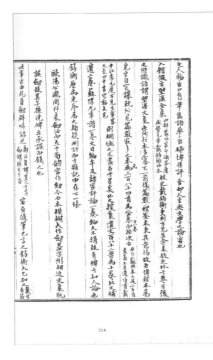

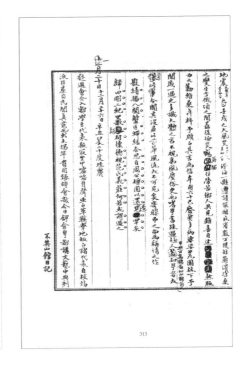

黄际遇《不其山馆日记》

1936年1月20日上午9时，老舍在山东大学科学馆大礼堂讲《文艺中的
典型人物》，时任山大文理学院院长的著名学者黄际遇也在场，他在
日记中载录了这次讲演的情况，有言："今日舒舍予演讲'文艺中典
型之人物'，出口有章，隽语累出，极博佳评，舍却人生无文艺之论
者也。"（黄际遇：《不其山馆日记》第四册）

山东大学学生在校园中，1936年

图为1936年山东大学学生李嘉
泳与另一名同学在校园内合
影，他们身后的建筑即为科学
馆。老舍本次《文艺中的典型
人物》及其他多次讲演均在这
座大楼里举行。

闲话创作——

在北京大学的讲演

写作和写标语是两回事的，所以写作一种文艺须从事实方面着手，徒尚空谈是徒劳而无益的。至于研究文学和研究科学是有不同的观点，科学是研究一种事物单纯的原理原则，而文学则不然了，文学是要描写一种事物广大而深刻的东西，所以我们研究文学的创作，是必须体验人生和了解人生去写作的。

本篇原载1936年10月28日《北平晨报》副刊《教育》。据张桂兴著《〈老舍全集〉补正》录入。

这是老舍在青岛生活和工作期间，赴青岛以外地方发表讲演并存有讲稿的唯一一次。1936年10月下旬，为了给母亲庆贺八十大寿，老舍回北京住了一周。这期间，到北京大学参加了悼念鲁迅先生的活动，并应时任北大教授的好友罗常培的邀请，于当月27日在北大发表了这次讲演，题为《闲话创作》。他阐述了文学创作的实质，说文学应当描写"一种事物广大而深刻的东西"。翌日，《北京晨报》副刊《教育》刊载了讲演的部分内容并对现场情况予以热情而详实的报道，其中有"人头攒动，俱无立足之地了"以及"昨日盛况，可以说打破了历来公开讲演的记录"诸语，对老舍的讲演艺术和创作水平给予高度评价。"讲毕散会的时候，有许多听众包围老舍先生要求签字，老舍起初还慨然应许，但后来越围越多，老舍先生觉得不耐烦了，终冲围而出，但大家仍是尾追，老舍先生无法，坐车跑了。"文中，视老舍为Humour（幽默）作家，对他的形象与气质做出了认真描写，其中有言："老舍先生穿着一件菜色长绸袍，鼻架着近视眼镜，梳着亮毫博士式的头发，圆圆的面庞露着微笑，让人一看就可知道他是一个Humour的作家了。"

闲话创作

——在北京大学^[1]的讲演

我们要作一个作家，要想创作有价值的小说，诗歌，戏剧，应从个人生活的经验，和所想象到的一切事物，具体的去实实在在的写出来。除了实际写作的经验，就是读了很多的书，对于文艺的创作上，未必就能成功。

写作和写标语是两回事的，所以写作一种文艺须从事实方面着手，徒尚空谈是徒劳而无益的。至于研究文学和研究科学是有不同的观点，科学是研究一种事物单纯的原理原则，而文学则不然了，文学是要描写一种事物广大而深刻的东西，所以我们研究文学的创作，是必须体验人生和了解人生去写作的。

大家对于思想，大概都有的，然而对于创作上，不一定靠着思想，而应该尽着自己生活的经验，赤条条的写于纸上，才是好创作；思想虽然是对创作也有必需之处，但徒靠着思想则不可了。

一个作家对于搜集材料，当然是越多越好，可是材料多了，不把它归纳一下去写作，也是无用的。我们搜集很多的材料，应取其精华去描写，然后能成好作品。材料，这好比元宵的馅子，用皮包好了就成一粒好元宵。对于创作上之搜集材料，与此理正同。

我主张今后的作者不应该徒注重于形式方面，而对于内容的材料可特别注意些，有好的内容不妨尽量的写于纸上。

总之，我的主张，一个要创作的人，必定要从生活的经验和想象，去发挥写作天才，努力的去实验，而后对于创作方面庶有成功希望。

---

[1] 北京大学（Peking University），近代中国的第一所国立大学，肇创于1898年，为戊戌变法中设立的京师大学堂，校址原位于沙滩后街，其主体建筑被称为"北大红楼"。北大标志着中国近现代高等教育的历史开端，催生了中国教育史上最早的现代学制——壬寅学制和癸卯学制。1912年5月15日，改称国立北京大学。1916年，著名教育家蔡元培出任北京大学校长，大力推行改革，从而"奠定了北大的传统和精神"，运化生新，发展成为新文化运动中心和五四运动策源地，长期享有全国学术和思想中心的地位。蔡元培所倡行的"循思想自由原则、取兼容并包之义"这一办学思想，也成为1930年肇创的国立青岛大学以及后来的国立山东大学的立校之基。1952年，北京大学与燕京大学合并，迁至燕园。

20世纪二三十年代的北京大学入口

读巴金的《电》

《芭蕉集》序

他那对近视眼仿佛向内看着他的心，外面的刺激都在他心内净炼过，而后他不惜用全力顺着他的理想来表现。他的人物——至少是在《电》里——简直全顺着他画好的白道上走，他差不多不用旁衬的笔法，以小动作揭显特性，他一直的写来，个个人都是透明的。他也少用个人的心理冲突来增高写实的色彩，他的人物即使有心理的冲突，也被理想给胜过，而不准不为理想而牺牲。

因此，这篇不甚长的东西——《电》——像水晶一般的明透，而显着太明透了。这里的青年男女太简单了，太可爱了，可是毛病都坏在这个『太』上。这篇作品没有阴影，没有深浅，除了说它是个理想，简直没法子形容它。他的笔不弱，透明到底；可是，我真希望他再让步一些，把雪里挽上点泥！他的一致使我不敢深信他的人物了，虽然我希望真有这么洁白的一群天使。

这是老舍在青岛写的两篇评述文坛同人和文学青年作品的文章，均写于1935年。

《读巴金的〈电〉》原载1935年4月《刁斗》第2卷第1期。评述巴金的小说，见证了老舍与巴金的早期文学之谊。1934年秋，老舍自青岛返回北平，在那里与巴金相逢，了解了其小说创作情况。转年3月，《电》由上海良友图书公司出版，老舍随即写了这篇文章，说作品的魅力在于"没有阴影"，看上去"像水晶一般的明透"。《电》是巴金早期小说的代表之作，与《雾》《雨》一起构成三部曲。

《芭蕉集·序》原载1935年12月22日天津《益世报》副刊《益世小品》第39期。这是老舍为国立山东大学中文系学生徐中玉的散文集《芭蕉集》作的序，对青年作者给予了热情鼓励。对此，徐中玉回忆道："我把为各报刊写的小品、散文结为一集，题名'芭蕉集'，有人愿为介绍到上海一家出版公司去出版，青年无知，当然很高兴，编成后便请老舍师和当时寓青的王统照先生分别作序。承蒙两位都一口答应，并且很快就交给我了。我分别留了个抄件，便把书稿寄出。这大概是一九三六年的事。"（徐中玉：《记老舍师四十八年前给我写的序文》，《读书》1983年第12期）

读巴金[1]的《电》[2]

　　巴金兄——无论如何，这个"兄"是不能减去的，他确是我的朋友；我希望我的意见不被这个"兄"给左右了——是个可爱的人。他坦直忠诚，脸上如是，心中也如是。我只会过他四五次[3]，可是头一次见面就使我爱他。他的官话，要是叫我给打分数，大概过不去六十分。他匆匆忙忙的说，有时候我听不明白他的话，可是我老明白他话中夹着的笑；他的笑是那么亲热，大概无论谁也能觉到他那没能用话来表现清楚的一些热力，他的笑打入你的心里。

　　设若我没见过他，而只读了他的作品，我定会想到他是个漂亮的人。不，他的文字的魅力在他的身上是找不到的。他那敦厚的样子与他的文字风格好像中间隔着一层打不通的墙壁。可是，在事实上，他确是写了那些理想的漂亮故事。对了，我捉住他了，理想，他是个理想者。他那对近视眼彷佛向内看着他的心，外面的刺激都在他心内净炼过，而后他不惜用全力顺着他的理想来表现。他的人物——至少是在《电》里——简直全顺着他画好的白道上走，他差不多不用旁衬的笔法，以小动作揭显特性，他一直的写来，个个人都是透明的。他也少用个人的心理冲突来增高写实的色彩，他的人物即使有心理的冲突，也被理想给胜过，而不准不为理想而牺牲。因此，这篇不甚长的东西——《电》——像水晶一般的明透，而显着太明透了。这里的青年男女太简单了，太可爱了，可是毛病都坏在这个"太"上。这篇作品没有阴影，没有深浅，除了说它是个理想，简直没法子形容它。他的笔不弱，透明到底；可是，我真希望他再让步一些，把雪里搀上点泥！他的一致使我不敢深信他的人物了，虽然我希望真有这么洁白的一群天使。

　　他说——在序言里——要表现性格。这个，他没作到。他把一个理想放在人物们心里，大家都被这理想牵系着；已经没有了自己，怎能充分的展示个性呢？他不许他们任意的活动。他们都不怕死，都愿为理想而牺牲；他不是写个人的生活，而是讲大家怎样的一致。他写的是结果，自然用不着多管个性。恋爱，在这群可欣佩的男女心中，是可怕的；怕因恋爱而耽误了更重要的工作。真的，这使此书脱离开才子佳人的旧套；可是在理想上还是完成才子佳人们，不过这是另一种才子佳人罢了。

最重要的角色，佩珠[4]，简直不是个女人，而是个天使；我真希望有这样的女子！可是哪儿去找呢？她有了一切，只剩一死。别的角色虽然比她差着些，可也都好得像理想中人物那么好。他们性格与事业的关系，使他们有了差别，可是此书的趣味不在写这些差别；假如他注意到此点，这本书必会长出两倍，而成了个活的小世界。他没这么办。一气呵成，他把角色们一齐送到理想的目的地去。他显着有点匆忙。

是呀，他并没敢忘了这群男女在工作上遇到困难，可是这些困难适足以完成他们个人的光荣与死。那些困难与阻力完全没有说明，好像只为预备这么点东西，好反衬出他们是多么纯洁。读者对于黑暗方面只看到一个黑影，不能看到黑影里藏着多少东西，和什么东西。我们从这篇东西只得到高尚的希冀，而得不到实际的教训与指导。这个，据我看，是个缺点。可是也许作者明知这是个缺点。而没法不这样办；他不愿再增多书中的黑点。

在文字方面，作者的笔下非常的利飕，清锐可喜。这个风格更使这篇东西透明，像块水晶。他不大段的描写风景，也不大段的描写人物；处处显着匀调，因为他老用敛笔，点到就完，不拖泥带水。这个使巴金兄的充满浪漫气味的作品带着点古典主义的整洁完美。他把大事与小事全那样简洁的叙出，不被大事把他扯了下去：所以他这篇——连附着的那篇《雷》[5]——没有恣肆的地方。他得到了完整，可是同时也失去了不少的感力。

假如上面的话都正确，我似乎更明白了巴金兄一些。他的忠厚的面貌与粗短的身体是那么结实沉重，而在里面有颗极玲珑的浪漫的心。在创造的时节，大概他忘了一切，在心中另开辟了一个热烈的，简单的，有一道电光的世界。这世界不是实在经验与印象的写画，而是经验与印象的放大，在放大的时候极细心的"修版"，希望成为一个有艺术价值的作品。它的不自然，与它的美好，都因为这个。

[1] 巴金（1904~2005），原名李尧棠，字芾甘，四川成都人，现代著名作家，代表作为《家》《春》《秋》三部曲。1932年夏，巴金来青岛避暑，住福山路3号沈从文寓所，在此创作了小说《爱》并为《砂丁》写序。当时，老舍尚在齐鲁大学任教。

[2] 《电》，中篇小说，巴金《爱情三部曲》中的最后一部，1935年由良友图书出版公司出版发行。

[3] 老舍之子舒乙说：父亲的一位老朋友曾经告诉他，1934年，老舍从山东回北平探望母亲。一天，老舍先生去吉祥剧场听戏，正巧碰到爱听京戏的巴金也在那儿，两人就这样认识并成为好友。（田强：《舒乙谈"我眼中的巴金"在市档案馆外滩新馆开讲》，《新上海档案》2006年第11期）

[4] 佩珠，巴金小说《电》中的主人公。

[5] 《雷》，巴金的《爱情三部曲》中的一部。

《芭蕉集》序

　　这篇恐怕是最不像序的序了。序的正当作用是扼要的精到的介绍一书、一作家的思想与特点，使读者在读前有个清楚的认识，或在读后有个意见的参证。这样的序不易作，一作不好便有骗人或引人走错了路的危险。我现在不想这么作，因为著者徐君[1]还很年轻，他的文字、思想、感情、经验都正在发展前进，不能轻易下断语。他若从此不再进步，那倒好办了，可是那不是我所敢希望的。

　　序的另种作用是在捧场。这个，在此地用不着。徐君的这些篇文字大都是已发表过的，而且给他带回不少的赞美，用不着我来锦上添花。

　　只剩下鼓励了，这也似乎最合适。徐君的文字已有了很好的根底，无论写什么都能清楚有力；他知道怎样避免无聊的修辞，而简明的说他所要说的话。有这个基础，再加以经验与努力，他是有希望的；事实上呢，他也确是个很缄默而用功的学生，所以我似乎已看见一个青年写家就马上要来供献他更好的顶好的东西给我们了。

　　他自己说，他要写小说了。写吧！什么都要写！只有写出来才能明白什么叫创作。青年人不会害怕，也不要害怕；勇气产生力量，经验自然带来技巧。莫失去青春，努力要在今日！

老　舍

一九三五 · 冬 · 青岛

---

[1] 徐君，即徐中玉（1915～），江苏江阴人。1934年考入国立山东大学中文系，担任校文学社社长，开始文学创作。1938年3月山东大学并入国立中央大学，遂成中央大学学生，后由老舍推荐参加中华全国文艺界抗敌协会。1946年8月任山东大学中文系副教授，1952年赴上海，任华东师大中文系主任。在山东大学就读期间，与老舍、赵少侯等当时在校任教的一些作家关系密切，并负责天津《益世报》副刊《益世小品》的组稿工作。

讀巴金的電

老舍

《读巴金的〈电〉》原发表页
1935年4月《刁斗》第2卷第1期

《芭蕉集·序》原发表页
1935年12月22日天津《益世报》
副刊《益世小品》第39期

一个近代最伟大的境界与人格的创造者

——我最爱的作家——康拉得

他是个海船上的船员船长，这也是大家都知道的。这个决定了他的作品内容。海与康拉得是分不开的。我们很可以想象到：这位海上的诗人，到处详细的观察，而后把所观察的集成多少组，像海上星星的列岛。从漂浮着一个枯枝，到那无限的大洋，他提取出他的世界，而给予一些浪漫的精气，使现实的一切都立起来，呼吸着海上的空气。

本篇原载1935年11月10日《文学时代》创刊号。《文学时代》是创刊于上海的一家文学月刊，储安平主编，时代图书公司出版，共出6期。

这是老舍应中波文化协会年会之邀而提交的一篇纪念论文，充满激情地诠释了康拉德及其作品的魅力所在，在简单介绍了其生平与创作观之后，视点凝聚于海上，开启了深沉的海洋人文视野，然后具体分析康拉德小说的结构方法、场景转换、人物塑造、景物描写与主题价值。康拉德（Joseph Conrad）为波兰裔英国著名作家，以写航海、丛林和社会政治主题见长，主要作品有《水仙号上的黑家伙》《台风》《青春》《吉姆老爷》《在西方的眼睛下》等，特别是其洋溢着探险精神与英雄情怀的航海小说引起了老舍的极大关注。1924年至1929年在英国讲学期间，老舍即开始大量接触康拉德的作品并深受其影响，形成了耐人寻味的"康拉德情结"。某种程度上可以说，正是康拉德使老舍破解了读小说和写小说之奥秘的。留英归国途中，旅居南洋的一个重要原因亦出自康拉德，如所言："他不但使我闭上眼就看见那在风暴里的船，与南洋各色各样的人，而且因着他的影响我才想到南洋去。"在新加坡写《小坡的生日》，其中有康拉德的影子，而今寓居青岛以后所写的作品中，同样可以发现"海上的诗人"康拉德作为一种风格元素是如何渗透进了老舍的文学创作体系之中的，从本篇标题《一个近代最伟大的境界与人格的创造者——我最爱的作家——康拉得》当中，即可大致明白康拉德对老舍的魔力。1935年，置身于青岛的海风中，多年前的南洋经历再度浮出，船长康拉德的光影重现于一个思维风暴的中心，而一座岛屿也因此而与更辽阔的世界发生了秘密接触。缘此，就有了跨文化与跨海洋对话，特别是在青岛，进行面向海外的文化沉思是一种基本倾向，有一种天然的文化适应性与启示性，而这又何尝不是一种地域精神的表征？

一个近代最伟大的境界与人格的创造者

——我最爱的作家——康拉得

对约瑟·康拉得[1]（Joseph Conrad 一八五六——一九二四年）的个人历史，我知道的不多，也就不想多说什么。圣佩韦[2]的方法——要明白一本作品须先明白那个著者——在这里是不便利用的；我根本不想批评这近代小说界中的怪杰。我只是要就我所知道的，不完全的，几乎是随便的，把他介绍一下罢了。

谁都知道，康拉得是个波兰人，原名 Feodor Josef Conrad Korzeniowski；当十六岁的时候才仅晓得六个英国字；在写过 *Lord Jim*[3]（一九〇六）以后还不懂得 cad[4] 这个字的意思（我记得彷彿是 ArnoLd Bennett[5] 这么说过）。可是他竟自给乔叟[6]，莎士比亚[7]，狄更斯[8]们的国家增加许多不朽的著作。这岂止是件不容易的事呢！从他的文字里，我们也看得出，他对于创作是多么严重热烈，字字要推敲，句句要思索；写了再改，改了还不满意；有时候甚至于绝望。他不拿写作当种游戏。"我所要成就的工作是，借着文字的力量，使你听到，使你觉到——首要的是使你看到。"是的，他的材料都在他的经验中，但是从他的作品的结构中可以窥见：他是把材料翻过来掉过去的布置排列，一切都在他的心中，而一切需要整理染制，使它们成为艺术的形式。他差不多是殉了艺术，就是这么累死的。文字上的困难使他不能不严重，不感觉艰难，可是严重到底胜过了艰难。虽然文法家与修辞家还能指出他的许多错误来，但是那些错误，即使是无可原谅的，也不足以掩遮住他的伟大。英国人若是只拿他在文法上与句子结构上的错误来取笑他，那只是英国人的藐小。他无须请求他们原谅，他应得的是感谢。

他是个海船上的船员船长，这也是大家都知道的。这个决定了他的作品内容。海与康拉得是分不开的。我们很可以想象到：这位海上的诗人，到处详细的观察，而后把所观察的集成多少组，像海上星星的列岛。从漂浮着一个枯枝，到那无限的大洋，他提取出他的世界，而给予一些浪漫的精气，使现实的一切都立起来，呼吸着海上的空气。Peyrol 在 *The Rover*[9] 里，把从海上劫取的金钱偷偷缝在帆布的背心里；康拉得把海上的一切偷来，装在心里。也正像 Peyrol，海陆上所能发生的奇事都不足以使他惊异；他不慌不忙的，细细品味所见到听到的奇闻怪事，而后极冷静的把它们逼真的描写下来；他的写实手段有时候近于残酷。可是他不只是个冷酷的观察者，他有自己的道德标准与人生哲理，在写实的背景后有个生命的解释与对于海上一切的认识。他不仅描写，他也解释；要不然，有过航海经验的固不止他一个人呀。

关于他的个人历史，我只想提出上面这两点；这都给我们一些教训："美是艰苦的"，与"诗是情感的自然流露"，常常在文学的主张上碰了头，而不愿退让。前者作到极端便把文学变成文学的推敲，而忽略了更大的企图；后者作到极端便信笔一挥即成文章，即使显出点聪明，也是华而不实的。在我们的文学遗产里，八股匠与所谓的才子便是这二者的好例证。在白话文学兴起以后，正有点像西欧的浪漫运动[10]，一方面打破了文艺的义法与拘束，自然便在另一方面提倡灵感与情感的自然流露。这个，使浪漫运动产生了伟大的作品，也产生了随生转灭，毫无价值的作品。我们的白话文学运动显然的也吃着这个亏，大家觉得创作容易，因而就不慎重，假如不是不想努力。白话的运用在我们手里，不像文言那样准确，处处有轨可循；它还是个待炼制的东西。虽然我们用白话没有像一个波兰人用英文那么多的困难，可是我们应当，应当知道怎样的小心与努力。这个，就是我爱康拉得的一个原因；他使我明白了什么叫严重。每逢我读他的作品，我总好像看见了他，一个受着苦刑的诗人，和艺术拚命！至于材料方面，我在佩服他的时候感到自己的空虚；想象只是一股火力，经验——像金子——须是先搜集来的。无疑的，康拉得是个最有本事的说故事者。可是他似乎不敢离开海与海的势力圈。他也曾写过不完全以海为背景的故事，他的艺术在此等故事中也许更精到。可是他的名誉到底不建筑在这样的故事上。一遇到海和在南洋的冒险，他便没有敌手。我不敢说康拉得是个大思想家；他绝不是那种寓言家，先有了要宣传的哲理，而后去找与这哲理平行的故事。他是由故事，由他的记忆中的经验，找到一个结论。这结论也许是错误的，可是他的故事永远活跃的立在我们目前。于此，我们知道怎样培养我们自己的想象，怎样先去丰富我们自己的经验，而后以我们的作品来丰富别人的经验，精神的和物质的。

关于他的作品，我没都读过；就是所知道的八九本也都记不甚清了，因为那都是在七八年前读的[11]。对于别人的著作，我也是随读随忘；但忘记的程度是不同的，我记得康拉得的人物与境地比别的作家的都多一些，都比较的清楚一些。他不但使我闭上眼就看见那在风暴里的船，与南洋各色各样的人，而且因着他的影响我才想到南洋去。他的笔上魔术使我渴想闻到那咸的海，与从海岛上浮来的花香；使我渴想亲眼看到他所写的一切。别人的小说没能使我这样。我并不想去冒险，海也不是我的爱人——我更爱山——我的梦想是一种传染，由康拉得得来的。我真的到了南洋[12]，可是，啊！我写出了什么呢？！失望使我加倍的佩服了那《台风》[13]与《海的镜》[14]的作家。我看到了他所写的一部分，证明了些他的正确与逼真，可是他不准我摹仿；他是海王！

可是康拉得在把我送到南洋以前，我已经想从这位诗人偷学一些招数。在我写《二马》[15]以前，我读了他几篇小说。他的结构方法迷惑住了我。我也想试用他的方法。这在《二马》里留下一点——只是那么一点——痕迹。我把故事的尾巴摆在第一页，而后倒退着叙说。我只学了这么一点；在倒退着叙述的部分里，我没敢再试用那忽前忽后的办法。到现在，我看出他的方法并不是顶聪明的，也不再想学他。可是在《二马》里所试学的那一点，并非没有益处。康拉得使我明白了怎样先看到最后的一页，而后再动笔写最前的一页。在他自己的作品里，我们看到：每一个小小的细节都似乎是在事前预备好，所以他的叙述法虽然显着破碎，可是他不至陷在自己所设的迷阵里。我虽然不愿说这是个有效的方法，可是也不能不承认这种预备的工夫足以使作者对故事的全体能准确的把握住，不至于把力量全用在开首，而后半落了空。自然，我没能完全把这个方法放在纸上，可是我总不肯忘记它，因而也就老忘不了康拉得。

郑西谛[16]说我的短篇每每有传奇的气味！无论题材如何，总设法把它写成个"故事"。这个话——无论他是警告我，还是夸奖我——我以为是正确的。在这一点上，还是因为我老忘不了康拉得——最会说故事的人。说真的，我不信自己在文艺创作上有个伟大的将来；至好也不过能成个下得去的故事制造者。就是连这点希冀也还只是个希冀。不过，假设这能成为事实呢，我将永忘不了康拉得的恩惠。

刚才提到康拉得的方法，那么就再接着说一点吧。

现在我已不再被康拉得的方法迷惑着。他的方法有一时的诱惑力，正如它使人有时候觉得迷乱。他的方法不过能帮助他给他的作品一些特别的味道，或者在描写心理时能增加一些恍忽迷离的现象，此外并没有多少好处，而且有时候是费力不讨好的。康拉得的伟大不寄在他那点方法上。

他在结构上惯使两个方法：第一个是按着古代说故事的老法子，故事是由口中说出的。但是在用这个方法的时候，他使一个 Marlow[17]，或一个 Davidson[18] 述说，可也把他自己放在里面。据我看，他满可以去掉一个，而专由一人负述说的责任；因为两个人或两个人以上述说一个故事，述说者还得互相形容，并与故事无关，而破坏了故事的完整。况且像在 Victory[19] 里面，述说者 Davidson 有时不见了，而"我"——作者——也没一步不离的跟随着故事中的人物，于是只好改为直接的描写了。其实，这个故事颇可以通体用直接的描写法，"我"与 Davidson 都没有多少用处。因为用这个方法，他常常去绕弯，这是不合算的。第二个方法是他将故事的进行程序割裂，而忽前忽后的叙说。他往往先提出一个人或一件事，而后退回去解析他或它为何是这样的远因；然后再回来继续着第一次提出的人与事叙说，然后又绕回去。因此，他的故事可以由尾而头，或由中间而首尾的叙述。这个办法加重了故事的曲折，在相当的程度上也能给一些神秘的色彩。可是这样写成的故事也未必一定比由头至尾直着叙述的更有力量。像 *Youth*[20]和 *Typhoon*[21]那样的直述也还是极有力量的。

在描写上，我常常怀疑康拉得是否从电影中得到许多新的方法。不管是否如此吧，他这种描写方法是可喜的。他的景物变动得很快，如电影那样的变换[22]。在风暴中的船手用尽力量想从风浪中保住性命时；忽然康拉得的笔画出他们的家来，他们的妻室子女，他们在陆地上的情形。这样，一方面缓和了故事的紧张，使读者缓一口气；另一方面，他毫不费力的，轻松的，引出读者的泪——这群流氓似的海狗也是人哪！他们不是只在水上漂流的一群没人关心的灵魂啊。他用这个方法，把海与陆联上，把一个人的老年与青春联上，世界与生命都成了整的。时间与空间的距离在他的笔下任意的被戏耍着。

这便更像电影了："掌舵的把桨插入水中，以硬臂用力的摇，身子前俯。水高声的碎叫；忽然那长直岸好像转了轴，树木转了个圆圈，落日的斜光像火闪照到木船的一边，把摇船的人们的细长而破散的影儿投在河上各色光浪上。那个白人转过来，向前看。船已改了方向，和河身成了直角，船头上雕刻的龙首现在正对着岸上短丛的一个缺口。"（*The Lagoon*[23]）其实呢，河岸并没有动，树木也没有动；是人把船换了方向，而觉得河身与树木都转了。这个感觉只有船上的人能感到，可是就这么写出来，使读者也身入其境的去感觉；读者由旁观者变为故事中的人物了。

无论对人物对风景，康拉得的描写能力是惊人的。他的人物，正像南洋的码头，是民族的展览会。他有东方与西方的各样人物，而且不仅仅描写了他们的面貌与服装，也把他们的志愿，习惯，道德……都写出来。自然，他的欧洲人被船与南洋给限制住，他的东方人也因与白人对照而没完全得到公平的待遇。可是在他的经验范围里，他是无敌的；而且无论如何也比 Kipling[24]少着一点成见。

对于景物，他的严重的态度使他不仅描写，而时时加以解释。这个解释使他把人与环境打成了一片，而显出些神秘气味。就我所知道的，他的白人大概可以分为两类：成功的与失败的。所谓成功，并不是财富或事业上的，而是由责任心上所起的勇敢与沉毅。他们都不是出奇的人才，没有超人的智慧，他们可是至死不放松他们的责任。他们敢和台风怒海抵抗，敢始终不离开要沉落的船，海员的道德使他们成为英雄，而大自然的残酷行为也就对他们无可如何了。他们都认识那"好而壮的海，苦咸的海。能向你耳语，能向你吼叫，能把你打得不能呼吸"。可是他们不怕。Beard 船长，Mao Whirr 船长，Allistoun 船长[25]，都是这样的人。有这样的人，才能与海相平衡。他的景物都有灵魂，因为它们是与英雄们为友或为敌的。Beard 船长到船已烧起，不能不离开的时候才恋恋不舍的下了船，所以船的烧起来是这样的：

"在天地黑暗之间，她（船）在被血红火舌的游戏射成的一圈紫海上猛烈的烧着；在闪耀而不祥的一圈水上。一高而清亮的火苗，一极大而孤寂的火苗，从海上升起，黑烟在尖顶上继续的向天上灌注。她狂烈的烧着；悲哀而壮观像夜间烧起的葬火，四面是水，星星在上面看着。一个庄严的死来到，像给这只老船的奔忙的末日一个恩宠，一个礼物，一个报酬。把她的疲倦了的灵魂交托给星与海去看管，其动心正如看一光荣的凯旋。桅杆倒下来正在天亮以前，一刻中火星乱飞，好似给忍耐而静观的夜充满了飞火，那在海上静卧的大夜。在晨光中她仅剩了焦的空壳，带着一堆有亮的煤，还冒着烟浮动。"

类似这样的文字还能找到许多，不过有此一段已足略微窥见他怎样把浪漫的气息吹入写实里面去。他不能不这样，这被焚的老船并非独自在那里烧着，她的船员们都在远处看着呢。康拉得的景物多是带着感情的。

在那些失败者的四围，景物的力量更为显明："在康拉得，哈代[26]，和多数以景物为主体的写家，'自然'是画中的恶人。"是的，他手中那些白人，经商的，投机的，冒险的，差不多一经失败，便无法逃出——简直可以这么说吧——"自然"给予的病态。山川的精灵似乎捉着了他们，把他们像草似的腐在那里。*Victory* 里的主角 Heyst 是"群岛的漂流者，嗜爱静寂，好几年了他满意的得到。那些岛们是很安静。它们星列着，穿着木叶的深色衣裳，在银与翠蓝的大静默里；那里，海不发一声，与天相接，成个有魔力的静寂之圈。一种含笑的睡意包覆着它们；人们就是出声也是温软而低敛的，好像怕破坏了什么护身的神咒"。Heyst 永远没有逃出这个静寂的魔咒，结果是落了个必不可免的"空虚"（nothing）。

Nothing，常常成为康拉得的故事的结局。不管人有多么大的志愿与生力，不管行为好坏，一旦走入这个魔咒的势力圈中，便很难逃出。在这种故事中，康拉得是由个航员而变为哲学家。那些成功的人物多半是他自己的写照，爱海，爱冒险，知道困难在前而不退缩。意志与纪律有时也可以胜天。反之，对这些失败的人物，他好像是看到或听到他们的历史，而点首微笑的叹息："你们胜过不了所在的地方。"他并没有什么伟大的思想，也没想去教训人；他写的是一种情调，这情调的主音是虚幻。他的人物不尽是被环境锁住而不得不堕落的，他们有的很纯洁很高尚；可是即使这样，他们的胜利还是海阔天空的胜利，nothing。

由这两种人——成功的与失败的——的描写中，我们看到康拉得的两方面：一方面是白人的冒险精神与责任心，一方面是东方与西方相遇的由志愿而转入梦幻。在这两方面，"自然"都占据了重要的地位，他的景物也是人。他的伟大不在乎他认识这种人与景物的关系，而是在对这种关系中诗意的感得，与有力的表现。真的，假如他的感觉不是那么精微，假如他的表现不是那么有力，恐怕他的虚幻的神秘的世界只是些浮浅的伤感而已。他的严重不许他浮浅。像 The Nigger of the"Narcissus"[27]那样的材料，假若放在 W. W. Jacobs[28]手里，那将成为何等可笑的事呢。可是康拉得保持着他的严重，他会使那个假装病的黑水手由恐怖而真的死去。

可是这个严重态度也有它的弊病：因为太热心给予艺术的刺激，他不惜用尽方法去创作出境界与效力，于是有时候他利用那些人为的不自然的手段。我记得，他常常在人物争斗极紧张的时节利用雷闪，像电影中的助成恐怖。自然，除去这小小的毛病，他无疑的是近代最伟大的境界与人格的创造者。

---

[1] 康拉得，今通译约瑟夫·康拉德。

[2] 圣佩韦（Charles A. Sainte-Beuve, 1804~1869），亦译为圣伯夫，19世纪法国文艺批评家，有《文学家肖像》《十六世纪法国诗歌和法国戏剧概貌》《帝政时期的夏多勃里昂和他的文学团体》等专著。"象牙之塔"一词就是他在《致维尔曼》中批评同时代法国消极浪漫主义诗人维尼时提出来的。他注重从作者身世、性格、成长环境等角度来阐释文学作品，认为这些要素对理解作品是至关重要的，这就是老舍文中提及"要明白一本作品须先明白那个著者"的方法，与中国古代文论中"知人论世"观念如出一辙。

[3] 康拉德的小说《吉姆爷》。

[4] 无赖，下流人。

[5] 阿诺德·贝内特（1867~1931），英国作家，代表作为《老妇人的故事》和《野性的呼唤》。

[6] 杰弗雷·乔叟（Geoffrey Chaucer, 1343~1400），英国著名诗人，代表作为《坎特伯雷故事集》，首创的英雄双韵体，被誉为"英国诗歌之父"。

[7] 威廉·莎士比亚（William Shakespeare, 1564~1616），欧洲文艺复兴时期英国最重要的作家，代表作为四大悲剧《哈姆雷特》《奥赛罗》《李尔王》和《麦克白》。

[8] 狄更斯，英国著名作家。见《文艺中的典型人物——在国立山东大学1935~1936学年上学期第十七次总理纪念周上的讲演》注6。

[9] 康拉德的小说《漂泊者》，前文"Peyrol"是作品中的一个人物。

[10] 欧洲自18世纪后期盛行的浪漫主义运动（Romantic Movement），崇尚个性解放、想象力与理想世界，是对文艺复兴时期人本主义思想的继承和发扬。老舍"一方面打破了文艺的义法与拘束，自然便在另一方面提倡灵感与情感的自然流露"一语所指正是浪漫主义文学在表现方法上的基本特点，他以此来褒扬新文化运动以来的白话文学作品。

[11] 1924年至1929年，老舍在伦敦大学东方学院图书馆阅读了大量欧洲文学作品，1927年至1928年间从古典文学转向近代文学，康拉德是他重点关注的对象。

[12] 康拉德写了多部航海小说，如本篇提及的《白水仙号上的黑水手》（The Nigger of the "Narcissus"）《台风》（Typhoon）《青春》（Youth）等，南洋是其作品的一大主题，这对老舍影响很大，诱使他一定要到南洋看一看，这也就是前文所言"他的笔上魔术使我渴想闻到那咸的海，与从海岛上浮来的花香；使我渴想亲眼看到他所写的一切"的缘由。1929年自欧洲返国途中，老舍在新加坡逗留了5个月，在历史与现实之间触摸一个南洋之梦，并写下了小说《小坡的生日》。

[13] 《台风》（Typhoon），康拉德的小说。

[14] 《海的镜》（The Mirror of the Sea），亦译《大海如镜》，康拉德的航海回忆录。

《一个近代最伟大的境界与人格的创造者》原发表页

1935年11月10日《文学时代》创刊号

一個近代最偉大的境界與人格的創造者 老舍

我最愛的作家——康拉得

對約瑟康拉得（Joseph Conrad 一八五六——一九二四）的個人歷史，我知道的不多，也就不想多說什麼。聖佩韋的方法——要明白一本作品須先明白那個著者——在這裏是不便利用的；我根本不想批評誇近代小說界中的怪傑。我只是要就我所知道的，不完全的，戀乎是隨便的，把他介紹一下罷了。

誰都知道，康拉得是個波蘭人，原名 Feodor Josef Conrad Korzeniowski；當十六歲的時候繼僅曉得六個英國字；在寫過 Lord Jim（一九〇六）以後還不懂得 cad 這個字的意思，（我記得彷彿是 Arnold Bennett 這麼說過）。可是他覺自給超叟，莎士比亞，迭更司們的國家增加許多不朽的著作。這豈止是件不容易的事呢！從他的文字裏，我們也看出，他對於創作是多麼嚴重熱烈，字字要推敲，句句要思索；寫了再改，改了還不滿意，有時候甚至於絕望。他不拿寫作當種游戲。「我所要成就的工作是，借着文字的力量，使你聽到，使你覺到——首要的是使你看到。

---

[15] 老舍的第三部长篇小说，1928年秋至1929年春写于伦敦。

[16] 郑西谛，即郑振铎（1898~1958），福建长乐人，著名作家、学者、翻译家和收藏家。

[17] 马罗，康拉德小说如《吉姆爷》《青春》《黑暗的心灵》《机遇》中的故事述说者。

[18] 达维德逊，康拉德小说《胜利》故事的述说者。

[19] 康拉德的小说《胜利》。

[20] 康拉德的小说《青春》。

[21] 康拉德的小说《台风》。

[22] 这里说康拉德的小说场景转换如同电影中的蒙太奇手法。

[23] 康拉德的小说《环礁湖》。

[24] 约瑟夫·鲁德亚德·吉卜林（Joseph Rudyard Kipling，1865~1936），英国作家。主要作品有诗集《七海》《基姆》《生命的阻力》和《丛林之书》等，1907年获诺贝尔文学奖。

[25] Beard，Mao Whirr，Allistoun 三位船长都是康拉德航海小说中的人物。

[26] 托马斯·哈代（Thomas Hardy，1840~1928），英国著名作家，主要作品有小说《德伯家的苔丝》《无名的裘德》、诗集《韦塞克斯诗集》《早期与晚期抒情诗》等。

[27] *The Nigger of the "Narcissus"*，康拉德的小说《白水仙号上的黑水手》。

[28] 威廉·W·雅各布斯（1863~1943），英国小说家。

国立山东大学图书馆外观，1936年

国立山东大学图书馆内景，1936年

图书馆位于大学校园的西部，是一幢新罗马风结合青年风格派建筑。1930年春，国立青岛大学筹备期间，即延聘戏剧家和藏书家宋春舫主持建馆工作。后来，梁实秋、胡鸣盛等先后担任馆长。迭经累积，形成了较为丰富的馆藏，特别是中外文学资料非常丰富。一如当年在伦敦大学东方学院的情形，这里亦是深为老舍所喜欢的殿堂，跨文化对话持续展开。在此，他查阅了大量中外文学术资料，编纂讲义并撰写了《一个近代最伟大境界与人格的创造者——我最喜欢的作家——康拉得》等论文。建筑现由中国海洋大学水产学院使用。

ＡＢＣ与「幽默」的危险

我只要简单的两三句话，而极生动的写出这个景色，使人一看便动心，就自己也要闹恋爱去。好吧，这两三句话够想一天的，而且未必想得起来。缺乏经验呀，观察的不够呀！这个三角恋爱的故事不知道需要多少多少经验，才能句句不空；上自天文，下至跳舞，都须晓得，而且真正内行，每句是个小图画，每句都说到了家。不但到了家，而且还又碰回来，当当儿的响。单有了中心思想单有了好的结构，才算不了一回事呢！

这里收录的是老舍写于1937年上半年的两篇文章，俱是写作的经验之谈。

第一篇《AB与C》原载1937年2月《文学》第8卷第2号。作者概括了十年来小说写作的体会，将创作过程分为三个阶段，从如何处理材料、如何把握中心思想、如何把作品写得"处处切实"三个层面上给出经验之谈。

第二篇《"幽默"的危险》原载1937年5月16日《宇宙风》第41期。老舍为幽默大师，赋予"幽默"以智慧并在创作中臻于极致。但在这篇文章中，他却提醒人们警惕幽默的危险，作家也不要过于依赖幽默，以免产生不必要的误解。说起来，有老舍这等炉火纯青之幽默力道者并不多，许多人不明白幽默中透射出的人生矛盾与悲悯情怀，很容易仅仅将其视为一种博取眼球的写作方法，为技巧所困，掉入"幽默"的陷阱而无以自拔，或许这是作者善意提醒大家注意的一个原因吧。

AB与C

粗粗的，我可以把十年来写小说的经验划成三个阶段。

（A）女子若是不先学了养小孩而后出嫁，大概写家们也很少先熟读了什么什么法程与入门而后创作。写作的动机，在我们的经验里，与其说是由于照猫画虎的把材料填入一定的格式之内，还不如说是由于材料逼着脑子把它落在白纸上。不写，心里痒痒。于是就写起活来。自然是乱七八糟。这时候，材料是一切，凡是可以拉进来的全用上，越多越热闹。譬若：描写一面龙旗，便不管它在整段之中有何作用。而抱定它死啃，把龙鳞一个个的描画，直到筋疲力尽，还找补着细说一番龙尾巴。这一段谈龙的自身也许是很好的文字，怎奈它与全体无关；可是，在那时候，自己专为这一段得意；写完龙鳞，赶紧去抓凤眼，又是与谁也不相干的一大段。龙鳞凤眼都写得很好，可是连自己也忘了到底说的是什么了。想了一会儿，呕，原来正题是讲张王李的三角恋爱呀。龙凤与此全无关系。但是已经写好，怎能再改，况且那龙与凤都很够样儿呀。于是然而一大转，硬把龙凤放下，而拾起三角恋爱。就是这么东补西拼。我写成了一两篇小说。

（B）工夫不骗人，一两本小说写成，自然长了经验：知道了怎样管着自己了。无论怎样好的材料，不能随便拉它上来。我懂了什么叫中心思想。即使难于割舍，也得咬牙，不三不四的材料全得放在一旁。这可就难多了！清一色的材料还真不大容易往一块凑呢。这才知道写作的难处，再也不说下笔万言，倚马可待了。在（A）阶段里，什么东西都是好的，口上总念道着：这个事有趣，等我把它写进去。现在，什么东西都要画上个"？"了，口中念道着：这是写小说呀，不是编一张花花绿绿的新闻纸！这时候，才稍能欣赏那平稳停匀的作品，不以乌烟瘴气为贵了。

（C）闹中心思想又过去了，现在最感困难的是怎能处处切实。有了中心思想，也有了由此而来的穿插，好了，就该动笔写吧。哼，一动笔就碰钉子，就苦恼，就要骂街，甚至于想去跳井！是呀，该用的材料都预备好了，可就是写不出。譬如说吧，题旨是三角恋爱，我把三角之所以成为三角，三角人，三角地，三角吻，三角起打，和舞场，电影院，一切的一切，都预备好了。及至一提笔，想说春天的晚上；坏了，我没预备好春天的暮色是什么样。我只要简单的两三句话，而极生动的写出这个景色，使人一看便动心，就自己也要闹恋爱去。好吧，这两三句话够想一天的，而且未必想得起来。缺乏经验呀，观察的不够呀！这个三角恋爱的故事不知道需要多少多少经验，才能句句不空；上自天文，下至跳舞，都须晓得，而且真正内行，每句是个小图画，每句都说到了家。不但到了家，而且还又碰回来，当当儿的响。单有了中心思想单有了好的结构，才算不了一回事呢！

到了（C）这块儿，我很想把以前的作品全烧掉，从此搁笔改行，假如有人能白给我五十万块钱的话。

"幽默"的危险

这里所说的危险，不是"幽默"足以祸国殃民的那一套。

最容易利用的幽默技巧是摆弄文字，"岂有此埋"代替了"岂有此理"，"莫名其妙"会变成了"莫名其土地堂"；还有什么故意把字用在错地方，或有趣的写个白字，或将成语颠倒过来用，或把诗句改换上一两个字，或巧弄双关语……都是想在文字里找出缝子，使人开开心，露露自家的聪明。这种手段并不怎么大逆不道，不过它显然的是专在字面上用工夫，所以往往有些油腔滑调；而油腔滑调正是一般人所谓的"幽默"，也就是正人君子所以为理当诛伐的。这个，可也不是这里所要说的。

假若"幽默"也会有等级的话，摆弄文字是初级的，浮浅的；它的确抓到了引人发笑的方法，可是工夫都放在调动文字上，并没有更深的意义，油腔滑调乃必不可免。这种方法若使得巧妙一些，便可以把很不好开口说的事说得文雅一些，"雀入大水化为蛤"一变成"雀入大蛤化为水"彷彿就在一群老翰林面前也大可以讲讲的。虽然这种办法不永远与狎亵相通，可是要把狎亵弄成雅俗共赏，这的确是个好方法。这就该说到狎亵了：我们花钱去听相声，去听小曲；我们当正经话已说完而不便都正襟危坐的时候，不知怎么便说起不大好意思的笑话来了。相声，小曲，和不大好意思的笑话，都是整批的贩卖狎亵，而大家也觉得"幽默"了一下。在幽默的文艺里，如Aristophanes[1]，如Rabelais[2]，如Boccaccio[3]，都大大方方的写出后人得用××印出来的事儿。据批评家看呢，有的以为这种粗莽爽利的写法适足以表示出写家的大方不拘，无论怎样也比那扭扭捏捏的暗示强，暗透消息是最不健康的。（或者《西厢记》与《红楼梦》比《金瓶梅》更能害人吧？）有的可就说，这种粗糙的东西，也该划人低级幽默，实无足取。这个，且当个悬案放在这里，它有无危险，是高是低，随它去吧；这又不是这里所要说的。

来到正文。我所要说的，是我自己体验出的一点道理：

幽默的人，据说，会郑重的去思索，而不会郑重的写出来；他老要嘻嘻哈哈。假若这是真的，幽默写家便只能写实，而不能浪漫。不能浪漫，在这高谈意识正确，与希望革命一下子就成功的时期，便颇糟心。那意识正确的战士，因为希望革命一下子成功，会把英雄真写成个英雄，从里到外都白热化，一点也不含糊，像块精金。一个幽默的人，反之，从整部人类史中，从全世界上，找不出这么块精金来；他若看见一位战士为督战而踢了同志两脚，似乎便有点可笑；一笑可就泄了气。幽默真是要不得的！

浪漫的人会悲观，也会乐观；幽默的人只会悲观，因为他最后的领悟是人生的矛盾——想用七尺之躯，战胜一切，结果却只躺在不很体面的木匣里，像颗大谷粒似的埋在地下。他真爱人爱物，可是人生这笔大账，他算得也特别清楚。笑吧，明天你死。于是，他有点像小孩似的，明知顽皮就得挨打，可是还不能不顽皮。因此，他有时候可爱，有时候讨人嫌；在革命期间，他总是讨人嫌的，以至被正人君子与战士视如眼中钉，非砍了头不解气。多么危险。

顽皮，他可是不会扯谎。他怎么笑别人也怎么笑自己。Rabelais，当惹起教会的厌恶而想架火烧死他的时候，说：不用再添火了，我已经够热的了。他爱生命，不肯以身殉道，也就这么不折不扣的说出来。周作人（知堂）先生[4]的博学，谁不知道呢，可是在《秉烛谈序言》[5]中，他说："今日翻看唱经堂《杜诗解》——说也惭愧，我不曾读过《全唐诗》，唐人专集在书架上是有数十部，却都没有好好的看过，所有一点知识只出于选本，而且又不是什么好本子，实在无非是《唐诗三百首》之类，唱经之不登大雅之堂，更不用说了，但这正是事实……"在周先生的文章里，像这样的坦白陈述，还有许许多多。一个有幽默之感的人总扭不过去"这是事实"，他不会鼓着腮充胖子。大概是那位鬼气森森的爱兰·坡[6]吧，专爱引证些拉丁或法文的句子，其实他并没读过原书，而是看到别人引证，他便偷偷的拉过来，充充胖子。这并不是说，浪漫者都不诚实，不过他把自己一滴眼泪都视如珍宝，那么，假充胖子也许是不可免的，他唯恐泄了气。幽默的人呢，不，不这样，他不怕泄气，只求心中好过。这么一来，他可就被人视为小丑，永远欠着点严重，不懂得什么叫作激起革命情绪。危险。

他悲观，他顽皮，他诚实；哼，他还容让人呢，这就更糟。按说，一个文人应当老眼看六路，耳听八方，有个风声草动，立刻拔出笔来，才像那么一回子事。战斗的时候，还应当撒手就是一毒气弹，不容来将通名，就给打闷了气。人家只说了他写错一个字，他马上发现那个人的祖宗写过一万个错字，骂了祖宗，子孙只好去重修家谱，还不出话来。幽默的人呀，糟心，即使他没写错那个字，也不去辩驳；"谁没有个错儿呢？"他说。这一说可就泄了大家的劲，而文坛冷冷清清矣。他不但这样容让人，就是在作品之中也是不肯赶尽杀绝。他看清了革命是怎回事，但对于某战士的鼻孔朝天，总免不了发笑。他也看资本家该打倒，可是资本家的胡子若是好看，到底还是好看。这么一来，他便动了布尔乔亚的妇人之仁[7]，而笔下未免留些情分。于是，他自己也就该被打倒，多么危险呢。

这就是我所看出来的一点点意思，对与不对都没关系。

[1] Aristophanes，阿里斯托芬（约前446～前385），古希腊喜剧作家，被尊称为"喜剧之父"。主要作品有《骑士》《和平》《鸟》《蛙》等。

[2] Rabelais，拉伯雷（1493～1553），文艺复兴时期法国最杰出的人文主义作家之一，代表作是长篇小说《巨人传》。

[3] Boccaccio，簿伽丘（1313～1375），意大利文艺复兴时期的著名作家，代表作为《十日谈》。

[4] 周作人（1885～1967），浙江绍兴人，鲁迅（周树人）之弟，著名作家和评论家。

[5] 《秉烛谈》，周作人的散文集，收录他写于1936年11月至1937年4月的作品。

[6] 爱兰·坡，今通译作爱伦·坡（Edgar Allan Poe，1809～1849），美国作家。

[7] 布尔乔亚的妇人之仁，指"兼爱"。参见《小型的复活（自传之一章）》注10。

丁聪《牛天赐传》插图

没法不「差不多」

说了这么半天，我可是只说的是个人的经验，我不过只会写一半个小故事，无足轻重；那会作出伟大文艺的主儿，也许跟这个一点不发生关系。比如说那有几百万财产的写家，自然没有稿费也还能写出伟大的东西来；那穷而后工的，越饿越来劲的，自然也不在乎有无稿费。我只是说我的老实话。我也不是说马上有出百元千字，我就立竿见影的能写出一部杰作；不，我只是说我若能有富裕时间写出富裕——也就是饭有富裕——我必定能写得稍微好一点，不至于永远吃八成饱，而来个「差不多」。

本文原载1937年4月17日《北平晨报》副刊《风雨谈》第15期。为老舍的一篇佚文，由河南大学刘涛发现，现根据刘涛著《现代作家佚文考信录》（人民出版社，2012年）辑录于此。

老舍本人极少参与文学论战，本篇算是一个特例，不过开篇即申明此为经验之谈，无意参加论战。1936年，在文坛发生的一场有关"差不多"与"反差不多"的论战。当年10月25日，沈从文在《大公报》副刊《文艺》第237期著文《作家间需要一个新运动》，把当时出现的创作题材与方法"差不多"现象理解为作家们"记着时代，忘了艺术"，从而引起了左翼作家的强烈不满，北平、天津等地的作家和一些报刊纷纷参与论争。为此，《大公报》副刊《文艺》于1937年2月21日登出"讨论差不多运动"专刊，随后又发表了沈从文进行解释和反驳的文章《再谈差不多》，论争进一步扩大，受到《晨报》《文学》《希望》《光明》等报刊的关注。

没法不"差不多"

这里只说由我个人经验中得来的话，一定不高明，绝不想参加什么"论战"。

我没有多么大的"才气"，至好不过会编几套也还热闹的故事而已。可是，编故事也需要编的时间与改的时间，不能像蒸窝窝头似的一揉就是一个。编的细，改的细，出来的活儿，不用说，也就细。故事即使毫不出奇，到底是加细作出来的体面。

这就出了问题，还先不用提什么伟大的文艺，这个那个的。我的时间由何而来呢？说句粗话，时间是用饭制成的。你就这么说吧，好比我一日三餐准有落儿，我就能放胆的细里求细，好还要好，去编故事。反之，我得天天去现找饭吃，我就没工夫去编故事。这点糙理儿大概谁都能琢磨得透。

好了，我说给你听吧：原先，我是个教书匠。为什么要教书呢？无非是狗熊耍扁担，混碗儿饭吃。可是，我又有写故事的瘾，怎办呢？有办法，我抓着空儿写。饭碗所在，在粉笔黑板之间，我得先捧稳了饭碗，而后偷偷的暗地里使劲于创作；薪水能拿得稳，才敢去找点外钱儿。几乎是没出息，强扯着文艺之神叫舅母——不知这位神仙是男性，还是大姑娘。可是，饶这么着，敢情还挺累得慌呢！暑假寒假，别人休息，我还干活；星期六晚上，人家去凑小牌，我还硬吃硬吃的写，一个人的精神是有限的，两气夹攻，就是块石头也得裂缝儿。你还挑眼，说我的故事不精细，马马虎虎；不马虎怎能有写成的那一天呢？"差不多"就行！

当然喽，自己既不傻，那有看不出"差不多"实非完全之策的道理，可干脆就是找不（出）时间来。这便如何是好？有了，放下粉笔，作个真正的写家，不是就能专心作一样事了吗？还是不提什么伟大的计划，还只就编编故事而言，能专心细编，至少得另有个样子吧？

火着心要这么办呀，只有这样似乎才对得起人。哼，事情可不凑巧。咱上有老母，下有子侄，中间还有咱自己，大家还都长着嘴！是一齐都饿杀，好教我去编两套体面的故事呢？还是心那么一软，而只去顾嘴，不管文艺呢？不好解决。像我这样不高明的人，自幼就饿怕了，简直不敢拿"穷而后工"作自家的标语。咱不是阔公子，准知道穷就不会工，要不然，也早工过一半回了。我由穷中体验出来的，倒是饿了就发晕，不能写文章。等等再说吧，文艺事小，饿死事大；要是世上的人全迷信穷而后工，大家都一致绝食写文章，人还死绝了呢，哪里去找文艺？　"差不多"就"差不多"吧，且教老母亲多吃一口有肉丝的菜吧。地道俗人，我晓得，不必等先生们骂。

一直耗到去年，我耗不下去了。太累了，整年的连轴儿转，上堂就拼命的喊，下堂就刷刷的写，不行，骨头已快钻到皮肤外边来，肺病已到七八期，还往下干么？咬了牙，不教书了！这一咬牙的工夫，自己真是佩服了自己！打这儿起，和文艺拼个你死我活！好好的写，细细的写，满打还不高明，至少也得篇篇有模有样，像回事儿！

到如今，已混了八个来月，怎样呢，伙计？两个大字的回答：坏了！还是"差不多"呀，没别的可说！

比如说写长篇吧，若是全篇一气写完，修改四五次，一定比粗枝大叶的一抹强多了。就暂定二十万字吧，用半年的工夫写，总不算很紧促了。写好，再用半年的工夫修改，也当然很说得下去。这就是一年。这一年的饭钱哪找去呢？要想月月有点进项，还就得硬着头皮随写随卖，"差不多"哟！一个月抓紧弄着，长篇的够登载就打住，无中生有硬去挤点短篇的，长的短的，肥的瘦的，如抽疯一般，一天到晚的写；事到临完，一个月进几十块钱。孩子们该上学的得上学，不上学的也得吃，还能把嘴缝上么？小的得吃，老的也得吃，房子得出租金，灯火茶水也不会白来，而稿费就是那么似有若无的一点点！我不是说我写的好，值得钱多，我是说文字根本没行市。没有行市，只好"差不多"了；劣货是钻不到大富之家去的。"差不多"就是没良心，不真诚，饿着也得好好的写：你行，我没这套本事。我的良心告诉我，改行吧，这里没饭吃。真的，等我把手下这点"差不多"的东西赶完，我还真得去另找个事儿作，受不了这份儿罪。

说了这么半天，我可是只说的是个人的经验，我不过只会写一半个小故事，无足轻重；那会作出伟大文艺的主儿，也许跟这个一点不发生关系。比如说那有几百万财产的写家，自然没有稿费也还能写出伟大的东西来；那穷而后工的，越饿越来劲的写家，自然也不在乎有无稿费。我只是说我的老实话。我也不是说马上有出百元千字，我就立竿见影的能写出一部杰作；不，我只是说我若能时间有富裕——也就是饭有富裕——我必定能写得稍微好一点，不至于永远吃八成饱，而来个"差不多"。

我也并不怨人家发稿费发得太少，因为书和刊物都销售不动，谁还能赔着钱干吗？我更不敢抱怨人们没有读书的习惯，和有好些个人根本不识字，不，我不敢抱怨，因为那么一来，就显着我有点小看人似的，实在不敢！

为艺术而牺牲，真是句体面的话；不过，我可不敢这么说，我倒很愿意被称为拜金主义者，假若有地方拜去的话。

【老舍青岛文集◎第五卷】

讲义

文艺思潮讲义

（第卅一 立体主义及其他）

这是资本主义，物质生活，与个人主义的混战时代；在这时只能有混沌，而艺术家们以个人所具的世界观想冲破这个混沌，可是大家都没能成功。他们的失败即是因为把物质主义与精神主义妥协起来，把个人主义与社会生活妥协起来，而没有具体的明确的办法。他们一部分的成功只是把艺术的束缚打破而开辟了一些新的道路，那更伟大一些的建设还要待诸后来了。

　　本篇为老舍1935～1936学年在国立山东大学执教时自编讲义的一部分，为其中的第三十一章，介绍立体主义及其他现代文艺思潮。根据舒济提供的老舍手稿录入。

　　老舍是以国立山东大学讲师的身份来到青岛的，第一学年，他为中文系学生开设《文艺批评》《欧洲文学概论》《小说作法》和《高级作文》等课程。在1935～1936学年，他被聘为教授，开设《文艺思潮》《欧洲文学概论》《高级作文》和《欧洲通史》等课程。他花费大量时间自编讲义，当时山东大学图书馆经常出现他的身影，博览群书之后方有所创见，从仅存的部分讲义之中，可以看到贯通的知识视野的开阔与严谨的理论态度。加上深厚的语言功底、真切的创作体会与兼容东西方的学术阅历，他的课充满了说服力和吸引力，深受学生欢迎。晦光在《记老舍先生》一文写道："他的课受到欢迎的原因，除了课程本身的内容以外，无外乎三点：一是他的风度，如儒雅而亲切的姿态，生动的语言和悦耳的声音等等；一是他的授课方式，不是照本宣科，而是有融合力的对话，很好地调动起学生的好奇心与能动性，形成自由的精神交流；三是他将丰富的创作经验和人文阅历带进了课堂，理论融化在经验之中。"讲台上，他是从容的，讲起来严丝合缝，妙语连珠，带来了生动活泼的气氛。幽默是他的风格，但并不滥用，恰当地区分了教授与作家在气质上的异同，即便是讲到生动处，表情却是严肃的，谓之"幽默寓于严肃"。学生们被吸引着，不仅听得欢喜，亦可收获一份沉思的机缘，狡黠的智慧之光在师生之间传递，讲的是知识，指的是文心。下课了，对话并不结束，会自动形成一个圆圈，学生们围绕着他，继续讨论，直到彼此领首道谢。

文艺思潮讲义

（第卅一　立体主义及其他）

"古代希腊的社会，是依据命运来说明生活的意义。基督教是将必然性的思想打基础于神的概念之上。封建主义则打基础于'由神加了使命'的国家权力的概念之上。在资产阶级社会里，却没有像这样的中心的意识形态的强制的力。在这里，意识形态的强制的力是完全具有无政府主义的性质，现示着许多深的矛盾的。（那最深的，是宗教与自然科学的矛盾）……在这种情势之下，那在自己的脚下感觉着例如数学或物理学底法则的，科学的法则的坚固基础的，客观的，小市民和思想家，就觉到在自己的周围有难耐的偶然的混沌。从一方面意识到这个事实，从他方面——缺乏中心的意识形态的强制的力，这在他心里自觉了什么坚固的地层，真理的欲求。这欲求乃和社会的心理的发展一起的成为一般的欲求；从这个一般的欲求，发生了立体主义者的艺术的流派。"[1]

所谓立体主义者[2]（Cubism）就是想除去生活现象的混沌与矛盾，而组织现象的合法则的秩序。因此，艺术家必先否认眼前的一切现象与姿态，以为这全是虚伪，而后才能另提出个新的创造。像印象派[3]所观察的还非真实，因为他们所观察的只是物的一方面，一时间的光色，而物绝不会是这么死静的简单的东西。譬如一树，依时间而受光的方面不同，时时变化；因所受的光之角度不同，颜色复异；因季节日夜之不同，远近之不同，姿态又变。那么树的真姿态必须是在一切方面，于是欲表现此真姿态乃非应用几何学不可。"唯有欧几里德[4]看见赤裸裸美。"自然是用数学的言语表现出来的，其记号为三角与圆。这个原理在廿世纪之初应用在绘画上，后来也用在文艺上——最有名的是诗人 G·Apolinaise[5]。

沿着立体主义而发生的有纯粹主义[6]（Purism）。在纯粹主义者看：立体主义缺乏着像音乐律动那样的明了的法则，所以还是不确实的。因此，纯粹主义者走向生物学及生理学上去，想把每一个色，每一条线，能在人人心中引起同样的生理的感觉。例如，直线是决断的感情，而赤色是热的感情等等。这样，则美学是以科学的正确，阐明感觉的一切生理学的法则。换言之，即艺术成为感情的数学的系统化了。

这个主义起于欧战后的法国。

纯粹主义给予立体派的转动，是走向机械的美学。可是这与未来派[7]的主张又不相同。在这里，几何学的秩序被用于人生上，即产业与艺术须完全融合，艺术为全社会生活的装饰。机械的美学者是承认艺术的功利的原则。这就是构成主义[8]（Constructivism）的基本理论。它是依物质之数学的，机械的相互关系，将艺术重行建设起来。构成主义者应当同时是艺术家，技师，机械匠，与建筑家。在这样的艺术家看来，色彩与形体并非空虚的美的要素，乃是有自身的现实的价值。对于他，个个的绘画，雕刻，建筑，并不存在；只有其中包含着绘画的，雕刻的，建筑的要素之全体艺术才是存在的。

构成主义慢慢的由机械的改良，与装饰而走向为全社会作有益的工作是很显然的，与此相反的，则是继踏踏主义[9]而来的超现实主义（Sur-realisme）[10]。"所谓超现实主义，便是舍去了踏踏主义所有的对他的关心，而走向于一种纯粹的对内的关心。他并非为了某事而行为，也不是为了某物而创作，他是纯粹为了自己着想。即如一水母漫然浮于海面上，浴于辉耀的阳光中，碧空和海底的神秘互相沟通。他不是束缚于物质的，也不是死板的形骸的反复。他始终是作家的心的表现，也可说是一种人工乐园。就像一种新鲜的梦的样子，有明灭着的游星的精神。"这是与构成主义的建设性完全相反的。它所尊重的机能不是经验，不是理论，而是想象力："人为模仿步行而造出车轮，这一点也不像人的脚。人是这样的于不知不觉之间，作着超现实的事。"

我们已介绍了廿世纪的十来个艺术的主义了，可是我们还没有说完全。似乎不必再多介绍了，因为已介绍过的是比较重要的，而且就是这几个比较重要的也是忽起忽灭，更不用说那些更微小的是如何容易死去了。我们顶好在已介绍过这些主义之后，再看一看它们的时代背景；这一定能帮助我们更了解一些它们的所以然。

廿世纪初期的艺术家们所表现的，是资本家的内部生活的形形色色，混乱的形象。资本主义的文明在廿世纪初期已走向崩坏的命运，从廿世纪初到大战前的文艺，差不多就是描写这正在崩坏的家庭生活、社会生活等等。法国法郎士，英国萧伯纳，都是否定当时的社会，而嘲讽笑骂之。这种站在高处冷笑的态度，使作家们陷于贵族式的怠惰。他们只有冷嘲，而没有积极的主张。

在这种讽刺的文艺之外，便是神秘的，象征的文艺，努力于形式的技巧，而内容失于空洞。他们要以神秘达到智力所不能解说的境界，欲于幻想的怡悦中把有限结合于无限。

这两个态度——讽刺与神秘——也就是后来各派的总因。所谓未来主义等，都想打倒象征派的文艺，可是它们的内在精神还是一种不安的伤感性，与虚无主义的狂暴。在这里，文艺只有两条路好走，一个是接近社会，认识社会的物质的能力，如未来主义与同时主义等。一个是反逆者，即个人不能服从社会，而想由个人胜过一切："个人是一切，一切都是为个人而存在。""一个时代的特征是依据那时代的诗人和艺术家而决定的。"这是表现派等的主张。可是不论在未来主义中，还是在表现主义中，甚至于是立体派中，都有这个特征：凡是自己以为可能的，就全是可能的。这就是说，在个人心中完成的一切东西都是确实的现实。个人以为是真理的，都当作宇宙的真理。"我是最弱的细胞。但有谁歌唱着吧……倘若不是我，那么有谁歌唱着吧，唱着一切无声的歌……""我是小小的东西；我并非小小的东西。我——是伟大。我——是混杂着，富有宇宙，我——是神们的神。"这种神秘性是普遍存在着的。未来派的最初理想是汽车与飞行机等；构成主义者的最初理想是巨大的建筑物。但这等现实的物渐渐不但成为理想，并且成为抽象的观念了。这些东西成了未来的本质，而目前一切的东西彷彿都是为他们而存着了。于是起端于唯物论及现实主义的主张，乃复为关于生活的物质方面的神秘主义。

至于讽刺的态度，则于踏踏主义与超现实主义中极端的表现出轻蔑与嘲弄来。

这是资本主义，物质生活，与个人主义的混战时代；在这时只能有混沌，而艺术家们以个人所具的世界观想冲破这个混沌，可是大家都没能成功。他们的失败即是因为把物质主义与精神主义妥协起来，把个人主义与社会生活妥协起来，而没有具体的明确的办法。他们一部分的成功只是把艺术的束缚打破而开辟了一些新的道路，那更伟大一些的建设还要待诸后来了。

---

[1] 原稿中，这一段加双引号，应是作者引用的资料，出处不详。

[2] 立体主义，西方现代艺术的一个流派，1908年始于法国，主要代表人物是毕加索和布拉克。毕加索的油画《亚威农少女》，被认为是第一幅包含了立体主义因素的作品。

[3] 印象派，亦称印象主义，19世纪60年代肇兴于法国的艺术思潮，名出莫奈（Claude Monet）的《印象·日出》，构成现代绘画的起点。马奈、莫奈、德加、塞尚、梵高、雷诺阿、拉乔等为其主要代表人物。

[4] 欧几里德（前325～前265），古希腊数学家，人称"几何之父"，

[5] 阿波里奈（1880～1918），法国诗人、作家和文艺评论家，超现实主义运动的先驱之一。主要作品有诗集《烈酒集》《图画诗》及小说集《异端派首领与公司》《被杀害的诗人》等。

[6] 纯粹主义，亦称后立体主义，1920年基于新帕拉图哲学而产生的一种艺术思潮，流行于建筑和雕塑领域，提倡新造型观念，迷恋立方体、圆锥体及其光影变化，勒·柯布西耶和欧赞凡为其代表人物。

[7] 未来派，二十世纪一零年代兴起于意大利并传布于欧洲的一种文艺思潮，首倡者为意大利诗人马里奈缔（Marinetti）。全盘否定传统价值，以尼采、柏格森哲学为根据，崇尚艺术的"现代感觉"。

[8] 构成主义，亦称结构主义，形成并发展于二十世纪初到二十年代的俄国，强调不同的材料的空间动势。

[9] 踏踏主义，今通译为达达主义，1916年至1923年间出现于法国、德国和瑞士的艺术流派，主张通过废除传统美学形式以发现真正的现实，具有叛逆性、反美学特征。

[10] 超现实主义，二十世纪二三十年代源出达达主义、兴起于法国、盛行于欧洲的一种文艺思潮，崇尚超现实、超理智的梦境，致力于发现人类潜意识心理的表现，以幻觉作为艺术创作的源泉。

《文艺思潮讲义（第卅一　立体主义及其他）》手稿

世界文学史讲义

（第五章 希腊的历史和历史家）

就文艺言，希腊也给欧洲创出各种形式，历史即其一。历史如何写法，今人熟之；但希氏则不然。在希腊语中历史实为考察之意，他要写希腊与波斯人的伟大事件；注意，他把敌人与本国平等对待。他是创始者，因而也与近代所著历史不同。近代史非常详细完整，希腊者则否。其写法亦异，近代史家从许多事实中提出教训，希腊者则客观的描写，不加批评。希腊差不多写什么都不加自己的意见。

　　本篇为老舍1935～1936年在国立山东大学任教时自编讲义手稿《世界文学史》的一部分，为其第五章《希腊的历史和历史家》。根据舒济提供原稿录入。

　　从现存资料中，未见老舍在山东大学开设《世界文学史》课程的明确记载，使用荒岛书店稿纸，钢笔书写，笔触较轻。老舍在国立山东大学中文系任教时，自编有多种讲义，但其中的大多数已散佚，现仅存本篇及《文艺思潮讲义》的一部分。从这些自编讲义中，可对他的教学艺术有所察见，亦可认识到学者老舍的特质，舒缓、缜密与严谨的智慧之光流露在字里行间。

世界文学史讲义

（第五章　希腊的历史和历史家）

　　希腊文化的价值，一半因其成——如文艺，雕刻等——一半因为把一切后来的问题都想到，虽未能都解决。历史上没有一个时代有这么大的贡献——或应说努力。

　　就文艺言，希腊也给欧洲创出各种形式，历史即其一。历史如何写法，今人熟之；但希氏[1]则不然。在希腊语中历史实为考察之意，他要写希腊与波斯人[2]的伟大事件；注意，他把敌人与本国平等对待。他是创始者，因而也与近代所著历史不同。近代史非常详细完整，希腊者则否。其写法亦异，近代史家从许多事实中提出教训，希腊者则客观的描写，不加批评。希腊差不多写什么都不加自己的意见。

　　希氏终身足迹遍天下，所著史九卷先写波斯，埃及，小亚细亚[3]，南俄，结局写波斯的侵伐希腊，波斯败于四七九。合适的题目是"希腊与外人的故事"。最大的一个旅行家。他善于记载所见所闻的。但所见的有许多他不懂的事，即使自己不信的，也记下来。他好奇，把平常的事（他没见过的）都记了下来。

　　修[4]生于四七一。在四二四年为雅典舰队长在北希腊。以失城被逐，不准回雅典。详写雅典，司巴达之战[5]的起因，写至四一一年，未完而止。他的史也和近代的不同，不写别的，只写了雅典帝国——一共和国的帝国——为世界之新物。当战争时此帝国何以支持自己。他的思想是很深刻的，他绝对不偏不倚，写当代事而这样公平成为不可能的。他是雅典的爱国者，从史中看，不辨为雅典人或司巴达。他自己的关系也是如此。他是第一个科学的历史家，目的为写出真实。对地理，风俗等他都有近代科学味的观察。历史必须正确，科学的，公平，而且有想象——把事写活了。修兼而有之。他也是政治思想家，此等思想往往见于书中想象的谈话。最有名的一段Pericles[6]在墓旁的讲演，今尚用之。P. 所记得。此段以观希腊当日政治及情感的情形，最为重要。

　　Mesopotamia[7]于四〇一年希腊军募兵万人在美索波多米亚助波斯内战，波斯将战死，兵困于饥寒，廿年将军，Mesopotamia年廿五被选为将军，后乃写新史。他的思想与想象均不及修与柏拉图[8]。他的风格自然，无惊人处，但平顺可喜。

　　Paralbl Luies[9]生于纪元后。他的双传[10]最善描画，为文艺复兴以后最为风行。引起后代写传记的观念。给伊力莎白[11]时戏剧的材料——除《圣经》而外，此为最有势力。

六章 *Iliad*[12]=about Ilion　*Troy*[13]=Ilios

荷马只是一名，他的意见不可得知。

史诗发展到此而止，以后则别种文艺兴起。

1．善选材。2．处处紧凑。3．始终不形容 Helen[14]只说对她的印象。4．以战争表现各种生活。5．不陈意见。6．方面多。7．事事活动。8．没有它即无后代史诗。9．不注意细节，从大处下笔。

是希腊民族南侵时代之一幕，而成于较后的时期。与第五世纪完全不同。此为一大悲剧，生活极苦，而神不可知，不得不战，而实觉得人如草木。

从风格，神学，地理来看，*Odyssey*[15]比 Iliace[16]要晚着两世纪。此书趣味不在战争，而在旅行，或系几世纪间的通商地理说明，而加入希腊的故事。Iliace 讲 Qe·Lules[17]的年轻气壮，此则述 O. 的中年归家。它不及 I. 之高伟完整，但更有趣味，因为它说着日常生活。

---

[1]　希氏，即希罗多德（ΗΡΟΔΟΤΟΣ），（前484～前425），古希腊著名作家和历史学家，他把旅行见闻及第一波斯帝国的历史纪录了下来，著成《历史》一书，缘此而被称为"历史之父"。

[2]　波斯人，西亚国家伊朗的主体民族，中国古称伊朗为波斯。

[3]　小亚细亚，亚洲西南部的一个半岛，位于黑海和地中海之间，今土耳其半岛位置。

[4]　修，修昔底德（Thucydides），古希腊历史学家，约生活于公元前5世纪，主要著作有：《伯罗奔尼撒战争史》。修昔底德在这部著作中提出了一个著名观点，被后人称之为修昔底德陷阱。他在本书中说："使战争不可避免的真正原因是雅典势力的增长和因而引起斯巴达的恐惧。"也就是说，一个新的大国的崛起之后，必然会挑战已经存在的大国，而这个大国也会必然地进行回击，因此，人类世界上的战争就不可避免。

[5]　司巴达之战，古希腊时期，雅典与斯巴达两个城邦为争夺希腊半岛的领导权而展开了一场持续30年的战争，最终以雅典的失败而告终。

[6]　Pericles，伯里克利斯（约前495～前429），古希腊政治家。

[7]　Mesopotamia，美索波多米亚，广义指底格里斯与幼发拉底两河的中下游地区，狭义的仅指两河之间的地区。从本文的上下文关系来看，使用英文"Mesopotamia"和中文"美索波多米亚"用意不同，使用英文"Mesopotamia"时，应为人名，使用中文"美索波多米亚"时则指地名。参证相关史料，这里的"Mesopotamia"似以地名代人名，指古希腊历史学家色诺芬，他于公元前401年参加希腊雇佣军助小居鲁士（Kurush，约前424～前401）争夺波斯王位。"后乃写新史"是指色诺芬的著述《远征记》《希腊史》以及《回忆苏格拉底》等。色诺芬在《远征记》里写到了在美索不达米亚地带参与战争的故事。在这篇讲义中，老舍分别写了希罗多德、修昔底德和色诺芬三位古希腊的历史学家。

---

[8] 柏拉图（Πλάτων，约前427～前347），古希腊著名哲学家，他和老师苏格拉底、学生亚里士多德并称为古希腊三大哲学家。

[9] Paralbl Luies，古希腊著名作家普鲁塔克（Plutarch，约46～120）的《传记集》（Parallel Lives），但在此处，老舍显然是用来作人名的，应是以书名来代指其作者。

[10] 《传记集》亦称《希腊罗马名人传》或《比较列传》，其一大特色是，有46篇是成对的，即一个希腊人物和一个罗马人物相比较，例如亚历山大大帝和凯撒大帝为一对，所以老舍在此称之为"双传"。

[11] 伊力莎白，今通译为伊丽莎白（Elizabeth），英国都铎王朝的最后一位君主，在位时间是1559年11月17日至1603年3月24日。伊丽莎白统治的时期是英国文化的一个高峰期，尤其是诗歌和话剧进入了一个黄金时代，莎士比亚即是这个时代的伟大戏剧家、诗人。

[12] *Iliad*，《伊利亚特》，古希腊盲诗人荷马（Homer）的叙事诗史诗，叙述特洛伊战争第十年（最后一年）中几个星期的活动，主要内容是希腊人远征特洛伊城的故事。

[13] *Troy*，特洛伊，古希腊殖民城市，此处指希腊史诗《特洛伊》，亦称《伊里亚特》。所以老舍在此用英语表示出来：Troy=Ilios，此处疑有笔误，Ilias 写成了 Ilios，或抄写时笔误。

[14] Helen，即海伦，古希腊第一美女，因与特洛伊王子帕里斯的私奔而引发了特洛伊战争。

[15] *Odyssey*，即《奥德赛》，古希腊的两部著名史诗之一，讲述了希腊英雄奥德赛在特洛伊战争中取胜及返航途中的历险故事。

[16] Iliace，疑为 Ilias 的笔误或者当时 ce 也可以写为 s。待考。

[17] Qe Lules，疑为 Qe Luies 的笔误，即阿喀琉斯，希腊史诗《伊里亚特》中的英雄，其基本的形象气质与老舍讲义中所言"年轻气壮"相似。

《世界文学史讲义（第五章　希腊的历史和历史家）》手稿

老舍青岛年谱

〖说明〗

本年谱记载老舍在青岛的生活、工作和文学活动，以及离开青岛以后与青岛时期的作品和故交直接关联的部分事迹，主要涉及如下方面的内容：

一、1934年秋，老舍来青岛的缘由、过程特别是初至青岛的时间。

二、1934年秋至1937年夏，老舍在青岛的居住情况，其主要寓所的地理位置、环境特色、基本面貌及变迁轨迹。

三、在青岛期间，老舍的家庭生活情景，包括其夫人胡絜青的工作、其子女舒乙和舒雨的出生情况。

四、1934年秋至1936年夏，老舍在国立山东大学任教期间的教学、学术研究、讲演情况，同人关系、师生关系以及在校内参加的各种活动等方面的情况，兼及山东大学的历史演进与现实状态。

五、1936年夏，老舍辞去山东大学教职的缘由及相关背景。

六、在青岛期间，老舍的文学创作，包括本文集收录的全部作品以及其他相关作品的创作、发表与出版等方面的情况，对主要作品的主题、构思、写作过程及文学史价值予以适当评述，引述作品片段。

七、1935年夏秋之际，老舍与文学界同人共创《避暑录话》的缘由及相关史迹，其本人及同人作品发表的情况。

八、在青岛期间，老舍与文学界及各界人士的交往情况，与同人和朋友宴饮、娱乐等方面的情况，主要友人的简略生平。

九、在山东大学以外的场所，老舍的讲演及相关社会活动等方面的情况。

十、在青岛生活期间，老舍的各种爱好与相关经历，如打拳、养花、养猫、唱戏等方面的情况。

十一、在青岛生活期间，老舍参加、接触或者听闻的部分历史事件。

十二、老舍与自然对话的情形，对青岛四季流变及其特征的感受，对地域精神的发现、描述与阐释。

十三、在青岛期间，与往日旧友的联络，与外埠友人往来通信等方面的情况。

十四、1937年"七七"事变以后，老舍对自我处境和青岛特殊时期历史状态的记载，全家离开青岛的经过及相关背景。

十五，承载和反映老舍青岛岁月的场所、名胜古迹的简单情况。

十六、表现老舍之思想、精神格调的各种事物以及相关行迹。

十七、1937年8月中旬告别青岛以后，老舍对青岛的回忆及相关作品的情况，与青岛故人联络和交往情况。

十八、出现在老舍作品、他人作品或相关史料中的其他关于老舍的记载。

十九、1981年，老舍夫人胡絜青及长女舒济来青岛寻访老舍故居的情况。

二十、2010年，黄县路老舍故居修复并辟建为骆驼祥子博物馆的情况。

上述内容按照时间先后顺序依次记入本年谱，对1934年9月上旬至1937年8月中旬在青岛生活期间的事迹予以尽量周详的记载，对来青岛之前及告别青岛以后的涉及青岛或关联人物的事迹予以简约记载。从时间跨度上，本年谱涵盖本文集所收录的全部作品，连续记载各年度的情况，以本文集中老舍的最后一篇作品《致赵太侔》信函为节点，此后事迹不再叙述。本年谱最后部分，对1981年3月间老舍夫人胡絜青及长女舒济来青岛寻访旧迹的情况予以简约记载，对2010年5月老舍故居全面修复并辟建为骆驼祥子的博物馆的情况予以简约介绍，追怀老舍的人格魅力和文学光辉。

本年谱主要依据老舍本人作品及其发表期刊与作品集、档案文献、家人文章与口述、相关人物著述、友人和学生回忆录以及其他资料进行整理和编纂，查阅了大量基础档案，参考了既有的多种《老舍年谱》及相关资料（详见卷后所列参考文献）。本年谱行文中，对具体引用的内容予以注明。以老舍作品为起始而编列的条目，均在每条开头注明该作品原发表刊物的名称与刊号，在每条末尾注明该作品收入青岛时期初刊作品集的名称，注明《老舍全集》（人民文学出版社，2013年修订版）及本文集中的收录卷次，个别佚文注明考证著作信息，所有刊号和卷号均以阿拉伯数字表示。

希望通过本年谱，可以呈现出一个真实、生动、丰富而深刻的老舍，一个在现代文学与地方文化双重记忆中活着的老舍，以达成一个人与一座城的恒久对话，一个人与所有人的共同理解，在实现老舍与青岛之相互见证的同时，进一步展开文学澄明与文化自觉的恢弘视野。然受制于史料舛缺、时间紧张及编纂水平有限等原因，必然存在着诸多缺憾，虽难免挂一漏万之拙，尚祈有抛砖引玉之效。

一九三四年　老舍三十五岁

5月20日	《人间世》"今人志"栏目刊文介绍老舍，文中写道："老舍回国，带来强健的身体和小说家的称号。当他将上英国的时候，熟人对他的母亲都说：'老舍回不来了！'这么瘦的身体！六年后，证明这种顾虑是狂妄。他的面容有江浙的清秀，油黑的头发向左右分开，右边略长；一身洋服，穿得很自然，像在异国长大的。指头细小，显出作家的征象。"（王斤俊：《老舍》，《人间世》1934年 第4期）
上半年	老舍继续在齐鲁大学文学院执教，居济南南新街54号（今58号）。自1930年夏至1934年夏在济南生活的四年中，文学创作取得重要成果，有长篇小说《大明湖》《猫城记》《离婚》和《牛天赐传》（完稿于当年8月），有短篇小说集《赶集》（收《微神》《黑白李》等十五篇小说），另有《老舍幽默诗文集》和系列散文《一些印象》《济南通信》等，这些作品成为老舍即将在青岛迎来文学创作巅峰时期的前奏。其间，他不断接触到关于青岛的信息，开始关注青岛。
6月29日	为全力写作，下决心辞去齐鲁大学的教职，以期实现内心蓬勃的文学理想。"我在老早就想放弃教书匠的生活，到这一年我得到了辞职的机会。六月二十九日我下了决心，就不再管学校里的事。"（老舍：《我怎样写〈牛天赐传〉》）
夏至初秋	接到国立山东大学校长赵太侔的来函，基本答应了前去任教的邀请，不过似乎还留有余地。长篇小说《牛天赐传》完稿以后，老舍于8月19日动身去了趟上海，目的是看看那里有否让他安身立命的条件和做"职业写家"的可能性。"结果，我拒绝了好几位朋友的善意，决定到上海去看看。八月十九日动了身。"（同上）然未能如愿，失望而归。在上海期间，他与茅盾、赵家璧、郑伯奇及马国亮等人见面。过

南京，与旧友白涤洲、齐铁恨相会，甚喜。"八月底，我们三个——涤洲，铁恨，与我——还在南京会着。多么欢喜呀！"（老舍：《哭白涤洲》）九月初回到济南，经与夫人胡絜青研议，决定正式接受山东大学的聘书，立即到青岛任教。翌年春，在为小说集《樱海集》所作的序言中，老舍对这一段经历作出了如下追叙："我在去年七月中辞去齐大的教职，八月跑到上海。我不是去逛，而是想看看，能不能不再教书而专以写作挣饭吃。我早就想不再教书。在上海住了十几天，我心中凉下去，虽然天气是那么热。为什么心凉？兜底儿一句话：专仗着写东西吃不上饭。第二步棋很好决定，还得去教书。于是来到青岛。"多年以后，在《我怎样写〈骆驼祥子〉》一文中再度予以追叙，他说："在齐大辞职后，我跑到上海去，主要的目的是在看看有没有作职业写家的可能。那时候，正是'一二八'以后，书业不景气，文艺刊物很少，沪上的朋友告诉我不要冒险。于是，我就接了山东大学的聘书。"青岛，等待着老舍的来临。

| 同期 | 与齐鲁大学新聘的中文系教授马彦祥见面，谈及辞去齐鲁大学教职及接受山东大学聘书的相关缘由。马彦祥回忆说："一九三四年暑假，那时我刚离开天津《益世报》不久，回到了北平。一天，齐鲁大学的中文系主任郝晒蘥来看我，说下学期老舍先生将离开齐大，不接受聘书了，想邀我去接替他的教职。……不久，我到了济南。那时老舍先生已接了山东大学的聘书，但还没有离开济南，我专程去拜望了他。我们因已有了几次通信，互相有初步了解，所以一见如故。从他的坦率谈话里，我才知道他之所以离开齐鲁的原因，是因为这个教会大学，除了文、理学院之外，还有神学院，校风十分保守。教员们大都是洁身自好，不问外事，除了教书之外，别无其他活动。整个学校，死气沉沉，连一点学术空气也没有，真闷死人！最后老舍先生又补充了一点说，这里的生活条件还不错，如果你想读点书或想写点什么，这里的环境是不错的。不久，老舍先生便去青岛（山大）了。我在齐鲁呆了一年，证明老舍先生的话完全是根据他的亲身体验，丝毫也不过分。所以，我也只教了一年，到南京剧校教书去了。"（克莹、侯培中采访整理《马彦祥谈老舍》，载《剧坛》1984年第4期） |

| 同期 | 许地山到济南拜访老舍，后至青岛游历并写下小说《春桃》。嗣后，致函老舍，言青岛是个利于写作的好地方，赞成老舍来青岛工作。事 |

见青岛图书馆原馆长鲁海与老舍夫人胡絜青于1984底至1985年初的往来通信。相关情况，鲁海撰文介绍说："很快收到胡絜青复函，她说得较详细，说老舍在英国伦敦的时候已认识同在伦敦的许地山，从那时二人是终生的好朋友，她说许地山经济南见过老舍后到青岛。给老舍信中说青岛地方很好，利于写作，在青岛时创作了小说《春桃》。老舍从济南到青岛与许地山的信多少有些关系。"（鲁海：《许地山曾给青岛中学写校歌》，2008年9月18日《半岛都市报》）

8月1日 杂文《避暑》发表于上海《论语》第46期。文中两次提及青岛，言："北平的西山，青岛，和其他的地方，都和洋钱有同样的响声。"又言："到底钱是不必非花在青岛不可的。"表达了对时下因"避暑"而虚荣、而受罪的讽喻之意，言明避暑更在于"心静自然凉"而非花钱追赶时髦。收《老舍全集》第15卷。

8月20日 老舍将要来校任教的消息在国立山东大学得到确认和公布，校内外充满了期待。《国立山东大学周刊》第83期刊文报道，言："本大学本学年所聘各系教授，讲师，助教等，业志前刊。兹又聘定童第周，王宗清为生物学系教授，萧津为土木工程学系教授，舒舍予为中国文学系讲师，水天同为外国文学系讲师，王文中为化学系讲师，均可于开学前到校云。"（《本校续聘各系教员》）

9月1日 数月前写于济南的新诗《鬼曲》发表于上海《现代》第5卷第5期。诗的起始部分是："在个风微云重的冬天，疏散的雪花轻落。／三五只寒雀躲在窗前，吞着头彼此时时偷看；会意的偶尔啾啾两声，今日的饥寒也许是／'自然'的慈善：雪掩的麦田预言着端午的金粒。／冷气慢慢培肥了雪花，也密起来，前仆后继。／没有管弦的轻舞似狐步无声，树枝与小风也不再低语。／三伏三九是午睡的故乡，无聊伴送我入了梦境：寒花似的抱着些悲酸，乱世人，哎！哪有香甜的梦。／在条空路上我独自前行，微光仅足拦回过度的恐怖。／切盼面前有些灯光，／或是犬吠，给行人点安慰，宇宙似还没有诞生，／连海菱样的蝙蝠也不见一个。／不敢折回，知道来时／并未遇见什么人，物。／听着自己的足音，／看着自己的襟袖，／连头也懒得抬一抬，／希望中的星天是无边的黑暗。"诗末附言："今年春天，忽然想到'鬼曲'；谁知是怎么想起来的呢。它是个梦中的梦。"某种程度上，可将此诗视为老舍内心之"但丁情结"的一次闪现，或者说是老舍式的一个《神曲》片段，浸润着灵性文学的幽光。1924年至1929年在伦敦大学东方学院教书期间，老舍遍读欧洲今古文学名著，尤其倾心于意大利诗人但丁的《神曲》："使我受益最大的是但丁的《神曲》。我把所能找到的几种英译本，韵文的散文的，都读了一过儿，并且搜集了许多关于但丁的论著，有一个不短的时期，我成了但丁迷。读了《神曲》，我明白了何谓伟大的文艺。论时间，它讲的是永生。论空间，它上了天堂，入了地狱。论人物，它从上帝、圣者、魔王、贤人、英雄一直讲到当时的'军民人等'。它的哲理是一贯的，而它的景物则包罗万象。它的每一景物都是那么生动逼真，使我明白何谓文艺的方法是从图象到图象。天才与努力的极峰便是这部《神曲》，它使我明白了肉体与灵魂的关系，也使我明白了文艺的真正深度？"

（老舍：《写与读》）"他决定步随但丁，去探索文艺的真正深度，去创作永生的、完整的、一贯的、包罗万象的、生动逼真的文学。"

（舒乙：《老舍的关坎和爱好》，中国建设出版社，1988年）与翌年写于青岛的《礼物》一样，本诗代表着老舍新诗创作的艺术成就。收《老舍全集》第13卷。

本日	杂文《暑中杂谈二则》发表于上海《论语》第48期。小记檐下雨滴与留声机，趣谈其事。收《老舍全集》第15卷。
9月5日	杂文《习惯》发表于上海《人间世》第11期。写"习惯"的持久性以及对某些"时髦"的不习惯，行文中提及"青岛洗海澡"，结笔于"行难知易，有如是者"。收《老舍全集》第15卷。
本月上旬	告别济南，抵达青岛，人生、文学创作与学术研究正式进入了青岛周期。来青后，择莱芜路与登州路拐角处一所平房安家，此屋处于山大校园的西北方，建于20世纪20年代，是当时中产阶级的普通住宅，老舍一家在此住了约半年时间。"1934年的秋初，老舍接受了山东大学文学院的聘约，我们全家从济南搬到青岛，住在山大身后的一座洋式平房里。这所房子，当时位于莱芜路，现在是登州路10号甲。如今的这一带，已是楼房成片，人口稠密的所在了；四十多年前，却比较空旷，我们一家孤零零地住在这里，四周没有多少人家，不甚方便。"

（胡絜青：《重访老舍在山东的旧居》，《文史哲》1981年第4期）1981年3月，老舍夫人胡絜青携长女舒济来青岛寻访旧居，找到了这所房子，留影并题记："莱芜路今改为登州路平房，前貌，曾居住约

半年。絮青记于八一年三月下旬。"照片现存青岛骆驼祥子博物馆。莱芜路寓所今已不存。

同期	入国立山东大学校园，拜访赵太侔校长，了解学校的历史和环境。山东大学坐落于青岛前海老城区的东北部，群山环抱，距青岛湾和汇泉湾不远。校舍原为德国人建于20世纪初的俾斯麦兵营，为新文艺复兴与青年风格派相结合的建筑群落。1924年，私立青岛大学在此启幕，胶澳商埠督办高恩洪任校长。1929年6月，经时任中央研究院院长蔡元培的建议和协调，南京国民政府决定将拟议中的国立山东大学移址青岛筹办，成立了由何思源、蔡元培、杨振声、傅斯年、王近信、赵太侔、彭百川、杜光埙、袁家普等9人组成的国立青岛大学筹委会，决定在私立青岛大学原址组建国立青岛大学，杨振声被任命为首任校长，开设文、理、教育三院（含中国文学、外国文学、数学、物理、化学、生物、教育行政及乡村教育8个系）和相关机构，当年9月21日举行开学典礼。尊奉蔡元培在任北大倡行的"思想自由，兼容并包"思想，创校校长杨振声打破门户之见，广纳海内名师，构建学术高地，延聘闻一多（文学院院长兼中文系主任）、梁实秋（外文系主任兼图书馆馆长）、黄敬思（教育学院院长兼教育系主任）、赵少侯（外文系法语教授）、黄际遇（理学院院长兼数学系主任）、蒋德寿（物理系教授）、王恒守（物理系主任）、汤腾汉（化学系主任）、曾省（生物系主任）、蒋丙然（物理系兼职教授）、赵太侔（中文系教授）、张道藩（教务长）等学界精英共襄盛举，随后两年中又有沈从文、陈梦家等人前来任教。1932年9月，更名为国立山东大学，赵太侔接任校长，随后数年间，在稳定原有师资基础上，又增聘老舍、洪深、张煦、丁山、台静农、王淦昌、童第周、曾呈奎等名师加盟。老舍到来之际，大学荣光继续弥漫，青岛业已成为海内瞩目的学术重镇。自此始，老舍的青岛岁月如约开启。他是1934年到1936年山东大学人文学科的代表人物之一，在此度过了两年相对稳定而安适的教书生涯，在其生命历程中这是一盏温暖灯塔，在大学历史上也是一个闪光路标，就其精神丰富性和职业稳定性来说，这是一个建立在物质与精神平衡基础上的"黄金时代"。
9月11日	是日高爽无伦。午间，在山大中文系主任张煦（怡荪）陪同下拜访文理学院院长黄际遇。时，黄际遇的住所为山大第八宿舍，自1930年

起，他与时任国立青岛大学文学院院长的闻一多及中文系讲师游国恩（泽丞）同住此楼，1932年1月，闻一多离开青岛赴清华大学任教。关于老舍的来访，黄际遇在日记中写道："午，怡荪偕舒舍予来，泽丞来，啸咸来，不期而会，相见亦无事，重与细论文。舍予前尝在历城典试同评阅国学试卷。"（黄际遇：《万年山中日记》第二十一册）黄际遇为文理兼备的著名学者，其日记保存了关于当时学者交游与大学生活的丰富的信息。随后几日，老舍与赵少侯、洪深、游国恩、邓仲纯等山大同人陆续见面，彼此融洽。

9月15日	《青岛民报》刊登《山大添聘各系教授》报道，向社会发布了老舍应聘来国立山东大学任教的消息，引起关注。
9月16日	写于济南的长篇小说《牛天赐传》开始在上海《论语》第49期连载，至1935年10月16日上海《论语》第74期续毕。1936年3月，人间书屋首度出版单行本。收《老舍全集》第2卷。1936年夏，老舍在青岛撰述《我怎样写〈牛天赐传〉》，回顾了这部作品的写作过程，总结了相关经验，而且言明："前些日子，我与赵少侯兄商议好，合写'天书代存'——用书信体写《牛天赐续传》。"（老舍：《我怎样写〈牛天赐传〉》）收《老舍全集》第2卷。
本　日	写于济南的旧体诗《题"全家福"》发表于上海《论语》第49期。1934年夏，老舍与夫人胡絜青、长女舒济在济南南新街寓所合影留念并为之题诗，曰："爸笑妈随女扯书，一家三口乐安居。济南山水充名士，篮里猫球盆里鱼。"收《老舍全集》第13卷。
本　日	写于济南的旧体诗《论语两岁（二首）》手迹发表于上海《论语》杂志第49期。其一曰："共谁挥泪倾甘苦？惨笑唯君堪语愁！半月鸡虫明冷暖，两年蛇鼠悟春秋：衣冠到处尊禽兽，利禄无方输马牛。万物静观咸自得，苍天默默鬼啾啾。"其二曰："国事难言家事累，鸡年争似狗年何？！相逢笑脸无余泪，细数伤心剩短歌！拱手江山移汉帜，折腰酒米祝番魔；聪明尽在胡涂里，冷眼如君话勿多！"收《老舍全集》第13卷。
9月17日	国立山东大学新学年（1934~1935学年）开学，老舍与学生见面，并开始组织授课。本学年，舒舍予（老舍）被聘为山东大学中国文学系讲师。当日刊载于《国立山东大学周刊》第84期的《本学年各系所开学程》，列出老舍开设的课程，有《文艺批评》《小说作法》《高级

作文》及《欧洲文学概论》四门。

9月20日　　小说集《赶集》作为"良友文学丛书"（赵家璧编）的第11种由上海良友图书印刷公司出版发行，这是老舍的第一部短篇小说集，收写于济南的作品15篇：《五九》《热包子》《爱的小鬼》《同盟》《大悲寺外》《马裤先生》《微神》《开市大吉》《歪毛儿》《柳家大院》《抱孙》《黑白李》《眼镜》《铁牛和病鸭》及《也是三角》，其中尤以《微神》和《黑白李》最具代表性，体现了老舍来青岛以前短篇小说创作的艺术水准。因作品非写于青岛时期，亦未见显著的青岛元素，故不收入本文集。收《老舍全集》第7卷。

9月24日　　《国立山东大学周刊》第85期刊登《本校新聘教员之介绍》，其中对新聘中文系讲师舒舍予（老舍）作出如下介绍："舒先生曾在英国伦敦教学五年，对于西洋文学研究极深。回国后在济南齐鲁大学中文系担任教授四年，著述甚多，国内各大刊物常见其作品（署名老舍），文字别具风格，极富兴趣，社会人士多爱读之。今来本校就教，中文系同学无不庆幸也。"

约9月29日　　为赈济南方五省（湘、鄂、赣、浙、皖）旱灾，青岛市政府社会局假平度路大舞台（永安大戏院的前身）举办义演活动，邀尚小云、俞珊等名伶名票表演京剧，往观之。

自本月起　　开始在国立山东大学登堂授课。据《民国24年国立山东大学一览》中所刊载的《中国文学系课程一览》《中国文学系学程说明》《外国文学系课程一览》《外国文学系学程说明》《各院系共同必修或选修课程》及《各院系共同必修或选修学程说明》等资料记载，舒舍予（老舍）在本学年（1934～1935学年）共开设了四门课程。第一门是《文艺批评》（代号：中411～412，中文系四年级必修，全学年，每周一课时），基本的教学要求是："本学程分两部分：（1）介绍文艺批评史上之重要理论与著作。（2）讨论各家理论之短长，并比较其方法，以确定批评之任务，及批评者应有之态度与手段。"第二门是《小说作法》（代号：中317～318，中文系二、四年级选修。全学年开设，每周二课时），基本的教学要求是："本学程分三部分：（1）对小说之结构、言语及人物风景之描写等，逐一讲解，以示小说与别种文艺之不同，及其特有的方法与技巧。（2）说明小说各体——如历史小说、象征小说等——之特点；因体裁之不同，作法亦异。

（3）练习写作。"第三门是《高级作文》（代号：中361～362，中文系二、三、四年级选修，全学年，每周二课时），基本的教学要求是："本学程为各体文艺之习作，分诗、戏剧、小说、散文四组，由教员数人分别担任指导，每组每两星期上课一小时。凡文学院各系二、三、四年级学生皆得于此课程中选择一组或二组，其他各院二、三、四年级学生须得本学程各该组担任教员之允许，方得选习之。"第四门是《欧洲文学概要》（代号：外385～386，中文系四年级选修，全学年，每周三课时）。

自本月起　老舍的课受到学生的欢迎，开始建立起良好的师生关系。"考试时，学生在笔底超生，获得80分以上的，据说如黎明时的星辰，寥寥数人。可是选读他的功课者，却依然是挤满教室。有几门课，上课时你若去时较迟，尤其是女生，就会面红耳赤，找不到座位。"（晦光：《记老舍先生》）"他的课受到欢迎的原因，除了课程本身的内容以外，无外乎三点：一是他的风度，如儒雅而亲切的姿态，生动的语言和悦耳的声音等等；一是他的授课方式，不是照本宣科，而是有融合力的对话，很好地调动起学生的好奇心与能动性，形成自由的精神交流；三是他将丰富的创作经验和人文阅历带进了课堂，理论融化在经验之中。"（同上）讲台上，老舍从容不迫，讲起来或严丝合缝，或妙语连珠，带来生动活泼的气氛。幽默是他许多作品的风格，但在讲台上绝对不会滥用，恰当区分了教授与作家在身份和气质上的异同，即便是讲到生动处，表情却是严肃的，这也就是"幽默寓于严肃"的意思吧。关于这一点，学生王碧岑印象深刻："当时先生已经有'幽默作家'的声誉，有些同学已经看过先生的早期作品《老张的哲学》等，也很希望在看看先生上课时的幽默和风趣。然而先生上课却总是那样严肃，即使偶然流露些幽默的谈吐惹得同学们发笑，而先生自己却从来没有笑过。"（王碧岑：《往事难忘》，1979年8月10日《北京文艺》第8期）学生们被吸引着，不仅听得欢喜，亦可收获一份沉思的机缘，狡黠的智慧之光在师生之间传递，讲的是知识，指的是文心。下课了，师生间的对话往往继续进行，学生们会围拢过来，继续提出问题来讨论，老舍一一作答，直到彼此颔首道谢。

自本月起　养花、养猫和打拳成为日常生活的基本内容。每至一处安家，老舍总是要在客厅、书房及庭院里看花闻香的，每日无不悉心浇花，与花影相絮语。养花寄托着"对植物，对大自然近乎崇拜的感情"（舒乙：《老舍的关坎和爱好》）至于养猫，亦是人性博爱的寄托。初居莱芜路时，即有小猫陪伴，某日院子里落下一只受伤的小麻雀，小猫扑上去，差点儿把小麻雀给弄死。"我向外院跑去，小猫在影壁前的花盆旁蹲着呢。我忙去驱逐它，它只一扑，把小鸟擒住！被人养惯的小麻雀，连挣扎都不会，尾与爪在猫嘴旁搭拉着，和死去差不多。"（老舍：《小麻雀》）而练武打拳是经年养成的习惯，资以强身健体，从济南到青岛，无数重曙光中闪转腾挪的形影带来了生命的祝福，一以贯之。老舍与武术结缘甚早，特别是1933年以后，由于身体原因他坚持日日习武。"一九三三年四月，老舍先生忽患背痛，痛得很厉害，医治无效，大夫无策。这使他下决心加强锻炼，便拜济南的著名拳手为师，开始系统习武。他学了少林拳、太极拳、五行棍、太极棍，粘手等等，并购置了刀枪剑戟。"（舒乙：《老舍的关坎和爱好》。文中所言"著名拳手"指的是马子元。）1934年秋移家青岛后，几处寓所皆可见武术元素以一种醒目的形式存在着。"通客厅的小前厅里有一副架子，上面十八般兵器一字排开，让初次造访的人困惑不解，以为闯进了某位武士的家。"（同上）"小门向东，一进门，小院极幽静，草坪碧绿，一进楼门，右壁上挂满了刀矛棍棒，老舍那时为了锻炼身体，天天练武。"（臧克家《老舍永在》，《人民文学》1978年第9期）在1937年初春所写的《这几个月的生活》一文中，老舍谈到每日的生活节奏，涉及此三件事。先说打拳："地方安静，个人的生活也就有了规律。我每天差不多总是七点起床，梳洗过后便到院中去打拳，自一刻钟到半点钟，要看高兴不高兴。不过，即使不高兴，也必打上一刻钟，求其不间断。遇上雨或雪，就在屋中练练小拳。"再言浇花："打完拳，我便去浇花，喜花而不会养，只有天天浇水，以示不亏心。有的花不知好歹，水多就死；有的花，勉强的到时开几朵小花。"到了晚上，不忘把花猫接回家："花猫每晚必出去活动，到九点后才回来，把猫收入。我才好锁上门。"

自本月起

看海听潮，与海亲近，常孤独漫步海岸，亦常带着孩子或陪同朋友到海边游玩，享受着海的恩典，也进行着海的沉思，浩茫海色以新的魅力结合到了其生活态度与文学精神之中。自1934年秋登临青岛后，海洋成为老舍文学创作的母题，多篇散文、杂文、小说及诗作中写到了海景，就此对居住地的山海环境给出诗意阐释，缘此也就有了对青岛之"地域精神"的深沉观照。"去年来青岛，已是秋天。秋水秋山，红楼黄叶，自是另一番风味；虽未有见到夏日的热闹，可是秋夜听潮，或海岸独坐，亦足畅怀。"（老舍：《立秋后》）"在海边的微风里，看高远深碧的天上飞着雁字，真能使人暂时忘了一切，即使欲有所思，大概也只有赞美青岛吧。"（老舍：《五月的青岛》）在栈桥，他常望着海对面的一座岛屿出神，视若海上仙境。"雪天，我们可以到栈桥去望那美若白莲的远岛……"（老舍：《青岛与山大》，"那美若白莲的远岛"指的是薛家岛，亦称凤凰岛，与青岛本岛形成对景）花是一片海，海是一切花，唯有在青岛，他经历了内心所需的一种至为单纯的写作时光，得着人文与自然的双重喜悦。卓荦海色足以引动唯美和沉思情怀，写出来的是片言只语，尚未写出的是对海的永恒依恋，是源自内心深处的一份海洋情怀。于是在老舍笔下，海色以及海边花事呈现了诗意青岛之谜，奥义所归，既是古典意义上物镜与心境的合一，更是现代意义上人与自然的命运共同体。

10月1日　短篇小说《上任》发表于上海《文学》第3卷第4号。写李司令任用精通黑道的尤老二做稽察长，"用黑面上的人拿黑面上的人"的故事，揭露了以黑制黑的荒诞现象，充满黑色幽默色彩。初收《樱海集》。收《老舍全集》第7卷。收《老舍青岛文集》第3卷。

本　日　杂文《取钱》发表于上海《论语》第50期。写自己到银行取钱，苦等一天却没有取到钱的经历，刻画了当时国内银行效率低下与态度蛮横之状，以一贯的幽默笔触讽刺了金融系统的官僚衙门作风。从文中"凭他的派儿，至少该上青岛避俩（两）月暑去"一语判断，应写于来青岛之前，故未收入本文集。收《老舍全集》第15卷。

同　日　晚，黄际遇到莱芜路寓所一叙。"夜访舒舍予，谈归。"（黄际遇：《万年山中日记》第二十三册）。

10月3日　晚7时，在山东大学科学馆大礼堂为中文系学生作讲演，题为《诗与散文》。这是有明确记载的老舍来青后首度发表的学术讲演，自此始，他在山大至少作过七次讲演。本次，他分析了诗与散文的特质，引用英国诗人赫伯特·里德（Sir Herbert Read）的相关说法来阐明"诗是一种表现，严格的与音律相关；散文是另一种表现，不求音律的规则，但从事于极有变化的律动。"又言："诗是创造的表现，散文是构成的表现。"他认为:"诗的言语与思想是互相萦抱的,诗之所以为言语之结晶也就在此。"当年11月9日《国立山东大学周刊》第93期予以报道:"十月三日(星期六)晚七时,本校中国文学系同学,假科学馆大礼堂,敦请该系讲师舒舍予先生作公开学术讲演,讲题为《诗与散文》,到有听众二百余人,礼堂座之为满。至八时许始行讲毕。"讲稿经严曙明、王延琦记录整理,在当年11月19日、11月26日、12月3日的《国立山东大学周刊》第93、94、95期"讲演录"专栏连载。以《诗与散文》为题收《老舍全集》第17卷。以《诗与散文——在国立山东大学的讲演》为题收《老舍青岛文集》第5卷。

10月5日　接黄际遇和赵少侯的联名请柬,约七日会饮。"少侯约同柬,招太侔夫妇、洪浅哉、唐凤图、李仲珩、舒舍予、水天统、毅伯、达吾、仲纯诸友七日晚饮于寓庐。"(黄际遇:《万年山中日记》第二十二册,《黄际遇日记》卷四第22页)文中所提诸人均为山东大学人物,"少侯"即外文系教授赵少侯,"太侔夫妇"即山大校长赵太侔及其夫人俞珊,"浅哉"为外文系主任洪深的别号,唐凤图为工学院教授,李仲珩为天文学家,水天统(水天同)为外文系讲师,"毅伯"即教务长杜光埙、"达吾"即秘书长皮松云,邓仲纯为校医。

10月7日　黄昏,应两日前之约,诸友雅会于黄际遇府上,饮酒论剧。"日落,诸友踵至,并约丁山申三刻入席。乡厨土味,见赏群公,食谱烹经,开河洪子(洪浅哉大背食谱)。继以藏钩屈指,提榼探筹,虽坐乏遗珥坠簪,而无伤飞觞传令。席阑茶孰(俗作熟),围坐高谈,老舍浅哉,尤谰剧理,其谓左嗓子不能唱正中调,证以发音机关构造之图,言菊朋之以老生见长,参有青衫行腔运调之处。又谓小生唱法其妙处在以宽中嗓窄左嗓间互运用。均属深入浅出之论,尤于说理时随举剧词,曼声拍唱,高山流水,实移我情,而低调之难于高调更可见也。客亥正散,读《史记·外戚世家》,夜忽忽若有所失。"(黄际遇:《万年山中日记》第二十二册,《黄际遇日记》卷四第26页)

10月8日　上午9时,在青岛市立中学讲演。讲演稿《我的创作经验——老舍在市立中学之讲演》载翌日《青岛民报》,其中有言:"要想成为文学家,天才固然需要,工夫也是很要紧的。现在中国,无伟大的作品出现,原因很多,而一般作家,受生活的逼迫,不能安心写稿,这也是原因之一。"以《我的创作经验——在市立中学之讲演》为题收《老

	舍全集》第17卷。同题收《老舍青岛文集》第5卷。
10月9日	晚7时许，出席山东大学中文系在科学馆大礼堂举行的迎新会并致训词。嗣后，《国立山东大学校刊》予以报道："宣布开会后，由严曙明主席致欢迎词，略谓：本系本学年，在师长方面，新聘有现代文坛知名的舒舍予（老舍）先生，将来定能予本系同学很多的指导与教诲。……继由校长，张主任，姜淑明，游泽丞，舒舍予诸先生相继致训词，语多勖勉，殊为恳切。"（《中文系同学举行迎新会》，本月15日《国立山东大学周刊》第88期）
10月12日	接发小白涤洲病危的电报。两天后动身赴北平，但白涤洲已于12日凌晨过世。"十四起身；到北平，他已过去。"（老舍：《哭白涤洲》）
10月16日	小说《画像》发表于上海《论语》第51期。写的是伪画家方二哥，他口口声声标榜艺术，实际上却在糟踏艺术。收《老舍全集》第8卷。收《老舍青岛文集》第4卷。
10月17日	在北平作散文《记涤洲》，悼念亡友白涤洲，抒发生命无常而真情不灭之感怀，言："你的一切，我知道。"随后返回青岛。
10月22日	上午9时35分，参加国立山东大学在科学馆大礼堂举办的本学期第五次总理纪念周并发表了题为《中国民族的力量》的讲演。在讲演中，老舍历数中国人开发南洋的历史贡献，表达了坚定的民族自信心，也显示出开阔的海洋意识。他如是说："我们也可以这样说一句：没有了中国人，便没有了南洋；这是事实，自自然然的事实。树是我们栽的，田是我们垦的，房是我们盖的，路是我们修的，矿是我们开的，一切都是我们做的。毒蛇猛兽，荒林恶瘴，我们都不怕。我们是赤手空拳的打出一座南洋来，这是中国人开发南洋的功绩，是我们民族的伟大。"讲演稿见《十月二十二日纪念周》，载本月29日《国立山东大学周刊》第90期。以《中国民族的力量——在国立山东大学1934年上学期第五次总理纪念周上的讲演》为题收《老舍全集》第17卷。收《老舍青岛文集》第5卷。
10月23日	与邓仲纯、王贯三等山大同人会饮于黄际遇府上。"晡仲纯来共杯杓，同舍人聚话，复招舒舍予与会，贯三来。"（黄际遇：《万年山中日记》第二十二册，《黄际遇日记》卷四第69页）
10月27日	散文《记涤洲》发表于上海《国语周刊》第161期。追述与发小白涤洲的友谊，赞美其人格。文中写道："你在我们心中老活着。想起了

你，会使我们努力作人，努力治学。"收《老舍全集》第14卷。收《老舍青岛文集》第1卷。

10月29日 晚，与赵太侔、洪深、黄际遇、邓仲纯、刘康甫等山大友人会饮于赵少侯寓所。"晚少侯招饮登州路精舍。太侔夫妇、浅哉、老舍、仲纯、康甫早集，当炉炰羔，蓴羹皆韵，醇醪盈罍，色香并佳，此会在比来不可多得矣。"（黄际遇：《不其山馆日记》第二册，《黄际遇日记》卷四第54页）

本月 散文《小麻雀》发表于《文学评论》第1卷第2期。写一只受伤的小麻雀的故事，看似是一个微小事件，却蕴含着大爱，在同情弱小者的同时，也寄托着对天下生灵的普遍祝福。文中说："我捧着它好象世上一切生命都在我的掌中似的，我不知怎样好。"收《老舍全集》第14卷。收《老舍青岛文集》第1卷。

同期 散文《还想着它》发表于上海《大众画报》第12期。题目中的"它"指的是南洋。文章回顾了1929年结束欧游后乘船自法国抵达新加坡的历程，记录了在新加坡一所华侨中学任教的经历及相关历史感思，交代了《小坡的生日》这篇以新加坡华人生活为背景的小说的写作机缘。关于华人开发南洋的功绩，他写道："本来我想写部以南洋为背景的小说。我要表扬中国人开发南洋的功绩：树是我们栽的，田是我们垦的，房是我们盖的，路是我们修的，矿是我们开的。都是我们作的。毒蛇猛兽，荒林恶瘴，我们都不怕。我们赤手空拳打出一座南洋来。"于对往昔南洋岁月的怀念，说："到现在想起来，我还很爱南洋——它在我心中是一片颜色，这片颜色常在梦中构成各样动心的图画。它是实在的，同时可以是童话的，原始的，浪漫的。无论在经济上，商业上，军事上，民族竞争上，诗上，音乐上，色彩上，它都有种魔力。"收《老舍全集》第14卷。收《老舍青岛文集》第1卷。

同期 为好友白涤洲之死而黯然神伤，加之近期又荒于写作，致使心绪十分低落。"这两件事——不能去专心写作，与好友的死——使我好久好久打不起精神来；愿意干的事不准干，应当活着的人反倒死。是呀，我知道活一天便须欢蹦乱跳一天，我照常的作事写文章，但是心中堵着一块什么，它老在那儿！写得不好？因为心里堵得慌！我是个爱笑的人，笑不出了！我一向写东西写得很快，快与好虽非一回事，但刷刷的写一阵到底是件痛快事；哼，自去年秋天起，刷刷不下来了。"

	（老舍：《樱海集·序》）
约自本月起	热情支持山东大学学生自办的校园文学与学术刊物《刁斗》，多次参加编委会组织的讨论会。应约为刊物撰稿，本年12月15日在《刁斗》第1卷第4期发表《我的创作经验》一文，翌年4月1日在《刁斗》第2卷第1期发表《读巴金的〈电〉》一文。
秋季	接许地山电报，到火车站"接黑衫人"（指许夫人周俟松）。来青岛后，周俟松住在其妹、圣功女子中学校长周铭洗的家中，其间也曾到老舍的莱芜路寓所作客、居住，并在胡絜青陪同下游览了海滨公园。据1984年11月28日周俟松复鲁海函言："我在1934年曾去青岛。许地山未同行，因那时他在印度，年底才回国。我也曾去老舍家，老舍与地山是老友……。"1984年年底，胡絜青复鲁海函中亦有言："周大小姐来了，住在周二小姐家中，也曾在我家住过，我曾陪周大小姐游览海滨公园（今鲁迅公园）。"
同期	应圣功女子中学校长周铭洗之邀到该校访问并发表了讲演，具体讲演内容不详。据1984年11月28日周俟松复鲁海函言："老舍曾去圣功作报告，由周铭洗邀请。"
11月1日	短篇小说《沈二哥加了薪水》发表于上海《现代》第6卷第1期。作品通过小职员沈二哥摆脱"想想看"的世故心态而努力争取为自己加薪的故事，揭示了生命自觉意识。收《老舍全集》第8卷。收《老舍青岛文集》第4卷。
11月上旬	北平《文艺战线》1934年第3卷第31期刊登资讯《洪深同老舍均在山东》，言："洪深，据说在山东大学执教鞭。山大一部分学生拟组织一剧社以研究戏剧为宗旨。老舍原在齐鲁大学，据最近由青岛来平人云伊现执教鞭于山大，学生颇欢迎云云。"
11月26日	《国立山东大学周刊》第94期刊登《游艺社收支报告》，记老舍向山东大学游艺社捐款2元。
12月5日	散文《哭白涤洲》发表于上海《人间世》第17期。文脉与《记涤洲》相承，可视为姊妹篇，再度表述了对亡友白涤洲的痛切哀思。他说："我们能找到比你俊美的人，比你学问大的人，比你思想高的人；我们到哪儿去找一位'朋友'，像你呢？"收《老舍全集》第14卷。收《老舍青岛文集》第1卷。
12月15日	《我的创作经验（讲演稿）》发表于国立山东大学《刁斗》第1卷第

	4期。讲演稿介绍了老舍的文学创作基础及早期三小说《老张的哲学》《赵子曰》及《二马》的创作体会。收《老舍全集》第17卷。收《老舍青岛文集》第5卷。
12月16日	杂文《写字》发表于上海《论语》第55期。以幽默的笔触介绍了自己对于"写字"的体会，讽刺了那些以题字为幌子而混世的人。收《老舍全集》第15卷。收《老舍青岛文集》第1卷。
本日	讲演稿《怎样认识文学》发表于《青岛市立李村中学校刊》第3期。对文学与文字、文学与科学的关系进行了剖析，阐述文学之特性。以《怎样认识文学》为题收《老舍全集》第17卷。以《怎样认识文学——在青岛市立李村中学的讲演》为题收《老舍青岛文集》第5卷。
12月19日	复函编辑家赵景深，署名舍予。此前，赵景深来函为《青年界》约请老舍写一部可以边写边登的长篇小说，然老舍觉得难以办到，遂复函说明了相关情况。信中说："我写长篇还是非一气写全不可，叫我随写随在杂志上发表，我便不定写到什么地方去，本来我就是信口开河，结构向来不精好，这么一来便更漫无限制了。"信稿初收赵景深著《我所认识的老舍》。（载《艺术世界》1980年第1期）收《老舍全集》第15卷。收《老舍青岛文集》第1卷。
12月20日	杂文《读书》发表于《太白》第1卷第7期"漫谈"专栏。文中，老舍申明了自己关于书的喜好，倡导自由读书。收《老舍全集》第15卷。收《老舍青岛文集》第1卷。
本年	臧云远来青岛，拜访老舍。"1933年闻一多先生离开山大，我也东渡日本求学。由于种种原因，1934年我再回青岛，适值老舍先生在山大任教，当即拜访，交谈极欢，大有相见恨晚之感。"（臧云远：《漫忆我和山东大学》）
自本年起	老舍夫人胡絜青开始在青岛市立女子中学（青岛二中的前身）任国文教员。市立女中肇始于1925年，1930年迁至莱阳路26号（今太平路2号，原系岛城富商刘子山所捐建的私立青岛中学，校址现为青岛市实验初级中学），位于青岛湾东北岸，临海而建，风光优美，与山东大学处于大学路的南北两端，相距数百米。
自本年起	与赵太侔共事并成为好友。赵太侔（1889～1968），即赵畸，山东益都（今青州）人，在济南任山东省立一中和山东实验剧院院长时与老舍初定交谊。1929年，他以筹委会九委员之一身份成为国立青岛大学

创始人之一，1930年9月担任文学院教授，翌年接替张道藩任教务长。1932年夏创校校长杨振声去职，当年7月，南京国民政府教育部颁令改国立青岛大学为国立山东大学，9月30日正式任命赵太侔为校长。1934年夏，他向老舍发出了敦请前来青岛任教的聘书。1946年，山东大学在青岛复校，赵太侔再度出任校长，亦再度向时在美国访问讲学的老舍发出了请其归国后来校任教的聘书。

自本年起 | 与赵少侯相识共事并成为好友。赵少侯（1899～1978），浙江杭州人，1930年国立青岛大学甫一创始即来校任外文系法语教授，直到1937年春因学潮事而辞职，是贯穿此一时期全程的人物。根据黄际遇1935年10月29日的日记记载，赵少侯寓所可能位于山大西北方的登州路，与老舍来青后初居的莱芜路寓所相距不远。"晚少侯招饮登州路精舍。"（黄际遇：《不其山馆日记》第二册》）在山大，他的法文课很受欢迎，包括老舍都忍不住跟着学。两人性情相投，常相聚饮谈叙，1935年夏共创文学副刊《避暑录话》。1936年，他建议老舍续写其《牛天赐传》，一番探讨之后，两人决定合写一部书信体长篇小说，此即《天书代存》，1937年1～3月在梁实秋主持的《北平晨报》文艺副刊上连载，然未完即辍。在翻译上，赵少侯卓有成就，将《羊脂球》《项链》《伪君子》《海的沉默》以及《最后一课》等著名法语小说译成了中文。

自本年起 | 与洪深相识共事并成为好友。洪深（1894～1955），字伯骏，江苏武进人，中国现代电影与戏剧的开山者之一。1913年，洪深之父洪述祖因"宋教仁事件"而避难于青岛，洪深随往居住。1934年，应赵太侔校长之聘，洪深出任国立山东大学外文系主任，与老舍几乎同时来校工作。他精研戏剧与电影理论，写出以青岛为背景的《劫后桃花》，为中国第一部规范的电影文学剧本。1935年，上海明星电影公司来青岛投拍同名电影，由影后胡蝶主演，洪深以编剧和顾问身份亲临现场指导。1935年夏，与老舍等同人共创文学副刊《避暑录话》。另外，他还和赵太侔夫人俞珊一起介绍老舍加入了当时青岛著名的京剧票友团体和声社。

自本年起 | 与黄际遇再相识共事并成为好友。黄际遇（1885～1945），字任初，广东澄海人，著名数学家、教育家和辞赋家。他是最早一批来国立青岛大学任教的学者之一，任理学院院长兼数学系主任，与闻一多、游

国恩同住校园西北角的第八宿舍（即"一多楼"）。1932年初闻一多
别青岛大学后，黄际遇兼任文学院长。1932年改国立青岛大学为国立
山东大学后，出任文理学院院长兼数学系主任。其《万年山中日记》
和《不其山馆日记》对1930年至1936年间的国立青岛大学及国立山东
大学的状况特别是学者们的相互交往载录甚详，多次记下与老舍、赵
少侯等友人雅会宴饮之事。他与老舍曾在济南典试并共同评阅国学试
卷，遂相识。在青岛，彼此为府上常客。1936年2月13日，黄际遇告
别青岛，赴广州国立中山大学教书。1945年10月21日，在北江乘船返
中山大学途中不幸落水身亡，老舍闻之悲恸，特书挽联"博学奇才真
奇士，高风亮节一完人"以致哀。

自本年起 | 与邓仲纯相识共事并成为好友。邓仲纯（1888～1956），原名邓初，
安徽怀庆人。1930年国立青岛大学创建之初即来校工作，任校医主任
兼中文系讲师，与杨振声和赵太侔同住一楼（今龙江路11号）。老舍
来校后，不仅在健康问题上常得到邓仲纯的帮助，亦常相会饮。
1946年，邓仲纯重返青岛，任市民医院（青岛市妇幼保健院的前身）
院长。其时，老舍身在美国纽约，在翌年9月写给山东大学校长赵太
侔的复函中，他也特意表达了对邓仲纯的问候。

自本年起 | 与张怡荪相识共事并成为好友。张怡荪（1893～1983），原名张煦，
四川蓬安人，著名藏学家和语言文字学家。1932年自清华大学来青
岛，任山大中文系主任。1934年老舍来校后，相与共事。1936年春，
在黄县路寓所作客并聊起北平两个车夫故事的那位山大友人，很可能
就是张煦，他讲的车夫故事启发了老舍的创作灵感。

自本年起 | 与游国恩相识共事并成为好友。游国恩（1899～1978），字泽丞，江
西临川人，著名古典文学史家。1930年任国立青岛大学中文系讲师，
与闻一多、黄际遇同住一楼。1934年秋老舍来校任教后，相与共事，
多次宴饮。1937年抗战爆发后离开青岛，转任华中大学教授。当年
秋，老舍自济南赴武汉后，曾暂居游国恩的云架桥寓所。

自本年起 | 与萧涤非相识共事并成为好友。萧涤非（1906～1991），江西临川
人，著名古典文学史家。1933年9月早老舍一年来山大中文系任教，
讲授中国古典文学。"老舍平日为人很静穆，丝丝文文的，对朋友总
是微笑着，话是不多的。可这只是他的一面。每当三杯之后，他就会
像白乐天说的'酒饮三杯气尚粗'，变得慷慨激昂，谈笑风生。有时

也大声猜拳，酒酣耳热，余兴未尽，还往往唱上一段二黄倒板。"
（萧涤非：《聊城铁公鸡》，《中国烹饪》1985年第3期）许多年以
后，身处抗日救亡的"八年风雨"之中，1941年，老舍赋诗一首赠与
萧涤非，曰：词客天南去，碧鸡金马间；山光十日酒，渔唱一溪烟。
春雨花开落，秋天梦往还；此中多妙趣，回首几千年！"（《赠涤非
词人》）见证了两人的友谊和世事的变幻。

自本年起 　与丁山相识共事并成为好友。丁山（1901～1952），安徽和县人，著
名古文字学家和历史学家。1933年9月早老舍一年来山东大学中文系
任教。1934年10月7日，黄际遇宅中那次同人雅会上就有丁山，此后
数度宴饮谈叙。胡絜青例举了老舍在山东认识的"知己好友"，其中
亦有丁山。"最使他难忘的，还是在山东认识的那许多终生不渝的知
己好友。他和洪深、王统照、臧克家、吴伯箫、赵少侯、孟超、赵太
侔、丁山、游国恩、杨今甫、王亚平、萧涤非等诸位先生的友谊，是
从那时候开始的。"（王行之：《老舍夫人谈老舍》）

自本年起 　与臧云远相识并成为好友。臧云远（1913～1991），山东蓬莱人，作
家。1934年自日本留学归国后来青岛，与老舍成莫逆之交。"老舍不
愧是语言大师，谈吐幽默风趣，余味无穷，其作品更是文笔凝重练
达，描绘细致准确，读来真实动人。我们遂成为文学上的莫逆之交，
一直延续到'十年浩劫'中他不幸辞世。现在回想，正是由于闻一多
先生的提携，老舍先生的影响，使我奠定了一生的文学道路。"（臧
云远：《漫忆我和山东大学》）

一九三五年 老舍三十六岁

1月1日	短篇小说《末一块钱》发表于上海《国闻周报》第12卷第1期。这是一篇"心象小说",写乡下来的穷大学生林乃久揣着身上仅存的一块钱赴萃云楼听歌伎唱戏,捧女戏子史莲霞的故事。初收《樱海集》。收《老舍全集》第7卷。收《老舍青岛文集》第3卷。
本日	短篇小说《老年的浪漫》发表于上海《文学》第4卷第1号。作品写刘兴仁虽年逾花甲,然依旧幻想着浪漫之事。初收《樱海集》。收《老舍全集》第7卷。收《老舍青岛文集》第3卷。
本日	短篇小说《裕兴池里》发表于《东方杂志》第32卷第1号。小说在裕兴池设景,以幽默、讽刺的笔触写出了水雾迷蒙中形形色色而模糊不清的人物心态,揭露了所谓"上流社会"的腐败堕落。收《老舍全集》第8卷。收《老舍青岛文集》第4卷。
本日	小说译作《战壕脚》发表于上海《论语》第56期,署名"Anare Maurois著,老舍译"。这是迄今为止所知老舍到青岛以后翻译和发表的唯一一篇外国文学作品。写一个得了"战壕脚"病的军官塔庆屯的治病、跳海逃生及升迁的曲折经历。小说所表现的世事无常、人生荒谬的题旨,与老舍同时期所写小说有颇多相通之处。收《老舍全集》第18卷。收《老舍青岛文集》第4卷。
1月5日	上海《人间世》杂志第19期发布"一九三四年我所爱读的书籍"征询结果,老舍给出的答案是:(一)《从文自传》;(二)*Epicdnd Romahcby* W.P. ker;(三)《古今大哲学家之生活与思想》。
1月6日	约黄际遇来府上小饮,叙谈竟日。"午,舒舍予夫妇约饮私宅,为之盘桓竟日。"(黄际遇:《万年山中日记》第二十四册)时,老舍居莱芜路寓所,与黄际遇宅隔街对角相邻。

1月10日	短篇小说《毛毛虫》发表于北平《水星》第1卷第4期。以"我们"的口吻讲述大学生"毛毛虫"与乡下、城里两个太太的关系，透视了变革时代由于价值混乱所导致的各种悲喜剧，主题归结于作品中这样一句话："我们在他俩身上找到一点以前所没看到的什么东西，一点像庄严的悲剧中所含着的味道。似乎他俩的事不完全在他们自己身上，而是一点什么时代的咒诅在他们身上应验了。"初收《樱海集》。收《老舍全集》第7卷。收《老舍青岛文集》第3卷。
1月16日	广告《老舍的创作》刊载于上海《论语》第57期。作者自拟广告词，具幽默与诙谐之趣。他如此介绍自己的作品：《老张的哲学》"是本小说，不是哲学"，《二马》"又是本小说，而且没有马"，《小坡的生日》"是本童话，又不像童话"，《离婚》"是本小说，不提倡离婚"，《猫城记》"是本小说，没有真事"，《赶集》"是本短篇小说集，并不去赶集"，最后缀上非卖品宋版《易经》，言明"不是本小说，也不是我的"。收《老舍全集》第15卷。
1月20日	散文《落花生》发表于《漫画生活》第5期。细说花生的种种好，"在哪里都有人缘，自天子以至庶人都跟它是朋友"。作者心思缜密，目光睿智，于是花生在笔下复活了："大大方方的，浅白麻子，细腰，曲线美。这还只是看外貌。弄开看：一胎儿两个或者三个粉红的胖小子。脱去粉红的衫儿，象牙色的豆瓣一对对的抱着，上边儿还结着吻。那个光滑，那个水灵，那个香喷喷的，碰到牙上那个干松酥软！"收《老舍全集》第15卷。收《老舍青岛文集》第1卷。
1月24日	国立山东大学组织进行本学期课程考试。老舍任课的《文艺批评》考试安排在上午10时至11时50分进行，《欧洲文学概论》考试安排在下午3时30分至5时20分进行。（《国立山东大学23年度第一学期学期试验时间表》，载《国立山东大学周刊》第100期）
1月25日	国立山东大学本学期课程考试继续进行。老舍任课的《小说作法》考试安排在上午10时至11时50分进行。（同上）
1月28日	《国立山东大学周刊》第103期报道《中文系四年生毕业论文已决定》，介绍山东大学中文系教师指导学生撰写毕业论文的相关情况，其中舒舍予（老舍）指导的学生及其论文题目包括：张兆凤的《译〈 *The Greek View of Life* （希腊的生命观）〉》和李镒铭的《藏教史译文》（ *The Religion of Tibet* ）等。

2月3日	夏历除夕下午5时起，主持国立山东大学辞旧迎新晚宴，讲笑话并表演剑术。对此，天津《益世报》予以报道："我们的'笑神'——老舍先生——秉着和平使者的心眼儿，指手画脚的从礼堂里钻出来向大家招呼：'来吧，来吧，请到里边坐吧，请里面坐吧。'他两条伸张的手臂，好像准备拥抱爱人儿的样子，向那礼堂的人口一摆一摆的。"老舍说："今天预备的菜，我保险管够；可是挺不好，不过还热；酒预备的可不多也不好，不过还辣。我希望大家要吃得饱饱的，不要喝得醉醉的！……最后老舍先生表演舞剑，真叫棒，掌声雷动之中，他在台上来上无数大作揖。"（《废年·除夕·青岛·山大一夜狂欢，笑神老舍大显身手》，载1935年2月9日天津《益世报》）
本月	春节过后，时任天津《益世报》文学副刊责任编辑的青年作家李同愈到老舍家中拜年，约请老舍为《益世报》拟办的《益世小品》副刊写一篇以"人生于世"为主题的文章。老舍感到无以虚言，遂拿自己来说事，写下了《又是一年芳草绿》一文，其中有言："刚过完了年，心中还慌着，叫我写'人生于世'，实在写不出，所以就近的拿自己当材料。"（老舍：《又是一年芳草绿》）
2～3月	老舍一家从莱芜路搬到金口二路（今金口三路）西侧的一座两层小楼，住楼上。先前所居莱芜路一带尚比较荒凉，"所以，一过了旧历年，1935年的二、三月间，我们就搬到了临近海滨的金口二路。这里，离山大不远，距我教书的青岛女一中也很近。"（胡絜青：《重访老舍在山东的旧居》。文中所言"青岛女一中"应为青岛女中，当时全称青岛市立女子中学，位于青岛湾的东北岸，莱阳路与太平路交接处。1938年迁至朝城路办学，1944年改称青岛市立第一女子中学。1946年迁回原址。新中国成立后设为青岛二中）这是老舍来青岛后的第一次搬家。新寓所的布局是："大门向东，楼本身是南北向。房东住在楼下，我们住在楼上。楼上除去厨房、厕所，还有四间：有阳台的一间是我们的卧室，隔壁是书房，一进门口向左拐的一间是客厅，过道靠厕所的一间住着佣人。当时的门牌号好像是金口二路十九号，现在是金口三路2号乙。"（同上）所在地是处于青岛湾和汇泉湾之间的一片近海高丘，原为鱼山的一部分，20世纪20年代修建鱼山路，将山体分为东西两部分，路东部分曾名东鱼山，路西部分曾名西鱼山，金口二路（今金口三路）位于西鱼山，故此老舍在青岛住的第

二所房子可称为西鱼山寓所。20世纪二三十年代，这一带被规划为别墅区，与德占时期兴建的青岛历史上的第一个别墅区——维多利亚湾（汇泉湾）别墅区东西相连，兴建了大量欧式风格独立小楼，环境优美。当时许多朋友曾经是这里的座上客，在吴伯箫、臧克家等人的回忆中都曾出现过老舍的书房。"有一次，我去拜访老舍，他把我引到他楼上的写字间里，小楼不高，望不见大海，但夜静更阑时，却可以听到大海的呼吸。我们二人并坐，随心所欲的漫谈……"（臧克家：《老舍永在》，《人民文学》1978年第9期）寓所以西又有楼，挡住了大部分海景视线，故臧克家文中说"望不见大海"，但从书房西窗及南阳台尚可窥见青岛湾之一角。在此，老舍写出了多篇小说并结集为《樱海集》，当年交上海人间书屋出版。

3月1日	杂文《有钱最好》发表于上海《论语》第60期。文章写来青岛后的生活感受，有自我调侃，也有世态讽喻，亦暗自流露了非物质化的宜居之意，有言："青岛的青山绿水是给诗人预备的，我不是诗人。青岛的海楼汽车是给阔人预备的，我有时候袋里剩三个子儿。"收《老舍全集》第15卷。收《老舍青岛文集》第1卷。
3月4日	国立山东大学组织进行课业补考。老舍任课的《小说作法》安排在下午13时30分至15时20分进行。（《布告》，载1935年2月25日《国立山东大学周刊》第104期）老舍公布试题并监考，随后评阅试卷。
3月6日	散文《又是一年芳草绿》发表于天津《益世报》副刊《文学》创刊号。可以将这篇文章视为老舍向广大读者做出的一次自我坦白，从自己的性情讲起，表明了写稿原则和做人准则。关于性情，他自认为是一个"悲观"的人，言："我的悲观还没到想自杀的程度，不能不找点事作。"至于别人将自己归入"幽默"一路，他回应说："有人说我很幽默，不敢当。我不懂什么是幽默。假如一定问我，我只能说我觉得自己可笑，别人也可笑；我不比别人高，别人也不比我高。谁都有缺欠，谁都有可笑的地方。我跟谁都说得来，可是他得愿意跟我说；他一定说他是圣人，叫我三跪九叩报门而进，我没这个瘾。我不教训别人，也不听别人的教训。幽默，据我这么想，不是嬉皮笑脸，死不要鼻子。"关于写稿原则，他说："当写作的时候，我是卖了力气，我想往好了写。可是一个人的天才与经验是有限的，谁也不敢保了老写的好，连荷马也有打盹的时候。"关于做人准则，他说："我不希望

自己是个完人，也不故意的招人家的骂。该求朋友的呢，就求；该给朋友作的呢，就作。作的好不好，咱们大家凭良心。所以我很和气，见着谁都能扯一套。……我最不喜辩论，因为红着脖子粗着筋的太不幽默。我最不喜欢好吹腾的人，可并不拒绝与这样的人谈话；我不爱这样的人，但喜欢听他的吹。最好是听着他吹，吹着吹着连他自己也忘了吹到什么地方去，那才有趣。"收《老舍全集》第15卷。收《老舍青岛文集》第1卷。

3月8日　上午，访黄际遇，相与叙谈。"晨授徒一课，老舍来谈。"（黄际遇：《万年山中日记》第二十五册）

3月20日　散文《小动物们》发表于上海《人间世》第24期。作品介绍了鸽子的种类及其生活习性，表达了对小动物的喜爱，谈及早年到两位姐夫家中看鸽子并跟着他们到鸽市游玩的经历。收《老舍全集》第14卷。收《老舍青岛文集》第1卷。

3月24日　散文《春风》发表于天津《益世报》副刊《益世小品》创刊号。写济南与青岛两地气候与气质上的异同，开篇言："济南与青岛是多么不相同的地方呢！一个设若比作穿肥袖马褂的老先生，那一个便应当是摩登的少女。可是这两处不无相似之点。拿气候说吧，济南的夏天可以热死人，而青岛是有名的避暑所在；冬天，济南也比青岛冷。但是，两地的春秋颇有点相同。济南到春天多风，青岛也是这样；济南的秋天是长而晴美，青岛亦然。"于是舍却春风，先表秋色："青岛的山——虽然怪秀美——不能与海相抗，秋海的波还是春样的绿，可是被清凉的蓝空给开拓出老远，平日看不见的小岛清楚的点在帆外。这远到天边的绿水使我不愿思想而不得不思想；一种无目的的思虑，要思虑而心中反倒空虚了些。济南的秋给我安全之感，青岛的秋引起我甜美的悲哀。"此中"使我不愿思想而不得不思想"一语颇耐人寻味。转而合题，言："两地的春可都被风给吹毁了。所谓春风，似乎应当温柔，轻吻着柳枝，微微吹皱了水面，偷偷的传送花香，同情的轻轻掀起禽鸟的羽毛。济南与青岛的春风都太粗猛。济南的风每每在丁香海棠开花的时候把天刮黄，什么也看不见，连花都埋在黄暗中。青岛的风少一些沙土，可是狡猾，在已很暖的时节忽然来一阵或一天的冷风，把一切都送回冬天去，棉衣不敢脱，花儿不敢开，海边翻着愁浪。"收《老舍全集》第14卷。收《老舍青岛文集》第1卷。

本日	黄际遇来访，谈及寒腿症等事，老舍送给他北京广生堂的古法药膏。"早访少侯，话足疾，少侯曰：不麻不振，恐是北人所谓寒腿之症。诣老舍，证之而益信，丐得北京广生堂药膏以归。"（黄际遇：《万年山中日记》第二十五册）此前此后，老舍托北平故交代购了不少广生堂及同仁堂等老字号的药膏寄来青岛，馈赠黄际遇等友人。
自本月起	与岛上诸作家协同为天津《益世报》供稿，助其创办《益世小品》副刊，接受了该报特约编辑李同愈的约稿之请。自本月24日至翌年4月26日，《益世小品》共出刊55期，以发表小品文为主。有关情况，《益世报》另一副刊《语林》的主编吴云心回忆说："《语林》投稿人李同愈由北平去青岛，在青岛继续以'拜金'的笔名为《语林》写稿。在书信往返中谈到山东大学老作家很多，有些人（如老舍）早已为《语林》写文章。最后决定由他在青岛组织作者，编辑《语林》版的一个专页，每半月发刊，名为《益世小品》，老舍、洪深、宋春舫、孟超、吴伯箫、臧克家、王亚平等人都为这个专刊写稿。……后来，李同愈不在了，由山东大学的学生徐中玉、陆新球负责与报社联系。"（吴云心：《抗战前天津文艺界杂忆》，《吴云心文集》，天津古籍出版社，1990年版）对此，徐中玉也曾回忆说："我对天津《益世报》的副刊'语林'觉得同自己的笔路相近，就向它投稿。居然一一发表了。编者吴云心先生还热情邀我常写。半年之后，他甚至主动邀我每月两次让出'语林'的篇幅另编两次'益世小品'，他的这种好意大出意外，我特别感动。因我同他素不相识，不过一个大学一年级学生同他所编副刊的投稿关系，而《益世报》乃是北方仅次于《大公报》的第二大报。他自然也是认定了这样一来，通过师生关系，我就可能为报纸求到洪深、老舍、王统照、吴伯箫、臧克家和山大同学们的稿子，但这对我毕竟是一大鼓励与信任。后来，我果然欣然邀编起来，也找来他们希望有的稿子。"（徐中玉：《回忆我的大学时代》，《学术界》2001年第3期）
4月1日	中篇小说《月牙儿》在上海《国闻周报》第12卷第12期开始连载，至本月15日第14期续毕。小说描写的是母女两代人为穷困所迫而相继卖身沦为暗娼的悲剧，通过女性视角映照出社会的种种世相百态，浸染着意识流和心理分析色彩。"月牙儿"是一个统领全篇的象征符号，开篇写到："是的，我又看见月牙儿了，带着点寒气的一钩儿浅金。

多少次了，我看见跟现在这个月牙儿一样的月牙儿；多少次了。它带着种种不同的感情，种种不同的景物，当我坐定了看它，它一次一次的在我记忆中的碧云上斜挂着。它唤醒了我的记忆，像一阵晚风吹破一朵欲睡的花。"结尾，"月牙儿"又一次复现："我在这里，在这里，我又看见了我的好朋友，月牙儿！多久没见着它了！妈妈干什么呢？我想起来一切。"这是一篇复写的作品，出自被战火焚毁的长篇小说《大明湖》，老舍本人非常珍爱这部劫后复生的作品，介绍了相关的创作经历："它本是《大明湖》中的一片段。《大明湖》被焚之后，我把其他的情节都毫不可惜的忘弃，可是忘不了这一段。这一段是，不用说，《大明湖》中最有意思的一段。但是，它在《大明湖》里并不像《月牙儿》这样整齐，因为它是夹在别的一堆事情里，不许它独当一面。由现在看来，我愣愿要《月牙儿》而不要《大明湖》了。"（《我怎样写短篇小说》）初收《樱海集》。收《老舍全集》第7卷。收《老舍青岛文集》第3卷。

本日　书评《读巴金的〈电〉》发表于国立山东大学文学与学术刊物《刁斗》第2卷第1期。对巴金新近创作的小说《电》予以中肯分析，并总结了作者的性格与创作特点，有言："他的忠厚的面貌与粗短的身体是那么结实沉重，而在里面有颗极玲珑的浪漫的心。在创造的时节，大概他忘了一切，在心中另开辟了一个热烈的，简单的，有一道电光的世界。这世界不是实在经验与印象的写画，而是经验与印象的放大，在放大的时候极细心的'修版'，希望成为一个有艺术价值的作品。它的不自然，与它的美好，都因为这个。"收《老舍全集》第17卷。收《老舍青岛文集》第5卷。

本日　杂文《谈教育》发表于上海《论语》第62期"现代教育专号（下）"。以近乎调侃的语气，反思中国教育的种种弊端。收《老舍全集》第15卷。收《老舍青岛文集》第1卷。

4月5日　短篇小说《创造病》发表于《文饭小品》第3期。作品写的是杨家夫妇贪图虚荣而买来留声机却买不起更多唱片以至于"后悔"的事，说这是"他们自己创造出来的一块心病"。就此委婉讽喻小人物不切实际的生存状态。收《老舍全集》第8卷。收《老舍青岛文集》第4卷。

4月10日　短篇小说《老字号》发表于《新文学》第1卷第1期。这是老舍透视近代商业形态的一篇作品，写"三合祥""正香村"和"天成"这三家绸缎店的经营故事，在"世界的确是变了"的背景下，也就是在近代化与殖民化历史背景下，老字号"三合祥"因墨守成规而落寞衰败，而新字号"天成"却因灵活经营而出奇制胜，最后吞并前者。就此，作品暗示了文化转型时期人的命运与产业发展逻辑，对新旧两种商业经营模式进行了历史沉思和道德拷问。初收《蛤藻集》。收《老舍全集》第7卷。收《老舍青岛文集》第3卷。

本日　短篇小说《邻居们》发表于北平《水星》第2卷第1期。写日常邻里之间的碎屑争斗，揭示人性之幽暗，以"野蛮"战胜"文明"作结。初收《樱海集》。收《老舍全集》第7卷。收《老舍青岛文集》第3卷。

4月15日　短篇小说《善人》发表于《新小说》第1卷第3期。通过一个无聊慵懒的阔太太的故事，写出了"善人"的不善与伪善，讽刺了那些以西方时髦概念哄骗百姓的实利主义者。初收《樱海集》。收《老舍全集》第7卷。收《老舍青岛文集》第3卷。

4月20日　散文《小动物们（鸽）续》发表于上海《人间世》第26期。这是先前所写《小动物们》的续篇，详细介绍了养鸽子的方法，描绘了往日北平鸽市的繁华景象，深得风俗之秘。关于旧时北平的鸽市，文中说："在我幼时，天天有鸽市。我记得好像是这样：逢一、五是在护国寺的后身，二、六是在北新桥，三是土地庙，四是花市，七、八是西城车儿胡同，九、十是隆福寺外。每逢一、五，是否在护国寺后身，我不敢说准了；想了半天，也想不起来。"收《老舍全集》第14卷。收《老舍青岛文集》第1卷。

5月1日　中篇小说《阳光》发表于上海《文学》第4卷第5号。可视为上月发表的《月牙儿》的姊妹篇，构成日月系列。这同样是一部写女人命运的小说，主角"我"是一位出身显贵、自视甚高的新女性，经历了婚姻悲剧之后变得一贫如洗，徒留命运之喟叹："我的将来只有回想过去的光荣，我失去了明天的阳光！"初收《樱海集》。收《老舍全集》第7卷。收《老舍青岛文集》第3卷。

5月5日　是日阴，偶有小雨，盼雷电带来大雨以解除旱象。赠黄际遇治疗寒腿症的药品，并得其致谢书柬。"子初雨小，急雷鸣电，宣望雨不来，鲁有旱象，晨重阴终夕。……舍予馈药，柬谢之。"（黄际遇：《万年山中日记》第二十六册）

5月8日　新诗《礼物》发表于天津《益世报》副刊《文学》第10期。老舍极少写新诗，而此诗正是其新诗创作的代表作之一，抒发了视友若己之心怀，道出了为友之道的真谛。诗曰："那么，我所能供献给你的，只是我；／我小，我丑，但自古至今，只有我这么一个我。／在我之外，我没有半亩田；我的心在身里，／正如身外到处顶着一块蓝空，叫作天。／除去我的经验，简直不认识我自己；／我的经验中有你：我想起自己，必须想起来你，朋友！"收《老舍全集》第13卷。收《老舍青岛文集》第1卷。

5月12日　短篇小说《听来的故事》发表于天津《大公报》副刊《文艺》第151期。这是一篇以青岛为背景的小说，以宋伯公之口来讲述"糊涂得像条骆驼"的大学生孟智辰毕业后步步升迁的人生故事，在樱花之美丽与人世之荒诞的比衬中进行心理分析，通过人物处境来表达文化反思。这是作品中对青岛中山公园樱花的描写："樱花说不上有什么出奇的地方，它艳丽不如桃花，玲珑不如海棠，清素不如梨花，简直没有什么香味。它的好处在乎'盛'：每一丛有十多朵，每一枝有许多丛；再加上一株挨着一株，看过去是一团团的白雪，微染着朝阳在雪上映出的一点浅粉。来一阵微风，樱树没有海棠那样的轻动多姿，而是整团的雪全体摆动；隔着松墙看过去，不见树身，只见一片雪海轻移，倒还不错。设若有下判断的必要，我只能说樱花的好处是使人痛快，它多、它白、它亮，它使人觉得春忽然发了疯，若是以一朵或一株而论，我简直不能给它六十分以上。"初收《蛤藻集》。收《老舍全集》第7卷。收《老舍青岛文集》第3卷。

本月　在西鱼山寓所编完来青岛后创作的第一部小说集，也是继《赶集》后的第二部小说集，起名《樱海集》并为之作序。书名缘起于老舍的西鱼山寓所的优美环境，传达出了青岛的地域特色。西鱼山寓所坐落于青岛湾与汇泉湾之间的山丘，得海色之光与花木之惠。某日，他从书房中看见了海洋，接着探头一望，目遇邻家庭院中一株樱桃树正灿烂盛开，遂得"樱海"之名。序文中写道："这十篇东西，既然要成集子，自然也得有个名儿；照方吃烤肉，生于济南者名'济'，则生于青岛者——这十篇差不多都是在青岛写的——应当名'青'或'岛'。但'青集'与'岛集'都不好听，于是向屋外一望，继以探头，'樱海'岂不美哉！"（《樱海集·序》）

6月11日前　拟《小说作法》和《文艺批评》两门课的试题。根据舒济提供的手迹整理，内容是："小说作法试题：（一）幽默与讽刺，有无区别？（二）《三国志演义》等书在民间势力极大，但在事实处理与道德教训上均有缺点，故须改造，试详陈改造之意见。（三）重视了作法，何以异于其他小说？〔在作法上（文字，内容）（衍）在作法上，重视了文字，内容等，有何异于他朝小说处？"《文艺批评》试题是："（一）试各就所知，拟写理想的文学批评家。（二）判断的批评何以……文艺批评应负判断与介绍之责任，但专判断则往往阻碍文学之进展，试申其意。"

| 6月11日 | 国立山东大学组织进行毕业考试。老舍任课的中文系四年级必修课《文艺批评》考试安排在上午9时至10时50分进行，中文系四年级选修课《小说作法》考试安排在下午16时至17时50分进行。（《国立山东大学二十三年度毕业试验时间表》，载本月3日《国立山东大学周刊》第118期）老舍公布试题并监考，随后评阅试卷。 |

| 6月12日 | 下午2时至3时50分，老舍任课的山东大学外文系四年级选修课《欧洲文学概论》进行毕业考试。（同上）老舍公布试题并监考，随后评阅试卷。 |

| 6月15日 | 与周建人、郑振铎、曹禺、巴金、汪静之、柳亚子、王鲁彦、方光焘、艾思奇、万家宝、吴组缃、徐懋庸、郑伯奇等148人及文学社、文学季刊、芒种社、论语社、太白社、读书生活社、新生周刊社、世界知识社等17个文化团体联名发表《我们对开展文化运动的意见》，提倡新文学，反对当时出现的"复古读经可以救国"的主张，其中有言："复古运动发展的结果，将是一服毒药，对于民族的前途，绝对没有起死回生的功效！"（据《上海出版志·大事记》，上海社会科学院出版社，2000年） |

| 本日 | 杭州《中国出版月刊》刊文介绍老舍及其作品，对其文学价值与文学潜能表达了深沉的期待，言："老舍，我认为中国文坛中有希望的作家，而他的作品，将来也不难造成吉诃德先生一样的不朽的作品。"（林钟秀：《老舍及其作品》，《中国出版月刊》第4卷第4期） |

| 6月16日 | 《樱海集·序》发表于上海《论语》第67期。除了说明书名缘起之外，还介绍了《樱海集》中所收录的10篇作品的情况。初收《樱海集》。收《老舍全集》第7卷。收《老舍青岛文集》第3卷。 |

| 6月17日 | 国立山东大学中文系举行毕业典礼，授应届毕业生学士学位。"起稍 |

迟，怡苏来同往参毕业式，授学士学位，循例训词，勉勗诸生为人归于道义而已。"（黄际遇：《万年山中日记》第二十七册）是日天气变化万端，日间晴丽，夜间有月复有雨。"晴丽，夜月掩映，中夜雷电交作，山雨急来，四鼓止。"（同上）

6月25日　是日晴丽。与赵少侯、黄际遇等友人会饮于厚德福酒楼，有兰亭雅集之兴。"日景尚高，雇车践涤非厚德福酒家之约。叔明先至，舍予、少侯、泽丞、啸咸、贺祖镁、李保衡踵接而来，仲纯、怡苏后焉。竹林之游，王戎后至，孰败人意，孰意易败，彼此易观，更相笑也。坐甫定，酒行未数巡，意兴都豪，余即缠臂（说文解捋臂也，将衣出其臂也）盘马，訇麾而呼。客皆弹指藏钩（弓弩弦所居也），闻声起舞。座无白丁之侣，交馨素心之谈。倾北海之清尊，追南皮之高会。白日既匿，红友弥香（东坡南迁北归，人饷以红友酒也，鹤林玉露）。佐觞乏琴操之钗，执牙节子固之柏（《研北杂志》宋赵子固每醉歌乐府执红牙以节曲）。亦足为聆笛山阳，咏歌沂水者矣。何必逐倮国于夫馀，观穿鼻于儋耳（后书哀牢夷传）。而后曲如人意，善移我情哉。不携细君，无须怀肉，即须我友，比于闻韶，薄醉归欤，清风在袖，余勇可贾，委怀乱书。"（黄际遇：《万年山中日记》第二十七册）

6月30日　杂文《忙》发表于天津《益世报》副刊《益世小品》第15期。写真忙与瞎忙的区别，关于"真忙"，老舍界定为饱含诚心而富于价值的创造性工作，如是说："所谓真忙，如写情书，如种自己的地，如发现九尾彗星，如在灵感下写诗作画，虽废寝忘食，亦无所苦。这是真正的工作，只有这种工作才能产生伟大的东西与文化。人在这样忙的时候，把自己已忘掉，眼看的是工作，心想的是工作，作梦梦的是工作，便无暇计及利害金钱等等了；心被工作充满，同时也被工作洗净，于是手脚越忙，心中越安怡，不久即成圣人矣。情书往往成为真正的文学，正在情理之中。"收《老舍全集》第15卷。收《老舍青岛文集》第1卷。

本月　上海《良友》画报编辑马国亮两度致信老舍，第一封信询问先前所预约的"主角是两位镖客"的长篇小说"写得怎样了"，所言长篇小说指的是去年夏老舍原有计划写的武侠小说《二拳师》。老舍回信说明了写作进展情况和拟搁笔不写的缘由。然后，接到了马国亮的第二封信，要求老舍在歇夏之前提供一个短篇。于是，老舍就写下了《歇夏（也可以叫作"放青"）》一文，权当完成任务，其中特别交代了书信往来缘由和小说构思、写作的相关情况："马国亮先生在这个月里（六月）给我两封信。……说起来话长，我在去年春天就向赵家璧先生透了个口话，说我要写一部长篇小说，内中的主角儿是两位镖客，行侠作义，替天行道，十八般武艺件件精通，可是到末了都死在手枪之下。我的意思是说时代变了，单刀赴会，杀人放火，手持板斧把梁山上，都已不时兴；二大刀必须让给手枪，而飞机轰炸城池，炮舰封锁海口，才够得上摩登味儿。这篇小说，假如能写成了的话，一方面是说武侠与大刀早该一齐埋在坟里，另一方面是说代替武侠与大刀的诸般玩艺不过是加大的杀人放火，所谓鸟枪换炮者是也，只显出人类的愚蠢。／春天过去，接着就是夏天，我到上海走了一遭，见着了赵先生。他很愿意把这本东西放在《良友丛书》里。由上海回来，我就开始写，在去年寒假中，写成了五六千字。这五六千字中没有几个体面的，开学以后没工夫续着写，就把它放在一边。大概是今年春天吧，我在一本刊物上看到一个短篇小说，所写的事儿与我想到的很相近。大家往往思想到同样的事，这本不出奇，可是我不愿再写了。一来是那写成的几千字根本不好，二来是别人写过的，虽然还可以再写，可是究竟差着点劲儿，三来是我想在夏天休息休息。"

7月1日	山东大学组织进行本学期非毕业年级课程考试。老舍任课的外文系二年级选修课《欧洲文学概要》考试安排在下午3时30分至5时20分进行。（《国立山东大学二十三年度第二学期学期试验时间表》，载本年6月24日《国立山东大学周刊》第121期）老舍公布试题并监考，随后评阅试卷。
7月3日	山东大学本学期课程考试继续进行。老舍任课中文系二年级选修课《小说作法》考试安排在上午10时至11时50分进行。（同上）老舍公布试题并监考，随后评阅试卷。
7月6日	《青岛民报》报道，老舍在下学年（1935～1936学年）被聘为山东大学中国文学系教授。（《山东大学下学期教职员均聘定》）
7月8日	《国立山东大学周刊》第123期刊布下学年（1935～1936学年）山东大学各系所聘教师的情况，舒舍予（老舍）被聘为中国文学系教授。（《本校聘定下学年教职员》）

7月上半月	与洪深、赵少侯、王统照、王余杞、王亚平、杜宇、李同愈、吴伯箫、孟超、臧克家、刘西蒙组成十二同人团体，聚会讨论共创文学副刊的事宜，为副刊起名《避暑录话》。关于此事之缘起以及副刊名称之来由，王亚平介绍说："当时的青岛，人称荒岛。老舍幽默地说，'我们住在荒岛，偏要干点事儿，不能荒废下去！'几个人，在他的鼓励下，说来说去，商量着搞一个短期的文学刊物。《民报》愿意印刷，出纸张，出编辑，随报发行。刊名不好想啊，既是短期，又值暑假，叫什么好呢？老舍从容地说，'有了，叫《避暑录话》。宋朝，有个刘梦得，博通今古，藏书三万余卷，论著很多，颇见根底，这个《避暑录话》，也是他的著述，凡二卷，记了一些有考证价值的事。我们取这个刊名，要利用暑假，写些短小的诗文。'大家都说：'太好了！太好了！'我心里佩服，如果不是读书多，知识广，很难想出这样确切的刊名。"（《老舍与〈避暑录话〉》，见王亚平、王渭：《两代书》，人民文学出版社，2004年）
7月14日	《避暑录话》创刊，以《青岛民报》文学副刊形式问世。洪深为之撰《发刊词》，首先坦陈十二同人的自由写作状态："他们这十二个文人，作风不同，情调不同；见解不同，立场不同；其说话的方式，更是不同。"然后特别申明了十二同人的共同态度："他们在一点上是相同的；他们都是爱好文艺的人；他们都能看清，文艺是和政治，法律，宗教等，同样是人类自己创造了以增进人类幸福的工具。他们不能'自甘菲薄'；他们要和政治家的发施威权一样，发施所谓文艺者的威权。……此外，他们还有一点是共同的——就是，同人们相约，在一九三五年的夏天，在避暑圣地的青岛，说话必须保持着'避暑'的态度。"（洪深：《〈避暑录话〉发刊词》）这是集结十二同人共同意志与理想目标的一部文学宣言，在当时社会有振聋发聩之力，昭显着文学的本质存在与普世价值。以《避暑录话》为平台，老舍和他的伙伴们在青岛展开了充满创造力和理解力的同人文学行动，在现代文坛和城市文脉中留下闪光的足迹。多年以后，老舍对此记忆犹新，1939年所写散文《怀友》一文有言："在青岛，和洪深，孟超，王余杞，臧克家，杜宇，刘西蒙，王统照诸先生常在一处，而且还合编过一个暑期的小刊物。"（老舍：《怀友》）一个"小刊物"产生了大效力，存世时间虽仅有两月，却以期特色鲜明而内蕴深厚的形象获得

了持久的关注，昙花一现之间形成了全国性影响力。这可视之为现代文学与城市文化双重视野中的"避暑录话现象"。

本日 散文《西红柿》发表于《青岛民报》副刊《避暑录话》创刊号。以西红柿为谈说对象，妙趣横生地评价了某些时尚现象，提醒人们注意西方文化侵入的问题。文中说："西红柿转运是在近些年，'番茄'居然上了菜单，由英法大菜馆而渐渐侵入中国饭铺，连山东馆子也要报一报'番茄虾银（仁）儿'！文化的侵略哟，门牙也挡不住呀！"收《老舍全集》第15卷。收《老舍青岛文集》第1卷。

7月15日 散文《歇夏（也可以叫作"放青"）》发表于上海《良友》画报第107期"溽暑随笔"专栏。在介绍了《良友》画报主编马国亮预约作品的构思、写作情况之后，说常年利用暑假写作而无暇歇夏，而今要好好享受一番青岛之夏："好吧，今年愣歇它一回，何必一定跟自己叫劲儿呢。长篇短篇一概不写，如骆驼到口外'放青'，等秋后膘肥肉满再干活儿。况且呢，今年是住在青岛，不休息一番也对不起那青山绿水。就此马上休息去者！"文中还谈到了"文人相重"命题，表征作者与编者相互支持以共同对文学互负责的态度。收《老舍全集》第15卷。收《老舍青岛文集》第1卷。

7月16日 杭州《艺风》杂志1935年 第3卷 第7期刊文《老舍著"樱海集"》，说："人间书屋第一本出书为老舍之杰作《樱海集》，现正发售布面精装本预约，每册六角五分。"

7月21日 散文《再谈西红柿》发表于《青岛民报》副刊《避暑录话》第2期。这是《西红柿》的续篇，再度从西红柿着眼谈论青岛的欧化程度，有言："青岛是富有洋味的地方，洋人洋房洋服洋药洋葱洋蒜，一应俱全。海边上看洋光眼子，亦甚写意。这就应当来到西红柿身上，此洋菜也。记得前些年，北平的'农事试验场'——种了不少西红柿；每当夏季，天天早晨大挑子的往东城挑，为是卖给东交民巷一带等处的洋人，据说是很赚钱。青岛的洋人既不少，而且洋派的中国人也甚多，这就难怪到处看见西红柿。设若以这种'菜'的量数测定欧化的程度深浅，青岛当然远胜于北平。由这个线索往下看，青岛的菜市就显出与众不同，西红柿而外，还有许多洋玩艺儿呢。"收《老舍全集》第15卷。收《老舍青岛文集》第1卷。

7月28日 散文《暑避》发表于《青岛民报》副刊《避暑录话》第3期。从不同人对避暑的不同态度说起，开篇言："有福之人，散处四方，夏日炎热，聚于青岛，是谓避暑。无福之人，蛰居一隅，寒暑不侵，死不动窝；幸在青岛，暑气欠猛，随着享福，是谓暑避。"接着说到了暑假期间的种种经历，收笔于："由此看来，暑避之流顶好投海，好在还方便。"收《老舍全集》第15卷。收《老舍青岛文集》第1卷。

自本月起	文学副刊《避暑录话》在《青岛民报》刊行后，广受瞩目，常规发行量供不应求，为满足读者需要，特别加印了800份道林纸单行本，折叠成一份8页的小刊物，本埠在荒岛书店和平原书店销售，外埠由上海生活书店总经销。
暑假之前	在青岛市立女子中学代课，讲授国文。据舒乙介绍，母亲胡絜青曾讲起，她因怀孕身重而不便到女中正常任课，而当时学校一时也找不出合适的代课人选，索性就由老舍代夫人上阵，讲了几堂国文课。这是老舍仅有的在中学任教的一段经历。
夏	与《避暑录话》同人会饮于厚德福酒楼等处，叙谈文学，高歌京戏，猜拳行令，满座豪气。当其时也，《避暑录话》十二同人约定以轮流坐庄的会饮形式来研讨稿件及相关问题，或在某家酒馆中，或在某位同人家中。"每次出刊之前，大家聚餐一次，一面碰杯，一面畅谈，一面凑稿子，虽然有点随随便便，倒也觉得无拘无束，有点自由自在的情趣。"（臧克家：《〈避暑录话〉与〈星河〉》）"青岛有个颇有点名望的餐馆，名叫'厚德福'，据说梁实秋先生就是它的股东之一，我们在这儿聚过餐。文友中，赵少侯先生酒量最大，家中酒罐子一个又一个。老舍先生也能喝几杯，他酒量不大，但划起拳来却感情充沛，声如洪钟。"（同上）某次，大蒜成为一个幽默话题："记得前几天在青岛的一次聚餐席上，不知怎么引起来的，大家忽然一齐谈起大蒜来。这东西在几年前还是被一部分人歧视着，害怕着，仿佛谁吃它谁就不免有点蛮性未退的嫌疑。忽然，近二年来大蒜交了桃花运，无论吃与不吃，都反过脸来向它表好感了。因为洋鬼子提拔了它一下，说它可以拒毒，可以疗肺病，于是文明的病患者也放开胆子大吞蒜药，甚至还要用它包包子吃。……'你每次回家，顶好把吃过大蒜的口，呵点气给太太闻闻，那么她一定相信你口的忠贞。'那天洪先生这么说着玩。'那我有办法，顶好出门袋里带上一头，回头走到家门的时候咬上它一口！'这是舍予的幽默。"（臧克家：《说大

蒜》，1934年8月4日《青岛民报》副刊《避暑录话》第4期）"在老舍的二簧腔调的猛喊之下，彼此纵笑。"（见王统照为吴伯箫散文集《羽书》所作序）

同期　到王统照之邀的观海山寓所（今观海二路49号）作客。"有一次单独宴请老舍，从菜馆里叫来颇为丰盛的菜肴，立诚也被抱上椅子与大人一道进餐。不料立诚对拌海鲜的冰块大感兴趣，非要吃冰不可。大人们担心吃坏肚子，当然想方设法阻止。正在相持不下时，老舍笑嘻嘻地问立诚看过当时颇为流行的《施公案》没有？老实有余的王统照刚说孩子还小不宜看这种读物时，老舍已经掳起纺绸小褂的袖子，一脚踏上椅子，摆出颇为地道的骑马蹲裆的架势，另一只手扬起筷子，大喝一声'看！'立诚的注意力顿时转移到那被摹拟为黄天霸的神镖的筷子上，而家人正好把那盘有'争议'的冰块海鲜换走……。"（刘增人：《王统照传》，第353页，东方出版社，2010年。文中"立诚"指王统照的三子王立诚。）

同期　臧克家来西鱼山寓所拜访老舍，在书房中叙谈，对此，臧克家回忆说："有一次，我去拜访老舍，他把我引到他楼上的写字间里，小楼不高，望不见大海，但夜静更阑时，却可以听到大海的呼吸。我们二人并坐，随心所欲的漫谈……听了他的话，我有点感到诧异。老舍先生是何等坦率、谦逊、平易，把真心实话向我倾吐呵。"（臧克家：《老舍永在》，《人民文学》1978年第9期。文中"小楼不高，望不见大海"一语有误，老舍的西鱼山寓所可望见青岛湾一角，不过望不见汇泉湾。）谈话过程中，老舍请臧克家在一张扇面上写字。"他一面说着话，一面从抽屉里取出一个漂亮的扇面来，把它展开在我面前，用手巾在上面擦了又擦，亲手磨好了墨，然后从笔筒里一大把毛笔中拣来拣去拣出一枝来，把笔尖泡了泡，在左手大拇指上按了几下，对我说：'就是它吧。你写。'我奉命执笔，也没推辞。我不会写字，但我知道，老舍要的不仅仅是字呀。我郑重其事地在写，老舍在一旁用得意的眼光瞧着，那眼神里，有一种人生最难得的亲切、真挚、鼓舞、奖掖深情地交流在一起，使我终生难忘，一想到他，心里就有一股暖流涌起。"（同上）共进晚餐之后，他们沿太平路漫步，行至前海栈桥。"记得，晚饭之后，黄昏之前，我同老舍二人，沿着海边的太平路漫步西行。这时，柏油马路上，行人极少，清风吹着我们的夏布长衫，吹得我们的人，飘飘然欲举。这时，碧海蓝天，辽阔无际，远处的'小青岛'也用青眼迎人。我俩迎着西天的红霞，一缕一缕，像红的绸纱遥衬着一片绿色，显得更鲜亮，更美观。我们站在伸向大海的长长的'栈桥'上，默默无语，两颗心都是沉郁的，苦闷的，愤愤的。江山如此多娇，而金瓯残缺，山河破碎，大敌当前，屈辱揖让。人民在火热之中，团结抗敌的情绪在受着镇压。国家的前途，个人的未来，渺渺茫茫像大海的波涛……"（同上）

同期 写作闲暇，偶或漫步至汇泉海水浴场，感慨浴场上随处可见近乎裸体的洋人，于华洋杂处风景中观察世事，写下了多篇以浴场为背景的作品，如散文《青岛与我》及意识流小说《丁》等。"这是头一次在青岛过夏。一点不吹，咱算是开了眼。可是，只能说开眼；没有别的好处。就拿海水浴说吧，咱在海边上亲眼看见了洋光眼子！可是咱自家不敢露一手儿。大概您总可以想像得到：一个比长虫——就是蛇呀——还瘦的人儿，穿上上不着天，下不着地的浴衣，脖子上套着太平圈，浑身上下骨骼分明，端立海岸之上，这是不是故意的气人？即使大家不动气，咱也不敢往水里跳呀；脖子上套着皮圈，而只在沙土上'憧憬'，泄气本无不可，可也不能泄得出奇。咱只能穿着夏布大衫，远远的瞧着；偶尔遇上个翼教卫道的人，相对微笑点首，叹风化之不良；其实他也跟我一样，不敢下水。海水浴没了咱的事。"（老舍：《青岛与我》）他本人不习水性，往往只能在沙滩上流连一番。西鱼山寓所临近汇泉湾，往往成为朋友们洗海澡的驿站，老舍迎来送往，可自己却坚持不下海。胡絜青回忆说："我们在青岛住的金口二路，离第一海水浴场不到十分钟的路程，朋友们下海游泳都是在我们家里换衣服，不管怎么说怎么劝，老舍总是不肯离开书桌去跟阳光海水亲近亲近。"（王行之：《老舍夫人谈老舍》）老舍忙于写作，无暇抽身，不过说出来的理由却是："我们瘦，不到海滩上去'晒排骨'。"（同上）虽说老舍本人不习水性，未曾下海畅游一番，但洗海澡这件事常出现在他的笔下，成为观察当时文化实相并透视青岛地域精神的一个独特视角。

同期 翻译家黄嘉音来青岛拜访老舍，同游汇泉湾并特意作了一幅漫画，题名《老舍海浴图》，画的是老舍一家人在浴场洗海澡的情形，以这种方式将不下海的老舍与洗海澡给联系了起来。

同期	外地朋友来青避暑，老舍尽地主之谊，以友人相会为乐。其间，数度忙于接站并代订旅社，有的朋友借宿家中。"有一件事是可喜的，即夏日有会友的机会。别已二年五载，忽然相值，相与话旧，真一乐事。再说呢，一向糊口四方，到处受友人的招待，今则反客为主，略尽地主之谊，也能更明白些交友的道理。况且此地是世外桃源，平日少见寡闻，于今各处朋友带来各处消息，心泉渐活，又回到人间，不复梦梦。"（老舍：《立秋后》）"这还是好的，更有三更半夜，敲门如雷；起来一看，大小三军，来了一旅，俱是知己哥儿们，携老扶幼，怀抱的娃娃足够一桌，行李五十余件。于是天翻地覆，楼梯底下支架木床，书架上横睡娃娃，凉台上搭帐棚，一直闹到天亮，大家都夸青岛真凉快。"（老舍：《暑避》）
同期	多次陪同外地来青度假友人到近郊湛山和远郊崂山等风景名胜区参观游览。"更当伴游湛山劳山等处……"（老舍：《暑避》，文中"劳山"即指崂山）
同期	多次陪同外地来青度假的友人参观汇泉炮台。"炮台已看过十八次，明天又是'早八点见，看看德国的炮台，没错儿！'"（同上）所谓"炮台"即汇泉炮台，位于汇泉角，为德占时期所建青岛军事要塞的重要组成部分，20世纪30年代曾被辟为景点对外开放，因其历史色彩浓厚加之所在地风景优美如画而受到游客欢迎。
同期	经洪深和赵太侔夫人俞珊介绍，加入了当时青岛著名的京剧票友组织和声社，到和声社所在地三江会馆（始建于1907年，为青岛早期三大会馆之一，旧址位于今四方路10号）参加活动，唱了一出《武家坡》片段。此事被作者处理成了一个幽默段子，借此来进行了一番自嘲，他写道："我应当加入剧社，我小时候还听过谭鑫培呢，当然有唱戏的资格。找了介绍人，交了会费，头一天我就露了一出《武家坡》。我觉得唱得不错，第二天早早就去了，再想露一出拿手的。等了足有两点钟吧，一个人也没来，社员们太不热心呀，我想。第三天我又去了，还是没人，这未免有点奇怪。坐了十来分钟我就出去了，在门口遇见了个小孩。'小孩，'我很和气的说，'这儿怎样老没人？'小孩原来是看守票房李六的儿子，知道不少事儿。'这两天没人来，因为呀，'小孩笑着看了我一眼，'前天有一位先生唱得像鸭子叫唤，所以他们都不来啦；前天您来了吗？'我摇了摇头，一声没出就回了

	家。"（老舍：《青岛与我》）
7～8月	旧友卢嵩庵偕家人来青参加铁展会（第四届全国铁路沿线出产货品展览会，1935年7月10日至8月10日在坐落于于太平山南麓的青岛市立中学举行），住在老舍家中。"其夫人带两个孩子（一男一女）住金口二路（今金口三路）王妈那间屋子，1935年夏，约一个月，至生产才走。"（舒乙：《1984年6月调查笔记》，文中"生产"指的是当年8月16日胡絜青生长子舒乙。）
同期	铁展会举办期间，数次前去参观，购买了檀香扇等物品，并在《檀香扇》及《暑避》等多篇文章中留下了相关记载。《暑避》一文中，在谈及夏日诸事之后，他写道："再加上四届'铁展'，乃更伤心。不去吧，似嫌怯懦；去吧，还能不带着皮夹？牙关咬定，仁者有勇，直奔'铁展'，售品所处有'吸钞石'，票子自己会飞。饱载而归，到家细看，一样儿必需的没有，开始悲观。"
同期	看好莱坞大片《块肉余生》（根据英国作家狄更斯的小说《大卫·科波菲尔》改编，译名出自近代中国著名翻译家林纾，他将狄更斯小说译为《块肉余生》），还将相关经历写成了一个幽默小品，在《檀香扇》一文中，他说："那天我去看《块肉余生》，左边坐着位重三百磅的洋太太，右边坐着三位洋姑娘——体重差一些，可是三位呢。左右逢源，自制的氯气阵阵加紧。我知道是要坏；我不能堵上鼻看电影：堵得太严，满有死去的希望；不堵呢，大概比死去还难受，感谢'铁展'！我手中拿着前一天刚买来的檀香扇！看完电影，我念念有词，作了两句标语……"老舍喜欢看电影，但并不常看，在青岛生活期间，正常情况下平均每月看一次，所光顾的影院应位于中山路及平度路一带。历史上，老舍的作品成为许多电影的蓝本。
8月11日	散文《檀香扇》发表于《青岛民报》副刊《避暑录话》第5期。这是老舍笔下一篇著名的幽默小品，开篇即破天荒般提出了"中华民族是好是坏"的命题，接着就讲起了自己在青岛看电影《块肉余生》和参观铁展会的经历，借此展开了对"文化"的心理分析，而"檀香扇"则被假托为国粹，竟虚幻地战胜了表征域外习俗和工业文明成果的"香水味"，就此揭示了域外文化与本土文化的差异并引出了文化适应性的问题，在对异质文化的讽刺中暗含着对本土"国民性"的批判。"夏天到电影院去，更怕遇见'洋'她们。她们穿得很少很薄，

白白的脖儿，胖胖的臂，原有个看头儿。可是您的鼻子受了委屈，香水味里裹着一股像臭豆腐加汽水的味儿，又臭又辣，使您恶心。不论好莱坞的女明星怎么美妙，您从此大概不会再想娶洋姨太太。民族老幼不可同日而语，香臭也会使人们决定'东是东，西是西'，没法儿调和，只好掩鼻而过。"结笔于看完电影后想出来的"两句标语"："老民族是香的！中华万岁！／檀香扇打倒帝国主义！"收《老舍全集》第15卷。收《老舍青岛文集》第1卷。

8月16日　长子舒乙在位于中山路上的海滨医院出生，取名"乙"。关于名字的缘起，舒乙本人介绍说："老大生在济南，故名'济'。不过，取完名之后，老舍大为后悔。繁体字'濟'笔划太多，十七划，担心小孩子上学时写起来太费劲。所以，到了老二那里，来了一个极左，矫枉过正，一笔就得，取名'乙'。甲乙丙丁，乙为第二；那年又是乙亥年，都正合式。"（舒乙：《老舍的关坎和爱好》第94页，中国建设出版社，1988年）老舍三女舒立在《父亲如何为儿女们起名》一文中也介绍了相关情况，她说："老舍先生的第一个孩子，也就是我的大姐，她出生在济南，便很随意地起了个'济'字为名。因为当初没有汉字简化，笔画确实不少，的确够难写的，也够繁的，难怪会招来不少非议，纷纷'声讨'父亲名字起得不好，笔画太多，难为孩子云云。有了前车之鉴，为了避免再招'二次声讨'，家父给第二个孩子——我的哥哥，起名时干脆就叫'乙'，只有一笔画，看谁有本事找出比这更简单的字来？这回耳根子总算能清静了。"有了舒乙之后，胡絜青辞去了女中的教职，在家专心养育小孩。

本日　散文《青岛与我》发表于上海《论语》第70期。文章写"头一次在青岛过夏"的感受，坦陈自己与种种时髦生活方式的格格不入，包括"不敢下水"洗海澡等等，以调侃的语调抱怨道："您说青岛这个地方，除了这些玩耍，还有什么可干的？干脆的说吧，我简直和青岛不发生关系，虽然是住在这里。有钱的人来青岛，好。上青岛来结婚，妙。爱玩的人来青岛，行。对于我，它是片美丽的沙漠。"收《老舍全集》第15卷。收《老舍青岛文集》第1卷。

8月17日　书信《文人——致李同愈先生》发表于南京《中央日报》副刊《文学》第21期。这是回复《中央日报》特约编辑李同愈的一封信，谈及写作速度、稿酬、作家生活、大众购书与识字能力以及编辑方式等问

212

题，对时下的作家处境表达了关注。文中说："我知道，有许多文人因为困苦而早死；死后，大家说他们可钦佩，为艺术而牺牲。可是，假如他们不那么困苦，而多活几年，成就岂不更大吗？饿死谁也是不应当的，为什么文人偏偏应当饿死呢？"以《致李同愈》为题收《老舍全集》第15卷。同题收《老舍青岛文集》第1卷。

8月18日　散文《立秋后》发表于《青岛民报》副刊《避暑录话》第6期。首先写青岛的四季轮回之景，以"去年来青岛，已是秋天"起笔，经冬春之转而入夏，说"六七月之间才真看到青岛的光荣"，可见到种种新奇事物，而八方客旅纷至沓来，亦常有故交相逢之喜，最后笔意复归于秋："立秋以后，别处天气渐凉，此地反倒热起来；朋友们逐渐走去，车站码头送别，'明夏再来呀！'能不黯然销魂！"收《老舍全集》第15卷。收《老舍青岛文集》第1卷。

8月26日　散文《等暑》发表于《青岛民报》副刊《避暑录话》第7期。谈青岛夏日清凉而秋后炎热的气候特征及相关世态，言："可是等暑之流也有得意之处：八月中若来个远地朋友，箱中带着毛衣，手不持扇，刚一下车便满身是汗，抢过我的扇子，连呼'这里也这么热！'我乃似笑非笑，徐道经验，有如圣人，乐得心中发痒。若是这位可怜的朋友叨唠上没完，不怨自己缺乏经验，而充分的看不起青岛，我可必得为青岛辩护，把六七月间的光景如诗一般的述说，仿佛青岛是我家里的。心理的变化与矛盾有如是者，此我之所以每每看不起自己者也。"收《老舍全集》第15卷。收《老舍青岛文集》第1卷。

本月　　七夕（当年为8月5日）前后，多次给孩子讲天河和牛郎织女的故事，这情形也成为了文学创作经验谈与方法论集《老牛破车》资以破题的一个初始场景。"七月七刚过去，老牛破车的故事不知又被说过多少次；小儿女们似睡非睡的听着；也许还没有听完，已经在梦里飞上天河去了；第二天晚上再听，自然还是怪美的。"（老舍：《我怎样写〈老张的哲学〉》）

同期　　小说集《樱海集》由上海人间书屋首度出版，收入在青岛写的小说10篇，包括短篇小说《上任》《牺牲》《柳屯的》《末一块钱》《老年的浪漫》《毛毛虫》《善人》《邻居们》和中篇小说《月牙儿》《阳光》，其中尤以《月牙儿》极具意识流艺术魅力，被视为一篇诗意小说，是老舍中篇小说的代表作之一。收《老舍全集》第7卷。收

《老舍青岛文集》第3卷。

9月1日　短篇小说《丁》发表于《青岛民报》副刊《避暑录话》第8期。这是一篇意识流小说，描写独身主义者"丁"在汇泉海水浴场的所见所闻及其复杂而隐晦的心理活动，表现了面对异质文化充满矛盾的心态。在夏日浴场，"丁"被刻画成处于意识流漩涡中的一个"中国的阿波罗"，文中写道："海上的空气太硬，丁坐在沙上，脚指还被小的浪花吻着，疲乏了的阿波罗——是的，有点希腊的风味，男女老幼都赤着背，可惜胸部——自己的，还有许多别人的——窄些；不完全裸体也是个缺欠'中国希腊'，窄胸喘不过气儿来的阿波罗！"就此引出了一个由于营养不良而消瘦的学生形象，也就是"丁"。以丁的视野展现了青岛的东西方文化混融现象，而人物的心理状态似乎既非西方，亦非东方，于是意识就在中国和希腊之间反复流动。以小说中人物之口申明："我，黄鹤一去不复返，来到青岛，住在青岛，死于青岛，三岛主义，不想回去！"作品中，海成为一面有文化纵深感的镜子，照出了形形色色的人物，隐约透露了处于文化差异中的人物的复杂心态。收《老舍全集》第8卷。收《老舍青岛文集》第4卷。

本月上半月　送别臧克家、王亚平、吴伯箫等在外地工作的《避暑录话》同人，赵少侯亦去北平办事，老舍因友人离别而怅惘。"克家早早的就回到乡间，亚平是到各处游览山水，少侯上了北平，伯箫赶回济南……"（老舍：《"完了"》）

9月15日　旧体诗《诗三律》发表于《青岛民报》副刊《避暑录话》第10期。诗作抒发同人友情，表达了对《避暑录话》时光的忆念与朋友星散的感伤。诗之题记曰："今夏居青岛，得会友论文，乐胜海浴。秋末，送别诸贤，怅然者久之！久不为诗，匆匆成三律，贵纪实耳，工拙非所计。《避暑录话》待稿，出此塞责。新诗过难，未敢轻试，剑三、克家、亚平、孟超诸诗家幸勿指为开倒车也！"其一曰："远近渔帆无限情，与君携手踏沙行；于今君去余秋暑，昨夜香残梦故城。漠漠云波移往事，斑斑蛤殻照新晴。何年再举兰陵酒，共听潮声兼话声！"其二曰："晚风吹雾湿胶州，群岛微芒孤客愁。一夏繁华成海市，几重消息隔渔舟。不关荣辱诗心苦，每忆清高文骨遒。灯影摇摇潮上急，归来无计遣三秋。"其三曰："故人南北东西去，独领江山一片哀！从此桃源索客梦，共谁桑海赏天才？二更明月潮先后，万事浮云雁往回：莫把卖文钱浪掷，青州瓜熟待君来！"这是老舍旧体诗的代表作，古典意境的营造与现代心绪的表达均称圆熟。收《老舍全集》第13卷。收《老舍青岛文集》第1卷。

本日　散文《"完了"》发表于《青岛民报》副刊《避暑录话》第10期。系作者为《避暑录话》写的终刊词，言："无论怎说吧，'避暑录话'到了'完了'的时候，朋友散归四方，还在这儿的也难得共同写作的机会，想起来未免有些恋恋不舍。明年，谁知道明年夏天都准在什么地方呢；这个小刊物就似乎更可爱了，即使这完全是情愿上的。"收《老舍全集》第15卷。收《老舍青岛文集》第1卷。

本日　《避暑录话》终刊。自本年7月14日创刊，每周1期，共出10期，发表散文、杂文、小说、游记、故事、戏评、译作、诗歌等作品共67篇。除了第4期和第9期以外，其余8期均可见老舍的作品，共9篇，包括散文与杂文7篇：《西红柿》（第1期）《再谈西红柿》（第2期）《暑避》（第3期）《檀香扇》（第5期）《立秋后》（第6期）《等暑》（第7期）及《"完了"》（第10期）；短篇小说1篇，即《丁》（第8期）；旧体诗1篇（含3首），即《诗三律》。洪深发表作品8篇，分别是：《发刊辞》（第1期）《〈大登殿〉与出气主义》（第2期）《友人狱中诗》（第3期）《友人狱中词》（第4期）《从〈化子拾金〉说起》（第5期）《票友胜于职业优伶的地方》（第6期）《读报偶译》（第8期）及《门以内》（第9期）。赵少侯发表作品2篇，分别是：《无题》（第1期）《旧都避暑记》（第6期，第9期）。其他同人作品情况见本年谱本年最后部分。另外，还发表了3篇非十二同人的作品，分别是：《兰州人的笑话》（斫冰）《脚的自由》（斫冰）和译作《一个中夏夜的黄昏》（息）。

9月16日　创作自述《我怎样写〈老张的哲学〉》（《老牛破车》之一）发表于上海《宇宙风》杂志创刊号。这是文学创作经验谈"老牛破车"系列的开山之作，作者回顾了自己的文学基础及踏上文学创作之路的初始情况，交代了1925年在伦敦写小说《老张的哲学》的缘起，总结了相关创作体会。《老张的哲学》描写当时国内教育界乌烟瘴气的状况，是老舍的第一部长篇小说，标志着其文学创作历程的正式起步。文中写道："在思想上，那时候我觉得自己很高明，所以毫不客气的叫作'哲学'。哲学！现在我认明白了自己：假如我有点长处的话，必定不在思想上。我的感情老走在理智前面，我能是个热心的朋友，而不能给人以高明的建议。感情使我的心跳得快，因而不加思索便把最普通的，浮浅的见解拿过来，作为我判断一切的准则。在一方面，这使我的笔下常常带些感情；在另一方面，我的见解总是平凡。自然，有许多人以为文艺中感情比理智更重要，可是感情不会给人以远见；它能使人落泪，眼泪可有时候是非常不值钱的。故意引人落泪只足招人讨厌。凭着一点浮浅的感情而大发议论，和醉鬼借着点酒力瞎叨叨大概差不很多。我吃了这个亏，但在十年前我并不这么想。"初收《老牛破车》（人间书屋1937年4月初版）。收《老舍全集》第16卷。收《老舍青岛文集》第5卷。

本日 《宇宙风》第1期"书评"栏目登载毕树棠的文章，评述新近由人间书屋出版的老舍小说集《樱海集》，开篇言："《樱海集》是老舍最近的一个短篇小说集。据自序说，这十篇都是在青岛作的，编集子的时候正是五月，探头屋外，红樱绿海，遂取此良辰美景，以名其书。"文章对《樱海集》中的作品进行了具体分析，写道："最长的是《月牙儿》和《阳光》两篇，算是中篇，各写一个女子生命的长成，一个是贫贱堕落，一个是欲令智昏，一个望月自卑，一个向阳失望，一阴一阳成了两相反的象征。两个故事大概是是作者同时设想出来的，要描写社会的两个方面，没有幽默，只有悲情，文章有细致而简练之美，虽然是由意想而成，却无甚刻画之迹，而《月牙儿》一篇尤为本集中的杰作。"

9月21日 国立山东大学新学年（1935～1936学年）开学。据刊载于本月23日及30日《国立山东大学周刊》第124～125期的《本学期各系所开学程》、刊载于1936年1月13日《国立山东大学周刊》第140期的《国立山东大学二十四年度第一学期试验时间表》及《民国24年国立山东大学一览》等资料记载，本学年，老舍开设了四门课程，其中《高级作文》和《欧洲文学概论》为旧课，开设情况及基本要求同上学年。新课一是《文艺思潮》（代号：中345～346，中文系三、四年级选修，全学年），基本的教学要求是："本学程说明决定文艺作品的形式与思想之主动力，以见文学演变进展与时代、社会等之关系，及文艺派别兴替之原因。"另一门新课是《欧洲通史》（代号：社231～232，社会学系选修，每周三课时，全学年，每周三课时），基本的教学要求是："本学程自希腊时代起，至巴黎和会止，略述欧洲学术思想之变迁，及经济制度之发达，俾学生得一有系统的欧洲通史知识。"据中生回忆，《欧洲通史》的授课时间是周一、二、三下午。（中生：《记老舍先生》，《宇宙风》1938年7月1日第70期）。

9月22日　短篇小说《断魂枪》发表于天津《大公报》副刊《文艺》第13期。这是老舍短篇小说的代表之作，写的是一位开镖局的老拳师沙子龙的既往经历与当下处境，他身怀"五虎断魂枪"绝技，名震八方，人称"神枪沙子龙"。开篇在"沙子龙的镖局已改成客栈"一句之后，紧接着就给出一个警语："东方的大梦没法子不醒了。"为这个"东方的大梦"提供的历史背景是："炮声压下去马来与印度野林中的虎啸。半醒的人们，揉着眼，祷告着祖先与神灵；不大会儿，失去了国土、自由与主权。"在"镖局变成客栈"的时代，他的绝技无以为用，因此备感失落，宁肯绝技失传也不外传他人。作品中有着对中国功夫的精彩描写，说明作者对武术有着精到把握，风生于闪展腾挪之间，意守于日月光华之内，而写作与拳法有融通处，"走得圆，接得紧"，俱可表现为一个神游万仞而燕子归巢的过程。这是文中一个片段："拉开架子，他打了趟查拳：腿快，手飘洒，一个飞脚起去，小辫儿飘在空中，像从天上落下来一个风筝；快之中，每个架子都摆得稳、准、利落；来回六趟，把院子满都打到，走得圆，接得紧，身子在一处，而精神贯串到四面八方。抱拳收势，身儿缩紧，好似满院乱飞的燕子忽然归了巢。"小说的一些细节源于作者本人长期练拳习武的经验，从这里，人们看到了一个文武兼备的老舍。初收《蛤藻集》。收《老舍全集》第7卷。收《老舍青岛文集》第3卷。

本月　散文《落花生》由日本作家、汉学家武田泰淳（たけだたいじゅん，1912～1976）译成日文，名《南京豆》。（据日下恒夫、仓桥幸彦编《日本出版老舍研究文献目录》，1984年）这是有明确记载的老舍作品首度被译成外文。

自本月起　以山东大学中文系教授身份登台授课，继续受到学生的欢迎。关于老舍授课的情况，本学年在山东大学中文系读二年级的徐中玉回忆说："老舍先生上课很随便。我听过老舍师两门课：'欧洲通史''小说作法'。老舍到英国是教中文啊！他在英国住久了，有实际体会，教欧洲历史给指定必要的教材后，就多讲他自己的所见和感受。讲小说，更具体生动，讲他的好经验与失败的教训，如早期小说中太多无甚意义的笑料。"（《徐中玉：中国知识分子物美、价廉、耐磨、爱国》，李怀宇的采访报道，2006年5月24日《南方都市报》）

自本月起 随赵少侯学习法语，以学生身份跟班听课。对此，时在山东大学外文系读书的中生（笔名）回忆说："当我修一年级法文时——一星期四课，我是和舒先生同班，他一星期也来上课四次。当练习拼音时，他也跟着拼音，自己说他的舌头硬了，有点拼不过来。赵先生要我们作练习题，交本子，他带笑的说：'舒先生也要交'，舒先生点了头，第二次上课时果然带了本子和我们一起交上去。"（中生：《记老舍先生》，1938年7月1日《宇宙风》第70期）

10月1日 中篇小说《新时代的旧悲剧》发表于上海《文学》第5卷第4号"特级中篇"专栏。作品写官场中勾心斗角、尔虞我诈之事，突出了对东方文化中"孝"的思考，对"新时代"之所以还会有如此"旧悲剧"的社会原因进行了探讨。作者自己对这篇作品并不满意，指出其"最大的缺点是有许多人物都见首不见尾，没有'下回分解'。毛病是在'中篇'。我本来是想拿它写长篇的，一经改成中篇，我没法不把精神集注在一个人身上，同时又不能不把次要的人物搬运出来，因为我得凑上三万多字。设若我把它改成短篇，也许倒没有这点毛病了。"（老舍：《我怎样写短篇小说》）初收《蛤藻集》。收《老舍全集》第7卷。收《老舍青岛文集》第3卷。

本日 创作自述《我怎样写〈赵子曰〉》（《老牛破车》之二）发表于上海《宇宙风》第2期。《赵子曰》是老舍的第二部长篇小说，1926年写于伦敦，表现的是新派学生醉生梦死的生活。"《赵子曰》写北洋时代北京的大学生公寓生活，一群在黑暗政治下乱闯乱撞的年轻人，叫你看了笑痛肚皮，但却以严肃的悲剧收场。"（黄苗子：《老舍之歌——老舍的生平和创作》，《新文学史料》1979年第3辑）老舍回顾了《赵子曰》的写作过程，其中也特别讲到了自己与"五四"运动的关系，说："'五四'把我与'学生'隔开。我看见了五四运动，而没在这个运动里面，我已作了事。是的，我差不多老没和教育事业断缘，可是到底对于这个大运动是个旁观者。看戏的无论如何也不能完全明白演戏的，所以《赵子曰》之所以为《赵子曰》，一半是因为我立意要幽默，一半是因为我是个看戏的。我在'招待学员'的公寓里住过，我也极同情于学生们的热烈与活动，可是我不能完全把自己当作个学生，于是我在解放与自由的声浪中，在严重而混乱的场面中，找到了笑料，看出了缝子。在今天想起来，我之立在五四运动外面使我的思想吃了极大的亏，《赵子曰》便是个明证，它不鼓舞，而在轻搔新人物的痒痒肉！"初收《老牛破车》。收《老舍全集》第16卷。收《老舍青岛文集》第5卷。

10月4日	散文《不旅行记》发表于《世界日报》副刊"明珠"。谈旅行过程中会发生的种种烦恼，"莫若家里一蹲，乘早不必劳民伤财。作不旅行记。"初收《现代作家佚文考信录》（刘涛著，人民出版社2012年。）收《老舍青岛文集》第1卷。
10月10日	是日有雨，夜见朗月。访黄际遇，面约三日后汤饼之会。诸友相聚，博弈品茗，尽兴而归。"舍予来，面约十三日汤饼之饮。日入，诸友如约而至，不复置酒，高会久矣。……舍予张其军，亦极盘马弯弓之能事。嘉宾破戒而尽觞，主人遂希鞲侍酒。医者在前，亦不恤矣。复与文中对三局，客方团座品茗，二更后散步送燧初尔。玉夜静月，明中登塌，不能卧读矣。"（黄际遇：《不其山馆日记》第一册，）
10月13日	中午，汤饼之会如约在西鱼山寓所举办，原国立青岛大学秘书长陈季超及黄际遇等友人来作客，契阔谈嘿。"午，应蒋右沧聚福楼之约，陪燧初。席未终，驰赴舒宅汤饼之会。坐有陈季超盘马弯弓，故自善战，久阔之下劝杯倍勤。日昳归欤，已不胜酒力矣。"（黄际遇：《不其山馆日记》第一册，《黄际遇日记》卷五第13页）
10月14日	是日阴雨。黄昏，赴黄际遇宅，与赵少侯、赵太侔等友人同赴百花村宴饮。"日入，少侯、太侔骞至，飞柬舍予来驱之，驱之在市之肆，曰百花村者，题额微有章草笔法，断此非市人所为也。大言无碍，小饮亦佳，戟指藏钩，屡添酒筹，兴之所之，遂不成醉。"（黄际遇：《不其山馆日记》第一册，《黄际遇日记》卷五14页）
10月16日	创作自述《我怎样写〈二马〉》（《老牛破车》之三）发表于上海《宇宙风》第3期。《二马》是老舍的第三部长篇小说，1928~1929年写于伦敦，表现的是旅居伦敦的北京人的生存状况，讽刺了陈旧、畸形的封建小生产心态，形成了对国民劣根性的一次剖析，也揭示了中英文化的差异。本文回顾了《二马》的写作经过，指出其与《老张的哲学》《赵子曰》的异同，言："《二马》中的细腻处是在《老张的

哲学》与《赵子曰》里找不到的，"张"与"赵"中的泼辣恣肆处从《二马》以后可是也不多见了。人的思想不必一定随着年纪而往稳健里走，可是文字的风格差不多是"晚节渐于诗律细"的。读与作的经验增多，形式之美自然在心中添了分量，不管个人愿意这样与否。《二马》是我在国外的末一部作品：从"作"的方面说，已经有了些经验；从"读"的方面说，我不但读得多了，而且认识了英国当代作家的著作。心理分析与描写工细是当代文艺的特色；读了它们，不会不使我感到自己的粗劣，我开始决定往"细"里写。"初收《老牛破车》。收《老舍全集》第16卷。收《老舍青岛文集》第5卷。

10月29日	与赵太侔、洪深、邓仲纯、刘康甫等山大友人雅会于赵少侯的登州路寓所，是诸友之间不可多得的一次宴饮，意犹未尽，遂约好七日之后再聚。"晚，少侯招饮登州路精舍，太侔夫妇、浅哉、老舍、仲纯、康父早集。当炉炰羔，蓴羹皆韵，醇醪盈罍，色香并佳。此会在比来不可多得矣，面约同席诸子以后七日之夕再会。"（黄际遇：《不其山馆日记》第一册，见《黄际遇日记》第五卷54页）
11月1日	创作自述《我怎样写〈小坡的生日〉》（《老牛破车》之四）发表于上海《宇宙风》第4期。《小坡的生日》是1929年老舍在新加坡开始创作的一部长篇小说，表现了弱小民族的小伙伴们联合反抗殖民压迫的故事，带有童话色彩，寄情于梦境与现实之间。本文介绍了这部小说的缘起、创作过程及相关体会，特别表达了对孩子的赞美，说："希望还能再写一两本这样的小书，写这样的书使我觉得年轻，使我快活；我愿永远作'孩子头儿'。对过去的一切，我不十分敬重；历史中没有比我们正在创造的这一段更有价值的。我爱孩子，他们是光明，他们是历史的新页，印着我们所不知道的事儿——我们只能向那里望一望，可也就够痛快的了，那里是希望。"初收《老牛破车》。收《老舍全集》第16卷。收《老舍青岛文集》第5卷。
11月5日	是日霜重。晚，与黄际遇、邓仲纯、刘康甫等友人会饮于赵太侔寓所，纵酒放歌，感时事之艰难。时，赵太侔居荣成路19号山大校长公舍。"早，过少侯、浅哉一约，即入公室，日昳乃毕，今日最忙也。又面约仲纯、康甫、舍予往太侔寓夜饮。酒由宁氏，馔则寡人，谈侣酒俦，大半在是，流连尽晷，乐乃无央。东道主人又摘盈匊鬗汤以进，侏儒饱欲死，先生频呼酒，乃恍然知坐上有过生日者。酒罢登

楼，一曲奉歌，不必抚弦，如闻问笛，楚歌日迫，鲁难安逃，博此暂欢，不能成醉。"（黄际遇：《不其山馆日记》第二册）

11月8日　晚7时，在国立山东大学科学馆大礼堂发表题为《一点新经验》的讲演。相关报道见《国文学会举行二三两次学术讲演》（载本月18日《国立山东大学周刊》第132期）。

11月10日　向中波文化协会年会提交的论文《一个近代最伟大的境界与人格的创造者——我最爱的作家——康拉得》发表于《文学时代》创刊号。对波兰裔英国小说家康拉得作了很高的评价，在初步介绍了其生平与创作观之后，目光凝聚到海上，写道："他是个海船上的船员船长，这也是大家都知道的。这个决定了他的作品内容。海与康拉得是分不开的。我们很可以想象到：这位海上的诗人，到处详细的观察，而后把所观察的集成多少组，像海上星星的列岛。从飘浮着一个枯枝，到那无限的大洋，他提取出他的世界，而给予一些浪漫的精气，使现实的一切都立起来，呼吸着海上的空气。……一遇到海和在南洋的冒险，他便没有敌手。"1924年至1929年，老舍在伦敦大学东方学院任教时，专门研究过康拉得的小说，深受启发。收《老舍全集》第17卷。收《老舍青岛文集》第5卷。

11月16日　创作自述《我怎样写〈大明湖〉》（《老牛破车》之五）发表于上海《宇宙风》第5期。文章谈小说《大明湖》的写作经过及相关体会，言及其手稿被战火烧毁的过程，反思了作品存在的问题。初收《老牛破车》。收《老舍全集》第16卷。收《老舍青岛文集》第5卷。

11月26日　是日阴雨，傍晚，与黄际遇同访赵少侯。"温课授课，傍晚方毕，惫矣甚。偕舍予阴雨中步访少侯，已不可支。"（黄际遇：《不其山馆日记》第三册）

11～12月　从西鱼山寓所移居他处，搬家的原因，一者是老舍无法忍受房东郑家的无线电收音机带来的噪音，他说："郑家的机器真不坏，据说花了八百多块。每到早十点，他们必转弄那个玩艺。最初是像火车挂钩，嘎！哗啦，哗啦！哗啦了半天，好似怕人讨厌它太单调，忽然改了腔儿，细声细气的啊啊，像老牛害病时那样呻吟。猛孤叮的又改了办法，拍拍，喔——喔，越来越尖，咯喳！我以为是院中的柳树被风刮折了一棵！这是前奏曲。一切静寂，有五分钟的样子，忽然兜着我的耳根子：'南京！'也就是我呀，修养差一点的，管保得惊疯！吃了一丸子定神丸，我到底要听听南京怎样了。呃，原来南京的底下是——'王小姐唱《毛毛雨》。'这个《毛毛雨》可与众不同：第一声很足壮，第二声忽然像被风刮了走，第三声又改了火车挂钩，然后紧跟着刮风，下雨，打雷，空军袭击城市，海啸；《毛毛雨》当然听不到了。闹了一大阵，兜着我的耳根子——'北平！'我堵上了耳朵。早晨如是，下午如是，夜间如是；这回该我找房东去了。我搬了家。"（老舍：《青岛与我》）再一个原因，房东也对老舍唱戏有所埋怨。"唱到第三天，房东来了，很客气的请我搬家。房东临走，向敝太太低声说了句：'假若先生不唱呢，那就不必移动了，大家都是朋友！'"（同上）离开西鱼山寓所以后，老舍又搬过了两三次家，其大致范围仍在山东大学的西南方一带，但具体位置不详。"在金口二路生下舒乙以后，秋末冬初，我们还搬过两三次家，时间都很短。"（胡絜青：《重访老舍在山东的旧居》）

12月1日　创作自述《我怎样写〈猫城记〉》（《老牛破车》之六）发表于上海《宇宙风》第6期。文章谈小说《猫城记》的写作经过及相关体会，反思了作品失败的原因。《猫城记》以科幻小说的形式表现了作者对当时中国社会的失望，深含讽喻与批判，然作者本人基本上否定了这部小说。显然，作者自谦了。客观地说，《猫城记》有其独特价值，这首先表现在科幻上的预见性，第一次以文学作品的形式想象了中国人的火星探险。1932年7月1日《现代》杂志第1卷第3期登载了老舍致该刊编者信的摘要，这样预告作品的内容："中国人——就是我呀——到火星上探险。飞机碎了，司机也死了，只剩得我一个人——火星上的漂流者。来到猫城，参观一切。"出于对当时中国社会的极度绝望，老舍进行了大胆的尝试，将视线投向了火星，虚构了一座火星上的城市——猫城，借此而重置了一重中国社会现实，给读者提供了一个远距离观察自身所处社会生活的特殊视角，从而引出了新的思考维度。作品既是在写现实，亦是在预言未来，在特殊视角的观察中进行着奇特而深刻的思考，缘此而寄托着一位爱国知识分子的忧患意识，表达了对国家前途命运的深深焦虑。这是特别深刻的一点，可以说，《猫城记》不是一部普通意义上的科幻小说，而是一部严肃的社会政治小说，一部反乌托邦小说。然"既不能有积极的领导，又不能精到的搜出病根，所以只有讽刺的弱点，而没得到它的正当效用"。

所以作者自认为这是一部失败的作品。初收《老牛破车》。收《老舍全集》第16卷。收《老舍青岛文集》第5卷。

12月3日	黄昏时分，与黄际遇同访赵少侯宅。"温课授课，日西仍毕，偕舍予过少侯闲坐片时，稍摅一日之劳，不知何故，乡思悠然。"（黄际遇：《不其山馆日记》第三册）
12月5日	散文《何容何许人也》发表于上海《人间世》第41期。从朋友的不同类型谈起，介绍了老朋友何容的奇特经历、古道热肠的性格与安贫乐道的处世态度，记载了老舍与他的深厚交情。文中说何容："革命吧，不革命吧，他的见解永不落在时代后头。可是在他的行为上，他比提倡尊孔的人还更古朴，这里所指的提倡尊孔者还是那真心想翼道救世的。他没有一点'新'气，更提不到'洋'气。"收《老舍全集》第14卷。收《老舍青岛文集》第1卷。
12月15日	散文《钢笔与粉笔》发表于《益世报》副刊《益世小品》第38期。比较了粉笔与钢笔——分别指代教学与写作——的异同，言明自己更喜欢自由的不受约束的写作生活。作者这样描写钢笔："钢笔头下什么都有。要哭它便有泪，要乐它就会笑，要远远在天边，要美美如雪后的北平或春雨中的西湖。它一声不出，可是能代达一切的感情欲望，而且不慌不忙，刚完一件再办一件；笔尖老那么湿润润的，如美人的唇。"收《老舍全集》第15卷。收《老舍青岛文集》第1卷。
12月16日	创作自述《我怎样写〈离婚〉》（《老牛破车》之七）发表于上海《宇宙风》第7期。文章谈长篇小说《离婚》的创作过程及相关体会，言明当时有意要"返归幽默"，说："《大明湖》与《猫城记》的双双失败使我不得不这么办。"小说写出了北平几个小科员的家庭生活及其心理状态，生活于灰色烦恼之中而无以自拔，于是就闹起了离婚，最后谁也没离得成。从语言到叙事，这部小说都是"老舍式"的，乃至于被认为是"最老舍"的。读之，可感到契科夫式的"发现"与陀思妥耶夫斯基式的"审判"都有所体现，而对生活意义的省思则达到了与存在主义哲学共振的层面。在创作手法及艺术表现力上，这是老舍济南时期比较成功的一部长篇小说，预示着老舍文学的新起点和新高度。本篇中，在介绍《离婚》写作机缘的同时，作者还特别讲到"北平"的意义所在，言："北平是我的老家，一想起这两个字就立刻有几百尺'故都景像'在心中开映。啊！我看见了北平，

马上有了个'人'。"就此申明了地域精神。初收《老牛破车》。收《老舍全集》第16卷。收《老舍青岛文集》第5卷。

12月18日

为响应"一二·九"运动,山大学生推选陈延熙、李声簧、王广义、熊德邵、韩福珍等21人组成"山东大学抗日救国执行委员会",开展罢课行动,进行抗日救亡宣传。山大学潮引发了一系列变故,为老舍半年之后的辞职埋下了伏笔。

12月22日

《〈芭蕉集〉序》发表于天津《益世报》副刊《益世小品》第39期。这是老舍为国立山东大学中文系学生徐中玉的散文集《芭蕉集》作的序,鼓励青年大胆尝试,勤奋写作,他说:"写吧!什么都要写!只有写出来才能明白什么叫创作。青年人不会害怕,也不要害怕;勇气产生力量,经验自然带来技巧,莫失去青春,努力要在今日。"关于此事的来龙去脉,徐中玉回忆道:"我把为各报刊写的小品、散文结为一集,题名'芭蕉集',有人愿为介绍到上海一家出版公司去出版,青年无知,当然很高兴,编成后便请老舍师和当时寓青的王统照先生分别作序。承蒙两位都一口答应,并且很快就交给我了。"(徐中玉:《记老舍师四十八年前给我写的序文》,《读书》1983年第12期)。收《老舍全集》第17卷。收《老舍青岛文集》第5卷。

12月30日

是日晴,为多年来最寒冷的一天。晚,与赵太侔、洪深、赵少侯、邓仲纯、张怡苏、宋君复、皮松云(达吾)等山大同人应约至黄际遇宅(山大第八公舍)赴消寒之会,饮酒对垒,畅快淋漓。"卯三刻十五度,在青六年未见之冷,晴,午仍不过二十五度。夜约消寒之会,太侔未晡过谈。浅哉、少侯、仲纯、舍予、咏声、怡苏、君复、达吾先后而来(毅伯辞以疾)。移坐东馆,酒热灯红,环堵杂花,亦逞斌媚。酒过三爵,一马当先,呼啸甫还,邻兵接刃,今日中原从此多事。助以连环套,杯甀角桥,战胜者负崌而辟,易败者捲土以相从,而主人之鼍耻矣。急车索沽于市,不给则乞醯于邻,时君复言有酒半斗,隔巷对宇,呼之即至也。于是尘军复起,风云为之暗淡,鼙鼓不闻喧阗,但聆噍杀舌搏手抉之声。曾几何时,而肴酿俱有难继之状,兴到酣时,一斗不醉,非屠沽市远,今夕诸君大有再接再厉之势也。乐不可极,酒不可纵,撤馔易茶,甘苦同之西隅半斗书室之间。今文坛健者洪深、老舍、赵少侯诸子,方放高谈。室之奥环而呼战者又大有人在,承佑、君复对垒谈兵,咏声后起招豪而朴。"(黄际遇:

《不其山馆日记》第三册)

本月　老舍一家移居黄县路6号（今黄县路12号）寓所，在此住到1937年8月中旬。房屋所在地处于信号山南麓、鱼山西麓，为两山之间的山谷地带，原有青岛村河自此流过，山东大学坐落于其东北方，与寓所相距仅百余米。这是一幢朴素简洁的二层小楼，建于1930年，老舍一家住楼下，走东门；房东为从事教育工作的王姓夫妇，住楼上，走西门。

"房子够住，地点适宜，离学校，菜市，大街都近，而且喜欢遇到整齐的院子，又带着一个大空后院，练球，跳远，打拳都行。再说楼上只住老夫妇俩，还是教育界。她点了点头。"（老舍：《搬家》）

"1935年年底，我们租定了黄县路6号（现为12号）的房子，在这里一直住到1937年'七七'事变以后全家离开青岛。"（胡絜青：《重访老舍在山东的旧居》）房间布局是："一楼的房子当中有个通道，向阳的最东头一大间是客厅；过来是我和舒乙的卧室；再过来是老舍的卧室，由他照管着老大舒济。老舍写作的书房在东头背阴的那间，有门可通客厅。"（同上）小楼西边有一片竹林围绕的空场子，几乎每日早晨，老舍都去那里练武健身。"地方安静，个人的生活也就有了规律。我每天差不多总是七点起床，梳洗过后便到院中去打拳，自一刻钟到半点钟，要看高兴不高兴。不过，即使不高兴，也必打上一刻钟，求其不间断。遇上雨或雪，就在屋中练练小拳。"（老舍:《这几个月的生活》）"这所房子在老舍的创作生涯中有着不一般的意义。"（胡絜青：《重访老舍在山东的旧居》）在此，老舍写出小说集《蛤藻集》、长篇小说《骆驼祥子》《文博士》（《选民》）、中篇小说《我这一辈子》、散文《五月的青岛》《小型的复活（自传之一章）》等大量作品，奠定了他在现代文学史上的光辉地位。

本年　《避暑录话》全部出齐后，应读者要求并着眼于其文学价值和纪念意义之考虑，还特别印行了合订本，封面配有毕加索的线描图，在荒岛书店等处上架，一时竟成热门读物。

同期　与一位笔名"中生"的山大外文系学生谈话，回答了中生提出的几个问题。对"怎样自修英文"一问的回答是："每天抽出一两个钟头的时间看英文书，不管那一类，不论古今文，报章，杂志也要看的，甚至那里面的广告也值得看一看，这样的经过两年的工夫，然后再开始有系统的，有目标的念英文。"对"怎样训练写文章"一问的回答

是："我劝你多看书，少写作。书看多了，自然会写。写好了，自然人家会把你的文章印刷出来。"（中生：《记老舍先生》）

同期　某日，与赵少侯、萧涤非等人会饮，醉意朦胧中，老舍为聊城熏鸡起名曰"铁公鸡"，此名延续至今。关于此事的来龙去脉，萧涤非介绍说："此刻他已有几分酒意，略一思索，便说：'朋友，你们看，这鸡的皮色黑里泛紫，还有点铁骨铮铮的样子，不是很像京戏里那个铁面无私的黑老包吗？干脆，就叫铁公鸡！'这时，老舍忽然问我们到过济南没有，我们说没有去过，于是他便接着说：'济南城里有个大明湖，湖的北岸有座铁公祠，是纪念明朝初年一个名叫铁铉的铁汉子的。当时燕王朱棣（也就是后来的明成祖）带着几十万大兵南下要抢夺他侄儿建文皇帝的天下，铁铉拼命抵抗，后来兵败被俘，被反绑着手带到朝廷去见已经登上皇帝宝座的燕王。嘿，这铁铉也真够铁的。他一不跪，二不站，用背对着燕王，一屁股坐在地上，直骂！燕王对他说，只要你转过头来回顾一下，我就赦你一死，可他就是不买账，结果被分尸。真不愧是个姓铁的。山东既然有这一名胜古迹，管它叫铁公鸡，不也就表明它是山东的特产了吗？'记得当时老舍说得有声有色，谈到铁铉的事，那语气更是斩钉截铁，给我的印象特别深刻。"（萧涤非《聊城铁公鸡》，《中国烹饪》1985年第3期）

同期　编写《文艺思潮讲义》，多次到山东大学图书馆查阅资料。为老舍在山东大学中文系所开《文艺思潮》课的自编讲义，对各种文艺思潮及其渊源进行了梳理。手稿大部分已散佚，现仅存第31章"立体主义及其他"。以《〈文艺思潮〉讲义》为题收《老舍全集》第17卷。以《〈文艺思潮〉讲义（第卅一　立体主义及其他）》为题收《老舍青岛文集》第5卷。

自本年起　与王统照相识并成为好友。王统照（1897～1957），山东诸城人，字剑三，著名作家和教育家。1927年移家青岛，成为青岛本埠新文学的拓荒者，寓所坐落于观海山西麓（今观海二路49号），1929年创办青岛的第一份新文学期刊《青潮》，1933年写出小说代表作《山雨》。1935年春旅欧回国后与老舍相识，夏日共创《避暑录话》，为十二同人之一，先后提供了7篇作品：《你的黑手》（第1期）《黄昏阵》（第2期）《星空下》（第4期）《蜀黍（高粱）》（第5期）《失了影的镜子》（第6期）《枯草》（第8期）及《夜行》（第9期）。1936年7月赴上海担任《文学》主编，每次回青岛必与老舍会面，畅饮苦露。"多么可爱的统照啊，每次他由上海回家——家就在青岛——必和我喝几杯苦露酒。"（老舍：《怀友》）1941年，王统照为吴伯箫的散文集《羽书》作序，回忆旧事，以"饮苦露，走沙滩，豁快拳"一语来勾画当年岛上的文人意气。

自本年起 与臧克家相识并成为好友。臧克家（1905～2004），山东诸城人，诗人。1930年考入青岛大学，为闻一多的入室弟子早在1933年7月，臧克家出版第一部诗集《烙印》之后，老舍写下《臧克家的〈烙印〉》（载当年11月1日《文学》第1卷第5号）一文给予热情评价，其时两人并不相识。1935年相识后，臧克家常光顾老舍寓所。"我第一次见到老舍，是1935年，在青岛。那年，他应国立山东大学之邀去任教，恰好头一年，我成为该校第一届毕业生，离开青岛到山东临清中学教书去了。虽然我没有赶上受他的教导，但我和老舍的关系，是在师友之间。随着岁月的流逝，我们的友谊越来越深厚，到后来，成为亲密的朋友，尊师之感全没有了。"（臧克家：《我尊敬的长者与朋友》，载《友情和墨香》，山东大学出版社，2014年）1935年夏，共创《避暑录话》，为十二同人之一，先后提供了三篇作品：《要活》（第1期）《说大蒜》（第4期）及《古城月》（第6期）。

自本年起 与吴伯箫相识并成为好友。吴伯箫（1906～1982），原名熙成，山东莱芜人，作家。1931年夏自北京师范大学毕业后来青岛大学工作，任校长办公室事务员，住八关山南麓的栖霞路上，寓所名"山屋"。约本年初，与老舍相识并成为"忘年的朋友"，多次到老舍家中作客。"论仪态风度，老舍偏于儒雅洒脱；谈吐海阔天空，幽默寓于严肃。像相声里'解包袱'，一席话总有一两处，自然地引人会心欢笑。（吴伯箫：《作者·教授·师友——深切怀念老舍先生》，《北京文艺》，1978年第7期））夏，共创《避暑录话》，为十二同人之一，先后提供了4篇作品：《边庄》（第1期）《萤》（第3期）《阴岛的渔盐》（第4期）及《秋夜》（第10期）。

自本年起 与杜宇相识并成为好友。杜宇（1907～1948），山东黄县（今龙口）人，作家和翻译家。1929年9月协助王统照创办了青岛历史上的第一份新文学月刊《青潮》。1930年2月出任《青岛民报》总编。本年夏协调安排版面，在文学副刊《避暑录话》的创办过程中发挥了关键作用，为十二同人之一，先后提供了4篇文章：《果戈里与〈巡抚〉》（第3期）《奥史特洛夫斯基论》（第5期）《葛莱格里夫人的喜剧》（第8期）及《警犬》（译文，第10期）。

自本年起	与孟超相识并成为好友。孟超（1902～1976），原名孟宪启，山东诸城人，作家。1934年移家青岛，初居无棣四路，翌年夏迁居苏州路，与刘西蒙比邻而居。本年夏，与老舍等共创《避暑录话》，为十二同人之一，先后提供了9篇作品：《夜行》（第1期）《何必枯岭》（第2期）《"年来故旧皆飞絮"》（第3期）《海浴》（第5期）《睡倒的车子》（第6期）《立春画壁》（第7期）《秋的情调》（第8期）《破巢》（第9期）及《此路不通》（第10期）。1936年1月，他接替刘西蒙担任《青岛民报》副刊编辑。
自本年起	与王亚平相识并成为好友。王亚平（1905～1983），河北威县人，作家。1934年秋自北平来青岛教书，其间组织了中国诗歌会青岛分会。本年夏与老舍等共创《避暑录话》，为十二同人之一，先后提供了4篇作品：《卖菜女郎》（第1期）《诗二章》（第8期）《农村的暮》（第9期）及《流》（第10期）。
自本年起	与李同愈相识并成为好友。李同愈为山东人，作家。1935年由北平来青岛工作，夏与老舍等共创《避暑录话》，为十二同人之一，先后提供了4篇作品：《山鸟》（第2期）《第九次赛》（第4期）《未来》（第5期）及《蟋蟀》（第7期）。他热衷于承担文学协调人的角色，曾接受天津《益世报》副刊《益世小品》及南京《中央日报》文学副刊的委托，负责向老舍等时居青岛的著名作家约稿。
自本年起	与王余杞相识并成为好友。王余杞（1905～1989），四川自贡人，作家。本年夏，自天津来青岛避暑，与老舍等共创《避暑录话》，为十二同人之一，提供了作品《一个陌生人在青岛》（第1～9期连载）。有诗集《都市的冬》《十二月的风》及剧作《铁水钢花》等作品。
自本年起	与刘西蒙相识并成为好友。刘西蒙（1910～1994），原名刘芳松，山东蓬莱人，作家。1924年考入私立青岛大学读书。1933年重回青岛，任《青岛民报》副刊编辑。本年夏，与老舍等共创《避暑录话》，为十二同人之一，先后提供了4篇作品：《七月速写》（第3期）《人子》（第4期）《海上的征者》（第8期）及《祖母》（第10期）。

一九三六年　老舍三十七岁

| 1月1日 | 创作自述《我怎样写短篇小说》发表于上海《宇宙风》第8期。初收《老牛破车》。修改稿（一九四四年补加两段文字，介绍短篇小说集《火车集》《贫血集》之写作情况）收《老舍全集》第16卷。收《老舍青岛文集》第5卷。 |

本日　上海《宇宙风》半月刊在《编辑随笔》中披露，老舍应《宇宙风》之特约，答应为其写一部长篇小说。"过去七期中特别使我们感谢的是知堂、老舍和子恺三位先生，他们给宇宙风每一期写文和作画。现在呢，老舍先生在一口气写完八篇创作经验谈之后，要略为休息一会了。在这短期的休息中我们已经跟他约定写一个长篇，在长篇写成发表之前，随时给我们写些散文随笔。"（《编辑随笔》，见《宇宙风》第8期）根据本文判断，在此之前的1935年岁末，老舍与《宇宙风》编辑部有关于约稿的通信往来。

1月19日　散文《新年试笔》发表于天津《益世报》副刊《益世小品》第43期。这是作者应该刊之约而写于新新年（1月1日）和旧新年（春节，当年为1月24日）之间的一篇小文，寄托着双重祝福，也表达了对时局的关注，同时也亮出了质朴的民俗情怀。收《老舍全集》第15卷。收《老舍青岛文集》第1卷。

1月20日　上午9时起，国立山东大学在科学馆大礼堂举行本学期第17次总理纪念周活动，老舍发表了题为《文艺中的典型人物》的主旨讲演，认为"典型"是某一个团体、某一个阶级或者某一个时代的"标准人"，而文学的意义不可忽视，因为"文学使你知道什么是人，和人与人的关系；它所给的标本是足以代表一个团体，一个阶级，或一个时代的人物。这个人的思想，信仰，行为，举动，都有极可靠的根据，好像上帝另造出一些特别的标准人似的。没有文学的时代是黑暗的时代，因为它没纪录下来这标准人来。"时，黄际遇在场，对老舍的讲演给予很高评价，其当天日记中有如下一段话："今日舒舍予演讲'文艺中典型之人物'，出口有章，隽语累出，极博佳评，舍却人生无文艺之论者也。"（黄际遇：《不其山馆日记》第四册）讲演内容见《一月二十日纪念周》（载本月27日《国立山东大学周刊》第142期）。以《文艺中的典型人物》为题收《老舍全集》第17卷。以《文艺中的典型人物——在国立山东大学1935～1936学年下学期第十七次总理纪念周上的讲演》为题收《老舍青岛文集》第5卷。

1月22日　除夕前夜，与赵少侯、邓仲纯宴饮于黄际遇宅，酒酣耳热之际，高歌京戏一曲，喜乐忘忧。"晡，承佑约少侯、舍予、仲纯会于敝庐，亨羊炰羔，举酒属客。客不足，请益之，则合同舍人而陈焉，移食几于书房，而以食室为烽火之场，炙牛羊而甘心之。人以为狂，自觉韵甚，须更肉尽，纵饮于宦，同心之言，酒醇不醉，鲁酒不薄，齐谐无伤。舍予引亢以高歌，少侯依声而应节，一曲未已，崑乱间出。予亦悉索所有，拾响效颦，但资哄堂，宁惭屋漏。亦以余力应敌丁丁，正是炉香茶热时，不知今夕何年，人间天上。"（黄际遇：《不其山馆日记》第四册，见《黄际遇日记》第五卷322页）

1月下旬　春节（当年为1月24日）期间，带着小孩子到天后宫观礼民俗节庆活动。天后宫为青岛西部老城区存世最久的古代庙宇，始建于明成化三年（1467），奉祀海神妈祖，故而亦被称为海神娘娘庙，昭显着青岛口（今青岛湾）的海事渊源与商贸记忆，给出了近代城市的一重历史前缘。20世纪以来，在遍布异域建筑的青岛前海一带，天后宫以其民族风格建筑形象而特立独显，表征着本土文化的深沉存在。所谓"海山处处皆新色，吊古惟凭天后宫"（崔士杰语）说的就是这回事。当时，老舍一家所居的黄县路寓所处于天后宫以东，相距仅百余米。在本月中旬所写的《新年试笔》一文中，他如是说："我等着听除夕彻夜的鞭炮，我等着看元旦娘娘庙进香，我等着看大年初二祭财神，我等着看……"

本月　写于济南的长篇小说《牛天赐传》由上海人间书屋出版发行。

2月21日　到访青岛狮子会（设于中山路51号亚当斯大厦），并应狮子会之邀假青年会别墅（位于浙江路5号，基督教青年会本部的南侧）发表学术讲演，对"幽默的真谛"做出生动阐释。翌日，青岛《正报》予以报道："嗣后山大文学系教授舒舍予君（即老舍）演讲幽默之真谛。舒君演词精辟，为狮子会历年最好演说之一。"（《本市狮子会昨假青年别墅开会，舒舍予莅会讲演》，1936年2月22日《正报》）

3月16日　短篇小说《新韩穆烈德》发表于上海《国闻周报》第13卷第10期。小说以大学生田烈德寒假回乡探亲的见闻为线索，刻画了他的生命状态与心理活动，同时也通过他的父亲、一位水果商的经商历程表现了近代以来殖民化背景上的民族工商业的生存状态。小说名称中的"韩穆烈德"即莎士比亚剧作《哈姆雷特》中的悲剧主人公Hamlet，而所谓"新穆韩烈德"被构思为现代中国版的哈姆雷特，着力表现当时一部分青年人彷徨、矛盾以及缺乏行动力的生存状态。初收《蛤藻集》。收《老舍全集》第7卷。收《老舍青岛文集》第2卷。

本　日　《天书代存·序》发表于上海《宇宙风》第13期。文中首先阐释了书名的内涵，然后讲述了自己与赵少侯合写《天书代存》以及搁笔的缘由。说的是长篇小说《牛天赐传》在《宇宙风》刊露后，编辑陶亢德建议写续集，但老舍苦于无时间写，于是就有了赵少侯的建议。"有一天，我就跟赵少侯兄这么一发牢骚。敢情他有主意。他原来也是个崇拜牛天赐的，知道的事儿——关于牛天赐的——并不比我少。马上我们有了主意，合作好了。二人各就所知，把事实都搬出来，然后穿贯在一处，岂不只等提起笔来刷刷的一写。"本期《宇宙风》的《编辑后记》表达了对这部作品的期待："我们曾请老舍先生写《牛天赐续传》，已荷俯允。本期的《〈天书代存〉序》就是一个先声。天书原已写好几段，只因作者对其作品一字不肯马虎，所以序中说要'暑假'之前才起始刊登。在我们虽是愈早登愈好，但也不敢胡催乱促，扰作者精心结撰。一准暑假前登起吧，反正四月不也是暑假前么。"后来《天书代存》未交《宇宙风》发表，而是于1937年1月交由梁实秋主持的《北平晨报》副刊《文艺》连载，然未完即辍。收《老舍全集》第8卷。收《老舍青岛文集》第4卷。

3月31日　国立山东大学《二五年刊》编辑委员会召开第三次编辑会议，"议决重要议案五项"，其中第三项为："聘舒舍予先生，林绍文先生，宋君复先生，赵少侯先生为顾问。"（见《年刊编委员会举行第三次会议》，1936年4月6日《国立山东大学周刊》第147期）

本月 | 山东大学学潮扩大，学生与校方矛盾加剧，老舍勉力居中调停。本学期开学后，校方决定开除学生领袖陈延熙等6人的学籍，这引起了广大学生的愤怒，宣布罢课抗议。当月8日，国民党青岛市政当局出动海军陆战队包围学校，逮捕了32名学生，校方进而宣布勒令13名学生退学。学生们坚持罢课，在青岛市各界及及舆论的压力下，斗争取得胜利，校方于13日宣布收回成命，市政当局亦于次日释放学生，一场罢课风潮方得以平息。这期间，出于稳定局面的考虑，老舍担当了矛盾调停者的角色，并被推举为教授代表去做安抚学生的工作。对此，时任山大化学系助教的葛春霖回忆说："我建议教授会派代表与我一起劝导学生，停止罢课。教授会经过讨论后，大部分教授同意我的意见，决定派三位教授代表与我一起去开导学生，接受孙督学的建议。这三位教授代表有一位是舒舍予（老舍）先生，其他两位我记不起名字了。在学生代表会上，三位教授代表，特别是舒舍予先生，都作了苦口婆心的劝导。"（葛春霖：《忆1935年至1936年的山大学潮》，中共青岛党史研究室编《亲历者忆（第一辑）》。所称"孙督学"为南京政府教育部某司长孙国封。）上文提及三位教授代表中的另一位可能是洪深，他曾与老舍一起到学生宿舍看望被开除的学生。"洪深和舒舍予两教授的游说。洪和舒曾到第四宿舍看我们被开除的同学，他们劝我们离校，洪说他可介绍我们转上海一些大学，并资助路费，我们自然不会答应……"（熊德邵：《"一二九"运动在山大》，中共青岛党史研究室编《亲历者忆（第一辑）》。该文中，此段之前还提及一件未经佐证的事，说："不了解情况的舒舍予教授说我们让女生到男生宿舍是大逆不道、死有余辜。"听上去似乎不符合老舍的性格，说"大逆不道"尚待思量，言"死有余辜"几无可能。）关于当时老舍劝导学生的情形，中生回忆说："我记得那一天晚上，两派学生都挤在科学馆的礼堂里，听舒先生的一篇伟论。……他走上讲台，一开口就说：这一次的事情，弄到今天的地步，可说是办教育的失败（大家肃然），但我听说你们要开火，吓得我三天不敢出来（大家哗然）。今天，你们都来了，这是一个好现象。现在有些问题，我们仍要讨论一下。你们接受意见，没事儿，不能接受，关门大吉。"（中生：《忆老舍先生》）当时校方对待爱国学生的态度使不少进步教授感到很失望，洪深、赵少侯等愤而辞职，告别了山大，老舍也开始再

度考虑辞职问题，而长期存在的写作与教书的矛盾亦因此而加剧。

春 在黄县路寓所，一次闲谈引发了创作《骆驼祥子》的想法。某日，山东大学的一位同人（可能是中文系主任张煦）来家中作客，在客厅里闲聊，说起了两位人力车夫的遭遇。"记得是在一九三六年春天吧，'山大'的一位朋友跟我闲谈，随便的谈到他在北平时用过一个车夫。这个车夫自己买了车，又卖掉，曾如此三起三落，到末了还是受穷。"（老舍：《我怎样写〈骆驼祥子〉》）这是第一个车夫的故事，闻之，老舍有所思，说："这颇可以写一篇小说。"还有第二个车夫的故事："有一个车夫被军队抓了去，哪知道，转祸为福，他乘着军队移动之际，偷偷的牵回三匹骆驼回来。"（同上）老舍敏锐地把握到这是一个好素材，萌发了以车夫和骆驼为基本语境来写一部长篇小说的冲动。

自春至夏 多方面收集资料，汇总和储备信息，进行着构思和创作准备。"从春到夏，我心里老在盘算，怎样把那一点简单的故事扩大，成为一篇十多万字的小说。"（同上）听闻山大友人讲的故事后，老舍给老友齐铁恨去信，向他请教关于骆驼的知识。"我首先向齐铁恨先生打听骆驼的生活习惯。齐先生生长在北平的西山，山下有许多家养骆驼的。得到他的回信，我看出来，我须以车夫为主，骆驼不过是一点陪衬，因为假若以骆驼为主，恐怕我就须到'口外'去一趟，看看草原与骆驼的情景了。若以车夫为主呢，我就无须到口外去，而随时随处可以观察。这样，我便把骆驼与祥子结合到一处，而骆驼只负引出祥子的责任。"（同上）对北平的种种风土人情，他太熟悉了，因而决定将小说场景设置为故乡北平。为了写好祥子的故事，他"入了迷似的去搜集材料"，面向生活和记忆的深处挖掘可用资源，也常与街上的人力车夫以及其他苦力聊天，多方了解并切身感受他们的生活状态。黄县寓所临近东方市场，出小院西侧的一片树林，百步而已，那里常有黄包车夫在靠活。不远处还设有车场，街上随时可见车夫匆匆拉车的身影。那阵子，老舍常与他们聊天，置身于车夫的内心世界，洞察他们的喜怒哀乐，熟悉拉车的动作和心态。某日，遇上几位车夫，聊得投缘，索性就将他们请进小院中继续拉家常，那股亲切劲令人称奇，邻居问："这都是朋友吗？"老舍笑答："是朋友，也是老师。"（章棣：《忆老舍在山大》，《山东大学校史资料》第1期）"这些人每天在饥饿线上挣扎，他们都有自己悲惨遭遇和性格。通过同他们的接触，使我对人生有进一步的了解。"（同上）可以说，作者与大众共同完成了对作品的第一度沉思，许多人已参与到"骆驼祥子"的人生命运中来了。在情感上，老舍与各色人物有着良好的相融性，他是真心与这些人交朋友的，绝非写作手段和权宜之计。他如是说："我自己是寒苦出身，所以对苦人有很深的同情。我的职业虽然使我老在知识分子的圈子里转，可是我的朋友并不都是教授与学者。打拳的，卖唱的，洋车夫，也是我的朋友。与苦人们来往，我并不只和他们坐坐茶馆，偷偷的把他们的动作与谈论用小本儿记下来，我没作过那样的事。在我与他们来往的时候，我并没有'处心积虑'的要观察什么的念头，而只是要交朋友。他们帮我的忙，我也帮他们的忙；他们来给我祝寿，我也去给他们贺喜，当他们生娃娃或要娶媳妇的时节。这样，我理会了他们的心态，而不是仅仅知道他们的生活状况。"

（《老舍选集·自序》）另据《北碚学府动态》记载，1944年5月15日，老舍应邀到复旦大学讲演时提到了为写《骆驼祥子》而坐茶馆的经历。"十五日，老舍先生在复旦讲创作经验问题，劝大家不要一上手就写小说；多写点不同形式的短篇，多体验多调查，对写长篇的东西一定有帮助。他还说：为了写《骆驼祥子》，他曾天天到最臭最臭的茶馆去同人们闲谈；为了创作调查，三教九流都是他的朋友。"

（1944年5月29日重庆《新华日报》）

自春至秋	写作闲暇，好天带着孩子到青岛湾或汇泉湾赶海，拾蛤壳，捡海藻。"住在青岛，看海很方便：潮退后，每携小女到海边上去；沙滩上有的是蛤壳与断藻，便与她拾着玩。拾来的蛤壳很不少了，但是很少出奇的。至于海藻，更不便往家中拿，往往是拾起来再送到水中去。"（老舍：《蛤藻集·序》）
5月3日	短篇小说《不说谎的人》在天津《益世报》副刊"文艺周"第1期。1937年2月21日《牢骚月刊》第1卷第3期转载。作品以反讽笔法为特色，揭示了谎言社会的真相，每个人都在说谎。收《老舍全集》第8卷。收《老舍青岛文集》第4卷。
5月6日	山东大学组织进行本学期课程考试。老舍任课的《欧洲通史》考试安排在上午9时至10时50分进行。（《国立山东大学二十四年度第二学期一年级学生学期试验时间表》，载本年4月27日《国立山东大学周

刊》第150期）

本月　到中山公园游玩，品茶，看花。在樱花树下，老舍留下了一张照片，这是今存唯一的一张老舍在青岛的户外风景照，刊载于当年10月1日《宇宙风》第26期。

同期　复函赵景深，署名舍予。此前，作家、编辑家赵景深来函约稿，老舍表示谢意，说明近期未有现成稿件可提供，并答应"明年暑中有暇必给您一篇。"信稿见赵景深著《我所认识的老舍》（载《艺术世界》1980年第1期）。以《致赵景深》为题收《老舍全集》第15卷。同题收《老舍青岛文集》第1卷。

6月16日　散文《想北平》发表于上海《宇宙风》第19期特大号"北平特辑"。这是老舍散文的代表作之一，是浸润着文化诗意的作品，倾注着对故乡北平的精神依恋。北平是老舍人生旅程和文学创作的精神原点，是"整个儿与我的心灵相粘合的一段历史"。老舍对北平的爱是超乎想象的，可以在每一片风物之中感受到古老文化的体温，广袤而精致。文中，拈来欧洲四大古城为北平作张本，说："伦敦，巴黎，罗马与堪司坦丁堡，曾被称为欧洲的四大'历史的都城'。我知道一些伦敦的情形；巴黎与罗马只是到过而已；堪司坦丁堡根本没有去过。就伦敦，巴黎，罗马来说，巴黎更近似北平——虽然'近似'两字要拉扯得很远——不过，假使让我'家住巴黎'，我一定会和没有家一样的感到寂苦。巴黎，据我看，还太热闹。自然，那里也有空旷静寂的地方，可是又未免太旷；不像北平那样既复杂而又有个边际，使我能摸着——那长着红酸枣的老城墙！面向着积水潭，背后是城墙，坐在石上看水中的小蝌蚪或苇叶上的嫩蜻蜓，我可以快乐的坐一天，心中完全安适，无所求也无可怕，像小儿安睡在摇篮里。是的，北平也有热闹的地方，但是它和太极拳相似，动中有静。巴黎有许多地方使人疲乏，所以咖啡与酒是必要的，以便刺激；在北平，有温和的香片茶就够了。"初收《北平一顾》（宇宙风社1938年7月初版）。收《老舍全集》第14卷。收《老舍青岛文集》第1卷。

本月　国立山东大学《二五年刊》编纂刊行，老舍为年刊顾问并为之撰文。该年刊系1935~1936年度国立山东大学纪念专刊，包括：序、校史概要、六年来财政概况、题词、校景、设备、教职员、团体及毕业同学、生活、文艺、编后及广告等内容。其上登载了中文系教授舒舍予

（老舍）的一帧照片。校长赵太侔（赵畸）序文如次："民国二十一年秋，畸奉命长斯校。时廿五年级诸生亦以是年入学，当沈阳事变之后，学潮甫告平息，师生之间，咸怀警惕之心，奋发淬历不稍懈；又以杨前校长金甫先生成规具在，遵循仿效取则不远，用是数年间成效略有可观；而后国难益亟，学校亦迭进艰阻，畸之不才，竭尽绵薄，勉为支拄，其所经营诸有形者，若科学馆，工学馆，体育馆，水力实验室，实习工厂之建筑，以及仪器图书之添购，亦岁有增加，规模粗具，声誉渐起；凡此并全校师生同心戮力，有以致之，畸也何与焉。今诸生方潜心进修，锲而不舍，而廿五年级毕业之期已届，念诸生今日之小成，得之匪易，不有记录，非独他时鸿爪无从印证，且将何以警惕於身，而开示於后，则兹刊之辑不可缓已。愿以时迫而多艰，观其记载尚未能达所期於什一，以致我师生间数年来之劳瘁，其无形者未由显著，抚躬自讼，宁不疚心。虽然苟即此以求其略，则寻踪问迹，旧事可追，缔造经营，艰难自见，庶几诸生异日现身国家之时，偶披斯编，当有鉴於往者之努力，而不至有懈於将来，是又区区之所厚望也夫。民国二十五年六月赵畸谨叙。"前校长杨振声专函致贺："编辑委员会诸先生鉴：惠函敬悉，自念在校未能达理想之什一，离校又未能尽旁助之素愿，得书殊增惭愧耳。惟因却命之不恭，谨以小片塞其责，不适用时弃之可也。此颂／撰祺。杨振声谨启　四月十七。"林森题词"日进高明"；于右任题词"文采灿然"；王世杰题词"攻错攸资"；韩复榘题词"学术津梁"；沈鸿烈题词："猗欤山左，圣泽留遗。博文约礼，道贵因时。黉舍宏开，儒修孟晋。旧德涵濡，新知沦濬。提纲挈领，岁勒成编。汪洋学海，广纳百川。计日程功，如时雨化。陶铸群材，闳我区夏。"

同期　散文《青岛与山大》发表于国立山东大学《二五年刊》。文章首先以唯美笔触亮明了青岛的时空位置及其特有的审美格调，开篇即言"北中国的景物是由大漠的风与黄河的水得到色彩与情调：荒、燥、寒、旷、灰黄，在这以尘沙为雾，以风暴为潮的北国里，青岛是颗绿珠，好似偶然的放在那黄色地图的边儿上。在这里，可以遇见真的雾，轻轻的在花林中流转，愁人的雾笛仿佛像一种特有的鹃声。"然后写出四季之美，言："在这里，春来的很迟，别处已是端阳，这里刚好成为锦绣的乐园，到处都是春花。这里的夏天根本用不着说，因为青岛与避暑永远是相联的。其实呢，秋天更好：有北方的晴爽，而不显着干燥，因为北方的天气在这里被海给软化了；……冬天可实在不能令人满意，有相当的冷，也有不小的风。但是，这里的房屋不像北平的那样以纸糊窗，街道上也没有尘土，于是冷与风的厉害就减少了一些。再说呢，夏季的青岛是中外有钱有闲的人们的娱乐场所，因为他们与她们都是来享福取乐，所以不惜把壮丽的山海弄成烟酒香粉的世界。到了冬天，他们与她们都另寻出路，把山海自然之美交给我们久住青岛的人。雪天，我们可以到栈桥去望那美若白莲的远岛；风天，我们可以在夜里听着寒浪的击荡。就是不风不雪，街上的行人也不甚多，到处呈现着严肃的气象，我们也可以吐一口气，说：这是山海的真面目。"于是，就借着四季流转之妙引出了大学精神的实质，认为大学之内必须保有一种冬天般的严肃气质，以利于学术研究，是万万不能浮躁与奢靡的，真正受到崇尚的是知识、智慧和思想，而非时尚，要培养一种独步高古的人文气质。他阐明大学特色与其所在地有着密切的关联，山大秉承着一种朴素与厚重的'山东精神'，言："不管青岛是怎样西洋化了的都市，它到底是在山东。'山东'二字满可以用作朴俭静肃的象征，所以山大——虽然学生不都是山东人——不但是个北方大学，而且是北方大学中最带"山东"精神的一个。"收《老舍全集》第14卷。收《老舍青岛文集》第1卷。

同期	南京国民政府教育部照准赵太侔辞去国立山东大学校长，原齐鲁大学校长林济青接任其职。赵太侔离青北上，赴任北平艺专校长，行前老舍前往送行，相与话别。
同期	散文《我的暑假》发表于上海《青年界》第10卷第1号"暑假生活特辑"。讲自己十年来利用暑假写作而无暇歇夏之事，最后说："暑假快到，我又预备拿笔了，努力还是玩命？谁管它，活一天干一天的活吧。"所言"又预备拿笔"写的作品正是构思已久的《骆驼祥子》。收《老舍全集》第15卷。收《老舍青岛文集》第1卷。
约上半年	编写《世界文学史讲义》，多次到山东大学图书馆查阅资料。这是老舍为开设《世界文学史》课程而准备的讲义，全面介绍和阐释了世界文学史的流变轨迹。从现存资料中，未见有老舍在山大开设《世界文学史》课程的明确记载，可能是预计中要在下学年开设的课程，但后来他辞去了教职。手稿大部分已散佚，现仅存第5章"希腊的历史和

历史家"。以《世界文学史讲义》为题收《老舍全集》第17卷。以《世界文学史讲义（第五章　希腊的历史和历史家）》为题收《老舍青岛文集》第5卷。

约同期	山东大学中文系三年级学生王碧岑多次来黄县路寓所拜访老师。某一次，老舍建议这位时患腰病的学生打太极拳并赠以同仁堂药膏。"一天，我上先生家去，先生知道我的病情后，问长问短，十分关心。又是要我学打太极拳，又是给我介绍北京'同仁堂'的狗皮药膏，并且立即从内室取了一张，嘱咐我先贴，然后再写信购买。"（王碧岑：《往事难忘——忆老舍先生》）另一次，看到老舍女儿舒济在练习写字。"有一天，我一踏进先生家的门，便看到他的女儿独自端端正正地坐着小板凳，俯在椅面上，拿着一支铅笔，聚精会神地在一张废稿纸上，一个格接着一个格画着黄豆般大小的圆圈圈。我莫名其妙地问道：'这是干什么的呀？'胡絜青先生在一旁会意地笑着回答：'那是给他布置的作业呀，一天一张。'啊！原来这位教育家是在利用废稿纸培养女儿的写字习惯呢。我心里想：那么一大堆废稿纸，可够她用上几十年的。"（同上）
7月1日	短篇小说《新爱弥耳》发表于上海《文学》第7卷第1号。这是一篇教育小说，某种程度上是对法国启蒙主义作家卢梭的小说《爱弥儿》的戏仿，写的是一场"教育"造人运动的失败，幼儿新爱弥耳被非人性的"教育"折磨惨死的故事，表达了对当时某种"教育原理与方法"的批判，也隐含着对人性化教育理想的期待。老舍所崇尚的人性理想是物质与精神、现实与诗意、肉与灵的和谐发展，而其中任何一面的缺失都必然会造成不健康的、病态的人生，乃至于导向死亡。收《老舍全集》第8卷。收《老舍青岛文集》第4卷。
本日	杂文《鬼与狐》发表于上海《论语》第91期。作品以鬼事与狐影来比况人间社会，其实说的也就是人事。文中言："不论是怎样吧，写这样故事的人大概都是为避免着人事，因为人事中的阴险诡诈远非鬼所能及；鬼的能力与心计太有限了，所以鬼事倒比较的容易写一些。至于鬼狐报恩一类的事，也许是求之人世而不可得，乃转而求诸鬼狐吧。"收《老舍全集》第15卷。收《老舍青岛文集》第1卷。
7月2日	国立山东大学组织进行本学期课程考试，老舍任课的《欧洲文学概论》考试安排在下午2时至3时50分进行。（见《国立山东大学二十四

年度第二学期学期试验时间表》，载本年6月29日《国立山东大学周刊》第159期）

7月3日　　国立山东大学本学期课程考试继续进行，老舍任课的《文艺思潮》考试安排在下午2时至3时50分进行。（同上）

7月下旬　　作家蹇先艾来青岛出席"中华图书馆学会第三届年会"（本月20日在山大开幕），其间，在北京图书馆馆长万斯年陪同下，到黄县路寓所拜访老舍并合影留念。"一九三六年，我在北京松坡图书馆工作，曾代表该馆到青岛参加图书馆协会召开的年会，会议由北京图书馆馆长袁同礼主持，在青岛住了一个星期。会后，青岛市长沈鸿烈曾派军舰送我们到崂山游览。住地记得好像是青岛大学（后来改名山东大学）。会议期间，北京图书馆馆长万斯年陪同我拜访了著名作家老舍，并在他的庭院内为老舍与我合摄一影留念。这是我和老舍第一次会见。"（《蹇先艾复鲁海函》，1984年9月20日。文中提及袁同礼时任北京图书馆副馆长，青岛大学改名山东大学的时间为1932年。）

本月　　短篇小说《且说屋里》刊载于《十年》（开明书店创业10周年纪念集）。作品描写现代官僚的政治野心与种种所谓的官场谋略的荒诞，表现了封建官僚家庭内部的裂变。初收《蛤藻集》。收《老舍全集》第7卷。收《老舍青岛文集》第3卷。

同期　　致信陶亢德。谈好长篇小说《骆驼祥子》的写作与稿酬事宜，表明"上海非我所喜，不想去"的态度和安居青岛的意愿。以《致陶亢德》为题收《老舍全集》第15卷。收《老舍青岛文集》第1卷。

同期　　到荒岛书店买书和稿纸，并委托书店订制了一批专用稿纸，其上印有"舍予稿纸"字样。荒岛书店位于广西路与龙口路拐角处，以汇集和销售新文化书籍而著称，与老舍寓所相距仅百米。

同期　　辞去国立山东大学教职，结束了在青岛近两年的教书生涯，成为"职业写家"。老舍之所以辞职，除了一心想做"职业写家"这个推演已久的想法之外，事关当时山大的复杂局势。递交辞呈后，山大新任校长林济青曾数度登门造访，敦请留任，但因不满校方打压赵太侔并解聘多名进步教师的做法，老舍坚辞不就。从这件事当中，萧涤非看到的是知识分子的骨气，他写道："'铁骨铮铮'这四个字，也可以说是老舍的夫子自道。1936年，山大换校长，赵太侔下台，由齐鲁大学校长林某接充，中文系解聘的解聘，几乎全走光啦。林某为了要老舍给他撑门面，利用是齐大老同事的关系曾三顾茅庐，都遭到老舍的拒绝。明摆着每月300元的教授薪金不要，宁可单靠写稿过活，也要和朋友们共进退，真是好样的！"，（萧涤非：《聊城铁公鸡》）老舍自述："事有凑巧，在'山大'教过两年书之后，学校闹了风潮，我便随着许多位同事辞了职。"（老舍：《我怎样写〈骆驼祥子〉》）当然，辞职一事也说明《骆驼祥子》已构思完备。

自本月起 在黄县路寓所写长篇小说《骆驼祥子》，以每日约两千字的速度推进着一部巨著的创造过程。"这回，我既不想到上海去看看风向，也没同任何人商议，便决定在青岛住下去，专凭写作的收入过日子。这是'七七'抗战的前一年。《骆驼祥子》是我作职业写家的第一炮。这一炮要放响了，我就可以放胆的作下去，每年预计着可以写出两部长篇小说来。不幸这一炮若是不过火，我便只好再去教书，也许因为扫兴而完全放弃了写作。所以我说，这本书和我的写作生活有很重要的关系。……到了夏天，我辞去了'山大'的教职，开始把祥子写在纸上。"（老舍：《我怎样写〈骆驼祥子〉》）全书共二十四章（二十四段），约十六万字，用钢笔和毛笔交替书写，第四章至第七章用毛笔书写，其它二十章用钢笔书写。所用稿纸均为绿线灰白底格子纸，第一章至第三章用纸印有"国立山东大学合作社制"诸字，第四章至第十二章用的是印有"青岛荒岛书店制"稿纸，第十三章至结尾以专门订制的"舍予稿纸"书写，间或使用少部分无款稿纸。从字体看，钢笔为行书，毛笔则显魏碑况味，稚拙中透出圆熟，凝结着特有的文人气息。多少晨昏流转着光阴，他全神贯注地投入到了穷苦人的命运之中，书写着祥子的故事，也书写着一个时代的良知，每一天的时光都是短暂而充实的。

自本月起 写作速度加快，一生中唯一一年的"职业写家"生涯顺利开始，至翌年夏，累计写下了30万字，创造了写作记录。"在战前，当我一面教书一面写作的时候，每年必利用暑假年假写出十几万字，当我辞去教职而专心创作的时候只一年（只有一年是这样的作职业的写家）可以写三十万字。"（老舍：《三年写作自述》）

自本月起 多次召开家庭会议，讨论辞职之后下一步何处安家的问题，妻小都想回北平，然老舍本人还是想在青岛住下去，不过答应家人适当时候上北平看看，再定去留。"我解去学校的事，马上就开了家庭会议：上

哪儿去住呢？这个会议至今还没闭会，因为始终没有妥当的办法。"（老舍：《归自北平》）

8月1日 创作自述《我怎样写〈牛天赐传〉》（《老牛破车》之九）发表于《宇宙风》第22期。《牛天赐传》为老舍1934年春夏之间创作于济南的长篇小说，描写牛天赐从弃婴到阔少再到小贩的故事。本文回顾了小说写作经过，表达了"幽默观"："幽默与伟大不是不能相容的，我不必为幽默而感到不安；《吉诃德先生传》等名著译成中文也并没招出什么'打倒'来。我的困难是每一期只要四五千字，既要顾到故事的连续，又须处处轻松招笑。为达到此目的，我只好抱住幽默死啃；不用说，死啃幽默总会有失去幽默的时候；到了幽默论斤卖的地步，讨厌是必不可免的。我的困难至此乃成为毛病。艺术作品最忌用不正当的手段取得效果，故意招笑与无病呻吟的罪过原是一样的。"收《老舍全集》第16卷。收《老舍青岛文集》第5卷。

本日 《宇宙风》第22期的《编辑后记》对老舍即将刊载于该刊的长篇小说《骆驼祥子》予以介绍，发出了"其成功必定空前"的预言。这段文字是："老舍先生一口气给本刊写了八篇《老牛破车》后休息了一阵，现在暑假已到，就把全部工夫放在给本刊写作上面。除了随笔之外，更有一个长篇在创作中，名曰"骆驼祥子"，决定在本刊二十五期刊起。老舍先生是中国特出的长篇小说家，《骆驼祥子》就是这长长时间中构思成功的作品，写作时又在长闲的暑假期，写作地正在避暑地的青岛，其成功必定空前。本刊得此杰作，喜不自胜，就急急忙忙报告读者诸君。"这段话显示了《宇宙风》编者的不凡眼力，应出自陶亢德之手。作品问世后，完全印证了这一预言。从对未刊作品之价值判断的准确性上看，这可能中国现代文学史上最确切也最成功的一个预言了，不仅"空前"之意获得了验证，而且"杰作"之判也成为了历史公论。

8月5日 杂文《代语堂先生拟赴美宣传大纲》发表于上海《逸经》第11期"送林语堂先生赴美讲学特辑"。语言诙谐幽默，写出了林语堂的风度、性情与特质。行文渗透着比较文化意识，对东西方文化的精华与糟粕皆有所评说。文中特别对"东西的艺术及其将来"这一命题作出了颇具质感的分析，言："西方的艺术大体上说来，总免不了表现肉感，裸体画与雕刻是最明显的例子。东方的艺术，反之，却表现着清涤肉感，而给现实生活一些云烟林水之气。由这一点上来看，西方的精神是斑斓猛虎，有它的猛勇，活跃，及直爽；东方的精神是淡远的秋林，有它的安闲，静恬，及含蓄。这样说来，仿佛各有所长，船多并不碍江。可是细那么一想，则东方的精神实在是西方文化的矫正，特别是在都市文化发达到出了毛病的时候——像今日。"收《老舍全集》第15卷。收《老舍青岛文集》第1卷。

8月16日	文论《谈幽默》（《老牛破车》之十）发表于上海《宇宙风》第23期。在此，作为幽默大师的老舍亮明了自己的"幽默观"，阐释了幽默与反语、讽刺、机智、滑稽、奇趣种种形式的异同，言幽默"首要的是一种心态"。"所谓幽默的心态就是一视同仁的好笑的心态。有这种心态的人虽不必是个艺术家，他还是能在行为上言语上思想上表现出这个幽默态度。这种态度是人生里很可宝贵的，因为它表现着心怀宽大。一个会笑，而且能笑自己的人，决不会为件小事而急躁怀恨。往小了说，他决不会因为自己的孩子挨了邻儿一拳，而去打邻儿的爸爸。往大了说，他决不会因为战胜政敌而去请清兵。褊狭，自是，是'四海兄弟'这个理想的大障碍；幽默专治此病。嬉皮笑脸并非幽默；和颜悦色，心宽气朗，才是幽默。一个幽默写家对于世事，如入异国观光，事事有趣。他指出世人的愚笨可怜，也指出那可爱的小古怪地点。世上最伟大的人，最有理想的人，也许正是最愚而可笑的人，吉珂德先生 即一好例。幽默的写家会同情于一个满街追帽子的大胖子，也同情——因为他明白——那攻打风磨的愚人的真诚与伟大。"这是帮助读者了解老舍幽默精神的重要文献。初收《老牛破车》。收《老舍全集》第16卷。收《老舍青岛文集》第5卷。
本月	写散文《有了孩子以后》，记载与孩子的亲密关系，说孩子带来的苦与乐，从孩子的角度理解人生。几乎每日，与孩子嬉戏并忍受孩子对写作的干扰，这已经成为老舍的生活常态。
约本月	吴伯箫来黄县路寓所作客，看到武器架和《骆驼祥子》手稿，对文武兼备的老舍印象深刻。"他那住房进门的地方，迎面是武器架，罗列着枪刀剑戟；书斋写字台上摊着《骆驼祥子》的初稿，一武一文，给我留下很深的印象。"（吴伯箫：《作者·教授·师友——深切怀念老舍先生》，《北京文艺》1978年第7期）
9月1日	散文《英国人（伦敦回忆之一）》发表于上海《西风》创刊号。这是

老舍在青岛所写的四篇留英回忆录中的第一篇，从比较文化的角度介绍了英国人的国民性格和心理状态。文中说："一个英国人想不到一个生人可以不明白英国的规矩，而是一见到生人说话行动有不对的地方，马上认为这个人是野蛮，不屑于再招呼他。英国的规矩又偏偏是那么多！他不能想像到别人可以没有这些规矩，而另有一套；不，英国的是一切；设若别处没有那么多的雾，那根本不能算作真正的天气！"复言："每个英国人有他自己开阔的到天堂之路，乘早儿不用惹麻烦。"还提到："况且有些识见的英国人，根本在英国就不大被人看得起；他们连拜伦、雪莱、和王尔德还都逐出国外去，我们想跟这样人交朋友——即使有机会——无疑的也会被看作成怪物的。"收《老舍全集》第14卷。收《老舍青岛文集》第1卷。

本　日　文论《景物的描写》（《老牛破车》之十一）发表于上海《宇宙风》第24期。文章论述文学作品中景物描写的意义与方法，通过分析哈代与康拉德的作品，说明写景之重要性以及写景之方法。初收《老牛破车》。收《老舍全集》第16卷。收《老舍青岛文集》第5卷。

9月5日　杂文《像片》（《相片》）发表于上海《逸经》第13期。文章以幽默笔法表现了"照相术"给当下日常生活和社会心理带来的种种变化。以《相片》为题收《老舍全集》第15卷。以《像片》为题收《老舍青岛文集》第1卷。

本　日　杂文《婆婆话》发表于《中流》第1卷第1期。作者结合自己的切身感受表达了对婚姻、生育及与此相关的世俗生活诸方面的看法，标题含苦口婆心之意。文中写道："据我看，结婚是关系于人生的根本问题的；即使高调很受听，可是我不能不本着良心说话，吃，喝，性欲，繁殖，在结婚问题中比什么理想与学问也更要紧。"在谈及"至于娶什么样的太太"这一问题时，提出了"健壮比美更重要"以及"要娶，就娶个能作贤妻良母的"的忠告。收《老舍全集》第15卷。收《老舍青岛文集》第1卷。

本　日　汪子美漫画《新八仙过海图》刊载于《上海漫画》本年第5期，将当时文坛上的八位著名作家比作八仙，号称"新八仙"，依次为：吕洞宾——林语堂，张果老——周作人，曹国舅——简又文，李铁拐——老舍，汉锺离——丰子恺，何仙姑——姚颖；韩湘子——郁达夫，蓝采和——俞平伯。配有《新八仙过海》一文，曰："一九三×年，文坛八仙泛舟于惊涛怒浪中，欲飘然远引，离开那失望的《人间世》，另觅仙境以适，时蓬岛火山爆发，吐出帝国主义的火焰，一时两岸救亡呼不住，轻舟难过万重山。八仙相顾失色，吕纯阳喟然叹曰：'呜呼！文坛动乱，鸡犬不宁，《人间世》变为魔鬼场。《宇宙风》吹向北冰洋。苍蝇不肯入诗。麻雀飞到普罗。象牙塔中不闻吹玉笛，十字街头但见打花鼓。龟言此地之旱，鹤讶今年之灾。一寸二寸之骨，袁中郎之残坟已掘尽，三根两根烟，幽默堂之清谈尚未完。我们岂甘将清风明月，葬送于大饼油条耶？'于是众仙喋喋，议论纷然，清谈雅话，堕地铿然。韩湘子吹笛和之，其声呜咽，如怨如慕，如泣如诉，泣海低之鲛人，舞中郎之幽魂。/张果老曰：'我有一壶苦茶，黄昏到寺蝙蝠飞，我岂能不喝一杯？'/李铁拐曰：'篮里猫球盆里鱼，大明湖上的名士怎可埋没？'/曹国舅曰'我初创逸经，方兴未艾，正愿东南西北风吹遍人间世，吹得人人面带幽默的笑容。'/韩湘子曰：'但看花开落，不言人是非，天涯芳草我尚未踏遍。'/何仙姑曰：'我京话不能不写。'/汉钟离曰'我漫画不能不画。'/蓝采和曰：'总之，我们得想办法！'/七仙环请吕道人求善策，道人频摇首，叹曰：'非其时矣！吟风弄月之嘤嘤，已不敌奔走救亡之咤咤。国防文学将持大刀阔斧来砍小品艺术之玲枝珑叶。如今贫道顾不得诸位仙兄道妹，吾将携古骨一二套，走往西洋极乐世界另求出路去矣！'言毕，招下黄鹤，嘎然一声，乘风羽化而去。/七仙怅然，相顾无语。正是：道人已乘黄鹤去，海上空留《宇宙风》。黄鹤一去何时返？《宇宙风》变《宇宙疯》。"文中李铁拐之言，系出老舍写于济南的旧体诗《题"全家福"》（载1934年9月16日《论语》第49期，署名舍予）。原诗云："爸笑妈随女扯书，一家三口乐安居。济南山水充名士，篮里猫球盆里鱼。"

9月6日	杂文《闲话》在天津《益世报》副刊《文艺周》第18期。文章写恋爱、结婚以及男女平等的问题，有言："男女必须互相信任，互相承认在家庭之外，彼此还都有个社会；谁也不应当把谁作家畜。"收《老舍全集》第15卷。收《老舍青岛文集》第1卷。
本月上旬	致函《宇宙风》编辑陶亢德。老舍宣告了《骆驼祥子》的诞生，给出了充满信心的自我见证，言："这是我的重头戏，好比谭叫天唱《定军山》……是给行家看的。"未见全稿，在陶亢德所撰《本刊一年》

（1936年9月16日上海《宇宙风》第25期）中引录了上述片段。以《致〈宇宙风〉编辑》"为题收《老舍全集》第15卷。以《致陶亢德》为题收《老舍青岛文集》第1卷。

9月16日　长篇小说《骆驼祥子》在上海《宇宙风》第25期开始连载，至1937年10月1日《宇宙风》第48期续毕。"当发表第一段的时候，全部还没有写完，可是通篇的故事与字数已大概的有了准谱儿，不会有很大的出入。假若没有这个把握，我是不敢一边写一边发表的。刚刚入夏，我将它写完，共二十四段，恰合《宇宙风》每月要两段，连载一年之用。"（老舍：《我怎样写〈骆驼祥子〉》）小说以20世纪20年代北平的底层市民生活为背景，充满了小人物与大社会、小人物与大背景的历史性对称。祥子来自农村，带着新生活的希望走进城市，满心指望着做一个"自由的洋车夫"，依靠自己勤奋诚实的劳动换来好日子。经过三年奋斗，他买上了一辆车，有了自己的财产。拉车过程中，刘四爷的的女儿虎妞看上了他，两人成了亲，可是不久之后，虎妞就因难产而死了，祥子也只好把虎妞给他买的第二辆车又给卖掉，换钱来办丧事。这期间，另一位车夫二强子的女儿小福子喜欢上祥子，却因贫穷而不能结合。祥子挣扎着，又挣了一点钱，怀着最后一线希望来找小福子，可最后小福子也上吊死了。于是，祥子这样一个本来厚道善良的人完全变了，丧失了人性，堕入人间地狱。"他停止住思想，所以就是杀了人，他也不负什么责任。他不再有希望，就那么迷迷忽忽的往下坠，坠入那无底的深坑。他吃，他喝，他嫖，他赌，他懒，他狡猾，因为他没了心，他的心被人家摘了去。"（老舍：《骆驼祥子》）。《骆驼祥子》成为中国现代文学史上的一座里程碑，开辟了新文学真正、深刻描写城市贫民的历史先河，在国民性与城市化的深刻交织中揭示了近现代背景上的人性善恶，呈现了批判现实主义的彻底性。与此同时，作品也展开了一幅充满古都风情与市井气息的生动画卷，最后也不忘将创作地青岛与故事发生地北平联系起来："北平自从被封为故都，它的排场，手艺，吃食，言语，巡警……已慢慢的向四外流动，去找那与天子有同样威严的人和财力的地方去助威。那洋化的青岛也有了北平的涮羊肉……"（老舍：《骆驼祥子》）这或许可理解为作者对写作地的一个纪念吧。作品问世后广受瞩目，成为当时文坛的一个标志性事件，老舍也因此而成为一代文学巨匠，实现了从优秀作家朝向伟大作家的跨越，站在了现代文学的某一个巅峰上。1939年3月，第一个单行本由人间书屋刊行。1945年，第一个外文译本以*Rickshaw Boy*（洋车夫）为名在美国问世。"《骆驼祥子》是中日战争前夕写的，可以说是到那时候为止的最佳现代中国长篇小说。"（夏志清：《中国现代小说史》）收《老舍全集》第3卷。收《老舍青岛文集》第2卷。

本月下旬 　中秋节（当年为9月30日）之前某一日，一位老道来到黄县路寓所，送来一根红线，让大人在中秋节的前一天将其系在儿子舒乙的手腕上。另外，老舍还上街买了两尊兔子王作为送给孩子的中秋礼物。对此，《有了小孩以后》一文予以生动记载："中秋节前来了个老道，不要米，不要钱，只问有小孩没有？看见了小胖子，老道高了兴，说十四那天早晨须给小胖子左腕上系一根红线。备清水一碗，烧高香三柱，必能消灾除难。右邻家的老太太也出来看，老道问她有小孩没有，她惨淡的摇了摇头。到了十四那天，倒是这位老太太的提醒，小胖子的左腕上才拴了一圈红线。小孩子征服了老道与邻家老太太。一看胖手腕的红线，我觉得比写完一本伟大的作品还骄傲，于是上街买了两尊兔子王，感到老道，红线，兔子王，都有绝大的意义！"就此，老舍记下了20世纪30年代的一个中秋风俗事相，颇具传统韵味，对于近代开埠以来多异域风情而少本土风神的青岛来说，这一点显得尤其意味深长。

10月1日 　《宇宙风》1936第26期刊登《老舍先生近影及墨迹》，首度披露了当年春老舍在青岛中山公园樱花树下的留影以及新近创作的长篇小说《骆驼祥子》的手迹。当其时也，随着《骆驼祥子》在《宇宙风》的刊露，老舍已成为享有盛誉的文坛大家。老舍，他正在青岛写《骆驼祥子》，这成为当时文坛和读者圈中许多人谈论和关注的一件盛事。

本日 　短篇小说《哀启》发表于上海《文学》第7卷第4号。写的是东洋匪徒残害民众的事，他们绑架了老冯八岁的儿子大利并撕票，老冯在隐忍中觉醒，凭一把菜刀与匪徒搏杀并取得了胜利。初收《蛤藻集》。收《老舍全集》第7卷。收《老舍青岛文集》第3卷。

10月10日 　为短篇小说集《蛤藻集》作序。序文先阐明《蛤藻集》书名之缘起，讲述了写作闲暇带着孩子到海边拾蛤壳、捡断藻的情景，接着还回忆了1924年至1929年旅英期间到爱尔兰天鹅绒滩游玩所见的美景，然后介绍了本集所收入作品的情况。他如是说："设若以蛤及藻象征此集，那就只能说：出奇的蛤壳是不易拾着，而那有豆儿且有益于身体的藻也还没能找到。眼高手低，作出来的东西总不能使自己满意，一点不是谦虚。读者若能不把它们拾起来再马上送到水中去，象我与小女拾海藻那样，而是象蛤壳似的好歹拿回家去，加一番品评，便荣幸非常了！"初收《蛤藻集》。收《老舍全集》第7卷。收《老舍青岛文集》第3卷。

10月16日　长篇小说《选民》在上海《论语》第98期开始连载，至1937年7月1日第115期中辍。这是老舍笔下的一个"海归"故事，深刻表现了知识分子的基本良知是如何在博士光环下丧失的过程。文博士是一位留美的哲学博士，然不学无术，却极善于投机钻营，带有浓重的洋奴习气，他设法投靠政界人士，仰仗着其人脉到济南打天下，开始了依傍权术而生存的过程。后来，文博士做起了大生堂药店老板的金龟婿，自此之后仕途一帆风顺。1940年，香港作者书社刊行的单行本将其更名为《文博士》。以《文博士》为题收《老舍全集》第3卷。同题收《老舍青岛文集》第2卷。

10月19日　鲁迅先生在上海逝世。闻讯后，老舍与王亚平、杜宇、孟超、李同愈、施畸、袁勃、沈旭、王艺、吴清、李斐、马骏等人共同发起青岛文化界举行悼念鲁迅大会的倡议。（《青岛文化界追悼鲁迅先生大会启事》，载本月31日青岛《正报》）后来，由于回北平省亲的原因，老舍未及参加青岛的悼念活动。

10月25日　短篇小说《番表——在火车上》发表于上海《谈风》第1期。作品以火车上发生的一场火灾及其事故调查为核心事件，设定了观察社会形象的颇有说服力的一个角度，勾画出了一幅混乱的火车世相图，以速写笔法写出了小官僚之种种丑态。收《老舍全集》第8卷。收《老舍青岛文集》第4卷。

10月下旬　自青岛回北平省亲，同时考察北平的生活与创作环境，以决定是返回北平还是留在青岛。"于是家庭会议派我作代表，上北平看看；我有整二年没回去了。在北平住了一星期，赶紧回来了。"（老舍：《归自北平》）这是1934年秋移家青岛之后，老舍第二次回北平。上次是1934年10月为探视好友白涤洲而回去了一周。此外，1937年"七七"事变发生以后，为宣传抗日，曾应吴伯箫之邀去了趟莱阳，其他时间未曾离开过青岛。

同期	为母亲庆贺八秩寿诞，在位于观音庵胡同的母亲家中摆寿宴，邀请多位好友前来出席，还请了京戏堂会，唱京戏，说大鼓，母亲很高兴。"白天演了杂耍，唱了大鼓，晚上老舍兴致未尽，指着二胡说，'拉起来呀！'自己唱起了《捉放曹》。这一天，大概是老舍母亲一生中度过的最高兴的一天。《捉放曹》之后，老太太上炕睡觉；老舍悄然离去，竟成了母子的永别。"（舒乙：《老舍的关坎和爱好》）
10月27日	应时任北京大学教授的好友罗常培之邀，在北京大学发表讲演，题为《闲话创作》，引起了热烈反响。他说："文学是要描写一种事物广大而深刻的东西，所以我们研究文学的创作，是必须体验人生和了解人生去写作的。"翌日，《北京晨报》副刊《教育》刊载了讲演稿的部分内容并对讲演情况予以详细报道，言老舍形象："老舍先生穿着一件菜色长绸袍，鼻架着近视眼镜，梳着亮毫博士式的头发，圆圆的面庞露着微笑，让人一看就可知道他是一个Humour的作家了。"现场情况是："人头攒动，俱无立足之地了。"以至于"讲毕散会的时候，有许多听众包围老舍先生要求签字，老舍起初还慨然应许，但后来越围越多，老舍先生觉得不耐烦了，终冲围而出，但大家仍是尾追，老舍先生无法，坐车跑了。"认为："昨日盛况，可以说打破了历来公开讲演的记录。"（《名作家老舍昨讲"闲话创作"》，本月28日《北平晨报》）讲演稿《闲话创作》收《〈老舍全集〉补正》（张桂兴著，中国国际广播出版社，2001年）。以《闲话创作——在北京大学的讲演》为题收本文集第5卷。
10月29日	到北京大学大礼堂参加悼念鲁迅的活动，与马裕藻、华罗琛、魏建功、周作人、曾昭伦、徐祖正、缪金元等人见面。后来，老舍对当时的有关情况做出了追述，他说："记得周作人曾在报告鲁迅先生的生平时似乎说过'他的母亲'四个字，当时听得非常刺耳，好像这位周老太太并非周作人的母亲似的。连自己的母亲都不承认，无怪乎抗战以后他不承认自己的国家民族了。"（《记"鲁迅纪念会"和"鲁迅晚会"》，1940年12月1日《抗战文艺》第6卷第4期）
秋	为文学创作经验与方法论文集《老牛破车》作序。序文介绍了《老牛破车》的主题、内容及相关作品的情况。序文初收《老牛破车》。收《老舍全集》第16卷。收《老舍青岛文集》第5卷。

同期	赠萧涤非《牛天赐传》，祝贺他与黄兼芬结婚。关于此事，萧涤非回忆说："我因为正面临失业问题，无力举行婚礼，便想了个穷办法，只向亲朋们印发一个结婚声明，并注明结婚当天即离开青岛，故意挨到中午时分才投邮。但料想不到，离开车只有十来分钟，老舍竟然匆匆地赶来了。他拄着手杖，把一本他新近出版的小说《牛天赐传》送给我说：'涤非，你们作个纪念吧！'此外，彼此之间就几乎没有说什么话，只是抽烟，直到火车开动，才挥手告别。"（萧涤非：《聊城铁公鸡》。文中所谓"失业"指的是1936年暑期老舍辞职之后，萧涤非亦被山大新任校长林济青解聘一事。）
11月1日	文论《人物的描写》（《老牛破车》之十二）发表于上海《宇宙风》第28期。开篇言："按照旧说法，创作的中心是人物。凭空给世界增加了几个不朽的人物，如武松、黛玉等，才叫作创造。因此，小说的成败，是以人物为准，不仗着事实。世事万千，都转眼即逝，一时新颖，不久即归陈腐；只有人物足垂不朽。"初收《老牛破车》。收《老舍全集》第16卷。收《老舍青岛文集》第5卷。
11月16日	文论《事实的运用》（《老牛破车》之十三）发表于上海《宇宙风》第29期。谈小说创作中人物与事实的关系，开篇言："小说中的人与事是相互为用的。人物领导着事实前进是偏重人格与心理的描写，事实操纵着人物是注重故事的惊奇与趣味。因灵感而设计，重人或重事，必先决定，以免忽此忽彼。中心既定，若以人物为主，须知人物之所思所作均由个人身世而决定；反之，以事实为主，须注意人心在事实下如何反应。前者使事实由人心辐射出，后者使事实压迫着个人。若是，故事才会是心灵与事实的循环运动。事实是死的，没有人在里面不会有生气。最怕事实层出不穷，而全无联络，没有中心。一些零乱的事实不能成为小说。"初收《老牛破车》。收《老舍全集》第16卷。收《老舍青岛文集》第5卷。
本日	散文《我的理想家庭》发表于上海《论语》第100期。作者崇尚一种简单、真率与祥和的生活，安心写作，不失天性，缘此，文章表达了文人安居之意。其中写道："我的理想家庭要有七间小平房：……屋子不多，又不要仆人，人口自然不能很多：一妻和一儿一女就正合适。"又言："这个家庭顶好是在北平，其次是成都或青岛，至坏也得在苏州。无论怎样吧，反正必须在中国，因为中国是顶文明顶平安

的国家；理想的家庭必在理想的国内也。"收《老舍全集》第15卷。收《老舍青岛文集》第1卷。

11月25日　　散文《有了小孩以后》发表于上海《谈风》第3期。可将这篇文章视为老舍与孩子的生活宣言，洋溢着童趣与父爱的光彩。写的是孩子带来的家庭之累与无穷乐趣，而"人生的巧妙似乎就在这里。"你看，这是真实的生活细节："小女三岁，专会等我不在屋中，在我的稿子上画圈拉杠，且美其名曰'小济会写字'！把人要气没了脉，她到底还是有理！再不然，我刚想起一句好的，在脑中盘旋，自信足以愧死莎士比亚，假若能写出来的话。当是时也，小济拉拉我的肘，低声说：'上公园看猴？'于是我至今还未成莎士比亚。小儿一岁正，还不会'写字'，也不晓得去看猴，但善亲亲，闭眼，张口展览上下四个小牙。我若没事，请求他闭眼，露牙，小胖子总会东指西指的打岔。赶到我拿起笔来，他那一套全来了，不但亲脸，闭眼，还'指'令我也得表演这几招。有什么办法呢？！"这是同一生活的复现："连我自己的身体现在都会变形，经小孩们的指挥，我得去装马装牛，还须装得像个样儿。不但装牛像牛，我也学会牛的忍性，小胖子觉得'开步走'有意思，我就得百走不厌；只作一回，绝对不行。多嗻他改了主意，多嗻我才能'立正'。在这里，我体验出母性的伟大，觉得打老婆的人们满该下狱。"对于老舍与孩子的事，黄苗子的感受是："普天下做爸爸的，谁看了这些描写不在发笑之后，赶忙拿来当镜子给自己照一照呢？！……他其实并不是为普天下的爸爸叫苦，而正是为自己和普天下的爸爸在自鸣得意呢！"（黄苗子：《老舍之歌——老舍的生活和创作》，载《新文学史料》1979年第3辑）老舍爱孩子，而且要从普世哲学的意义上来看待孩子对大人的创造与引导作用，把孩子视为新大陆的发现者，本文如是说："在没有小孩的时候，一个人的世界还是未曾发现美洲的时候的。小孩是科仑布，把人带到新大陆去。这个新大陆并不很远，就在熟习的街道上和家里。"又说道："小孩使世界扩大，使隐藏着的东西都显露出来。"收《老舍全集》第15卷。收《老舍青岛文集》第1卷。

本月　　小说集《蛤藻集》由上海开明书店出版。这是在青岛创作的第二部短篇小说集，也是继《赶集》和《樱海集》之后的第三部小说集。收录小说7篇，包括《老字号》《断魂枪》《听来的故事》《新时代的旧悲剧》《且说屋里》《新韩穆烈德》以及《哀启》，其中尤以《断魂枪》最具艺术魅力，为老舍短篇小说的代表之作。收《老舍全集》第7卷。收《老舍青岛文集》第3卷。

同期　到青岛市立女子中学发表讲演，并于本月23日下午出席市立女中在大礼堂举行的演说比赛会，担任评判。（《校闻》，载1937年1月15日《青岛市女中月刊》第3～5期合刊）

12月1日　散文《我的几个房东（伦敦回忆之二）》发表于《西风》第4期。文章回忆了1924年至1929年作者在英国伦敦大学任教时的居住情况，描述了三个房东的性格、气质与生活态度，渗透着英伦岁月的文化观察思维。收《老舍全集》第14卷。收《老舍青岛文集》第1卷。

本日　散文《归自北平》发表于青岛《民众日报》副刊《苦露》。当年7月老舍辞职后，一个问题摆在面前：回北平还是继续留在青岛？"于是家庭会议派我作代表，上北平看看；我有整二年没回去了。"归来后愈加觉得"还是青岛好呀"，因为想找个"便意，方便，热闹而又安静"的地方委实不易，也只有青岛满足了他的这个至为简单的愿望。收《老舍全集》第15卷。收《老舍青岛文集》第1卷。

12月10日　散文《搬家》发表于上海《谈风》第4期。写的是1935年秋冬几次搬家的经历，搬出西鱼山寓所之后，经过两三次过度，直到年底搬进了黄县路寓所才算安定了下来，写出了搬家的种种苦衷。文中说："住惯北平的房子，老希望能找到一个大院子。所以离开北平之后，无论到天津，济南，汉口，上海，以至青岛，能找到房子带个大院子，真是少有。特别是在青岛，你能找到独门独院，只花很少的租价，就简直可说没有。除非你真有腰包，可以大大的租上座全楼。"本文署名"非我"，在老舍作品中只出现了这一次。就本文而言，隐含着搬家"非我所愿"之意。"这是搬家的苦衷——不搬不行，搬也不行，因而搬不搬家并非是按照自己的意愿去决定的，而是迫不得已，于是取笔名为'非我'——'非我'者，并非我的意愿也。"（张桂兴：《老舍资料考释》，第255页，中国国际广播出版社，2000年）亦可从中析出"舍我其谁"或"舍身忘我"等含义。收《老舍全集》第15卷。收《老舍青岛文集》第1卷。

12月16日　文论《言语与风格》（《老牛破车》之十四）发表于上海《宇宙风》第31期。文中强调，"思想清楚，才有清楚的文字。"初收《老牛破车》。收《老舍全集》第16卷。收《老舍青岛文集》第5卷。

冬　　某日傍晚，天有落雪之兆，请台静农、叶石荪、邓仲纯等山大友人到一家新开的羊肉馆聚餐，畅饮苦露，点唱京戏，度过了寂寞中欢快的一瞬。"有天傍晚，天气阴霾，北风虽不大，却马上要下雪似的，老舍忽然跑来，说有一家新开张的小馆子，卖北平的炖羊肉，于是同石荪仲纯两兄一起走在马路上，我私下欣赏着老舍的皮马褂，确实长得可以，几乎长到皮袍子一大半，我在北平中山公园看过新元史的作者八十岁老翁穿过这么长的一件外衣，他这一身要算是第二件了。"（台静农：《我与老舍与酒》）"我仅能藉此怀想昔年在青岛作客时的光景：不见汽车的街上，已经开设了不止一代的小酒楼，虽然一切设备简陋，却不是一点名气都没有，楼上灯火明濛，水气昏然，照着各人面前酒碗里浓黑的酒，虽然外面的东北风带了哨子，我们却是酒酣耳热的。"（台静农：《谈酒》）

约同期　　诸友人光顾平度路上的茂荣丰酒馆。"老舍叫它'小酒馆'，岛上文人老舍、王统照、吴伯箫、台静农等常饮酒之后点上几段京剧，酒馆的顾客一起喝彩。老青岛人还有记得。"（鲁海：《作家与青岛》，第231～232页，青岛出版社，2006年）

自本年起　　与台静农相识并成为好友。台静农（1903～1990），安徽霍邱人，曾被称为"新文学的燃灯者"。1936年秋，来山东大学中文系任教，住黄县路与恒山路拐角处的一座两层小楼上。其时，老舍虽已辞去了山大教职，但两人一见如故，常相聚饮。台静农在文章中记录了对老舍的初始印象，写道："面目有些严肃，也有些苦闷，又有些世故；偶然冷然的冲出一句两句笑话时，不仅仅大家轰然，他自己也'嘻嘻'的笑，这又是小孩样的天真呵。"（台静农：《我与老舍与酒》）他们所畅饮的酒叫"苦老酒"，亦称"苦露"，也就是即墨老酒。"从此，我们便厮熟了，常常同几个朋友吃馆子，喝着老酒，黄色，像绍兴的竹叶青，又有一种泛紫黑色的，味苦而微甜。据说同老酒一样的原料，故叫作苦老酒，味道是很好的，不在绍兴酒之下。直到现在，我想到老舍兄时，便会想到苦老酒。"（同上）

自本年起　　与颜实甫相识并成为好友。颜实甫（1898～1974），重庆人，哲学家和翻译家。1936年8月至1938年3月任国立山东大学中文系教授，主讲《哲学概论》和《西洋哲学史》。1937年4月13日那天，老舍回到山

大校园，给几位好友送上新出版的《老牛破车》一书，其中就有颜实甫。（老舍：《五天的日记》）

自本年起 与叶石荪相识并成为好友。叶石荪（1893～1977），四川兴文人。他原为清华大学著名的心理学教授，1936年8月至1937年10月任国立山东大学外国文学系教授，主讲《文艺心理学》。"有天傍晚，天气阴霾，北风虽不大，却马上就要下雪似的，老舍忽然跑来，说有一家新开张的小馆子，卖北平的炖羊肉，于是同石荪仲纯两兄一起走在马路上……"（台静农：《我与老舍与酒》）

一九三七年　老舍三十八岁

1月上旬	在黄县路寓所准备基督教青年会的演讲稿，用英语写作。"我曾看到先生应'青年会'的邀请，在家用英语写讲演稿。"（王碧岑：《往事难忘——忆老舍先生》）
1月10日	是日风大。下午，应邀到青岛基督教青年会参加茶话会并进行座谈。由于此前《正报》的预告时间有误，许多听众上午10时就赶了过来，争相目睹文坛大家尊容，经青年会人员的苦苦解释，方散去，下午更多人赶了过来，活动现场遂由浙江路5号的青年会别墅改为浙江路9号的青年会本部三楼礼堂，座谈也变成了讲演，主旨为"怎么想法充实自己"。一开始，老舍就说："白干事邀我到这边来，原规定是大伙坐下吃点东西，教我说个五六分钟的话，所以我预备的材料，一点也不新奇。我以前作过小学教员，小学校长，还作过督学，所以我对小学教员的情形，都知道……"由于听众多为小学教员，老舍特别表达了对小学教育界之"苦处"的理解，说："干小学教员，时间费得太多，劳力费得太大。他的学问是永远出卖，没有收入，不能'教学相长'，在这种情况下，设法充实自己就显得更为重要。"另外，他还回顾了自己于1922年秋至1923年2月到天津南开中学任教的经历，强调做教师比做督学有意义。翌日，青岛《正报》在其第二版"本市新闻"栏刊文予以报道，开篇如此介绍老舍："老舍先生，他是现代文坛名作家，和林语堂、陶亢德等，同是论语社的健将，他的作品，发表在'论语'，'人间世'，'宇宙风'上的已不计其数，已出单行本的小说也有一二十部……"关于讲演的现场情况，写道："虽是大风呼呼的刮着，但到场的听众，却非常踊跃，除去一部小学教员外，还有一批公务员，中学生，商店店员等，临时也要求加入，统计人

数，约有二百多名。"（《幽默大师"老舍"昨在青年会讲演，冒寒听讲者极为踊跃》，本月11日《正报》）讲演稿以《在青岛青年会的演讲》为题收《老舍全集》第15卷。以《怎么想法充实自己——在青岛基督教青年会的讲演》为题收《老舍青岛文集》第1卷。

1月18日　《天书代存》在《北平晨报》副刊《文艺》第2期开始连载，至本年3月29日中辍。这是老舍与赵少侯合写的一部书信体长篇小说，在文学谱系上是作为《牛天赐传》的续集而存在的，题中所谓"天"指的就是牛天赐，而"代存"之意则是说这书中汇集了牛天赐寄给作者、读者和其他朋友的许多信件。未完即辍，个中原因，老舍介绍说："前些日子，我与少侯兄商议好，合写'天书代存'——用书信体写《牛天赐续传》。可是，这个暑假里，我俩的事情大概要有些变动，说不定也许不能再在一块儿了。合写一个长篇不能常常见面商议就未免太困难了，所以我俩打了退堂鼓，虽然每人已经写了几千字。事实所迫，我们俩只好向牛天赐与喜爱他的人们道歉了！以后也许由我，也许由少侯兄，单独地去写，不过这是后话，最好不提了。（老舍：《我怎样写〈牛天赐传〉》）收《老舍全集》第8卷。以《天书代存（未完成）》收《老舍青岛文集》第2卷。

1月22日　青岛《正报》刊载老舍在基督教青年会讲演预告："文学家舒舍予（老舍）应青年会之请，定后（二十四）日下午三时在该会礼堂，作学术演讲，该会为限制人数起见，特印妥入座券二百张，分赠各界，届时无券，不得入场云。"（《文学家老舍学术演讲，二十四日下午在青年会礼堂》）

1月24日　下午3时，如约在青岛基督教青年会发表讲演。翌日，青岛《正报》刊载新闻报道："文学家舒舍予（老舍），于昨日下午时在青年会礼堂学术讲演，听众均凭券入场，到有三百余人，多系青年学生，平日崇拜老舍之作品者。老舍所讲题材，即系伊最近所著《蛤藻集》之《断魂枪》，阐述其时间、地点、人物及创作之经验。历一小时之久，闻者颇为感动云。"（《老舍讲演，听者甚众，多系学生》，本月25日《正报》）

　本月　杂文《几句不得人心的话》发表于上海上海《青年界》第11卷第1号"青年作文指导特辑"。说文章要写得清楚，要说自己的话，不许大说梦话。这是老舍关于作文的忠告："一句句的写，写成一段，再朗读一遍，自己听得下去了，便留下；听着不是味儿，修改。作文要说自己的话，而且得教别人看得懂，不许整本大套的说梦话。"收《老舍全集》第17卷。收《老舍青岛文集》第1卷。

2月1日　短篇小说《东西》发表于上海《文学》第8卷第2号。写东洋留学生鹿书香与西洋留学生郝凤鸣既充满矛盾又沆瀣一气的相互关系，通过两人无民族气节的种种丑行揭示了洋奴的存在状态。初收《火车集》（上海杂志公司1939年8月初版）。收《老舍全集》第7卷。收《老舍青岛文集》第4卷。

本日　创作经验谈《AB与C》发表于上海《文学》第8卷第2号。说的是小说创作的三个阶段作者说："我可以把十年来写小说的经验划成三个阶段"：（A）"材料是一切，凡是可以拉进来的全用上，越多越热闹。"（B）"知道了怎样管着自己了。无论怎样好的材料，不能随便拉它上来。我懂得了什么叫中心思想。即使难于割舍，也得咬牙，不三不四的材料全得放在一旁。"（C）"现在最感困难的是怎能处处切实。"文末打趣说："到了（C）这块儿，我很想把以前的作品全烧掉，从此搁笔改行，假如有人能白给我五十万块钱的话。"收《老舍全集》第17卷。收《老舍青岛文集》第5卷。

春节之前　本月11日为春节，此前几天，老舍领着孩子们上街买了一大批廉价的年画，回到家里做起了别无他号的"新年特刊"，其乐融融。文中写道："这是我们家中自造的刊物：用铜钉按在墙上，便是壁画；不往墙上钉呢，便是活页的杂志。用不着花印刷费，也不必征求稿件，只须全家把'画来——卖画'的卖年画的包围住，花上两三毛钱，便能五光十色的得到一大堆图画。小乙自己是胖小子，所以也爱胖小子，于是胖小子抱鱼——'富贵有余'——胖小子上树——摇钱树——便算是由他主编，自成一组。小济是主编故事组：'小叭儿狗会擀面'，'小小子坐门墩'，'探亲相骂'……都由她收藏管理，或贴在她的床前。戏出儿和渔家乐什么的算作爸与妈的，妈担任说明画上的事情，爸担任照着戏出儿整本的唱戏，文武昆乱，生末净旦丑，一概不挡，烦唱哪出就唱哪出。这一批年画儿能教全家有的说，有的看，有的唱，热闹好几个月。地上也是，墙上也是，都彩色鲜明，百读不厌。我们这个特刊是文艺、图画、戏剧、歌唱的综合；是国货艺术与民间艺术的拥护；是大人与小孩的共同恩物。看完这个特刊，再

看别的杂志，我们觉得还是我们自家的东西应属第一。"（老舍：《文艺副产品——孩子们的事情》）

2月14日 为组织有系统的学术讲演，青岛基督教青年会特敦请老舍与王宜忱、袁道冲、董志学等人开会研究相关适宜，组成"青岛基督教青年会学术讲演委员会"，老舍被特聘为委员。（《青年会组织学术演讲委员会》，载本月15日青岛《正报》）。

3月1日 散文《东方学院（伦敦回忆之三）》发表于上海《西风》第7期。作者介绍了伦敦大学东方学院的种种情况，特别是1924年秋至1929年夏在此任教的情况。也正是从这里，老舍正式步入了文坛，在东方学院图书馆写成了早期的三部长篇小说。他写道："假期内，学院里清静极了，只有图书馆还开着，读书的人可也并不甚多。我的《老张的哲学》，《赵子曰》，与《二马》，大部分是在这里写的，因为这里清静啊。"收《老舍全集》第14卷。收《老舍青岛文集》第1卷。

3月8日 上午9至12时，应邀到位于四方的青岛铁路中学讲演，主要是对"学校的意义"予以阐述。翌日，青岛《民众日报》以《老舍演讲，铁中盛会》予以报道："讲演完了，该校师生都争先恐后的抢人会堂，想瞻仰瞻仰这位文学大师。讲演的时候，风趣横生，全场空气极活泼热烈，并闻老舍先生自辞山大教授后，每日专为上海各杂志，书店特约写稿，近以稿债太多，不暇应付，有拟春假后返平，就某项职务，但现在还是没决定去留云。"

3月13日 短篇小说《牛老爷的痰盂》在青岛《民众日报》副刊"文艺"第1期。主角牛老爷是一个"博通今古，学贯中西，每一个主意都出经入史，官私两便，还要合于物理化学与社会经济"的人，假公济私，专横跋扈，其下属则极尽阿谀奉承之能事，通过对牛老爷之流腐朽堕落之生活的描写，作品辛辣地嘲讽了普遍黑暗的社会世相。收《老舍全集》第8卷。收《老舍青岛文集》第4卷。

3月16日前 日本诗人会东京诗人俱乐部会员五城康雄在致《文学》编辑的信中说他正在翻译老舍的作品，并索求有关老舍的研究资料。"仆现正在翻译老舍先生的文章。关于这位作家的生平及著作等，先生知之必较详细，肯为仆作一介绍？贵国有《老舍论》一类的文章吗？"（《五城康雄先生的来信，载本年4月1日《文学》第8卷第4期）

3月16日前 致函《文学》月刊主编王统照。原稿散佚，在王统照复日本诗人会东京诗人俱乐部会员五城康雄的信中引用了一个片段。"据老舍先生来函谓平生作品略称满意者，长篇以《离婚》（幽默的）与尚未刊完之《骆驼祥子》（严肃的），短篇以《蛤藻集》为较佳云。"（王统照：《编者复信》，载本年4月1日《文学》第8卷第4期）未见载于《老舍全集》。以《致王统照》为题收《老舍青岛文集》第1卷。

3月16日　王统照在复日本诗人五城康雄的信中，应约介绍了老舍的生平："老舍先生原籍北平，今年四十岁。青年时曾在燕京大学读书，曾作过中学教员与其他业务。后去伦敦作文艺上之研究数年。一九三一年回国。在济南齐鲁大学任文科教授三年，在青岛任山东大学教授一年。现在辞职专心创作。"（王统照：《编者复信》，载本年4月1日《文学》第8卷第4期。文中对老舍归国及任教时间的说法有误，老舍是在1930年自海外归国的，1930年秋至1934年夏在齐鲁大学任教，1934年秋至1936年夏在山东大学任教。）

本　日　散文《大明湖之春》发表于上海《宇宙风》第37期"春季特大号"。写济南名胜大明湖的美景，可视为《济南的冬天》的姊妹篇。虽以"春"为题，却言明："济南的四季，唯有秋天最好，晴暖无风，处处明朗。"收《老舍全集》第15卷。收《老舍青岛文集》第1卷。

4月10日　是日晴暖。到邮局买邮票。"买邮票一元。"（老舍：《五天的日记》，载本年6月上海《青年界》第12卷第1号）

本　日　接本地友人孔觉民函。"孔觉民君函约面谈，函到过迟。"（同上）

本　日　致函罗常培。"致函莘田。"（同上）罗常培为老舍的发小，著名语言学家，时任北京大学中文系教授。

本　日　接妻子胡絜青来函。"接絜青函"（同上）当时胡絜青不在青岛，带着两个孩子舒济和舒乙回北平省亲去了。

本　日　晚，请杜宇、杨枫、孟超、式民等友人到劈柴院内靠近北平路的朝天馆聚餐，吃朝天锅，饮苦头老酒，豪气干云。"晚饭请杜宇，杨枫，孟超，式民吃'朝天馆'，大饼卷肥肠，葱白咸菜段长三寸，饮即墨苦头老酒，侉子气十足。"（同上）所提杜宇与孟超均为作家，为《避暑录话》同人。杨枫与式民也应该是老舍在青结交的两位朋友，具体身份不详。

本　日　《书人月刊》第1卷 第3期刊载程心芬的文章《老舍：〈樱海集〉》，开篇言："老舍的作品，虽然没有标榜'大众文学'，可是实际上大众能勉强看的，还只有老舍的东西。老舍的读众比文坛任何巨匠多。"文中又言："在提倡文学大众化的当儿，老舍并没有发表过什么堂堂伟论，而实际的成就比谁都大。"

4月11日　　是日晴。"写完给《西风》的稿子。"（老舍：《五天的日记》）所言"给《西风》的稿子"是指《英国人与猫狗（伦敦回忆之四）》。

本日　　晚，到友人耕春处作客并用餐。"在耕春处吃晚饭。"（同上）所言"耕春"可能是老舍在青岛结识的一个朋友，具体身份不详。

4月12日　　是日晴冷，午后风大。接《文学》月刊主编王统照自上海来函。"接剑三函。"（同上）

本日　　接人间书屋寄自上海的文学创作经验谈与方法论集《老牛破车》首版书。"接《老牛破车》十本。"（同上）

本日　　上午，应邀到位于太平山南麓、汇泉湾东北岸的青岛市立中学讲演。"早在市中讲演。"（同上）这是有明确记载的老舍在该校发表的第二次讲演，具体内容未见记载。

本日　　将《英国人与猫狗（伦敦回忆之四）》文稿寄往上海《西风》杂志社。"寄走《西风》稿。"（同上）

4月13日　　是日阴，午后有雨。早晨，回到山大校园，给台静农、叶石荪、赵太侔、颜实甫诸友送去新出的《老牛破车》，相与叙旧。"早到山大，给静农，石荪，太侔，实甫送去《老牛破车》各一本。"（同上）对此，台静农亦有所记载："我在青岛山东大学教书时，一天，他到我宿舍来，送我一本新出版的《老牛破车》。我同他说，'我喜欢你的《骆驼祥子》'，那时似乎还没有印出单行本，刚在《宇宙风》上登完。他说，'只能写到那里了，底下咱不便写下去了。'笑着，'嘻嘻'的——他老是这样神气的。"（台静农：《我与老舍与酒》，载《建塔者》。文中"刚在《宇宙风》上登完"一语有误，《骆驼祥子》尚在连载过程中，当年10月1日《宇宙风》第48期续毕。）

本日　　午后，接北京师范学校同学程恢仁的来函。"接恢仁函——大哥十八开吊。"（老舍：《五天的日记》）

本日　　函复胡絜青及王统照。"函絜青及剑三。"（同上）

4月14日　　是日雨后天晴，黄县路庭院中春草怒发。早晨，到中山公园游玩，看花饮茶。"雨后天晴，庭中草怒发。早到公园转一圈，玉兰正好，樱花尚须三四日；已有茶棚。"（同上）

本日	接妻子胡絜青自北平来函，知两个孩子"都好了"的喜讯。"接絜青函：小济小乙都好了。"（同上）
本日	晚，到中山路一带看电影，片名不详，没引起老舍的兴趣。"晚看电影，没大意思。"（同上）
本日	感叹数日来写作状态不佳，自我暗示明天要调整状态来写作。"明天该正经干活了！"（同上）
4月17日	文论《没法不"差不多"》发表于《北平晨报》副刊《风雨谈》第15期。此前老舍从未参与文坛论战，这算是第一例。1936年10月25日，沈从文在《大公报》副刊《文艺》第237期发文《作家间需要一个新运动》，把当时出现的创作题材与方法"差不多"现象理解为作家们"记着时代，忘了艺术"，引起左翼作家的强烈不满，从而诱发了一场关于"差不多"和"反差不多"的论战。对此，老舍表明了自己的意见，其实就是写作态度问题，言："我只是说我的老实话。我也不是说马上有出百元千字，我就立竿见影的能写出一部杰作；不，我只是说我若能时间有富裕——也就是饭有富裕——我必定能写得稍微好一点，不至于永远吃八成饱，而来个'差不多'。"收刘涛著《现代作家佚文考信录》。收《老舍青岛文集》第5卷。
4月25日	散文《这几个月的生活》发表于天津《益世报》副刊《文艺周》第49期。作者讲述了"自去年七月中辞去教职"以来近八个月的生活与写作状况，比较详细地记录了一天的基本流程，言及打拳、浇花、写作、读信与养猫诸事。他表达了不舍得离开青岛的原因，如是说："辞职后，一直住在青岛，压根儿就没动窝。青岛自秋至春都非常的安静，绝不像只在夏天来过的人所说的那么热闹。安静，所以适于写作，这就是我舍不得离开此地的原因。除了星期日或有点病的时候，我天天总写一点，有时少至几百字，有时多过三千；平均的算，每天可得二千来字。"至于写作的艰难，实非常人所能理解。收《老舍全集》第14卷。收《老舍青岛文集》第1卷。
本月	创作经验谈与方法论集《老牛破车》由人间书屋出版发行。全书共收录十五篇文章，其中包括九篇创作自述，依次是：《我怎样写〈老张的哲学〉》《我怎样写〈赵子曰〉》《我怎样写〈二马〉》《我怎样写〈小坡的生日〉》《我怎样写〈大明湖〉》《我怎样写〈猫城记〉》《我怎样写〈离婚〉》《我怎样写短篇小说》以及《我怎样写〈牛天

赐传〉》；另外五篇是：《谈幽默》《景物的描写》《人物的描写》《事实的运用》及《言语与风格》，并未谈及自己作品的写作情况，因而并非创作自述，而应被视为关于相关主题的一系列学术论文。这是老舍关于文学创作经验谈与方法论的代表之作，对从伦敦到青岛的十几年来的文学创作体会做了精彩的总结与提炼，为研究老舍文学创作理论与风格提供了重要的基础文献。收《老舍全集》第16卷。收《老舍青岛文集》第5卷。

5月以前　友人寄来一本英国卡通画册，舒济和舒乙都喜欢看，缠着老舍给他们讲画上的故事。"俩孩子最喜爱的一本是朋友给我寄来的一本英国卡通册子，通体都是画儿，所以俩孩子争着看。他们看小人儿，大人可受了罪，他们教我给'说'呀。篇篇是讽刺画儿，我怎么'说'呢？急中生智，我顺口答音，见机而作，就景生情，把小人儿全联到一处，成为完整而又变化很多的故事。"（老舍：《文艺副产品——孩子们的事情》）

同期　某日上午，在黄县路寓所与孩子们嬉戏，门外忽然传来讨饭声："给点什么吃啵，太太！"于是，"全家摆开队伍，由爸代表，给要饭的送去铜子儿一枚。"（同上）

5月1日　散文《文艺副产品——孩子们的事情》发表于上海《宇宙风》第40期。这是老舍所写的一篇记载当时真实生活的一篇文章，表述了与孩子们相互完成的童趣，由五个故事片段组成，依次是"自由故事""新蝌蚪文""卡通演义""改造杂志"以及"新年特刊"，以风趣幽默的语言记述了孩子们童年的快乐时光及全家的天伦之乐，虽然生活清贫，孩子们的嬉闹也干扰了写作，然其乐融融，内心洋溢着幸福感。收《老舍全集》第15卷。收《老舍青岛文集》第1卷。

同日　短篇小说《"火"车》发表于《文学杂志》创刊号。写除夕之夜的火车的混乱场景，种种乱象致使火车起"火"，造成死亡63人的恶性事故。事故的调查处理结果令人啼笑皆非，起火原因未查明，仅以茶房老五顶罪了事。初收《火车集》。收《老舍全集》第7卷。收《老舍青岛文集》第4卷。

5月15日　杂文《投稿》发表于《北平晨报》副刊《风雨谈》。写投稿者与编者的虚浮，批判了文学创作与刊物编纂的不真诚现象，忠告青年作者要保持写作的独立状态，切莫被编辑的喜好所左右："你要成为一只会高飞的鹰，莫作被抽击才会转动的陀螺。"收《老舍全集》第15卷。收《老舍青岛文集》第1卷。

5月16日前	致函《论语》编辑。未见信稿全文，仅在《论语》第112期所载《编读随笔》中引录了其中的一个片段，老舍坦陈："八个月来的写家生活经验给我证明，卖文章吃饭，根本此路不通；此后仍当去另找饭碗，放弃写作；饿死事大，文章事小也。"（刊载时，编辑不明作者本意，将末句误解为"饿死事小，文章事大也。"）以《致〈论语〉》为题收《老舍全集》第15卷。以《致〈论语〉编辑》为题收《老舍青岛文集》第1卷。
5月16日	文论《"幽默"的危险》发表于上海《宇宙风》第41期。作者谈到人们对"幽默"的误解，说明"幽默"具有如下特点：其一是诚实而非浪漫；其二是带有因矛盾而生发的悲观情绪；其三是具有顽皮而非庄重的色彩；其四是采取宽容态度。收《老舍全集》第17卷。收《老舍青岛文集》第5卷。
5月25日	杂文《理想的文学月刊》发表于上海《谈风》第15期"理想世界专号"。从内容、形式等方面提出了对"理想"的文学月刊的建议。收《老舍全集》第15卷。收《老舍青岛文集》第1卷。
5月29日	到访浙江路9号青岛基督教青年会，在大礼堂发表题为《文学批评》的讲演。翌日，青岛《民众日报》刊文报道相关情况："青年会邀请岛上文学家老舍演讲。昨（廿九日）晚七时半，青年会的大礼堂已是坐满了听众。舒先生的讲题是"文学批评"。当讲演的时候，听众们默无声息，后到者没有坐位，都站在最后一排。舒先生讲时，笑趣横生。讲毕由青年会郭干事代致谢词，并报告青年会新设浴池及运动场，食堂等，以利民众云。"（《青年会昨邀老舍讲演，题为"文学批评"》，本年5月30日《民众日报》）
春夏	栖身黄县路寓所，某一日，开始构思和创作自传体长篇小说《小人物自述》。伴着花香和海风，老舍要讲一个"小人物"的前世与今生。岁月之谜缓缓展开道路，他以第一人称叙述"我"来到这个世界以后的寻常而奇特的经历，在童年苦难与未来命运的交互映现中开启了一重重深邃的家族史之门。青岛的安静环境适宜于做这种沉思，可以让人听到内心深处的声音。历史地看，这是老舍第一度在纸上展开的家族史沉思录，以小说的形式来追忆生命往事，于是就有了这部以小人

物呈现自我、以自我观照家族、以家族透视种族的作品。憾，刚开头即受"七七"以后战争环境的制约而未能如约延展下去。

同期 台静农数度到黄县路寓所作客，某次途径大学路，遇见老舍领着儿女在梧桐树下漫步。"那时他专门在从事写作，他有一个温暖的家，太太温柔的照料着小孩，更照料着他，让他安静的每天写两千字，放着笔时，总是带着小女儿，在马路上大叶子的梧桐树下散步，春夏之交的时候，最容易遇到他们。仿佛往山东大学入市，拐一弯，再走三四分钟路，就是他住家邻近的马路，头发修整，穿着浅灰色西服，一手牵着一个小孩子……"（台静农：《我与老舍与酒》）

6月1日 散文《英国人与猫狗（伦敦回忆之四）》发表于上海《西风》杂志第10期。文章写"英国人爱花草，爱猫狗"，对英国人性格予以观察和思考，体现人性关怀。文中言："英国人的爱动物，真可以说是普遍的。有人说，这是英国人的海贼本性还没有蜕净，所以总拿狗马当作朋友似的对待。据我看，这点贼性倒怪可爱；至少狗马是可以同情这句话的。"收《老舍全集》第15卷。收《老舍青岛文集》第1卷。

6月10日 散文《无题（因为没有故事）》发表于上海《谈风》第16期。作者写自己经历的一段初恋故事，开篇首先阐释了"记忆"的价值以及"昨天"与"明天"的关系，言："人是为明天活着的，因为记忆中有朝阳晓露；假若过去的早晨都似地狱那么黑暗丑恶，盼明天干吗呢？是的，记忆中也有痛苦危险，可是希望会把过去的恐怖裹上一层糖衣，像看着一出悲剧似的，苦中有些甜美。无论怎说吧，过去的一切都不可移动；实在，所以可靠；明天的渺茫全仗昨天的实在撑持着，新梦是旧事的拆洗缝补。"接着，追述了往日一段柏拉图式的恋情，通过"她"的眼，照出了往昔的美好时光，他如是说："不要再说什么，不要再说什么！我的烦恼也是香甜的呀，因为她那么看过我！"本篇可与小说《微神》对读，都是对某种理想化爱情状态的描写。收《老舍全集》第14卷。收《老舍青岛文集》第1卷。

6月16日 散文《五月的青岛》发表于上海《宇宙风》第43期。这是文学翅膀与作者心怀的一次"春之舒展"，写青岛春色，倾注着自然诗意。文中有言："樱花一开，青岛的风雾也挡不住草木的生长了。海棠，丁香，桃，梨，苹果，藤萝，杜鹃，都争着开放，墙角路边也都有了嫩绿的叶儿。五月的岛上，到处花香，一清早便听见卖花声。公园里自然无须说了，小蝴蝶花与桂竹香们都在绿草地上用它们的娇艳的颜色结成十字，或绣成几团；那短短的绿树篱上也开着一层白花，似绿枝上挂了一层春雪。就是路上两旁的人家也少不得有些花草：围墙既矮，藤萝往往顺着墙把花穗儿悬在院外，散出一街的香气：那双樱，丁香，都能在墙外看到，双樱的明艳与丁香的素丽，真是足以使人眼明神爽。"又言："人似乎随着花草都复活了。"收《老舍全集》第14卷。收《老舍青岛文集》第1卷。

本月	《五天的日记》发表于上海《青年界》第12卷第1号"日记特辑"。系老舍本年4月10日至14日的日记，记载了当时的生活、写作以及与亲友交往及通信的情况。以《一九三七年日记》为题收《老舍全集》第19卷。以《五天的日记》为题收《老舍青岛文集》第1卷。
约本月	为国立山东大学中文系应届毕业生题词留念。"他特别用魏字楷书给我题了一个宣纸条幅。在其他同学的毕业纪念册上题的词也是字体工整，语重心长。至今我还记得他给一个同学的题词中有'对事卖十分力气，对人不用半点心机'的字句。"（王碧岑：《往事难忘——忆老舍先生》）
上半年	阳光灿烂的日子，多次带着孩子到中山公园或海边游玩。"遇到天气特别晴美的时候，少不得就带小孩到公园去看猴，或到海边拾蛤壳。这得九点多就出发，十二时才能回来，我们是能将一里路当作十里走的；看见地上一颗特别亮的砂子，我们也能研究老大半天。"（老舍：《这几个月的生活》）
同期	多次接到文学青年的来信并稿件，尽量抽时间看他们的作品并略加批注，提出改进意见，遇到较好的作品就给推荐到相关刊物上，感慨写作之艰难。"常常接到青年朋友们的著作，教我给看，改；如有可能，给介绍到各杂志上去。每接到一份，我就要落泪，我没有工夫给详细的改，但是总抓着工夫给看一遍，尽我所能见到的给批注一下，客气的给寄回去。有好一点的呢，我当然找个相当的刊物，给介绍一下；选用与否，我不能管，尽到我的心算了。这点义务工作，不算什么；我要落泪，因为这些青年们都是想要指着投稿吃饭的呀这里没有饭吃！"（老舍：《这几个月的生活》）
约上半年	与岛上武术名家切磋武艺，晨兴练武的习惯一如既往。老舍对武术之道的把握让许多武林人士感到钦佩，缘此而衍生出不少文武相会的佳

话。他与武术家的交往素有渊源，在济南即与拳师马子元建立了深厚友谊。20世纪30年代的青岛，国术馆风生水起，民间练武亦称一时之尚，况有老舍写《断魂枪》，有王度庐写《卧虎藏龙》，洋溢着一派盛大的国术气氛。据鸳鸯螳螂拳第四代掌门人孙丛宅述，其师毛丽泉尊享武林，兼行医道，亦好艺文，在青岛得缘与老舍相识，切磋武艺，赏析文章。当年他们切磋武艺时所用兵器今存骆驼祥子博物馆。文武兼备，一以贯之，岁月呈现了一个感人的老舍。"原来他每天清晨，总要练一套武术的，他家的走廊上就放着一堆走江湖人的家伙，我认识其中一支戴红缨的标枪。"（台静农：《我与老舍与酒》）

同期	经曾在山大图书馆工作的曲培谟介绍，一名普通警察来黄县路寓所拜访老舍。后来，老舍特意到团岛二路警察宿舍看望了这名警察，了解警察生活的一些细节。"当时在山东大学图书馆工作曲培谟（继皋）谈到有一名下级警官喜欢文学，读过老舍的《赵子曰》等小说，请他介绍去拜访老舍，相见之后，畅谈甚欢。老舍在写《我这一辈子》期间还曾由曲培谟陪同去团岛警察宿舍见这位警官，谈了很久。"（鲁海：《作家与青岛》，第170页，青岛出版社，2006年。）
6~7月	《西风》编者来函，约请老舍为该杂志创刊一周年撰写纪念文章。老舍写下《〈西风〉周岁纪念》一文，这可能是老舍在青岛所写最后几篇文章之一。其中有言："《西风》的好处是，据我看，杂而新。它上自世界大事，下至猫狗的寿数，都来介绍，故杂；杂仍有趣。它所介绍的这些东西，又是采译自最新的洋刊物与洋书，比起尊孔崇经那一套就显着另有天地，读了使人有赶上前去之感，而不盼望再兴科举，好中个秀才；故新。新者摩登，使人精神不腐。"
7月1日	短篇小说《兔》发表于《文艺月刊》第11卷第1号。作品写一个京戏票友及其妹妹的毁灭故事，揭示了人性的异化。初收《火车集》。收《老舍全集》第7卷。收《老舍青岛文集》第4卷。
本日	短篇小说《杀狗》发表于《文学杂志》第1卷第3期。作品写的是大学生杜亦甫及其同学的故事，起初他们是慷慨激昂的，常在深夜秘密开会讨论民族兴亡问题，但是后来却在日本人"杀狗"淫威下变得胆怯偷生，而杜亦甫的父亲为国术馆教师，虽目不识丁，然而勇于反抗，在日本人面前保持了民族气节。初收《火车集》。收《老舍全集》第7卷。收《老舍青岛文集》第4卷。

本日	中篇小说《我这一辈子》发表于上海《文学》第9卷第1号。是为老舍中篇小说方面的代表作，写20世纪10年代的北平社会，以第一人称叙述了"我"的内心状态和生命故事，透过一个普通巡警的坎坷一生，反映了人世的无常与荒谬。最后，"我"这样说："我还笑，笑我这一辈子的聪明本事，笑这出奇不公平的世界，希望等我笑到末一声，这世界就换个样儿吧！"作品写于1937年抗战前夕，浓缩了丰富的人生感慨、社会思考和人性探索，可视为老舍文学创作黄金时期的压轴之作。小说京味浓郁，以忽明忽暗、浓淡相间的色调展开人世沧桑，在小人物命运中展开一部大风俗画卷。手法基本上是自然主义的，平缓叙述中铺陈着社会，形成个人命运与社会风貌的交织，在大巧大拙之间塑造人物形象，是老舍作品中看似平淡而不失神奇的一部。初收《火车集》。收《老舍全集》第7卷。收《老舍青岛文集》第4卷。
7月7日	"七七"卢沟桥事变发生，抗日战争全面爆发，青岛面临着被日本侵占的危机。当时及其前后一段时间，老舍正在赶写《宇宙风》特约长篇小说《病夫》，平均每日两千字。"卢沟桥事变初起，我们仍在青岛，正赶写病夫——《宇宙风》特约长篇，议定于九月中刊露。"（老舍：《南来以前》）同时在写作中的还有《方舟》特约长篇小说《小人物自述》。后来，他不得不停下笔来，因为战争的影子迫近了，两部作品俱成未完成之作。
7月上旬	夏日青岛街巷留给老舍的最深印象已不是烂漫花影，而是将要来临的战争消息，正常的创作思路被打断了，但每日仍坚持写两千字。"街巷中喊卖号外，自午及夜半，而所载电讯，仅三言两语，至为恼人！一闻呼唤，小儿女争来扯手：'爸！号外！'平均每日写两千字，每因买号外打断思路。"（同上）
7月中旬	关注战事，多方搜寻报纸而不可得，徒发悲愤之浩叹。"至七月十五日，号外不可再见，往往步行七八里，遍索卖报童子而无所得；日侨尚在青，疑市府已禁号外，免生是非。日人报纸则号外频发，且于铺户外揭贴，加以硃圈；消息均不利于我方。我弱彼强，处处惭忍，有如是者！"（同上）
同期	国事危难之际，家事何以堪？老舍一边惦记着久无音信的北平老母，一边照顾着生病的妻子，呈现了细致而坚韧的生活品性，也担负着异乎寻常的精神压力。"老母尚在北平，久无信示；内人又病，心绪极

劣。""家在故乡，已无可归，内人身重，又难行旅，乃力自镇定，以写作摈扰，文字之劣，在意料中。"（同上）

同期　时局危难，岛上友人纷纷来黄县路寓所辞行，劝老舍从速离开即将成为战事前沿的青岛。"时在青朋友纷纷送眷属至远方，每来辞行，必嘱早作离青之计……"（同上）

同期　对时局作出判断，预言日人将封锁青岛海口。"盖一旦有事，则敌舰定封锁海口，我方必拆毁胶济路，青岛成死地矣。"（同上）

同期　应吴伯箫之邀，远赴莱阳简易师范学校讲学，履行抗日责任。对此，时任莱阳简易师范学校校长的吴伯箫回忆说："特别是'七七'事变后，他不顾乘长途汽车的劳顿，慨然答应去莱阳简易乡村师范讲学，宣传抗日。像闻一多，以教授给中等学校学生上课，在那种社会里是难能可贵的。所以，一晃四十年，那时的学生到现在还无限怀念地谈到他，连他早晨很早就起来在操场上打太极拳的事都还记得。"（吴伯箫：《作者·教授·师友——深切怀念老舍先生》，《北京文艺》1978年第7期）

7月下旬　为获得战事消息，每于深夜到朋友家中听广播，夜不成眠。"每深夜至友家听广播，全无所获。归来，海寂天空，但闻远处犬吠，辄不成寐。"（老舍：《南来以前（一封信）》）

7月26日　闻战事消息，更多友人前来辞行，心绪复杂，无以成文，乃以读书摈忧。"廿六日又有号外，廊坊有战事，友朋来辞行者倍于前。写文过苦，乃强读杂书。"（同上）

7月28日　闻收复失地消息，虽不辨真伪，然难禁欢笑。"廿八号外，收复廊坊与丰台，不敢深信，但当随众欢笑。"（同上）

7月31日　夫人即将分娩，入住湖南路上的德国医院（German Hospital）。"卅一日送内人入医院。"（同上）所入医院处于黄县路以西，与寓所相距近千米。舒雨记得母亲胡絜青谈起，这里的德国医生很专业，曾详细讲解了有关生育和母婴保健的知识。

本日　友人频来告别，均判断时局将有大变故，劝老舍及早离开青岛。"客来数起，均谓大难将临。"（同上）

本日　给《民众日报》写稿。"是日仍勉强写二千字给《民众日报》。"（同上）

本月　行走在青岛街头，以新视角观察非常时期的城市存在状态，感受着特殊的历史流变轨迹，看到了城市的精神力量，也看到了全体市民共御外侮的决心，缘此而表达了对青岛的信心。"青岛的民气不算坏，四乡壮丁早有训练，码头工人绝对可靠，不会被浪人利用，而且据说已有不少正规军队开到。公务人员送走妇孺，是遵奉命令；男人们照常作事，并不很慌。市民去几里外去找'号外'，等至半夜去听广播的，并不止我一个人。虽然谁也看出，胶济铁路一毁，敌人海军封锁海口，则青岛成为罐子，可是大家真愿意'打日本鬼子'！抗战的情绪平衡了身家危险的惊惧，大家不走。"（老舍：《这一年的笔》）

8月1日　是日天降甘霖。老舍次女在德国医院平安降生，因生于乱世而拟以"乱"为名，然夫人不同意，遂合天意而取名"雨"。"八月一日得小女，大小俱平安。久旱，饮水每断，忽得大雨，即以'雨'名女——原拟名'乱'，妻嫌过于现实。电平报告老人；复访友人，告以妻小无恙……"（老舍：《南来以前》）

本日　往返于医院和黄县路寓所之间，照顾家人，夜入书房写作。"夜间又写千字。"（同上）

本日　长篇小说《小人物自述》前4章在天津《方舟》第39期刊出，原计划连载，但因抗战爆发而中辍，手稿去向不明。在这部自传体长篇小说中，主人公名叫"王一成"，从其降生时的家庭状况看，是以老舍本人为原型而创作的，憾未完成。已刊载的前四章收《老舍全集》第8卷。收《老舍青岛文集》第2卷。

本日　长篇小说《病夫》的预告登载于《宇宙风》第46期。言其为："老舍先生继《骆驼祥子》的长篇力作，本刊下年度伟大贡献之二。"而所称"伟大贡献之一"是指冯玉祥的自传《我的生活》。

8月2日　早晨，领着舒济和舒乙到医院看望胡絜青和舒雨母女，路过中国旅行社，看到数百人在排队购买车票和船票。"携儿女往视妈妈与小妹，路过旅行社，购车票者列阵，约数百人。"（同上）

8月4日　是日风大浪高，乘船出亡者多沉溺于海上。"此地大风，海水激卷，马路成河。乘帆船逃难者，多沉溺。"（同上）这是老舍记下的一幕海上受难图，如见《启示录》中的景象。

8月7日　王统照离青赴沪前来黄县路寓所辞行，约请老舍南下，相嘱珍重。诸友亦有南迁计划，但老舍因妻子刚刚生产不便行动而困守青岛。"王剑三以七号携眷去沪，臧克家、杨枫、孟超诸友，亦均有南下之意。

	我无法走。"（同上）
8月9日	在《民众日报》终刊号发表文章一篇。"九日，《民众日报》停刊，末一号仍载有我小文一篇。"（同上）憾该文未查到。
8月上旬	穿行寓所与医院之间，午间哄舒乙和舒济睡觉后，到医院探视胡絜青与舒雨母女。看到街市已冷落下来，路遇友人，相语匆匆。"每午，待儿女睡去，即往医院探视；街上卖布小贩已绝，车马群趋码头与车站；偶遇迁逃友人，匆匆数语即别，至为难堪。"（同上）
同期	卖掉了四大筐杂志，为离开青岛做准备。"七七事变以后，我由青岛迁往济南齐鲁大学。书籍，我舍不得扔，故只把四大筐杂志卖掉，以减轻累赘。四大筐啊，卖了四十个铜板！书籍、火炉、小孩子的卧车和我的全份的刀枪剑戟，全部扔掉。"（老舍：《四大皆空》）
8月11日	夫人胡絜青与新生女儿舒雨出院，在家静养。"十一日，妻出院。"（同上）
本日	接上海朋友关实之电报，再催老舍南下。老舍电告陶亢德南行之意，并收拾藏书将其寄存于友人处，夫人胡絜青决定满月后再动身。"实之自沪来电，促南下。商之内人，她决定不动。以常识判断，青岛日人产业值数万万，必不敢立时暴动，我方军队虽少，破坏计划则早已筹妥。是家小尚可暂留，俟雨满月后再定去向，至于我自己，市中报纸既已停刊，我无用武之地，救亡工作复无详妥计划，亦无从参加，不如南下，或能有些用处。遂收拾书籍，藏于他处，即电亢德，准备南行。"（同上）
8月12日	托友人买船票，忽接陶亢德电报，知上海局势紧张，遂临时改变南下计划，决定西去济南，重归齐鲁大学任教。是日晚间，老舍一个人匆忙离开了青岛。"已去托友买船票，得亢德复电：'沪紧缓来'，南去之计既不能行，乃决去济南。前月已与齐大约定，秋初开学，任国文系课两门，故决先去，以便在校内找房，再接家小。"（同上）于是，在黄县路寓所，出现了悲情别离的一幕："别时，小女啼泣甚悲，妻亦落泪。"（同上）
8月13日	晨，抵达济南。是日"八·一三"事变在上海忽然爆发。老舍牵挂妻小，内心倍加焦虑。"十三早到济，沪战发。心极不安：沪战突然爆发，青岛或亦难免风波，家中无男人，若遭遇事变……"（同上）
8月14日	"德县路事件"发生，日本浪人闹事，日军企图登陆青岛，局势日趋

紧张。老舍急电青岛市立一小校长朱印堂，托其速送妻小去济南。于是，胡絜青抱着未满月的舒雨，领着两岁的舒乙和四岁的舒济离开了黄县路寓所，在朱印堂帮助下挤上了开往济南的列车。"果然，十四日敌陆战队上岸。急电至友，送眷来济。"（同上）另文亦有记："弟以十三日到济，携物不多，预料内人能届满月，再回去接眷运物也。乃十四日即有事变，急电友促妻来；她产后也恰十四日，无力操作收拾，除衣被外尽放弃，损失特重。"（老舍：《乱离通信》）

8月15日　　是日大雨滂沱。胡絜青带领三个孩子抵达济南，母女皆受寒生病。"妻小以十五日晨来，车上至为拥挤。下车后，大雨；妻疲极，急送入医院。复冒雨送儿女至敬环处暂住。小儿频呼'回家'，甚惨。"（老舍：《南来以前》。舒乙频呼"回家"，所念念者为青岛黄县路寓所，当时他幼小内心只有这一个家，然已回不去。）

8月下半月　　自青岛至济南后，十日间大雨不断，妻女生病住院，老舍内心焦急，身体疲惫，勉力支撑着自己以照顾好家小。"大雨连日，小女受凉亦病，送入小儿科。自此，每日赴医院分看妻女，而后到友宅看小儿，焦急万状。"（同上）"十日间雨愈下愈大。……自青来济者日多，友朋相见，只有惨笑。留济者找房甚难，迁逃者匆匆上路，忙乱中无一是处，真如恶梦。"（同上）"日来，冒雨奔走，视妻小，购物件，觅房所，碌碌终日，疲惫不堪，无从为文。《宇宙风》暂停，出不得已，慎勿愤愤也！"（老舍：《乱离通信》）他继续关心着青岛的消息："日侨在济者已全退出，在青者渐以退清，可以战矣。青市……据人言——已成空市，铺户皆闭，即使沉着气住下，亦无法生活也。"告别青岛时，大量书籍与物什未及带走。到济南后，异常窘迫。"行李未到，家具全无，日行泥水中，买置应用物品。"（老舍：《南来以前》）"青岛虽仍僵持，亦不敢冒险回去取物，不知何时即开火也。"（同上）

8月28日　　妻女病愈，觅齐鲁大学内老东村4号一座平房安家，不久后搬入常柏路2号（今长柏路11号）一座小楼内居住。"廿八日，妻女出院，觅小房，暂成家。"（同上）

本月前后　　历史巨变，对老舍的生活状态和写作方式产生极为深刻的影响，意味着青岛花一样的理想岁月过去了。自此始，老舍经历了人生使命与写作角色的重大转变，其作家身份中多了抗日救亡色彩。"去年七七，我还在青岛，正赶写两部长篇小说。这两部东西都定好在九月中登载出，作为'长篇连载'，足一年之用。七月底，平津失陷，两篇共得十万字，一篇三万，一篇七万。再有十几万字，两篇就都完成了，我停了笔。一个刊物，随平津失陷而停刊，自然用不着供给稿子；另一个却还在上海继续刊行，而且还直催预定货件。可是，我不愿写下去。初一下笔的时候，还没有战争的影子，作品内容也就没往这方面想。及至战争已在眼前，心中的悲愤万难允许再编制'太平歌词'了。"（老舍：《这一年的笔》）他放弃了两部预约的小说写作，转写抗战文章，"在这种空气中，我开始给本地报纸写抗战短文。"（同上）"《病夫》已有七万字，无法续写，复以题旨距目前情形过远，即决放弃。"（老舍：《南来以前》）那些艰难岁月里，老舍真实地记载了历史，保留着一个城市的战前记忆，也折射出一个时代的苦难与激愤。这是作家与城市共患难的岁月，在1937年夏天的历史危局中，老舍为青岛留下了一部珍贵的城市备忘录，文字的深刻性远胜于既往那些审美描写，这些意义非凡的纪实语言见之于《南来以前》《这一年的笔》及《乱离通信》等文章中，它们为理解老舍及其青岛岁月的意义提供了一个全新视角，是完全可以被当作一部历史文献来阅读的，不仅是一个人和一个家庭的记忆，而且是一座城市和一个国家的苦难心史。老舍完成了与城市、与历史的共同见证，有着家事与国事深刻结合的非凡力度。

9月1日　杂文《西风周岁纪念》发表于上海《西风》第13期。作者表达了对《西风》杂志的喜爱，缘此而流露出新文化旨趣。文中写道："《西风》的好处是，据我看，杂而新。它上自世界大事，下至猫狗的寿数，都来介绍，故杂；杂仍有趣。它所介绍的这些东西，又是采译自最新的洋刊物与洋书，比起尊孔崇经那一套就显着另有天地，读了使人有赶上前去之感，而不盼望再兴科举，好中个秀才；故新。…因为我爱它，所以希望它更好一点。"收《老舍全集》第15卷。收《老舍青岛文集》第1卷。

9月10日　《乱离通信（一）》发表于《宇宙风·逸经·西风非常时期联合旬刊》第2期。这是给沪上好友、《宇宙风》编辑陶亢德的一封信，讲述1937年8月从青岛至济南之事。以《致陶亢德（二）》收《老舍全集》第15卷。以《乱离通信》为题收《老舍青岛文集》第1卷。

本月	得好友相助，把青岛的大部分家具和藏书运到了济南，但仍遗失了不少东西。"幸而铁路中有我的朋友，算是把主要的家具与书籍全由青岛运了出来。"（老舍：《四大皆空》）
10月1日	长篇小说《骆驼祥子》在《宇宙风》第48期连载完毕，自1936年9月16日起刊露，至此已一年有余，这部记载城市贫民之悲怆生命史的伟大作品伴随着读者，伴随着历史，走过了其最早的时光，将继续在未来岁月中绵延，见证着伟大与朴素的意义。
本日	《病夫》预告再度出现于《宇宙风》第48期。言："本刊四十九期陆续登载／我的生活（冯玉祥先生作）／实庵自传（陈独秀先生作）／海外十年（郭沫若先生作）／病夫（老舍先生作）"。
11月上半月	读《剑南诗稿》，思索未来去向。妻子胡絜青决定挑起家庭重担，支持老舍投身抗日救亡的洪流中。关于当时情形，胡絜青回忆说："人在危难的时候，往往变得沉默寡言。我们家里，连孩子都受到大人的影响，不哭也不闹，呆呆地望着爸妈。那一阵子，老舍每天看报、打听消息，从早到晚抱着一部《剑南诗稿》反复吟哦。陆游的'楚虽三户能亡秦，岂有堂堂中国空无人！''夜视太白收光芒，报国欲死无战场'等诗句，使他叹气，来回地踱步，有时看着窗外的远天静静地流泪。我懂得他的心思。我明白，舍身报国的决心，他已下定了，只是还想不出家国能够两全的好办法。是带我们一起流亡呢，还是忍痛分开？／我倒在床上，瞅着身边象个小猫似的舒雨，感到万箭钻心，枕头上的泪水湿了干，干了又湿。我把他的为难之处一一都设想到了：当然最好还是一家大小一起出走，我们生为中国人，死作中国鬼，决不能落到侵略者的魔掌里等死；可是，我们的身体都这么瘦弱，三个孩子大的不过四岁，小的刚刚生下来，我们娘儿四个要是跟在他身边，不正象四根绳子一样捆得他什么事情也做不成吗？而且，他事母至孝，我们全家要是跑到江南，他那留在北京的老母亲断了经济来源，让这位八十多了的老太太怎么办？思来想去，我也下了决心，成全他的报国壮志，把千斤的担子我一个人挑起来。尽管我是多么舍不得和他分开。"（王行之：《老舍夫人谈老舍》）
同期	济南沦陷前夕，某日上午，臧克家来齐鲁大学寓所拜访老舍，共进午餐，叙谈诸事。"在去'齐大'访老舍的途中，碰上了一位久别的故人，握着手老不愿意放下，在杂乱中更觉到友谊的可贵。约着他一同

到了'齐大'。一进大门，树木把一片秋色送到了眼里。一座一座的高楼隔得远远的，把一片片空地留给了花草。我们向着门房工友指给的一座洋楼走去，老远看见一位绛衣人立在草地上，身后一位女太太带着两个小孩子在树下闲玩。正欲向前问询，抢过几步之后，才发现了这就是我们要访问的友人的全家。打过招呼之后，便随着到了他们新居。自家住着一方楼，很空阔、安闲，客厅里点缀着几盆黄菊。谈一回战局，谈一回文艺，最后谈到今后个人的去路。这时期卖文章已成死路，所以他来'齐大'教书。上课不久，济南的空气又把学校紧张散了，校长是外国人早走了，学生也走了。他叹息着自己走不动，留在这里看飞机，守着这个'世外桃园'（这号称华北第一的大学校舍，那旷阔，那景色，真称得起是'世外桃园'）。他的话里有无限的酸辛。他说有个长篇材料，却无心下笔，脑子老发胀。只给些小报写点短文。书桌上有一二份小杂志，另有本《宇宙风》。谈得正酣，警报来了，两遍紧接着。我们同着小济、小乙和他们的母亲结队到了外边的树下。……吃罢饭，话没得谈了，闷闷的对着吸烟，吃茶。等到大赦似的解除警报的汽笛一响，我们即刻起身告别，这时已是午后四时多了。"（臧克家：《济南三日记》，1938年1月1日《宇宙风》第56期）

11月15日	是日，为阻止日军南下，国民党军队炸毁了黄河铁桥。夜，老舍忍痛告别家小，乘火车赴武汉，开始抗日救亡的"八年风雨"历程。"时已入夜，天有薄云，灯下作别，难道一语！前得短诗，略记此景：/ 弱女痴儿不解哀，牵衣问父去何来。/ 话因伤别潜成泪，血若停流定是灰！/ 已见乡关沦水火，更堪江海逐风雷？/ 徘徊未忍道珍重，暮雁声低切切催！"（老舍：《南来以前》）
11～12月	过泰山，渡黄河，于11月18日抵达汉口。先在一位老同学的家中安顿下来，半月后移居武昌，寄寓山大故交、华中大学游国恩（泽丞）教授的云架桥寓所。对此，老舍写道："在武昌的华中大学，还有我一位好友，游泽丞教授。他不单不准我走，而且把自己的屋子与床铺都让给我，教我去住。他的寓所是在云架桥——多么美的地名！——地方安静，饭食也好，还有不少的书籍。以武昌与汉口相较，我本来就欢喜武昌，因为武昌象个静静的中国城市，而汉口是不中不西的乌烟瘴气的码头。云架桥呢，又是武昌最清静的所在，所以我决定搬了

去。／游先生还另有打算。假若时局不太坏，学校还不至于停课，他很愿意约我在华中教几点钟书。"（老舍：《八方风雨》）又过了半月，经冯玉祥将军安排，老舍搬到千户街福音堂居住。

12月1日　文论《大时代与写家》发表于《宇宙风》第53期。这是老舍关于作家与时代之关系的一篇精论，昭示了作品成功与作家之心灵状态、精神力量及人格魅力的深刻关系，赞美对社会大众的同情心和为大众而受难的勇气，鼓励作家投入到历史激流中去，创造出无愧于时代的伟大作品。他说："伟大文艺中必有一颗伟大的心，必有一个伟大的人格。这伟大的心田与人格来自写家对他的社会的伟大的同情与深刻的了解。除了写家实际的去牺牲，他不会懂得什么叫作同情；他个人所受的苦难越大，他的同情心也越大。除了写家实际的参加时代所需的工作，他不会了解他的时代；他入世越深，他对人事的了解也越深。一个广大的同情心与高伟的人格不是在安闲自在中所能得到的，那么，伟大文艺也不是一些夸大的词句所能支持得住的。思想通过热情才成为情操，而热情之来是来自我们对爱人爱国爱真理的努力与奋斗，来自我们对一种高尚理想的坚信与活动。在活动奋斗之中把我们的经验加多，把我们的人格提高，把我们的同情扩大。有了这种理想，信心，与经验，再加以文学的修养，自然便下笔不凡了。"复有言："是的，大时代到了；这是伟大文艺的诞辰，但写家的伟大人格必须与它同时降生。行动，行动，只有行动能锻炼我们的人格；有了人格作根，我们的笔才会生花。"从这篇文章中，也不难明白《骆驼祥子》等作品获得成功的本因。收《老舍全集》第17卷。

一九三八年 老舍三十九岁

2月11日 《小型的复活（自传之一章）》发表于《宇宙风》第60期。根据文末所附作者自撰的"著者略历"中"今已有一女一男，均狡狯可喜"一语判断，本文写于青岛，具体说写于其第三个孩子舒雨诞生之前，结合"现年四十"（指虚岁，1937年）及行文语气等要素推定，可能是1937年上半年的作品。这是一篇关于死亡与复活的文章，开篇言："二十三，罗成关。"（罗成为唐太宗李世民为秦王时的部将，23虚岁那年在宫廷斗争中被齐王李元吉逼入死境。故此，世人将男人23虚岁视为人生的第一道生死关口）接着，老舍回忆了自己23虚岁（21周岁）那年大病一场、"死而复活"的真实经历，对当时的生活态度、生活习惯以及看戏、逛公园、喝酒、抽烟、打牌等种种嗜好进行了反思，说："经过这一场病，我开始检讨自己：那些嗜好必须戒除，从此要格外小心，这不是玩的！"结尾部分再度回应了"罗成关"，言："想起来，我能活到现在，而且生活老多少有些规律，差不多全是那一'关'的功劳；自然，那回要是没能走过来，可就似乎有些不妥了。'二十三，罗成关'是个值得注意的警告！"就此点出了生命、性格与精神上的"复活"主题。初收《老舍生活与创作自述》。收《老舍全集》第15卷。收《老舍青岛文集》第1卷。

2月15日 以青岛最后两月间的生活、写作与心路历程为主要内容，并记载城市特殊状态的日记体书信《南来以前（一封信）》发表于《创导》第2卷第7期"战争专刊"第10号。记述了从"七七"卢沟桥事变到当年八月中旬告别青岛、再到当年11月告别山东这一历史时期的自我、家庭与城市的存在状态。以《致××兄》为题收《老舍全集》第15卷。以《南来以前》为题收《老舍青岛文集》第1卷。

3月27日	在周恩来的支持下，由老舍具体负责组织的"中华全国文艺界抗敌协会"（简称"文协"）在汉口正式成立，老舍被推举为"文协"的常务理事兼总务部主任，是实际上的总负责人。老舍写下《记"文协"成立大会》一文（载本年5月16日《宇宙风》第68期），记录了相关情况。自此始，他担负历史使命，热情致力于推进抗战文艺活动的开展。以此为标志，从青岛岁月之末开始的人生角色转变——由书斋文人到抗战文艺战士的重大转变得以彻底实现，他的生活方式、社会属性与作品主题较前都有了很大的不同，人们看到了一个兼具作家、"文协"领导人和社会活动家等多重角色的老舍。此后，在苍茫的风雨征程中，他兴许会想起青岛，也会偶尔与青岛故人们相遇，也会在很少的几篇作品中提及青岛。青岛，已经过去和未曾展开的一切都在发生，以一种新的方式闪现在他的记忆和想象之中。
7月1日	《宇宙风》第70期刊载山东大学毕业生中生（笔名）的文章《记老舍先生》，回忆了老舍在山大任教的情况。这是今所见第一篇山大学生撰写的关于老舍的回忆录。
7月7日	记载青岛最后时日写作情况及南下过程的散文《这一年的笔》发表于汉口《大公报》副刊《战线》第159号"'七七'周年纪念特刊"。文章最后说："这一年的笔是沾着这一年的民族的血来写画的，希望她能尽情的挥动，写出最后胜利的狂欢与歌舞。有笔的人都是有这个信仰。希望政府与社会帮助。横扫倭寇，还我山河！"收《老舍全集》第14卷。收《老舍青岛文集》第1卷。
10月	致函时在四川白沙的山大故友台静农，约请他来重庆参加纪念鲁迅逝世两周年活动并作学术报告。台静农自四川白沙抵达重庆，旧友重聚，忆岁月之峥嵘，叹韶光之易逝。"他已不是青岛的老舍了。"台静农为之感慨。"我第二年秋入川，寄居白沙，老舍兄是什么时候到重庆的，我不知道，但不久接他来信，要我出席鲁迅先生二周年祭报告，当我到了重庆的晚上，适逢一位病理学者拿了一瓶道地的茅台酒；我们三个人在×市酒家喝了。几天后，又同几个朋友喝了一次绍兴酒，席上有何容兄，似乎喝到他死命的要喝时，可是不让他再喝了。这次见面，才知道他的妻儿还留在北平。武汉大学请他教书去，没有去，他不愿意图个人的安适，他要和几个朋友支持着'文协'，但是，他已不是青岛时的老舍了，真个清癯了，苍老了，面上更深刻

着苦闷的条纹了。"（台静农：《我与老舍与酒》）

秋 老舍夫人胡絜青带着三个孩子自济南返回故乡北平，行前将老舍的手稿、藏书和藏画等寄存于齐鲁大学，其中包括青岛时期的讲义、照片和作品原稿，憾至今仍下落不明。"老舍走后，我们在济南熬到了一九三八年秋天。津浦路通车了，我和孩子们回到了北京。那时候，日本军队在火车上盘查的十分严苛，我们只能携带最简单的随行物品。老舍的全部书籍、讲义文稿，装在一个大木箱内，留在长柏路2号的楼上，我一再拜托学校帮忙照看。后来我托人去济南查问，据说已不知下落。那是老舍几十年的心血，但愿它们不至于全部毁于战火！"（胡絜青：《重访老舍在山东的旧居》）

一九三九年　老舍四十岁

3月	人间书屋版《骆驼祥子》问世，这是历史上第一个《骆驼祥子》的单行本。
4月1日	《宇宙风乙刊》第3期刊登广告，发布了《骆驼祥子》单行本由人间书屋出版的消息，再度引用了1936年夏老舍致《宇宙风》编辑信中的自得之言，以验证其自信。"《骆驼祥子》是近年来中国长篇小说中的名篇，是名小说家老舍先生的巨著，作者自云这部小说是重头戏，好比谭叫天之唱定军山，是给行家看的。"
4月10日	散文《怀友》发表于《抗战文艺》第4卷第1期。写此文时，已是告别青岛之后的第二年，老舍身在重庆。文中，他提到了20位至交旧友，其中包括青岛的故人们，时光形成深情而隐秘的回弹："在青岛，和洪深，孟超，王余杞，臧克家，杜宇，刘西蒙，王统照诸先生常在一处，而且还合编过一个暑期的小刊物。"言及岛上文人的宴饮时光，追叙了与王统照畅饮苦露的情形："多么可爱的统照啊，每次他由上海回家——家就在青岛——必和我喝几杯苦露酒。"接着，就借一杯苦露表达了对抗战胜利的渴望："苦露，难道这酒名的不祥遂使我们有这长别离么？不，不是！那每到夏天必来示威的日本舰队——七十几艘，黑乎乎的把前海完全遮住，看不见了那青青的星岛——才是不祥之物呀！日本军阀不被打倒，我们的命都难全，还说什么朋友与苦露酒呢？"等到胜利的那一天，"山南海北的都来赴会，用酒洗一洗我们的笔，把泪都滴在手背上，当我们握手的时候。那才是我们最快乐的日子啊！胜利不是梦想，快乐来自艰苦，让我们今日受尽了苦处，卖尽了力气，去取得胜利与快乐吧！"收《老舍全集》第14卷。收《老舍青岛文集》第1卷。

| 8月 | 小说集《火车集》由上海杂志公司出版。收入短篇小说《"火"车》《兔》《杀狗》《东西》《浴奴》《一块猪肝》《人同此心》《一封家信》及中篇小说《我这一辈子》。这是老舍的第四部小说集，虽刊行于1939年，但可能在其主体部分在1937年上半年已初步集成，后受阻于"七七"事变而延期出版。在写于1937年8月1日之前的《小型的复活（自传之一章）》所附"著者略历"中，作者曾提及这部集子。其中大部分作品写于青岛，交上海杂志公司出版时又补充了几篇离开青岛以后写成的作品。收《老舍全集》第7卷。其中部分在青岛写成的作品收《老舍青岛文集》第4卷。 |

一九四〇年　老舍四十一岁

9月4日　上午到缙云寺，参观汉藏教理院并发表《灵的文学与佛教》讲演。下午看望赵太侔、俞珊夫妇，谈及青岛旧事。"下午下山，绕几步道去看俞珊女士。本想拉她到市里吃饭，可是她舍不得放下她的小女孩，我就只把太侔先生扯走了。"（老舍：《致南泉"文协"诸友信》，载当年9月24～25日《新蜀报·蜀道》）

11月17日　晚7时，到中苏文化协会礼堂参加文协（中华全国文艺界抗敌协会）举办的小说晚会并发言，谈到《骆驼祥子》。"继请老舍先生朗诵其得意佳作长篇小说《骆驼祥子》中之两段，对劳动者生活，满怀真实之同情，深刻之描写，以生动之声调诵读之，尤可见其精彩。旋即开始讨论，老舍、胡风两先生相继发表意见。"发言中，他表示："像《骆驼祥子》这样的东西，我已没有勇气再写了。我只觉得在生活上的体验不够，不敢写。"（《文艺界小说晚会》，载当月18日重庆《新华日报》）

本月　香港作者书社将《选民》更名为《文博士》出版。据史承钧考证，其底页所署"民二十九年十一月初版、民二十九年十二月再版、民三十年一月上旬三版"内容与事实不符，该书"其实就是它的初版"，而且认为："《序》是伪作，这本书也应属盗版。"（史承钧：《〈选民〉（〈文博士〉）应是未完成之作——兼论此作究竟有没有"初版"？》，载《中国现代文学研究丛刊》1991年第3期）

同期　成都作家书屋将《选民》更名为《文博士》出版。

一九四一年　老舍四十二岁

1月1日	创作自述《三年写作自述》刊载于《抗战文艺》第7卷第1期。作者回顾了自从1937年11月离开济南以来三年中的写作情况，也提及了抗战前的作品。文中写道："在抗战前，我已写过八部长篇和几十个短篇。虽然我在天津、济南、青岛和南洋都住过相当的时期，可是这一百几十万字中十之七八是描写北平。我生在北平，那里的人、事、风景、味道，和卖酸梅汤、杏儿茶的吆喝的声音，我全熟悉。一闭眼我的北平就完整的，象一张彩色鲜明的图画浮立在我的心中。我敢放胆的描画它。它是条清溪，我每一探手，就摸上条活泼泼的鱼儿来。济南和青岛也都与我有三四年的友谊，可是我始终不敢替它们说话，因为怕对不起它们。"
春	台静农和魏建功到重庆探访老舍，旧友重逢，契阔谈宴，酒后写诸语送台静农字条以记之。"三十年春天，我同建功兄去重庆，出他意料之外，他高兴得'破产请客'。虽然他更显得老相，面上更加深刻着苦闷的条纹，衣着也大大的落拓了，还患着贫血症，有位医生义务的在给他打针药。可是，他的精神是愉快的，他依旧要同几个朋友支持着'文协'，单看他送我的小字条，就知道了，抄在后面罢：／看小儿女写字，最为有趣，倒画逆推，信意创作，兴之所至，加减笔画，前无古人，自成一家，至指黑眉重，墨点满身，亦具淋漓之致。／为诗用文言，或者用白话，语妙即成诗，何必乱吵絮。／下面题着：'静农兄来渝，酒后论文说字，写此为证。'"（台静农：《我与老舍与酒》）
8月至10月	在西南联大中文系主任、好友罗常培的陪同下，从重庆飞抵昆明讲学并疗养。初居青云街靛花巷3号的罗常培寓所，不久即迁至昆明北郊

的龙泉镇，在龙头村住了一些时日，尔后移居凤鸣山下龙泉村，在此写出三幕话剧歌舞混合剧《大地龙蛇》，其中第三幕场景设置于青岛。关于当时情形，罗常培写道："我在龙泉镇宝台山上养病的时候，他也陪我住在乡下，每天盥洗洒扫都由自己动手；遇有朋友来看我，他往往还替我泡茶敬客。日常的三顿饭大部分跟学生一块儿吃，三月不知肉味的素菜，臣心如水的清汤，真怪难为他下咽的。幸而住在乡下的几家朋友轮流'布施'他，像芝生，阜西，了一，膺中，萝蕤，梦家，都曾经给这位'游脚僧'设过斋，其中尤以芝生家那一餐河南薄饼最为丰盛。……然而，就在这个'勤工俭学'的当儿，他居然把那本三幕六景的《大地龙蛇》写完了。这本戏是重庆东方文化协会委托他编的，起初想定名为《东方文化》。我觉得这个问题太大了。什么叫东方文化？直到现在还没人解答的圆满，纵然可以折衷一家之言，在几幕戏里又怎样可以表现得充分？因此我劝他缩小范围，于是他才改成这个颇有好莱坞味儿的名称。他从九月三日写起，到十月七日写完，写完一幕便朗读给几个朋友听，请大家批评。我和今甫，膺中，了一，晓铃，骏斋，嘉言，还有北大文科研究所的几位同学都听他念过。"（《老舍在云南》）

10月10日	为《大地龙蛇》作序，谈及本剧的主题与构思，言："抗战的目的，在保持我们文化的生存与自由；有文化的自由生存，才有历史的繁荣与延续——人存而文化亡，必系奴隶。"在特殊历史时期，结合自己的经历，对中国文化命脉进行了思考，对历史危难中解决之道表达了真知灼见："在抗战中，我们认识了固有文化的力量，可也看见了我们的缺欠——抗战给文化照了'爱克斯光'。在生死的关头，我们绝对不能讳疾忌医！何去何取，须好自为之！"而且申明："我所提到的文化，只是就我个人的生活经验，就我个人所看到的抗战情形，就我个人所能体会到的文化意义，就我个人所看出来的我国文化的长短，和我个人对文化的希望，表示我个人一点意见；绝不敢包办文化。"
11月	文化生活出版社刊行《骆驼祥子》单行本。
本月	国民图书出版社首度刊行《大地龙蛇》单行本。
同期	手书《大地龙蛇》第一幕片段赠与吴晓铃。（手迹载舒济、舒乙、金宏编著：《老舍》，北京燕山出版社，1997年）

一九四二年　老舍四十三岁

1月12日	散文《悼赵玉三司机师》刊载于重庆《中央日报》。这是为悼念来自青岛的汽车司机赵玉三而写的一篇文章。1941年10月，老舍曾搭乘赵玉三和吴栾铃驾驶的汽车从昆明去往大理，朝夕相处，成忘年之交。然未想一个月后，这位"高个子，粗眉毛，浑身都是胆子与力量"的青年人竟在澜沧江畔遇难，年仅23岁。老舍为之悲伤，写道："赵君名玉三，抗战前，在青岛开公共汽车。'七七'后，他在航空委员会训练汽车驾驶兵。南京陷落，他抢运沿路上的各种器材，深得官长嘉许。"最后说："在抗战的今日，凡是为抗战舍掉自己性命的，便是延续了国家的生命；赵君死得太早了，可他将随着中华民族的胜利与复兴而不朽！"收《老舍全集》第14卷。
1月15日	《文艺杂志》第1卷第1期转载《大地龙蛇》，至当年2月15日第1卷第2期全文转载完毕。
4月17日	东方文化协会举行第二次常务理事会，决议组织筹演三幕话剧歌舞混合剧《大地龙蛇》。（《简讯》，载本月18日重庆《新华日报》）
12月30日	下午，出席陪都戏剧界、电影界在百龄餐厅举办的庆祝洪深五十寿辰茶会，担任茶会主席。
12月31日	下午，与洪深夫妇、潘公展、茅盾、郭沫若等30余人举行庆祝洪深五十寿寿辰座谈会，担任座谈会主席。

一九四三年　老舍四十四岁

4月　散文《四大皆空》发表于《文坛》第2卷第1期。这是一次关于过去的怀想，带有某种"失乐园"的味道。在此，老舍再度回忆了往昔的青岛的"黄金时代"，开篇即言："从收入上说，我的黄金时代是当我在青岛教书的时候。那时节，有月薪好拿，还有稿费与版税作为'外找'，所以我每月能余出一点钱来放在银行里，给小孩们预备下教育费。我自己还保了寿险，以便一口气接不上来，子女们不致马上挨饿。此外，每月我还能买几十元的书籍与杂志。这点点未能免俗的办法，使我在妻小面前显出得意，因为人家往往爱说文人们都吊儿郎当，有了钱不干正经事；我这样为子女储金，自己还保寿险，大概可以堵住他们的嘴吧？"而今，亲人远隔，生死茫茫。"好，除了我、妻、儿女，五条命以外，什么也没有了！而这五条命能否有足够维持的衣食，不至于饿死，还不敢肯定的说。她们的命短呢，她们死；我该归阴呢，我死。反正不能因为穷困死亡而失了气节！因爱国，因爱气节，而稍微狠点心，恐怕是有可原谅的吧？"除了不确定的生命，已一无所有，故谓之"四大皆空"。结笔于抗日救亡的呼告："且莫伤心图书的遗失吧，要保存文化呀，必须打倒日本军阀！"（收《老舍文集》第14卷。收《老舍青岛文集》第1卷）

10月以后　夫人胡絜青带着三个孩子舒济、舒乙和舒雨自北平辗转抵达了重庆，离别六年之后，老舍一家终得团聚，在北碚蔡锷路24号（今天生新村63号副16号）安家。在此，听胡絜青讲起沦陷后北平社会的真相，开始构思、写作长篇小说《四世同堂》，这是老舍的又一部划时代的伟大作品，与《骆驼祥子》并称双璧。

一九四四年　老舍四十五岁

4月17日	下午，"文协"及重庆文化界同人数百人举行纪念老舍创作生活20周年茶会，邵力子主持，郭沫若、茅盾、黄炎培、沈钧儒、胡风及杨云竹等致辞，对老舍的文学创作成就予以高度评价。
本月	台静农在四川白沙写下一部关于老舍的回忆录，开篇有言："报纸上登载，重庆的朋友预备为老舍兄举行写作二十年纪念，这确是一桩可喜的消息。因为二十年不算短的时间，一个人能不断的写作下去，并不是容易的事，我也想写作过，——在十几年以前，也许有二十年了，可是开始之年，也就是终止之年，回想起来，惟有惘然，一个人生命的空虚，终归是悲哀的。"接着是回忆，往昔的青岛时光展露笔端，他写道："我初到青岛，是二十五年秋季，我们第一次见面，便在这样的秋末冬初，先是久居青岛的朋友请我们吃饭，晚上，在一家老饭庄，室内的陈设，像北平的东兴楼。他给我的印象，面目有些严肃，也有些苦闷，又有些世故；偶然冷然的冲出一句两句笑话时，不仅仅大家轰然，他自己也'嘻嘻'的笑，这又是小孩样的天真呵。"最后，笔锋转回老舍从事文学创作二十周年题上，言："话又说回来了，在老舍兄写作二十年纪念日，我竟说了一通酒话，颇像有意剔出人家的毛病来，不关祝贺，情类告密，以嗜酒者犯名士气故耳。这有什么办法呢？我不是写作者，只有说些不相干的了。现在发下宏愿要是不迟的话，还是学写作罢，可是老舍兄还春纪念时能不能写出像《骆驼祥子》那样的书呢？"（台静农：《我与老舍与酒》，载1944年9月《抗战文艺》第9卷第3、4期合刊）
5月15日	到战时迁至重庆的复旦大学讲演，提及在青岛为写《骆驼祥子》而坐茶馆的经历，告诫大家一定要深入生活，多多体验大众社会。"十五

日，老舍先生在复旦讲创作经验问题，劝大家不要一上手就写小说；多写点不同形式的短篇，多体验多调查，对写长篇的东西一定有帮助。他还说：为了写《骆驼祥子》，他曾天天到最臭最臭的茶馆去同人们闲谈；为了创作调查，三教九流都是他的朋友。"（《北碚学府动态》，1944年5月29日重庆《新华日报》）

5月20日 散文《"住"的梦》发表于《民主世界》第2期。老舍畅想着战后的安家之处，写下本文。开篇言："在北平与青岛住家的时候，我永远没想到过：将来我要住在什么地方去。在乐园里的人或者不会梦想另辟乐园吧。在抗战中，在重庆与它的郊区住了六年。这六年的酷暑重雾，和房屋的不象房屋，使我会作梦了。我梦想着抗战胜利后我应去住的地方。"他认为，青城山和青岛是最理想的夏日胜地，接着就回忆了在青岛居住的情况，写道："我在青岛住过三年，很喜爱它。不过，春夏之交，它有雾，虽然不很热，可是相当的湿闷。再说，一到夏天，游人来的很多，失去了海滨上的清静。美而不静便至少失去一半的美。最使我看不惯的是那些喝醉的外国水兵与差不多是裸体的，而没有曲线美的妓女。秋天，游人都走开，这地方反倒更可爱些。"收《老舍文集》第15卷。收《老舍青岛文集》第1卷。

春 增订《我怎样写短篇小说》。"补加了一段文字，记述了抗日战争时期出版的短篇小说集《火车集》和《贫血集》"的情况。（胡絜青：《〈老舍论创作〉后记》，上海文艺出版社1980年2月第1版）

7月6日 主持陪都文化界在文化会堂举行的劳军献金晚会并致词，还朗诵了《骆驼祥子》中祥子在茶馆遇到小马儿及其祖父一节。小说中的情景是："祥子呆呆的立在门外，看着这一老一少和那辆破车。老者一边走还一边说话，语声时高时低；路上的灯光与黑影，时明时暗。祥子听着，看着，心中感到一种向来没有过的难受。在小马儿身上，他似乎看见了自己的过去；在老者身上，似乎看到了自己的将来！"（老舍：《骆驼祥子》第十章）他说："听"较"读"为佳，因小说中皆北平方言，写作之前亦必自读一番也。（《文艺界献金晚会》，载本月7日重庆《新民报》）

一九四五年　老舍四十六岁

8～9月

1937年8月告别青岛之后，老舍始终记挂着他心目中的第二故乡和唯一魂牵梦绕的安居圣地青岛。抗战胜利之后，安居青岛的念想重新燃起，为此专门致函老友王统照，想请他代为物色一处小楼，以为安身立命之所。当其时也，老舍身在重庆，而王统照业已从上海返回了青岛，在《民言报》主编《潮音》副刊。关于老舍来函一事，王统照写道："他在日军初降时，高兴之至！九月间写了一封信，托我为他在青岛购置一所小房子，预备仍返故处，安安逸逸地过他的战后创作生活。他想的十分平正，十分合乎情理。以为，经过这次以前所未有的胜利，日本人在青岛留下多少大小建筑物，除掉公家需用者外，定有许多所小巧楼房，能以廉价出售。他知道我先回此，地方熟悉，所以趁此时机，想买下所小巧住房，以供晚年——就说是晚年罢！反正他比我还大几岁，——读书安居之用。虽然他没有财力，但以想象中的廉价，他在可能范围内拮据集资，也还可以。"（王统照：《忆老舍》，1946年2月8日青岛《民言报》副刊《潮音》第21期）

夏

《骆驼祥子》英文版在纽约出版，译名 *Rickshaw Boy*（洋车夫，亦称黄包车夫），译者为美国学者埃文·金（Evan King）。当年8月，登上纽约读书俱乐部"每月一书"畅销书榜。译本的前21章基本保持了作品的原貌，虽个别地方有小的删节，但行文流畅，传神，忠实于原著。最后3章变化很大，译者对原著内容进行了改译乃至于重写，祥子形象被做了重大改写，偏离了原著的逻辑理路，带有"意图迷误"味道，小说的结局由悲剧变成了喜剧，表现出一种所谓的"达观温情"。老舍本人对这个译本的评价是："一九四五年，此书在美国被译成英文。译笔不错，但将末段删去，把悲剧的下场改为大团圆，以便迎合美国读者的心理。译本的结局是祥子与小福子都没有死，而是由祥子把小福子从白房子中抢出来，皆大欢喜。译者既在事先未征求我的同意，在我到美国的时候，此书又已成为畅销书，就无法再照原文改正了。"（老舍：《骆驼祥子·序》）美国读者与评论家对译本评价很高，尽管某种程度上它是建立在误读之基础上的。这是《骆驼祥子》的第一个外文译本，在作品译传史上占有重要地位，是后来许多种外文译本的蓝本，法、德、意、瑞士、瑞典、捷克、西班牙等多种译本借此而陆续出现，1936年诞生于青岛的《骆驼祥子》进入了海外阅读与研究视野，老舍的作品亦从此开始走向了世界。

7月5日 创作经验谈《写与读》发表于《文哨》第1卷第2期。文中，特别提及《骆驼祥子》，言："读书而外，一个作家还须熟读社会人生。因为我'读'了人力车夫的生活，我才能写出《骆驼祥子》。它的文字，形式，结构，也许能自书中学来的；它的内容可是直接的取自车厂，小茶馆，与大杂院的；并没有看过另一本专写人力车夫的生活的书。"收《老舍全集》第17卷。

7月上旬 《我怎样写〈骆驼祥子〉》发表于重庆《青年知识》第1卷第2期。此时，距1936年老舍在青岛黄县路寓所构思和写作《骆驼祥子》已经过去了9年，而《骆驼祥子》业已成为一部广为人知的现代文学名著。往事一一再现，作者详尽回忆了作品的缘起、构思、立意、素材准备、主题框架、写作过程、人物塑造方法、故事情节、语言策略等方面的经验，为理解《骆驼祥子》这部有包容力、创造力和启示力的作品提供了直接机缘，也为现代文学创作提供了一张有借鉴作用的基本方法路线图。

11月28日 美国驻华大使馆文化专员威尔马·费正清（Wilma Fairbank）夫人专程到重庆北碚拜访老舍，并呈送埃文·金所译《骆驼祥子》英文版。（《艺文杂讯》，本月29日重庆《新民报》）可能正是在此次晤谈过程中，费正清夫人表达了有意请老舍赴美访问讲学的想法。

一九四六年 老舍四十七岁

1月	致函臧克家，告知即将与曹禺赴美国讲学事，望行前一晤。"1946年初，接到老舍从市内发来的一封信，说：我和曹禺将去美国，许多朋友都见到了，就是还没见到你，多想见见面呵。读罢信，我马上赶到市内去。我俩一道到北方小馆'天霖春'去喝了两杯小酒，吃了两个芝麻烧饼。平素见面，话没个完，临别了，相对默然。老舍吸一支烟，脸微仰，好似在欣赏那一缕缕变幻的烟云。他面色有点沉郁，我心绪也不宁。国内局势令人忧闷，别妇抛雏，远渡重洋，心里是个什么滋味？"（臧克家：《少见太阳多见雾》）
本月	与编剧和导演潘子农晤谈，讨论了将《骆驼祥子》搬上银幕的相关事宜。关于此事的来龙去脉及当时的相关情况，潘子农在《往事如烟，寻梦何处？》一文中有所介绍，他说："抗战胜利后，老舍将去美国讲学。临走前，我和他在重庆小梁子一家咖啡馆话别。那时候我有可能去北平的中央电影场第三厂工作，因此计划将《骆驼祥子》改编为电影剧本，取就地摄制之便。老舍表示同意，但又考虑到我是南方人，对北平风土不够熟悉，需要找个地道的北平人襄助。我告诉他，拟议中的饰虎妞者是舒绣文，祥子将请魏鹤龄担任。老舍认为二人都是适当的人选，甚为满意。还说舒绣文自幼生长北平，必然洞悉当地情况。同时他又对故事中的几个关键处，谈了他自己的意见，嘱咐改编时注意。相约讲学归国，能看到影片制作完成。不料'中电'三厂负责人对《骆驼祥子》中那位中学教师被捕等情节，认为是替共产党做宣传，竟以'战后北平景物异昔，街头人力车绝迹，更难找到骆驼'等为理由，要求另换剧本。我愤然拒绝去该厂，以至有负老舍的盛意，不能践约，实是一大憾事。"

约本月	致函赵太侔，请他帮助协调教育部从速办理赴美讲学手续。"美政府约舍赴美一年讲中国现代文艺，此行对舍身体精神裨益匪浅，能否帮忙，请部中按《中国讲学条例》从速批准。"因计划于二月一日动身，故委托赵太侔敦请教育部"从速办理"。
2月5日	美国国务院正式宣布邀请老舍与曹禺赴美访问讲学的消息，以"《骆驼祥子》的作者"来指称老舍。据本月7日重庆《新华日报》报道："（华盛顿五日电）美国务院宣布：中国两驰名作家已应国务院之请，来美一年。《骆驼祥子》作者老舍将于初春来美，继续研究写作。万家宝（即曹禺）将于三月来美，他除考察美国戏剧及电影事业外，将在美讲学。"（注明消息来源为合众社）
2月8日	青岛《民言报》副刊《潮音》第21期刊载王统照的文章《忆老舍》。介绍了抗战胜利后老舍来信委托王统照代为物色一座小楼以在青岛安家之事，然岛上洋房早就被国民党的接收大员们给严密控制了起来，价格腾涨，何言"廉价"？匪夷所思的是，老舍寄往上海的信屡经磨难，翌年一月中旬方辗转递到其时已在青岛的收信人手上。对此，王统照写道："太平直了！太坦然了！哪能料到'事实'、'实事'，如是，如是。不但用廉价买日人剩下的小房无从说起，就连那封信到沪后，经友人代寄青岛，你想怎么样？今年一月中旬我方收到。在途中，或搁置在邮局之中总逾百天！——还能讲'什么'其他？"至此，老舍重归第二故乡青岛的愿望落空了。王统照接信两月后，老舍与曹禺一起远渡重洋，去美国访问讲学。
2月10日	《上海文化》第2期《中国文化》专栏刊文报道《骆驼祥子》英文版的相关情况，其中有言："老舍的《骆驼祥子》，英译本已在美国出版，好莱坞或拟将它摄成电影。中国未签字于国际出版协定，故老舍无版税可抽，但或可获得一笔礼金。"
本月	短篇小说集《东海巴山集》由新丰出版社出版。其中，收录了4篇写于青岛的作品，依次是：《"火"车》《兔》《杀狗》和《东西》。从收录作品篇目看，基本上可视为《火车集》（上海杂志公司1939年8月初版）与《贫血集》（重庆文聿出版社1944年3月初版）的合版，共收小说12篇，前8篇已见之于《火车集》，然未收中篇小说《我这一辈子》。序言介绍了书名之缘起，仅22字，可能是现代文学史上最简短的序言了，曰："此集所收，或成于青岛，或成于重庆，故以东

海巴山名之。"（老舍：《东海巴山集·序》）

同期 民国教育部正式下文批准国立山东大学在青岛复校，并委任赵太侔为校长。这是赵太侔第二度出任山大校长，他专函邀请老舍来校任教，表达了再续前缘之意，老舍亦有重归青岛之愿，然因获邀参加美国国务院组织的中美文化交流项目而表示须延后再决定此事。李希章的《两任国立山东大学校长赵太侔》一文对相关情况有所介绍，其中说："赵太侔接任校长后，捷足先登，早发聘书，并能礼贤下士，登门教请。当时应聘的有：朱光潜、老舍（舒舍予）、游国恩、王统照、陆侃如、冯沅君、黄孝纾、丁山、赵纪彬、杨向奎、萧涤非、丁西林、杨肇燫、童第周……等等。组成这样高水平的教师阵容，赵太侔确是费尽了苦心。上述教师除老舍出国、朱光潜因病中途辞聘外，其余均在1946年秋和1947年春到校。"（载《悠悠岁月桃李情》，中国文史出版社，1991年）

3月16日 上海《开明少年》杂志刊文介绍《骆驼祥子》英译本的情况。"《骆驼祥子》已经翻译成英文，书名译成《黄包车夫》，在美国非常受欢迎。美国一般人对中国的情形不大清楚，对于中国下层社会的情形，他们更不明瞭了。因此他们争着看老舍先生那样精神的描写黄包车夫生活的小说。不过在那个译本里，美国人加上了插图，途中的人还拖着辫子。茅盾先生在欢送老舍曹禺两先生出国赴美的会上，说从书中的人还拖着辫子看来，美国人还没有了解我们中国。希望他们两位先生到了美国，多多把我们中国的情形介绍给美国人。"（斯人：《〈骆驼祥子〉的英译本》，《开明少年》第9期）

本月 《中央周刊》第4卷第32期登载梁实秋的书评《读〈骆驼祥子〉》，认为在艺术上，这是老舍最为成熟的一部作品，不仅语言优秀，而且人物形象丰满，在人性描写上亦有出色表现。

5月15日 上海《文章》杂志刊载署名"铮"的文章，专门介绍《骆驼祥子》的第一个英译本在美国出版发行的情况，并对译文的得失有所察见，言："老舍的长篇小说《骆驼祥子》，经译成英文，于去年（1945）夏季在美国出版后，传诵一时。在出版后的两星期内，即销去五万本。该书的英译者是Evan King，出版社为美国'Reynal & Hitchcock 图书公司'，定价美金二元七角半。出版后，即由美国'每月新书推荐会'选定为一九四五年八月份的最佳文艺书籍。该书的题名被译成

'*Riclshaw Boy*'（黄包车夫）；书中几个主要人物的译名，'祥子'为 Happy Boy，'虎姑娘'为 Tiger Girl，'小福子'为 Little Lucky。全书译文大体尚不错，但有许多地方，似乎尚见英译者未能完全了解原作，因而颇有文不对题处。不知奇美的老舍先生感觉如何？"（铮：《〈骆驼祥子〉英译本》，《文章》四、五月号合刊）

一九四七年　老舍四十八岁

1月	1937年上半年写于青岛的中篇小说《我这一辈子》由上海惠群出版社刊行，为其第一个单行本。
3月以前	重写"神枪沙子龙"故事，着手将1935年写于青岛的短篇小说《断魂枪》改编成为一部三幕四场的英文话剧，名为《五虎断魂枪》。随后进行了排演。小说原作《断魂枪》中的主人公沙子龙更名为王大成，在世界已进入火车和手枪的时代，经历了国术危机与时代矛盾，不过有别于沙子龙，经历了血的事实，他认识到"只有正气和荣誉感能把人变得永远有用"，最终走出了"不传"迷津，加入了反清革命，适应了时代潮流的变迁。置身异域，老舍再度对国术及其文化渊源进行思考，尝试以此进行不同文明的对话。1987年秋，美国学者罗斯·盖罗特在哥伦比亚大学图书馆发现了《五虎断魂枪》的英文手稿原件。后来，老舍的孙女舒悦将其译成了中文，译稿载《现代文学研究丛刊》1990年第4期和1991年第1期。为说明手稿的收藏与发现等情况，译者舒悦特别加了附注："1947年写于美国纽约，英文打字稿的作者亲笔修改稿藏于美国哥伦比亚大学图书馆手稿和珍本图书分馆，1987年秋经当时在华任教的罗斯·盖罗特（高美华）教授的查寻始被发现，现征得该馆同意翻译并发表。"英文原文和译文（舒悦译、胡允桓校）收《老舍全集》第10卷。
4月	短篇小说集《微神集》由晨光出版公司出版发行。从老舍的前两部小说集《赶集》与《樱海集》中选录了17篇作品构成本集，其中6篇作品已见之于青岛时期出版的《樱海集》，它们是：《上任》《牺牲》《柳屯的》《毛毛虫》《善人》以及《邻居们》；其他11篇作品均见之于济南时期出版的《赶集》，它们是：《大悲寺外》《马裤先生》

《微神》《开市大吉》《歪毛儿》《柳家大院》《抱孙》《黑白李》《眼镜》《铁牛和病鸭》以及《也是三角》。

6月23日　应晨光出版公司之约，在纽约为中篇小说集《月牙集》作序。其中有言："若是以字数的多少为凭，而可以把小说分为短篇，中篇，与长篇三类，这个集子似乎应当叫作中篇小说集，因为其中所收的五篇作品都是相当的长的。这五篇写著的年月并不紧紧相靠，一篇与另一篇的距离有的约在十来年之久；现在我把它们硬放在一处，实在因为'肩膀齐是兄弟'。"又言："假若还另有理由的话，那就是这几篇都是我自己所喜欢的东西。我不善于写短篇，所以中篇，因为字数稍多，可以使我多得到点施展神通的机会；即使不能下笔如有神，起码也会有鬼！"序文初收《月牙集》（晨光出版公司1948年9月版）。收《老舍全集》第17卷。

约本月　多次到访友人乔志高的办公室，叙谈之中表达了对英译本《骆驼祥子》的看法，直言非常不满译者擅改小说结局的做法。"老舍在纽约期间到我的办公室来过几次。……老舍同我提到英文《洋车夫》这本书——译者署名金艾文Evan King，原名瓦德（Robert S. Ward），据说是曾经派驻中国的美国领事官——他对于译者擅自将《骆驼祥子》的收尾由悲剧改为投美国读者所好的'快乐结局'，表示非常不满。也许他在物色替他翻第二本书的人才，有次他带来他亲笔签名的另一本小说《离婚》送给我，盖的图章是'舒舍予'三个字，但他始终未开口问我；而我整天忙着编务，无暇译书，也未想到问他。"（乔志高：《老舍在美国》。文中提及《骆驼祥子》的英译者 Evan King 亦译为'埃文·金'或'伊文·金'）

9月5日　复函国立山东大学校长赵太侔。当时，老舍居纽约24大道83大街西街118号寓所。此前，为重建学校的教育与学术体系，再度出任山东大学校长的赵太侔两度致函老舍，第一次是在上一年初，时老舍尚未出国。第二次是在本年，邀请他再度到山东大学执教并出任文学院院长，虚位以待并寄上了聘书。然当时，老舍在美国的事情尚未办妥，正准备与美国学者合作翻译《四世同堂》等作品，故而无法立即动身回国。故此，函复赵太侔，表达了再续前缘的心思，然一切尚待归国之后妥为商议。他如是说："弟明春能否回国，尚未可知。拙著'四世同堂'若有被选译可能，则须再留一年；此书甚长，非短期间可能

译毕者。即使来春可以回国，家小尚在北碚，弟亦不知如何处理。全
家赴沪转青，路费大有可观，必感困难；独身赴青，家小仍留北碚，
亦欠妥善。／来信若能回国，且能全家赴青，弟至多只愿教课数小
时；文学院长责任过重，非弟所敢担任。聘书璧还，一切俟见面妥为
商议。院务未便久弛，祈及早于故人中选聘，为祷！"（老舍：《致
赵太侔》）另外，信中还表达了对山大旧友邓仲纯的问候。从信中可
以看出，老舍内心再度唤醒了对青岛的怀想，有回国之后重归青岛生
活和工作之意，憾未能如愿。在时间上，这封信也给出了老舍"青岛
作品"的一个历史终结点，可见的语言终结处，无穷无尽的回忆依旧
在编织着时光，形成了回弹，带着不逝岁月的恒久祝福向未来闪烁。
时日弥漫，自1937年8月12日告别青岛之后，老舍就再也没有回到过
他的第二故乡青岛。

一九八一年　老舍诞辰八十二周年

3月 | 老舍夫人胡絜青和长女舒济来青岛寻访旧迹，几经寻觅，找到了当年老舍先生住过的五六处寓所中的三处。第一处为莱芜路寓所（旧址位于今登州路10号甲），1934年9月至1935年二三月间在此居住；第二处为金口二路寓所（旧址位于今金口三路2号乙），即西鱼山寓所，1935年二三月间至当年秋在此居住；最后一处为黄县路寓所，胡絜青仔细辨识草木风物，确证今黄县路12号就是记忆中的黄县路6号，为1935年岁末到1937年8月中旬老舍一家的寓所。上述三处寓所中，黄县路12号是最为重要也最具纪念价值的一处，不仅居住时间最长，而且创作成果也最为丰硕，由于《骆驼祥子》这部为老舍带来世界性声誉的作品在这里诞生，屋宇也获了超乎自身之上的意义，具备了宏阔的景深。所幸者，它完好地保存了下来。这是让胡絜青魂牵梦绕的地方，"终生难忘黄县路！"她这样说："在那梦一般的漫长岁月里，我没敢想过到我七十六岁的时候，还能再次踏进终生难忘的黄县路6号。"（胡絜青：《重访老舍在山东的旧居》）同时，她也强烈感受到这座城市里的人们对老舍先生的深厚感情，"那些素不相识的街道居民们的乐于助人，也让我极受感动。无论是七八十岁的老人，还是一二十岁的青年，一旦知道了我是老舍的亲属，无不盛情相待，积极为我们提供线索。他们说，人民永远不会忘记老舍。我的眼泪几乎夺眶而出。"（胡絜青：《老舍在山大的两处旧居》，2001年10月11日《光明日报》）于是时光回转，记忆复活。自此始，朴素无华的屋宇也就有了一个闪光的新名字：老舍故居。海边小巷，花开四季，常可见慕名而来的探寻者，在这里追忆老舍，感念文化，在不同时刻见证着共同的意义和共同的情感。

二〇一〇年　老舍诞辰一百一十一周年

5月24日　老舍故居（黄县路12号）修复工程告竣，开启了深邃的博物馆之门。自2007年起，青岛市及市南区两级财政先后投入一千余万元巨资，迁置了楼内十二户居民，将整栋小楼予以全面修复，并将其辟建为"骆驼祥子博物馆"对外开放。在青岛市区范围内，这是继康有为故居之后修复开放的第二座文化名人故居；在中国，这是第一座以现代文学名著命名的博物馆。文学之巅的光影持续弥漫，使得一座朴素屋宇显得庄严，在青岛与中国现代文学史那更宏阔的时空之间建立了一种深沉而博大的精神共鸣。光中，作为屋宇守护者，一棵硕大的银杏树以自然之物凝结历史音息，许多年以前，与老舍一家相守了三度春秋，而今依旧在记忆深处表征一重重恒久光华。在骆驼祥子博物馆的开馆仪式上，老舍长子舒乙和长女舒济对青岛表示了感谢。其实，应当表示感谢的是我们，青岛应当感谢老舍，他为这座城市留下的文化遗产和精神光辉弥足珍贵，他是理解青岛的，要远胜于青岛对他的理解。这儿是无以忘怀的青岛，是山海之间的文学传奇，在一个缔结了心灵盟约的地方，一个人未曾离去，否则就不会有那么多莘莘学子踏雪寻梅，走过岁月的弯弯小巷，面对同一扇门而凝神默想，从空旷中领受了丰盛，从有限中领悟了永恒。于是，无数人同时看见了一个人，他没有离去，依旧正在同一道光中写作，带着岁月的全部记忆和怀想。很久了，栖身海边屋宇，他在认真做好每一件事，每天都会将挚爱带给妻子，都会在如歌的嬉戏中回到童年，送给孩子以善良的真谛和快乐的魔法，也时常与友人一起纵论天地人心，向学生传授知识与智慧，对自己默守着粗茶淡饭的赞美，偶尔也会有一杯苦露吧，浸着文心诗胆，就像任何一颗星辰那么简单，而剑影在飒飒飞转，在每一天早晨练好筋骨，为的是一天的忘我写作，不虚度语言，因为书写即道路，虔诚地，把博大同情与深沉关注献给苍生。也许这就是老舍吧，兼具京华风度、齐鲁豪情和沧海气魄，在慈悲、仁厚与睿智中实现着作家的真正意义。缘此，目光将不断变得深邃恢宏，达成一瞬与永恒的对称，与所有人共享无穷无尽的岁月。现在是同一个人在说话，而未及言说的一切也始终在光中聆听。虽说时过境迁，物是人非，然而谁能舍弃一次真正的聆听和一次真诚的感谢，面对老舍，谁能舍弃对自我灵魂的反省，对文学精神与历史良知的沉思？岁月绵延无尽，当骆驼祥子博物馆之门开启的时刻，青岛感谢老舍。

参考文献

　　《老舍青岛文集》编纂过程中，我们所依据的基础藏品资料为：舒济、舒乙等老舍后人藏老舍手稿原件、复印件及相关资料，二十余家图书馆、档案馆、博物馆、文学馆、纪念馆及相关单位（名单见编后记）所藏档案、文献、报刊及相关资料。

　　同时，还参考了诸多关于老舍、现代文学及城市文化方面的文集与研究资料，这方面的主要参考文献如下：

　　《老舍全集》，人民文学出版社，2013年。

　　《老舍生活与创作自述》，人民文学出版社，1982年。

　　《重放老舍在山东的故居》，胡絜青，《文史哲》，1981年第4期。

　　《老舍》，舒济 舒乙 金宏，北京燕山出版社，1997年。

　　《老舍的关坎和爱好》，舒乙，中国建设出版社，1988年。

　　《老舍正传》，舒乙，江苏文艺出版社，2010年.

　　《〈老舍全集〉补正》，张桂兴，中国国际广播电视出版社，2001年。

　　《老舍年谱》，张桂兴，上海文艺出版社，2005年。

　　《老舍的青岛岁月》，郑安新 巩升起，山东教育出版社，2010年。

　　《黄际遇日记》，汕头大学出版社，2014年。

　　《老舍研究资料》（上、下），曾光灿 吴怀斌，北京十月文艺出版社，1985年。

　　《现代作家佚文考信录》，刘涛，人民出版社，2012年。

　　《老舍年谱》，甘海岚编撰，书目文献出版社，1989年。

　　《老舍研究资料编目》，首都图书馆编，1981年。

　　《老舍永在》，臧克家著，《人民文学》，1978年第9期。

　　《悲愤满怀苦吟诗》，臧克家著，《新文学史料》，1980年第3期。

　　《作者、教授、师友》，吴伯箫著，《北京文艺》，1978年第7期。

　　《聊城铁公鸡》，萧涤非著，《中国烹饪》，1985年第3期。

《最后的文化贵族》，陈朝华主编，南方日报出版社，2008年。

《两代书》，王亚平 王渭，人民文学出版社，2004年。

《王统照传》，刘增人，东方出版社，2010年。

《建塔者》，台静农，华夏出版社，2009年。

《中国现代作家笔名索引》，苗士心，山东大学出版社，1986年。

《中国现代作家大辞典》，吴福辉等，新世界出版社，1992年。

《中国近现代期刊文化史》，周葱秀等，山西教育出版社，1999年。

《外国文学家大辞典》，外国文学家大辞典编辑委员会，春风文艺出版社、辽宁
少年儿童出版社，1989年。

《青岛市志》，方志出版社，2011年。

篇目索引

〖说明〗

　　本索引据《老舍青岛文集》全五卷所收作品之标题首字的汉语拼音音序排列，首字读音相同者，按第二字音序排列，以此类推。篇目后的数字为本篇在文集中的卷次与页码，如"骆驼祥子②003"，标识《骆驼祥子》编排在第二卷第3页。

A

AB与C　⑤149　｜　③229　哀启

B

《芭蕉集》序　⑤135　｜　①217　搬家
不旅行记　①123　｜　④135　不说谎的人

C

创造病　④121　｜　①069　春风

D

大地龙蛇　④173　｜　①072　大明湖之春
代语堂先生拟赴美宣传大纲　①147　｜　①117　等暑
丁　④127　｜　①171　东方学院（伦敦回忆之三）
东西　④046　｜　⑤133　读巴金的《电》
读书　①045　｜　③139　断魂枪

F

番表——在火车上　④151　|

G

钢笔与粉笔　①085　|　③127　蛤藻集序
鬼与狐　①143　|　①215　归自北平

H

还想着它　①023　|　①127　何容何许人也
画像　④101　|　①267　怀友
"火"车　④003　|

J

记涤洲　①017　|　①233　几句不得人心的话
景物的描写　⑤071　|　　　　　——在青岛基督教青年会的讲演

K

哭白涤洲　①020　|

L

老年的浪漫　③055　|　⑤003　老牛破车序
老字号　③131　|　①115　立秋后
礼物　①009　|　①065　理想的文学月刊
邻居们　③067　|　③023　柳屯的
乱离通信　①307　|　①051　落花生
骆驼祥子　②003　|

M

忙　①083　|　③050　毛毛虫
没法不"差不多"　⑤155　|　③043　末一块钱

N

南来以前　①311　|　④157　牛老爷的痰盂

P

婆婆话　①181　|

Q

且说屋里　③201　|　①221　青岛与山大
青岛与我　①107　|

R

人物的描写　⑤177　|

S

杀狗　④031　|　③062　善人
上任　③009　|　④107　沈二哥加了薪
世界文学史讲义　⑤167　|　①003　诗三律
（第五章 希腊的历史和历史家）　|　⑤083　事实的运用
诗与散文——在国立山东大学的讲演　⑤105　|　①099　暑避
四大皆空　①275　|

T

谈教育　①077　|　①103　檀香扇
谈幽默　⑤061　|　②235　天书代存
听来的故事　③149　|　①064　投稿
兔　④015　|

W

"完了"　①119　|　②161　文博士
文艺副产品——孩子们的事情　①208　|　⑤161　文艺思潮讲义（第卅一 立体主义及其他）

文艺中的典型人物　⑤123
——在国立山东大学1935～1936学年
下学期第十七次总理纪念周上的讲演

我的几个房东（伦敦回忆之二）　①163

我的暑假　①098

我怎样写短篇小说　⑤047

我怎样写《老张的哲学》　⑤007

我怎样写《骆驼祥子》　⑤095

我怎样写《牛天赐传》　⑤055

我怎样写《赵子曰》　⑤015

无题（因为没有故事）　①241

勿忘今日　①079

⑤109　我的创作经验（讲演稿）

⑤115　我的创作经验——在市立中学的讲演

①195　我的理想家庭

⑤031　我怎样写《大明湖》

⑤018　我怎样写《二马》

⑤041　我怎样写《离婚》

⑤035　我怎样写《猫城记》

⑤023　我怎样写《小坡的生日》

④055　我这一辈子

①283　五天的日记

①245　五月的青岛

X

《西风》周岁纪念　①251

闲话　①186

想北平　①137

小动物们　①035

小麻雀　①033

小型的复活　①255

写字　①048

新韩穆烈德　③215

新时代的旧悲剧　③159

①089　西红柿

⑤127　闲话创作——在北京大学的讲演

①189　像片

①039　小动物们（鸽）续

②275　小人物自述

①095　歇夏（也可以叫作"放青"）

④143　新爱弥耳

①133　新年试笔

Y

言语与风格　⑤089

一个近代最伟大的境界与人格的
创造者——我最爱的作家——康拉得　⑤137

樱海集·序　③003

"幽默"的危险　⑤151

又是一年芳草绿　①061

③101　阳光

①155　英国人（伦敦回忆之一）

①159　英国人与猫狗（伦敦回忆之四）

①203　有了小孩以后

①055　有钱最好

④113　裕兴池里

月牙儿　　③077　|

Z

再谈西红柿　　①091　　⑤117　怎样认识文学

怎样想法充实自己　　①231　　　　　　——在市立李村中学的讲演
——在青岛基督教青年会的讲演
　　　　　　　　　　　　　　　④167　战壕脚

这几个月的生活　　①235　　⑤261　这一年的笔

致李同愈　　①297　　①306　致《论语》编辑

致陶亢德（其一）　　①303　　①304　致陶亢德（其二）

致王统照　　①300　　①291　致赵景深（其一）

致赵景深（其二）　　①293　　①319　致赵太侔

中国民族的力量　　⑤121　　①277　"住"的梦
——在国立山东大学1934～1935学年
下学期第五次总理纪念周上的讲演

走向文学澄明与文化自觉

——《老舍青岛文集》的旨归与特色，并简述
编纂过程中遇到的难题及解决之道

巩升起

一切显得如此精彩而意味深长，带着历史的启示向未来闪烁。

老舍与青岛结缘至深。1934年9月上旬，他自济南东行青岛，应山东大学校长赵太侔之聘前来任教，开启了人生旅程与文学创作的青岛周期。当其时也，其教育艺术已臻于极致，家庭生活亦更见美满，而文学创作正登临巅峰。三度春秋，栖居山海之间，他写下大量作品，凡90余万字，日近千言，终成巨制。整体上看，这一时期其文学创作活动蔚为大观，除了当时尚未涉足的戏剧领域之外，其各种体裁的代表作皆有所见，长篇小说有《骆驼祥子》，短篇小说有《断魂枪》和《老字号》，中篇小说有《月牙儿》和《我这一辈子》，散文有《想北平》《五月的青岛》以及《小型的复活（自传之一章）》，旧体诗有《诗三律》，新诗有《礼物》，论文有《一个近代最伟大的境界与人格的创造者——我最爱的作家——康拉得》，创作经验谈有《老牛破车》，特别是《骆驼祥子》的问世引起广泛瞩目，在中国现代文学史上立下了一个醒目的路标。1937年8月中旬告别青岛以后，他依旧充满了对青岛的怀想，又写下了不少与青岛相关的作品，如三幕话剧歌舞混合剧《大地龙蛇》就是一个典例，将第三幕场景设置在了海上青岛，寄托着民族团结、文化融合、科学救国与世界和平的理想，再度建立了与青岛的命脉关系，何尝不是老舍对青岛的一次深情回望？历史地看，作为1934年到1936年山东大学人文学科的代表人物之一，作为20世纪30年代旅居青岛作家群的代表人物之一，老舍实现了大学内外的融通与文学内外的对话，不惟个人的文学创作硕果累累，而且有效影响了当时青岛的文学存在与话语方式，其中最为大家所称道的一件事就是他与洪深、赵少侯、王统照、杜宇、臧克家、孟超、李同愈、王亚平、王余杞、吴伯箫、刘西蒙形成十二同人团体，协力创办文学副刊《避暑录话》，谱写了一部非同凡响的同人话语经典。

老舍的青岛气象万千，青岛的老舍冠绝群伦，山海之间，屋宇内外，我们看到了一个文武兼备而神光内敛的形象，他身着长衫，行走在黄县路及周边街巷中，一切恍如昨日。不仅如此，青岛的意义还表现在"转变"的维度上：在这里，他实现了从大

学教授到"职业写家"的转变，内心蓬勃的文学理想变得澄明，可以有时间写就稀世杰作；也是在这里，他实现了从优秀作家向伟大作家的转变，以《骆驼祥子》这样一部为城市贫民立传的长篇小说显现了作家的普世良知，并因此而与鲁迅、郭沫若、茅盾、巴金、曹禺、沈从文等一起站在了现代文学史的巅峰之上；同样也是从这里开始，他逐步实现了由普通文人到以笔为武器的抗日战士的转变，走出书斋，投身于抗日救亡的历史洪流之中，担负起一代知识分子的使命。一如"老舍"一名所示，倾情劳苦大众，一以贯之，以作品完成了"把此生献给众生"的奥义，在不断的舍弃中拥有了真意义。对青岛，可谓一往情深，这不仅表现在他的作品中，也不仅存在于青岛是心目中最适意的安居之所这一世俗层面，而且命脉相系，青岛更是与其圣俗合一之灵魂气质相契合的精神家园。正因此，他的"青岛作品"自是意味深长的，别具本质感、融合力与启示性。光辉所逮，八方为之回响，青岛岁月也理所当然地成为他的黄金时代，至今犹令人怀想不已，而全部怀想都将落实在作品之中。

值此老舍诞辰115周年、从事文学创作90周年暨寓居青岛80周年之际，三重视野的汇合加深了我们对这位文学巨匠，对这位青岛故人的怀想。缘此，就有了这样一部《老舍青岛文集》（以下简称《文集》或本文集）。对于《文集》的地域特色，大家是有所瞩望的，我们的目标是，并非简单地把作品汇集起来，而是要全面反映老舍之青岛岁月的丰富景深，要对当时他的生活、教书、创作、交游、亲近自然、关怀世界等方方面面的行迹尽可能地梳理清楚，而且对作品作出基于文学精神与地域精神协调性和渗透力的合理阐释，打开现代文学与地方文化的内在通路，建立作家与地域的文化共同体。冀望以此纪念老舍先生，传承历史并开启有益于未来的文学澄明与文化自觉之路。既如此，何以为之？惟有接获老舍精神的启示，接获那从高处降临的或者说那从深处上升的"文学"与"文化"的双重慧眼，以照亮发现、理解与阐释之路。

《文集》即将付梓，不免心生感慨。为编纂这部文集，青岛的高校、文博界与档案界的同人协同努力了一年春秋，而现在正是回望来路的时候。想来，尤须回望者不是别的，正是编纂过程中遇到的难题及解决之道，列述如次。

（一）如何确定《文集》所收录作品的内涵与边界？喔，内涵，心中很明了，可一旦要说出来却委实不易，因为存在着多重内涵，每一重也都是整体的一部分而无以单独表白，就如同千瓣莲花的每一瓣都与整体相互包孕而无法分开，一旦分开了，其生命力也就结束了。不可说？不可说者还在于唯有时间方能澄清一切。这里，权且说说这部《文集》收录作品的范畴吧。简言之，大致可理解为老舍的"青岛作品"，而其中绝大多数作品也基本上等同于"青岛时期的作品"。关于收录篇目，我们曾提出了三条简单标准：第一条是老舍写青岛的作品，第二条是老舍在青岛写的作品，第三条是老舍在青岛时期发表的作品。那么，何谓"青岛时期"？首先要匡定其终始点。如所周知，老舍离开青岛的时间有明确记载，见之于他本人的《南来以前》一文，是1937年8月12日；然而抵达青岛的时间却是一个模糊概念，一般说法是1934年初秋，可究竟是初秋的哪一天，九月还是十月？上旬、中旬还是下旬？并无明确记载。几经查证，幸从当时山东大学文理学院院长黄际遇教授的《万年山中日记》之中寻见一个相对接近初始点的日期，即1934年9月11日，那天，老舍在山大中文系主任张煦的陪同下拜访了黄际遇。据此可判断，老舍不晚于这一天已经开始在山大工作了，他来青岛的初始时间则可顺理成章地推定为此前一周左右，也就是当年9月上旬的某日。那么，是否此后发表的作品均可收入《文集》呢？问题在这里出现了，我们知道，老舍有几部作品发表于当年9月中旬，其中包括长篇小说《牛天赐传》（1934年9月16日在《论语》第49期开始连载），而在《我怎样写〈牛天赐传〉》一文中，作者已言明其写作时间，自当年春天开始，至8月10日业已完稿，时老舍尚在济南，故非"青岛作品"。考虑到邮寄与刊载周期等因素，同月发表的其他作品：新诗《鬼曲》、杂文《暑中杂谈二则》和《习惯》、旧体诗《〈论语〉两岁》和《题"全家福"》亦不收入本文集，不过有必要在《老舍青岛年谱》中予以记载。而1937年9月1日在《西风》第13期发表的杂文《〈西风〉周年纪念》一文则应收入本文集，因为它是老舍离开青岛以前写的。由此看来，前述第三条标准"在青岛时期发表的作品"基本失效了，而作品收录的时间范畴也就不囿于"青岛时期"的终点。所以，《文集》中收录了老舍告别青岛以后创作或者发表的一部分作品，原因是它们符合第一条标准"老舍写青岛的作品"，或以青岛为主题，或以青岛为背景，或含有较大比重的青岛元素。如《南来以前》《乱离通信》《致陶亢德》（其二）三篇书简以及散文《这一年的笔》，虽非青岛时期所写所刊布，但写的是青岛，是深刻的人生与城市史迹记录，对认识老舍与青岛在"七七"事变以后那段非常时期的经历有着特殊价值；戏剧《大地龙蛇》同样如此，其第三幕场景设置于青岛，而《怀友》一文提及多位青岛故交。因此，上述作品收入本文集。还有一种情况，《小型的复活（自传之一章）》（1938年2月11日《宇宙风》第60期）发表时老舍离开青岛已届半年，正文中亦未见任何青岛元素，但根据文末所附"著者略历"判断本文写于青岛无疑，故此收入本文集。

　　（二）怎样处理好忠实于原作与符合当代语言规范的问题？这一问题主要表现在用词上，关系到作品中一系列极为繁琐的细节。20世纪30年代的语言规范与现在的规范存在着一些明显差别，但不能一刀切，须结合具体情况予以仔细甄别，特别是要将语言规范与其他问题给恰当地区分开来。老舍以及同代人的作品有那个时代的特殊印记，应尽量保持作品原貌，维护其原真性。因此，除了繁体字与简体字的正常转换之外，除了个别用词系书写笔误或排版舛误而有必要予以订正之外，我们对作品中一些涉及表述习惯和行文风格的地方不予改动。如杂文《像片》，现在一般将标题及行文中出现的"像片"一词改为"相片"，但我们认为原用词是可理解的，应予保留。对于一些确有歧义或者理解困难的字词，保留原貌并在行文中加圆括号注明现今通常用法，必要的话在文末另行注释。还有一种情况，某些用词看上去似乎不合常规，却带有特殊的修辞色彩，更应原真性保留。如《骆驼祥子》第十一章有这样一句："孙侦探的眼钉住祥子的：'大概你也有个积蓄，拿出来买条命！'"文中用的是"钉住"而非"盯住"一词，显然前者更具张力，对于表现人物心理状态及展开故事情节来说也更显生动，应理解为一种个性化的修辞艺术，不必更改为后者。

（三）如何恰当说明作品背景与主题，如何找准注释点并予以客观、恰当而生动的注释？客观地说，编纂本文集有两个方式，一是简单的方式，参照现行版本将作品汇总起来即可，毋须加以说明和注释，这样做不容易出现纰漏；一是复杂的方式，在作品结集的基础上，予以合目的、合规律的诠释和注解，这是一种危险的做法，一旦不慎，或者因为史料匮乏以及研究水平所限等原因，则很容易出现种种纰漏。虽然如此，我们还是选择了第二种方式，基于文集性质和地域特色的需要，我们对《文集》所收录作品的背景、主题予以必要的说明和诠释，在作品正文前页形成了一个类似于"题解"的部分，并通过排版方式与正文相区别。在注释部分，初衷也只是对文中涉及青岛的元素予以最少化的简约注释，后来在初稿形成后，我们多方面征求了专家和读者的意见，普遍的反馈是应加大注释力度，尽量提供较为详尽的信息，以凸显本文集的特色。于是，我们增加了注释量。而且，根据出版上的一致性和均衡性要求，也对其他非青岛的重要元素予以简约注释。这样，就形成了现在的注释格局，希望能对读者的阅读和理解有所助益。固然，注解越详尽，也就越有可能出现闪失，矛盾就在这里。就作家文集来说，强调其客观性和准确性是绝对必要的，这也是本文集所遵循的一个基本原则，无论文前"说明"、文后"注释"以及卷后所附"年谱"，部分的基本出发点。我们力求在准确把握相关史实与作品理路的同时，尽量将这两部分的内容做得生动一些，可读性强一些，以探明文脉，达到"理解"的目的。不过要做到这一点委实不易，一个客观原因是作品中注释点有多有少，部分篇章并不涉及可注释的要素，故此一部分作品未加注释。必须说明的是，由于研究深度、广度等多方面的原因，尚未全面达到一致性和均衡性的要求，敬希读者见谅。

（四）如何嫁接现代文学研究与地方文化研究，达成两者的深度默契与高度融合并建立共同的阐释体系？作为《文集》的基本特色所在，我们认为极有必要还原作家作品与城市文化的内关系，以达到现代文学与城市史并重、互鉴与共显的目标。固然，任何作家的作品本身就是一个城市的重要文化积淀，本质上是难以区别的，而由于学科分割、话语疏离、侧重点不同以及阐释方法相异等种种原因，致使现代文学研究与地方史研究往往存在着各自为营、各求其是的现象，客观上有着不同逻辑、不同体系和不同价值取向的问题。归根结底，这是文学审美性与历史认知性的矛盾。看待同一部作品，从不同角度会得出不同结论。如《南来以前》这篇日记体书信，从纯文学的角度看似乎平淡无奇，读上去也不像《五月的青岛》那等写景抒情之作令人赏心悦目，可是换一个角度，从历史认知的角度来审视，结论可能是出人意料的，这竟是一部惊世之作，在表述个人经历的同时，忠实记录了民族危难背景下的城市命运和城市心态，透现了作家与城市、国家共命运的意志，为青岛贡献了一部非常时期的城市备忘录，具有罕见的文献价值与特殊的精神效力，远非一般的小品文或者小说所能替代，就其与城市历史记忆联结的深刻性而言，在老舍作品中几乎是无与伦比的，在同时代也很难找出这样的作品。那么，其文学审美价值究竟如何呢？看到其历史认知价值后，蓦然回首，发现其语言穿透力竟是如此强烈而又如此本质化。你看，某一个深夜，老舍到友人家里收听无线电广播以期传来哪怕一点点战事转好的消息，然无所得，返家写下了这样一句话："归来，海寂天空，但闻远处犬吠，辄不成寐。"这一笔，已见春秋笔法，已可品出历史苦胆。在任何评判标准上，这样的语言都是出色的，比现代文学多数作品中的类似语句来得更为凝练，也更为传神，映照出战乱时代的孤寂、忧患与苍茫心境。更有甚者，这是1937年8月4日的青岛："此地大风，海水激卷，马路成河。"从表面上看，似乎这仅仅是一幅自然画面，给出某次天文大潮的景观。然非也，紧接着是这样一句："乘帆船逃难者，多沉溺。"原来，写的是战争迫近了，人们纷纷乘帆船逃亡而沉溺的情形，寥寥数语刻画了一幅海上受难图。岂止一个城市的哀伤？《启示录》中不是也有这样的情景吗？比之于拜伦（Lord Byron）的《哀希腊》（*The Isles of Greece*）中"可是除了太阳，一切已经消沉"（查良铮译）的气氛，这景象分明更惊心？在拜伦那里尚有一道伟大的古典光辉带来缅想，可资以想象并进入审美之境，而在老舍这里却只有悲怆和悲愤了，只有狂风巨浪中哀号的难民。这景象，也比卫礼贤（Richard Wilhelm）"所有花季一样的生活结束了"这等伤感之语更为透彻，也更为接近于历史本身的申诉。至此，已不必再区分文学与历史了，这是一个返本开新的过程，也必然是同一个奥义的隐匿与显现。

（五）如何整理和编纂《老舍青岛年谱》，以进一步体现本文集的特色？起初，考虑到时间紧张及史料匮乏等因素，只计划附上一个《老舍青岛作品简表》，待以后再另行整理、编纂老舍在青岛的完整年谱。嗣后编纂过程中，随着相关史迹的逐渐明晰和相关理解的不断加深，愈加感到有必要从生活、写作、居住、交友、对话自然以及社会活动等方面整理出一个较为详尽的年谱，以真实、全面反映老舍青岛岁月的发生、演进与激荡的过程，强化《文集》的学术性、资料性与可读性。对此，老舍后人及各方面专家学者均有所期许，希望看到一部有价值、有特色的年谱。于是，我们决定改弦更张，着手编写一个内容完整的年谱，在时间上足以涵盖本文集所收录的老舍的全部"青岛作品"。在查阅大量原始资料并参考相关文献的基础上，不厌其详，逐条梳理老舍的作品与行迹，终于有了完整版的《老舍青岛年谱》，记载了从1934年9月上旬以至1937年8月中旬这三年间的详情，对此前此后的关联内容予以简述，年代上连续性延伸至1947年，涵盖了本书收录的最后一篇作品《致赵太侔》的写作时间。然后跨越性延伸至1981年，载录老舍夫人胡絜青并长女舒济重访故地的情况，然后再跨越性延伸到2010年，记载老舍故居全面修复并设为骆驼祥子博物馆的情况。

风云际会，《老舍青岛文集》问世于当下，可内在的文学视野与文化景深却呈现为一条绵延的岁月之河。老舍的作品与精神绵延不息，对作品的关注、理解与研究绵延不息，而这部文集不也正是一个持续性的创作与研究过程的产物吗？它集结着老舍的和现代文学的荣耀，吸纳了长久以来学术界的研究成果，聚合着新的理解可能性。这是我们尤为感念的一点，在通向文化自觉的道路上，穿越历史是为了更好地阅读未来。因为这是老舍与读者的共同经验，于是想起了1935年写于青岛的新诗《礼物》，他如是说："我的经验中有你：我想起自己，必须想起来你，朋友！"

2014年12月17日写于青岛

编后记

　　2010年，青岛市及市南区投入巨资修复了黄县路老舍故居并将其辟建为骆驼祥子博物馆，这是继康有为故居后青岛全面修复开放的第二座文化名人故居，也是我国第一座以现代文学名著命名的博物馆，也是由市南区管理的第一家博物馆。从那时起，青岛市及市南区有关方面就希望通过老舍及其他文化名人的研究来推进相关文化遗产保护利用工作的开展。

　　2013年初，青岛老舍文化研究会在老舍当年工作的地方（原山东大学，今中国海洋大学鱼山校区）如约成立，以老舍研究为核心，广泛开展旅居青岛文化名人研究，兼及城市文化与东西方文化关系研究。甫一成立，研究会就将老舍作品及相关文献的整理列为要务。初秋，诸同人聚在福山支路5号天游园，品茗之际，谈及过往的人文行者，为之追怀，萌发了编纂《老舍青岛文集》（以下简称《文集》或本文集）的想法，大家一致认为此事可行，极有必要从老舍作品开始，系统研究整理青岛历史上出现的文人著述，以此方式来唤醒或者说激发一个创造时代。与会者有：会长朱自强，副会长周海波、魏韶华、周兆利、修斌、刘立强、吴大钢，秘书长巩升起。后来，常务理事杨洪勋和张蓉也参与了进来。就此组成了以高校、文博界和档案界学者为成员的编纂小组。想来，以地域总集的形式来汇总现代文学史上一个伟大作家在特定地方和特定时期的作品并予以阐释，这在国内尚属首创，带有探索、创新的意味，是否必要，是否具有足够的科学性、学术价值并能够得到读者认可？多次讨论之后，我们达成了两点共识：第一，老舍的青岛岁月内蕴深厚而特色鲜明，是他生活、工作和文学创作上至为关键的时期，无论从个人经历还是从现代文学史的角度看无不具有里程碑意义，作品数量和质量上均非常可观，不仅产生了《骆驼祥子》这等划时代的伟大作品，而且当时他已涉足的各种文学体裁的代表作皆有所见，况且作者本人也在青岛实现了人生角色与写作方式的重大转折，诸多方面极具代表性、典型性和说服力，这理应成为现代文学研究的一个重要环节；第二，全面整理、深入研究老舍以及其他旅居青岛作家的作品及相关文献，适时推出他们的"青岛文集"，既是我们义不容辞的责任，亦是青岛文化建设也是历史文化传承、生新的一个恰当的切入点，对于保护城市记忆、澄清城市特质、昭显城市形象并提升其文化品位来说大有裨益。缘此，相关动议提出后，得到了青岛市及市南区有关方面的重视，经调研论证认为这是一项有意义的文化工程，青岛市文化广电新闻出版局和青岛市文物局、市南区政府及市南区文化新闻局给予了充分肯定和必要支持。

2014年上半年，我们进行了相关思维准备，主要是考虑如何夯实基础并形成特色的问题。夏，正式组成了《老舍青岛文集》编委会，确定了编校体例、基本篇目、注释方式及人员分工等事宜。屡经研议，确立了如下几个原则：其一是整体性、原真性的原则，要全面收录老舍的"青岛作品"，形成完整的作品体系，真实反映老舍青岛时期文学创作的面貌、价值与影响力；其二，现代文学与地方文化研究并重、互鉴、共显的原则，将老舍作品、行迹及思想放在其原创地的历史文化背景上予以考察和解读，从城市文化切入现代文学，以现代文学返观城市文化，实现现代文学与城市文化研究的一体化，缘此而创设一种相对来说的新模式并导向文化自觉，这是决定本书特色与价值的关键。其三，作品收录与背景阐释、要素注释的协同原则，要满足文献整理需要与读者期待视野，对作品中涉及青岛的各种元素，包括人名、地名、时序、事件、地理、景观、历史记忆及人文传统等予以注释，特别是要对涉及老舍生活、居住、工作、创作、交游及社会活动等方面的问题予以合理澄清。接着，开始查阅基础档案并启动文稿录入工作。随着编纂工作的深入开展，逐渐形成了"双周会"制度，交流、协调和推进相关工作，围绕着老舍作品、行迹、风格、文献史料、编校难点与疑点等问题，进行自由而热烈讨论，每一次都感到意犹未尽，不禁让人忆念当年老舍和他的朋友们共创《避暑录话》的情境。

基本确定编纂思路以后，我们特别征求了老舍后人舒济、舒乙、舒雨和舒立的意见，欣喜与嘉许之余，他们对《文集》表示了很高的期待，在作品授权、文献资料以及记忆征询等方面慷慨应允了编委会的要求，相与追溯了青岛岁月，每每谈及老舍先生及全家的青岛往事而有所思，令人动容。2014年6月，《文集》副主编魏韶华赴俄罗斯圣彼得堡参加"远东文学研究第六届国际学术研讨会暨纪念老舍先生诞辰115周年研讨会"，与舒济老师相遇并汇报了《文集》的编纂进展情况，得有机缘在万里之外回味老舍的青岛岁月，感念有加。同时，还与圣彼得堡国立大学东方系教授罗季奥诺夫（Alexey Rodionov）、捷克汉学家高利克（Marian Gálik）等各国学者交流了老舍研究体会并了解了相关情况，置身异国时空，更觉老舍精神之可贵与老舍魅力之普遍，其中国气派之纯正与世界视野之开阔无不令人追怀，而青岛时期的创作成果亦因此而更加引人瞩目。2014年8月，舒乙先生专程赶来青岛，在太平角出席了编委会会议并应邀担任了《文集》的主编，对编纂工作提出诸多具体的指导意见，特别是确立了文稿录入依据和原则，应尽量按照作品手稿和原发表版本录入，以体现忠实于原作的精神。在青期间，他还挥毫泼墨，为《文集》题签配画，而且还参加了"重走老舍路"的活动，与编委会成员及青年学子共同寻访老舍在青岛老城区的多处旧迹，并赴即墨实地考察了当年老舍和同人们所钟情的"苦露"——即墨老酒的生产工艺，浸染着乡土味。深秋，编委会成员再度赴京，与舒乙、舒济和舒雨老师探讨了一系列问题，并查阅了大量文献资料。舒济老师不辞辛劳，逐篇审读了样稿，特别提供了硕果仅存的《文艺思潮讲义》《世界文学史讲义》及老舍在山东大学草拟试题手稿等珍贵的原始文献，并给出了诸多线索。舒乙先生悉心审读了样稿，提供了多条新的注释依据，还与其夫人于滨老师一起找出了以前未曾公开的照片，讲述了诸多关于老舍先生当年生活与创作的细节。舒雨老师回忆了母亲胡絜青生前曾偶然提到的那些青岛记忆，为澄清一家人在青岛的最后行迹提供了关键线索。在此，我们谨向舒济女士、舒乙先生、舒雨女士及全家致以诚挚的谢意和美好的祝福！

《文集》的筹划、编纂过程中以及此前的长期研究过程中，我们从国家图书馆、中国第一历史档案馆、中国第二历史档案馆、人民文学出版社、中国现代文学馆、老舍纪念馆（北京）、中国老舍研究会、首都博物馆、北京大学图书馆、北京大学比较文化研究所、南开大学图书馆、复旦大学图书馆、上海市图书馆、山东省图书馆、山东省档案馆、山东大学图书馆、山东大学档案馆、山东师范大学图书馆、曲阜师范大学图书馆、中国海洋大学档案馆、中国海洋大学图书馆、中国海洋大学王蒙研究所、青岛大学图书馆、青岛大学文学院资料室、青岛市史志办、青岛市政协文史办、青岛市文物局、青岛市档案馆、青岛市图书馆、青岛市博物馆、骆驼祥子博物馆（青岛）、青岛市康有为故居纪念馆、青岛市城建档案馆、青岛市房产局档案馆、即墨市博物馆、即墨老酒博物馆、青岛市市南区档案馆及青岛市老舍文化研究会等处查阅了大量档案、文献及相关资料，得到上述单位和有关人员的友好协助。文物出版社给予了大力支持，保证了本书的顺利出版。

一年多以来，我们得到了许多位从事现代文学研究、老舍研究、地方史研究的专家学者以及各界人士的指导和帮助。著名老舍研究专家、中国老舍研究会原会长吴小美教授于2014年9月29日莅临青岛，刚下火车，即不辞辛苦，考察了老舍故居（骆驼祥子博物馆）并与编委会成员座谈，对本书的创意思维、编纂体例及注释角度等给予了高度评价，就相关学术问题进行了指导并开展了对话。著名老舍研究专家、闽南师范大学张桂兴教授为本书提供了资料上的重要支持，他的《老舍年谱》《〈老舍全集〉补正》及《老舍资料考释》等著作是我们编校过程中资以参考的重要文献。河南大学刘涛教授在考证现代作家佚文方面用力尤著，我们也采纳了其研究成果。青岛地方史研究前辈鲁海老师早在1981年就曾与胡絜青先生通信并陪同她在青岛寻访故居，已将当时的多封书信捐献给了骆驼祥子博物馆，在本书编纂的最后阶段又提供了相关史料和线索。著名画家初剑先生闻知本文集的编纂消息后，专门创作了一帧老舍绣像捐献给老舍文化研究会，后来又应邀创作了多幅水彩画为本书配图。在本书编纂的最后关头，著名书法家张伟先生拨冗书写了老舍作品的经典片段，再度增益地域特色。温奉桥、王红英、蒋兆坤、李永胜、胡祥、杨德昌、窦文辉、张传华、周庆许、吕谊、李耀曦、刘红燕、程方厚、李群毅、王建梅、蓝英杰、吕永翠、隋永琦、侍锦、王伟、初川灏、杨明海、陈鑫垚、陈进武、孙日成、刘宗伟、李巍、孙弘敏等先生、女士也从不同方面提供了帮助。青岛市市南区文化新闻局、骆驼祥子博物馆、青岛大学文学院、青岛大学美术学院给予了人力上的支持，多名富有青春朝气的学子和工作人员参与了文稿录入、校对及装帧设计等工作，他们是：李亚男、王咏、郭静、王德富、亓越、张潇、宋博、田霄霄、于家骏、门莹、曹茂祥、王辰竹、王玉辰、赵晓妮、丛晓敏、刘致远、李慧玲、魏恒衡、高云舒、王照亮等。还有不少单位和个人也给予了帮助，恕不一一例举。在此，我们谨向为《文集》编纂工作尽心尽力的单位和个人致以谢忱！有赖于大家的鼎力相助，我们才有可能编好这部《文集》。由于编纂工作量大、任务重、时间紧和我们水平有限等原因，难免挂一漏万，存在各种缺憾，殷望各方专家和广大读者不吝批评指正！

《文集》编纂过程中，我们无数次被老舍先生所感动，理所当然也要尊奉老舍的精神、态度和风范来克服困难，认真做好这件事，这是我们共同的人文使命。《老舍青岛文集》应运而生，得以在老舍诞辰115周年、从事文学创作90周年暨寓居青岛80周年之际呈现于大家面前。这首先是老舍给青岛的礼物，也是现代文学精神与城市记忆的结晶，凝结着每一位热爱老舍、热爱青岛的人的共同期待与共同祝福。

编委会

2014年12月